中國語言文字研究輯刊

二三編

許學仁 主編

第 19 冊

多心齋學術文叢（上）

譚步雲 著

花木蘭文化事業有限公司

國家圖書館出版品預行編目資料

多心齋學術文叢（上）／譚步雲 著 -- 初版 -- 新北市：花木
蘭文化事業有限公司，2022〔民 111〕

目 4+242 面；21×29.7 公分

（中國語言文字研究輯刊　二三編；第 19 冊）

ISBN 978-626-344-033-3（精裝）

1.CST：古文字學　2.CST：漢語語法　3.CST：文集

802.08　　　　　　　　　　　　　　　111010181

ISBN-978-626-344-033-3

中國語言文字研究輯刊
二三編　　第十九冊　　　　　　ISBN：978-626-344-033-3

多心齋學術文叢（上）

作　　者　譚步雲
主　　編　許學仁
總 編 輯　杜潔祥
副總編輯　楊嘉樂
編輯主任　許郁翎
編　　輯　張雅淋、潘玟靜、劉子瑄　美術編輯　陳逸婷
出　　版　花木蘭文化事業有限公司
發 行 人　高小娟
聯絡地址　235 新北市中和區中安街七二號十三樓
　　　　　電話：02-2923-1455／傳真：02-2923-1452
網　　址　http://www.huamulan.tw 信箱 service@huamulans.com
印　　刷　普羅文化出版廣告事業
初　　版　2022 年 9 月
定　　價　二三編 28 冊（精裝）新台幣 96,000 元

多心齋學術文叢（上）

譚步雲　著

作者簡介

譚步雲（1953～），別署多心齋，廣東南海人。1979年考入廣州中山大學中文系。1983年畢業後任廣東民族學院中文系助教。1985年考入廣州中山大學中文系，攻讀古文字學方向碩士研究生，導師陳煒湛教授。學位論文為《甲骨文時間狀語的斷代研究》，獲碩士學位。1988年任職中山大學古文獻研究所，從事明清、嶺南文獻整理工作。1995年免試進入廣州中山大學中文系攻讀春秋戰國文字方向之博士學位，導師曾憲通教授。學位論文為《古楚語詞彙研究》，獲博士學位。1997年晉升為副教授。1998年奉調中文系，任職古漢語教研室。2000年增補為碩士研究生導師，2002年起任中山大學中文系古漢語教研室主任。2013年榮休。2015～2016年應聘為中山大學珠海校區中文系講座教授。

提　要

　　此書萃集作者歷年刊行之學術論文，凡五十七篇，約五十萬言。載於大陸港臺的《考古與文物》、《晉陽學刊》、《辭書研究》、《中國農史》、《語文建設通訊》、《國文天地》等學術期刊以及《古文字研究》、《中國文字》等大型專刊或論文集，內容涉及甲骨文、銅器銘文、戰國秦漢文字、文史、嶺南文獻以及廣州話等領域之研究。其中，甲骨文時間修飾語之研究、花東甲骨貞人考，補既往研究之未及；殷墟卜辭「生（某月）」、「犁」字之考釋，或可備一家之說；甲骨文動物字之綜合研究，為迄今為止之最完備者。而對銅器銘文若干文字之考釋、訓讀也別開生面，或匡謬正俗，或別闢蹊徑，均於銅器銘文之通讀殊多幫助。至於戰國秦漢文字，竊以為也可補苴昔日研究之罅漏。其餘諸如犁耕起源、楹聯起源之考察，古漢語語法之紬繹，若干古詞語詞義之增訂補正，術語英譯之商榷，《三字經》作者考，溫汝能及其撰作考等地方文獻研究以及廣州話語法考察、粵語本字鉤沉等，皆發前人所未發。當可視為張文襄公所謂「有用者」也。

卷一　甲骨文論叢

甲骨文所見動物名詞研究

概　說

　　本文所論甲骨文動物名詞，形體上固然可以是動物之象，一望而知其為飛禽走獸遊魚蟲豸，個別不具動物之象，而其所指非動物莫屬也悉數述之。上古漢語，字、詞往往二位一體。動物名詞，自然即動物之字。不過，甲骨文動物名詞中也有複合者，諸如「黃牛」、「白豕」等即其例。本文擬不涉及，而文中或言「字」，或言「詞」，都只是指稱單音節的單純詞。

　　事實上，關於甲骨文的動物字，並非新的研究課題。早在二十世紀三十年代即有學者開始這方面的研究工作；延至八十年代，仍有專家孜孜不倦地在這個領域裏探索〔註1〕。一方面固然證明了甲骨文研究之難，另一方面卻說明了這一課題尚有研究的餘地。的確，甲骨文動物字的研究成功，將為古動物學、考古學、人類文化學等學科提供彌足珍貴的文字數據。遺憾的是，這方面的研究文章過分強調了動物學、考古學的材料與甲骨文字的互證，卻忽略了中國文字承先啟後的源流關係。舉個例子說吧，有學者認為 就是梅花鹿，其重要

〔註 1〕例如 H. E. Gibson, *Animals in the Writing of Shang, The Chinese Journal* Vol. XXXII No.6,
　　　1935.；丁驌：〈契文獸類及獸形字釋〉，《中國文字》第 21 冊，1969 年 9 月；毛樹堅：
　　　〈甲骨文中有關野生動物的記述──中國古代生物學探索之一〉，《杭州大學學報》，
　　　1981 年 2 期。步雲案：以上三文稱得上各個時期研究甲骨文動物名詞的代表作。

的證據便是殷墟出有梅花鹿的遺骸（毛樹堅：1981：73 頁）。另一學者則說：
「……便知殷人所見之鹿當不出日本鹿、紅鹿、安南鹿、吠鹿、水鹿五種。」
（丁驌：1969：328 頁）其結論的基礎乃動物的地理分布概況。那麼，🦌 到底
是什麼鹿就不無疑問了。科學研究，論爭自當難免。然而，這論爭的背後卻發
人深思：我們該怎樣看待典籍的說解？古人給動物的分類是否如後世般精
細？曾經存在過的動物後世是否依然存在？是不是所有的動物都為古人所認
識並被付諸文字？在考釋甲骨文動物字的時候，是否可以僅據考古學、動物學
的數據而置漢字的演變規律於不顧？

當然，筆者並非要在此處回答這些問題，而只是希望讀者在讀這篇文章的
時候不提出、或少提出這類疑問。從這點出發，本文將主要地運用文字學的考
釋方法，充分利用前人給我們留下的寶貴的文獻數據對甲骨文所有動物字作全
面的、系統的考證。不過，由於甲骨文動物字多屬「畫成其物，隨體詰詘」的
獨體象形字，即便是合體的形聲字、會意字，也大都是由獨體象形字所構成，
因此，釋讀甲骨文動物字就不得不借助於動物學、考古學的材料、理論和方法。
事實上，前輩學者考釋動物名詞，在充分運用文字學、訓詁學、音韻學的方法
的同時，也自覺或不自覺地採用了動物學、考古學的材料和方法。這無疑是現
在和將來研究甲骨文動物名詞的既定方針。

甲骨文所見動物字的研究既然有著上文所述的特殊意義，因此，撰寫此文
的目的，不僅企圖探討甲骨文動物字的構成，找尋出詮釋動物字的途徑，而且
希望這些研究對其他學科也有所貢獻。而在著重歸納、總結動物字的造字法則
的同時，提出了研究甲骨文中的動物字的現實意義上的某些設想。

第一章　圖畫與文字的分野：以動物象形字為例

第一節　關於高亨的中國文字定義之檢討

高亨認為：「中國文字，起源於象形，象形者，畫成其物也。然則象形文字
與圖畫無別。而作圖與造字似是一事。其實不然，蓋象形文字，一形只是一義，
而圖畫一形不僅一義，其別一也。象形文字，一形必有一音，而圖畫有形無音，
其別二也。象形文字，其形雖反正繁簡，時有不同，但其姿態，大致固定，而

圖畫之形，可以隨意變更，其別三也。」〔註2〕

竊以為，高先生的定義，實際上是在文字已經與圖畫徹底分道揚鑣、固定成為記錄語言工具時對文字分析的結果。在文字的最早形態，這個定義並沒有普遍意義，像動物象形字與動物圖畫的區別，就是這樣。

為什麼會出現這種情況呢？我們不妨上溯文字與圖畫的源頭。從文字和美術都起源於勞動看，「書畫同源」；從中國象形文字與圖畫千絲萬縷的聯繫看，書畫也同源。胡蠻說：「象形文字，還多半是純粹的圖畫。這些圖畫的線描，模仿著自然和人事的形狀而被組合為一個一個的單元，並且再組合許多單位為一個事件的符號和記載。」〔註3〕魯迅乾脆說：「寫字就是畫畫。」〔註4〕因此，在文字的濫觴期，圖畫和文字難以區別，甲骨文中的動物象形字就是一種類似圖畫的文字。

由於甲骨的殘缺，個別的動物象形字脫離了所處的語言環境，時至今日，我們仍無法辨識。例如 （《粹》1584）這麼個形體，在準確無誤地考釋出來以前，這個字的音和義還是個謎，而我們卻不得不承認它是文字。

那麼，是否上古的文字和圖畫必不可分呢？不是的。陳夢家說：「文字和圖畫是同源的，但文字不就是圖畫。」如何區分圖畫和文字，陳先生謂略有五端：「一、圖畫是物體的寫象，它的目的在擬像，比較的求作成物體的正確的寫照。文字也是物體的寫象，它的目的在傳意，所以只要達到『視而可識，察而見意』的地步，不必個個字是『畫成其物，隨體詰詘』。二、因此圖畫是可觀的、具體的、寫實的，文字可以是主觀的、抽象的、寫意的（此皆就與圖畫比較的而言）。三、圖畫的篇幅是不受限制的，文字卻有約束成一表現一事一物為單位的趨向。四、圖畫經約束成一表現一事一物的單位，它由個體變為共相了。我們畫一個人形的『人』字，所畫的是甲，甲的『人』乙的『人』，約束成一個共同的象形的『人』字，象人之形。所以凡稱『人』，不管他是甲乙，同用這個『人』字。圖畫則不然，甲是甲，乙是乙。文字近於小孩的圖畫，他們畫男人女人大人小人都是一個人形。五、文字不必太具體太像，它可以加以人意。文字與語言皆是社會性的，它一被社會所公認，個人只有服從它而應用

〔註2〕高亨：《文字形義學概論》，山東人民出版社，1963年3月第一版，第23頁。
〔註3〕胡蠻：《中國美術史》，新文藝出版社，1953年8月新一版，第12頁。
〔註4〕魯迅：《門外文談》，人民出版社，1974年5月第一版，第17頁。

它。」〔註5〕要言之，文字最顯著的特徵在於它是記錄語言的符號，是社會里人們交流思想的工具。動物象形字，無論它多麼酷似圖畫，其語言的社會功能與完全失去了圖譜意味的、抽象的語言符號完全一樣。例如：𣄰，鳳的本字。古人運用它記錄風的現象。顯然，它的圖畫特徵幾乎喪失殆盡。儘管人們仍然讚歎造字者的匠心，但人們畢竟主要著眼於它所包含的記錄語言的意義。

圖畫，大都有清晰地表達畫家思想的形象，它往往偏向於展示睿智的哲思，深邃的寓意，給人以精神層面的啟迪。同時，它具有一定的審美價值，能夠引起觀摩者感情上的共鳴。魯迅以為：畫在亞勒泰米拉洞裏的野牛，「是有緣故的，為的是關於野牛，或者是獵取野牛，禁咒野牛的事。」〔註6〕顯然，這些動物圖像，或不具備記錄語言的功能，或僅僅起著記錄語言的輔助作用。它的意義非常隱蔽，甚至帶有神秘的色彩。

因此，區分上古的文字和圖畫，我以為，應該從文字和圖畫的性質著手。下面，本文通過上古的動物圖畫與甲骨文中所見的動物形象的比較，繼續討論這個問題。

第二節　古代的動物圖案與甲骨文中所見的動物象形字的比較

上古的圖畫與文字的區別，既然不能只從形、音、義方面著手，那麼，另闢蹊徑是必要的。儘管正確地辨別動物圖案與動物象形字，對於研究動物名詞的構成、源流、演變有重要的意義。然而，本文論述的圖畫和文字的區別，主要指動物象形字與動物圖畫之間的區別，並不具普遍性。

仰韶文化諸遺址的文物上，往往繪有刻有動物形象、花紋或符號。

馬克思說：「動物只是按照它所需的那個物種的尺度和需要來進行塑造，而人則懂得按照任何物種的尺度來進行生產，並且隨時隨地都能用內在固有尺度來衡量對象，所以，人也按照美的規律來塑造物體。」〔註7〕

圖畫和文字的創造，同樣受美的規律的支配，使它們在最初的階段頗為接近。但是，它們又有各自不同的特點，並受自身發展規律的約束，以致於它們最終形成為不同的領域。

〔註5〕陳夢家：《中國文字學》，中華書局，2006 年 7 月第 1 版，第 20、21 頁。

〔註6〕魯迅：《門外文談》，人民出版社，1974 年 5 月第一版，第 12 頁。

〔註7〕馬克思著（何思敬譯、宗白華校）：《經濟學——哲學手稿》，人民出版社，1959 年 9 月第一版，第 59 頁。

　　河南偃師二里頭遺址出土的一件陶器，刻有完整的魚形：〔註8〕。筆劃洗練，線條粗獷。又如西安半坡出土的人面魚紋盆上的魚：〔註9〕，都與甲骨文中的字頗為相似。臨潼姜寨出土的魚蛙紋盆上的蛙：〔註10〕，逼肖金文的（容庚：1985：1024頁）〔註11〕。陝西寶雞新石器時代遺址出土的一件細頸瓶，繪一鳥〔註12〕，與《明》2166的字有異曲同工之妙。我們把這些圖案與文字區分開來，是因為這些圖像沒有具體的語言環境，只是些個別的、孤立的形體。應當注意：這些個別的、孤立的形體不同於因殘泐所造成的文字上的孤立狀態。而且，這些刻、繪在彩陶上的動物形象，很大程度上屬裝飾性，它反映了當時人們的審美觀念，這種現象與上古人們佩帶赤鐵礦染紅的珠子和貝殼串的性質是一致的，雖然這些圖畫在某種意義上暗示了這些動物在人們生活中的重要性、當時社會的生產力水平以及上古人們對這些動物的崇拜感。最能說明這個問題的是河姆渡遺址出土的一把骨匕。其上刻有兩組雙頭禽：〔註13〕。表現出對稱的美。此外如鄭州商代遺址出土的銅罍，上飾一組鳥龜圖像：〔註14〕。背上花紋，顯示出平衡與旋轉的結合美。古人在創作這些圖像時，分明運用了一定的美術手段，如對稱、透視、色彩等。因而，它們的生動性、形象性也就比甲骨文中的動物象形字強得多。同時，它們記錄語言的可能性也就大為降低。外國的情形也差不多。埃及新王國時期（約公元前十六世紀～公元前十二世紀）的壁畫上的狗〔註15〕，色調對比、光線明暗等

〔註8〕中國科學院考古研究所洛陽發掘隊：〈河南偃師二里頭遺址發掘簡報〉，《考古》，1965年5期，圖版三·3。

〔註9〕陝西省西安半坡博物館：《中國原始社會》，文物出版社，1977年2月版，第45頁圖十七。

〔註10〕陝西省西安半坡博物館：《中國原始社會》，文物出版社，1977年2月版，第45頁圖十八。

〔註11〕郭沫若釋等形為「天黿」二字，蓋古軒轅氏。其說若可信，則等形為黿無疑。參看氏著：《殷周青銅器銘文研究》，人民出版社，1954年6月第1版，第7頁。

〔註12〕參看考古所寶雞發掘隊：〈陝西寶雞新石器時代遺址發掘記要〉，《考古》，1959年5期，圖版壹·3。

〔註13〕浙江省文管會、浙江省博物館：〈河姆渡原始社會重要遺址〉，《文物》，1976年8期，圖一四。

〔註14〕河南省文化局文物工作隊第一隊：〈鄭州商代遺址的發掘〉，《考古學報》，1957年1期，圖十三·13。這個圖形，唐蘭以為文字，釋為黿。參看氏著：〈從河南鄭州出土的商代前期青銅器談起〉，《文物》，1973年7期。步雲案：此圖銘凡三，環列於銅罍肩部，與罍銘通常在口內或耳內者相異，裝飾性甚於記事，似非文字。

〔註15〕朱龍華：〈埃及的古代文物〉，《文物》，1959年1期。

手法運用得當，其美感是甲骨文中的動物形象所無法比擬的。又如在印度河流域所發現的公元前兩千年的蠟石印模上的獨角獸〔註16〕，體積的大小、比例的合適度，與自然界的動物相去不遠。最有意思的是，獨角獸上鐫有古印度文字。看來，印度文字從圖畫中獨立出來比中國早得多。我們並不因為上述圖案刻在甲骨上、或塗在陶器上而肯定它們是文字，正如我們沒有否定蘇美爾人的泥版楔形文字、中國的古陶文字一樣，我們甚至不把它們稱為「原始文字」。

通過以上的比較可知，區別圖畫與文字，似乎不應只從形、音、義的角度切入。像上述的 🐟，既有「魚」形，則可讀「魚」音，同時也就具有「魚」義了。因此，上古的文字還沒有演變成點畫化的符號時，它與圖畫的區別略有四端：（一）視乎它是否存在於一定的語言環境中，是否起著記錄語言的作用。（二）視乎它是否有很濃的美術意味，是否運用了美術的表現手段，是否存在一定的審美價值，而非語言意義的表述。儘管某些早期的文字符號銘刻也運用對稱與平衡的美術手法，但其記錄語言的功能則毋庸置疑（詳下說）。（三）視乎它是否可與抽象符號相結合。這一點，在已經出現了少許記事符號的時代，顯得尤其重要。倘若具象化符號在記錄語言上不和一定的抽象符號結合，那麼，其記錄語言的作用將大大削弱乃至消弭。例如在 牡、牝、豬 諸字中，都有一個表示動物雄性性別的符號 ⊥，分別表示公牛、公羊、公豬。又如 ✦（㸈）、✦（牭）諸字，以若干橫畫表示牛齡。圖畫並不具備此等特徵。（四）視乎它是否可組合並產生別義。例如數目字、專名等的合文： ⼘（八十）、✦（二千）、⼘（且乙）。又如會意字的構成： ✦（觟），並非一隻羊和一隻牛的簡單描繪，而是表達「用角低仰」（據《說文》）意義。✦（虤），並非兩隻老虎的簡單描繪，而是表達「虎怒」（據《說文》）的意義。✦（狀），並非兩隻犬的簡單描繪，而是表達「兩犬相齧」（據《說文》）的意義。更重要的是，這些符號的組合，被賦予了有意義的、特定的語音。

象形文字區別於圖畫的這些特性，是我們確定、考釋甲骨文乃至銅器銘文動物文字不能不考慮的因素之一。

〔註16〕印度大使館新聞處：〈印度河流域古文化的發現〉，《考古》，1959 年 3 期，圖版捌·4。

第三節　青銅銘文中類似圖畫的動物形象與甲骨文中的動物象形字的比較

　　青銅銘文，無論是屬圖騰性質的符號〔註17〕，還是字裏行間的動物形體，都比甲骨文動物象形字更接近於圖畫。我們不妨試舉幾例：

字體 ＼ 字例	象	犬	鳥	隹	龍
金　文					
甲骨文					

　　顯然，同樣是反映客觀事物，青銅銘文更形象，更生動，也更容易識別。換言之，這些動物圖像更接近圖畫。事實上，這類圖像有些也存在於一定的語言環境中，證明它們是文字而不是圖畫〔註18〕。儘管許多圖像暫時不能釋讀，但我們至少可以知道它們是什麼動物。例如：《金文編》附錄上187所錄鳥魚鼎、且甲卣、父甲卣、父癸鼎等器上的銘文均為鳥形（容庚：1985：1074頁）；附錄上200的己觚銘文為全羊之形（容庚：1985：1078頁）；附錄上204鼎文為牛首（容庚：1985：1079頁）；附錄上198亞觶、父乙爵、子自卣、父丙鼎的銘文當為犬（容庚：1985：1078頁）。即便這些圖像有時呈孤立狀態，但綜合考察它們的流變以及可充當句子成分的性質，也應當把它們定義為文字而非圖畫。最典型的例證是商代的牛鼎和鹿鼎。這兩件器的器身，主體花紋是牛首和鹿首，但在器內通常鑄有文字的地方卻有兩個非常象形的銘文〔註19〕：

〔註17〕「圖騰性質的符號」，或稱為「圖形符號」，現在學術界傾向於使用「族徽字」這麼個概念。例如馬承源主編：《中國青銅器》，上海古籍出版社，1988年7月第1版，第360頁；又如杜迺松：《中國青銅器發展史》，紫禁城出版社，1995年5月第1版，第28～29頁。讀者可參看。

〔註18〕參看譚步雲：〈商代銅器銘文釋讀的若干問題〉，《中山人文學術論叢》第五輯，高雄中山大學中文系，2005年8月初版，第1～20頁。

〔註19〕參看吳鎮烽：《商周青銅器銘文暨圖像集成》，上海古籍出版社，2012年9月第1版，卷一，第11頁00008牛鼎、第17頁00016鹿鼎。又參楊曉能著（唐際根、孫

（牛鼎銘，《集成》01102）　　（鹿鼎銘，《集成》01110）

於是，我們不得不把這兩個象形的銘文與在同一個器皿上具有相似意涵的花紋區分開來，釋讀為「兕」、「鹿」二字。

同樣的情形也出現在其他器具上。例如另一件牛鼎，主體花紋是牛首，蓋銘作，器銘作〔註20〕。又如所謂的鵝鼎，主體圖案是對稱的鳥紋，器內則銘有〔註21〕。

不過，當這類圖像出現在甲骨文中時，我們能像認識金文那樣識別它們嗎？

胡蠻說：「銅器上的銘文刻畫的形象和甲骨文不同，但是在原始象形文字的意義上看，可以說同樣是描寫自然的這一原則。」〔註22〕在表現自然界的動物形象上，上古的人們在創造文字的時候，竭力地模仿自然，儘量希望文字與所反映的客觀事物相吻合，而有所區別。曾經有過象形文字的世界各國，這種情況大致相同。古埃及的圖形文字，「眼鏡蛇」作，「馬」作〔註23〕。蘇美爾人的楔形文字，「鳥」作，「牛」作，分別源自初文和〔註24〕。從以上表格所列「象」、「犬」二字，可見漢字亦不例外。古人刻意改變圖畫意味極強的初文的方位，正是把文字與圖畫分而別之的方法之一。

因此，銅器銘文更具象，證明它可能是更古老的形體，哪怕其使用時間滯後也無法改變這一事實，如同今天人們書寫金文篆書一樣：書體本就古老，它並不因為今人的書寫而影響其早出的性質。高明曾進行過商代銅器銘文與甲骨文的比較研究，認為銅器銘文使用繁體，甲骨文使用簡體，前者實際上是古體〔註25〕。筆者以為，其結論是可信的。

　　亞冰譯）：《另一種古史：青銅器紋飾、圖形文字與圖像銘文的解讀》，生活·讀書·新知三聯書店，2008 年 10 月第 1 版，第 021、022 頁。

〔註20〕吳鎮烽：《商周青銅器銘文暨圖像集成》卷一，第 12 頁 00009 牛鼎。

〔註21〕吳鎮烽：《商周青銅器銘文暨圖像集成》卷一，第 31 頁 00162 鵝鼎、第 132 頁 00163 鵝鼎。

〔註22〕氏著：《中國美術史》，新文藝出版社，1951 年 8 月新一版，第 11 頁。

〔註23〕Henry George Ficher, *Ancient Egyptian Calligraphy: A Beginner's Guide To Writing Hieroglyphs*, the Metropolitan Museum of Art, New York, 1999. p14, p20.

〔註24〕北京大學歷史系：《簡明世界史（古代部分）》，人民出版社，1974 年 10 月第 1 版，第 57 頁。

〔註25〕參看氏著：〈「圖形文字」即漢字古體說〉，《第二屆國際中國古文字學研討會論文集》，香港中文大學，1993 年 10 月，第 9～28 頁。

　　證明銅器銘文是更為古老的書寫符號，既可以從它的象形性切入，也可以從它別具一格的美術性切入──諸如對稱與平衡等美術技法在文字上的應用。舉例說，⟨父丁設銘⟩（《集成》03184）、⟨雔亞觚銘⟩，《集成》06980）、⟨⟨父癸設銘⟩，《集成》03212）或⟨⟨獸觚銘⟩，《集成》06670）這三個符號，固然可以釋作「弗」、「雔亞」和「單犬」，但學者們似乎更傾向於視之為「弔」、「亞隹」和「獸」的美術性繁構。原因乃在於我們實在不能無視以下的文字形體現象。在商代的銅器銘文中，「婦好」二字被設計為⟨婦好鼎銘⟩，《集成》01331），工匠刻意改動「婦」和「好」的偏旁結構，使之展示出對稱與平衡的美感。以致於同時期的「好」字也往往贅加一個「女」以體現對稱與平衡：⟨好鼎銘⟩，《集成》00999）。這種接近於畫畫的表現手法，正是圖畫發展為文字的孑遺。顯然，漢字系統的方正特質為對稱與平衡的美術構圖提供了條件。因此，我們沒有理由不把這類更接近於圖畫的青銅銘文定義為古體。

　　我們現在可以斷言，上古的文字，在反映客觀事物上，無論是甲骨文還是金文，都刻意求真，雖然隨著文字的演變發展而漸漸抽象化。只是因為表現的方式和手段有所不同，才出現了後者比前者更形象、更生動的情況。一方面固然是金文本屬古體或摹古的形體，因而更接近於客觀對象；另一方面則因為甲骨文是用青銅刀鐫刻在甲骨上的文字，所表現的形象，不能不受到刀刻工藝的限制。甲骨文上的形象多為線狀的輪廓，雖然它在很大程度上仍真實地反映了客觀對象，但與客觀對象已經有了一定的差距。商代，尤其是周代，鑄造技術已臻成熟，在青銅器上真實地表現客觀對象便成為可能。形象的大小，線條的粗細、明暗、色調都可以在模具上體現出來。這就是為什麼雕塑藝術比刀刻藝術有更強烈的真實效果的原因。我們不必因為青銅銘文的象形性比甲骨文更強烈而否定其文字的性質。

　　銅器銘文更為形象，為我們提供了更接近於客觀對象的藍本。因此，在考證甲骨文動物文字的時候，盡可能利用銅器銘文無疑是頗有裨益的。

第二章　甲骨文所見動物名詞及動物形象在文字中的反映

第一節　甲骨文中所見動物名詞

　　在開始正題以前，有一點必須申明：此處以《說文》所列部首為次匯釋甲

骨文動物名詞，並非認定古人給動物的分類有多麼地科學，而僅僅是為了論證上有一定的系統性——文字上的系統性。

據《殷墟甲骨刻辭類纂》所收錄的文字統計，已經考訂的動物字共有 38 個（未包括同一種屬的異稱），尚屬討論範圍的有 17 個，顯然是動物字而尚待考證的有 78 個。

事實上，就筆者所見，甲骨文動物字凡 219 文。茲分述如下：

牛部。甲骨文中從牛、且可確定為動物名的單字共 12 個。牛為後世的「六畜」之首，然而，牛被馴養的歷史卻並不是最久遠的。中國的考古學家們研究了許多新石器晚期的遺址中的牛骨骼，認為這個時期的牛仍不能確定為家畜。換言之，新石器晚期的牛類可能是人們的狩獵對象。牛是什麼時候被馴化的，迄今仍難下結論。到了甲骨文時代，牛成為家畜已是不容質疑的事實。儘管如此，那時的草原林莽中肯定還有野牛出沒。同樣地，牛已經成為人類主要的肉食來源的今天，世界上許多地方仍存在著野牛。可是，我們偏偏在甲骨文中看不到「逐牛」、「獲牛」的記錄。在古人稱為「牛」的群體裏中，到底有沒有野牛呢？很遺憾，在 9 個從牛的動物字中，我們竟然找不到野牛的蹤跡。也許，我們得從別的動物字中尋求答案了。不過，殷商時代的人們給我們留下的這 9 個從牛的字透露出一個重要的信息，那時候的養牛業興旺發達，養牛技術出類拔萃。根據考古發掘，殷墟至少有聖水牛（*Bubalus mephistopheles*）、水牛（*Bubalus bubalus*）和黃牛（*Bos taurus dommestica*）三個種屬〔註26〕。而殷墟所出玉石器物，則見水牛之形〔註27〕。至於甲骨文記述，則只有「黃牛」合文（《後》2.21.1），未見「聖水牛」、「水牛」指稱。

001. ，這個形體與金文乃至篆文相去不遠，以致前輩學者輕而易舉認出它就是「牛」。 顯然象黃牛牛首之形，金文中更為古雅的牛首狀的形體可證： （〈牛鼎銘〉，《集成》01104）。或以為有作整牛之形者，例如《甲骨文字典》就把 （《合》268）、 （《乙》7142）視為牛的別體（徐中舒：2006：78 頁）。

〔註26〕參看楊鍾健、劉東生：〈安陽殷墟之哺乳動物群補遺〉，《中國考古學報》第四冊，1949 年 12 月，第 147 頁；又參袁靖、唐際根：〈河南安陽市洹水北花園莊遺址出土動物骨骼研究報告〉，《考古》，2000 年 11 期，第 79 頁。步雲案：楊、劉文述牛、聖水牛二物，袁、唐文述水牛、黃牛二物。

〔註27〕參中國社會科學院考古研究所編著：《殷墟的發現與研究》圖版四四，科學出版社，1994 年 9 月第一版。

似乎缺乏文字上的理據（詳下說）。然而無論如何，《說文》所云「象角頭三封尾之形」是不準確的。牛字在甲骨文中大多用為犧牲名。殷人祭祀先祖神祇很是慷慨，供奉十條八條是常事，甚至有千牛之問。所用方式也頗多樣化：沉、埋、尞、卯，等。牛類可謂慘矣！從這個側面，可窺見商代養牛業的發達。

002.（字），從牛從丄，即「牡」。《說文》上說：「牡，畜父也。从牛土聲。」（卷二牛部）這代表了後世對「牡」的認識水平。在甲骨文時代，丄只是個表示動物名詞性別特徵的符號，並非土字（本文另有專節討論，茲不贅）。有學者認為「丄」是且字初文〔註28〕。可備一說。

003.（字），從牛從剛，岡、剛音同，則（字）當即《說文》所載的「犅」。不過，其解釋就頗讓人躊躇了。《說文》云：「犅，特牛也。」（卷二牛部）特牛即公牛。前文說過，牡是公牛的專有名詞，那麼，犅、牡是否都指公牛就值得研究了。《玉篇》有「犺」字，釋云：「水牛。」（卷二十三牛部）《集韻》云：「犅、犺，《說文》：特牛也。或從亢，通作剛。」（卷三唐韻）視犅、犺為一字之異。殷墟曾出聖水牛殘骸，犅是否指聖水牛，也許可存而備考。

004.（字），從牛從匕，即「牝」。如同牡字一樣，牝字所從匕是表示動物字性別特徵的符號；從牛特指母牛。

005.（字），象牛在欄中之形，即「牢」。雖然許慎誤以為冬省聲，但他的解釋卻接近正確。他說：「牢，閑養牛、馬圈也。」（《說文》卷二牛部）許慎以後，許多學人懷疑此說。直到1984年，姚孝遂才證明了許說的正確性。姚先生說：「牛經過特殊飼養之後，則稱為『牢』。」〔註29〕同理，經過特殊飼養的羊、馬、豕分別稱為「宰」、「寓」和「家」，不應把從羊從馬從豕者看作是「牢」的別體。姚先生雖然沒有指出「宰」、「寓」是什麼字，但他的見解卻是不可移易的。《甲骨文字典》採納姚說可視作對他的論斷的肯定。殷商時人已經掌握閹割技術，甲骨文中有豕（後作剢）字便是明證（詳下說）。既然有去勢的豬，則可能有去勢的牛、羊、馬等。可惜現在尚缺乏有力的證據。筆者疑心，所謂「特殊飼養」是指去勢後蓄養的家畜，「牢」可能同「犗」。《說文》：「犗，騬牛也。」（卷二牛部）

〔註28〕詳見郭沫若：《甲骨文字研究·釋祖妣》，科學出版社，1962年11月第一版。
〔註29〕參氏著：〈牢宰考辨〉，《古文字研究》第九輯，中華書局，1984年1月版。

006. 𤘈，從牛從勿，無可懷疑即「物」。但是，自從董作賓改釋為犁字、再由郭沫若大力闡發後，相信董、郭之說的似乎更多（李孝定：1991：0322 頁）。後來雖然有學者對物字重新加以詮釋，卻難以動搖物即犁字說之分毫。1981 年，裘錫圭再度論證了勿、物二字，觀堂的觀點大概可被肯定了〔註30〕。不過，專指雜色牛的物字，與「牻」、「𤘩」、「犖」等字有何區別呢？這倒是值得我們研究的問題。

007. 𤚪，《甲骨文編》作未識字收入附錄上八（孫海波：1965：651 頁）。雪堂隸定為「犆」，謂牷之本字，義指牛之毛色（李孝定：1995：0333 頁）。羅說得到了眾多學者的支持。不過，**犆**字典籍既無，又焉知不是合文〔註31〕？

008. 𤚩，嚴一萍隸定為「牛」，說：「殷人於犙牻之外，尚有『從牛從一』訓一歲牛之字。」（李孝定：1991：0308 頁）很有說服力，字典殆失之。

009. 𤘗，《甲骨文編》以為二牛合文（孫海波：1965：613 頁）。嚴一萍別釋為「牰」，云：「此點可從卜辭自證之。《乙》5317 版有一辭曰：『貞：於王乎雀用𤘗二牛？』此『𤘗』用於『二牛』之前，其非牛之通名而為牛之專名可知。蓋卜所用者為三歲之牛二隻也。」（李孝定：1991：0308 頁）又說：「疑犙本訓二歲牛，與牻從參同例。自鉉本誤以二歲牛入牰下，以犙為牰之重文，後人依鉉改鍇遂移許書『體長』為鍇說。又妄增『犢』字，幸其音尚存可藉見許書之舊。」（李孝定：1991：0305～0306 頁）嚴說大致可從，只是所援引的例子「二牛」後似有缺文，循甲骨文例，應讀為「貞：於王吳乎雀用𤘗二、牛□？」

010. 𤙌，《甲骨文編》亦作合文處理（孫海波：1965：613 頁）。嚴一萍釋為「犙」（李孝定：1991：0305～0309 頁）。可從。《說文》云：「犙，三歲牛。從牛參聲。」（卷二牛部）若深究之，𤙌字可能會意兼形聲：從牛從三，三亦聲。

011. 𤙊，《甲骨文編》以為「三牡」合文（孫海波：1965：618 頁）。如前所述，字從犙從丄，當隸定為「犙」，特指雄犙。字書所無。或可視為「牡犙」

〔註30〕參裘錫圭：〈釋勿發〉，《中國語文研究》第二期，1981 年 1 月；王國維：《觀堂集林·釋物》，中華書局，1959 年 6 月第一版。

〔註31〕《殷墟甲骨刻辭類纂》（姚孝遂：1989 年，第 902 頁）即作合文處理。步雲案：後世文獻，例如包山楚簡即見分書的「戠牛」。因此，這個字視之為合文顯然是可以接受的。參看湖北省荊沙鐵路考古隊：《包山楚簡》，文物出版社，1991 年 10 月第一版，第 32～37 頁。

合文。辭云：「……隹◆……」（《合》11145，即《京津》1122）用為獸名無疑。

012.◆，《甲骨文編》以為「四牡」合文（孫海波：1965：618頁）。事實上，字從牡從上，當隸定為「◆」，特指雄牡。字書所無。或可視為「牡牡」合文。辭云：「出寮羊，卯◆？」（《合》15067，即《掇》1.202）又：「翌癸丑出且辛羊、◆？」（《合》1780，即《乙》3216）用為獸名無疑。

隹部。甲骨文從隹之字凡十六文，其中多為殷人的狩獵對象；其餘的則作地名，或假借為他字，但後世的典籍中則不乏用如本字的例子。於此也可觀古人造字初衷與用字實踐之間的矛盾心理。

013.◆，一望而知是鳥雀之形，與後出的金文、篆文「隹」相去不遠。《說文》云：「隹，鳥之短尾總名也。」（卷二隹部）認為是短尾禽類的總稱。實際上，甲骨文隹字所展示的尾毛並不比鳥字短多少。隹、鳥二者在字形上的區別，前者似乎是動態形象，作振翮奮翅狀；後者似乎是靜態形象，呈斂羽棲息形。因此，既然二字均具鳥雀義，所以從隹從鳥諸字往往無別。如雞，或作鷄；雎，或作鵃，等等。隹當是飛鳥的泛稱，而不是有別於其他鳥雀的某種屬。甲骨文中屢有「隻（獲）隹」的記錄，可知長翅膀的也難逃滅頂之災：繒網羅之，弓繳射之。

014.◆，接近於後出的金文、篆文「雀」，或作◆（《甲》3942），從鳥從小，當「雀」的異體。《說文》云：「雀，依人小鳥也。」（卷二隹部）雖然甲骨文用如方國名、人名，但典籍卻常有用如本字的例子。譬如：「如鷹鸇之逐鳥雀也。」（《左傳·襄二十五》）《說文》的解釋也許很對，雀只是個頭很小的鳥，而不是特指今天的家雀。

015.◆，從隹從矢，即「雉」。《說文》云：「雉有十四種：盧諸雉、喬雉、鳲雉、鷩雉、秩秩海雉、翟山雉、翰雉、卓雉，伊洛而南曰翬，江淮而南曰搖，南方曰壽，東方曰甾，北方曰稀，西方曰蹲。從隹矢聲。」（卷四隹部）可能地，甲骨文中的「雉」只是泛稱。可知漢人已懂得大致的分類了，比起殷人來是一大進步。不過，《說文》所述的14種雉是不是都屬今天動物學上所確定的雉科卻難下結論。雉是殷人樂於捕殺的鳥類。《前》2·30·1記錄了一次捕獲48隻雉的輝煌成果。如此之多的雉被殺，證明那時的原野上活躍著成群結隊的雉類。殷人獵殺這麼多雉，恐怕是用於祭祀，並用為食物。古人好吃雉類，典籍也有記載。孔夫子便說過：「山梁雌雉，時哉！時哉」（《論語·鄉黨》）以致於同行

的子路「共（拱）之」。據考古學家們研究，殷墟出土的鳥類遺骸中屬雉科的有褐馬雞（*Crossoptilon mantchuricum Swinhoe*）〔註32〕。目前，褐馬雞僅見於我國山西北部、河北北部、西北部山地。褐馬雞體形碩大，毛羽豔麗，肉味鮮美。也許，這就成為它慘遭殺戮的誘因。殷墟還出土過銀雉（*Gennaeus ef. nycthermerus*）遺骸〔註33〕。那麼，甲骨文的「雉」可能只是通稱而非特指。又（《庫》1506）、（《甲》2336），《甲骨文編》收入附錄上48（孫海波：1965：731頁）《甲骨文字典》謂「象某種鳥形」（徐中舒：2006：436頁）。若《說文》「從隹矢聲」可信，二形似是雉的異體。

016.，從隹從奚，即「雞」。或作、，象雄雞之形。金文保留著更為形象的古體：（容庚等：1985：1086頁）、（容庚等：1985：1074頁）。《說文》云：「雞，知時畜也。」（卷四隹部）這個解釋也完全從雄雞的概念出發。雖然甲骨文雞字只用作地名，例如《懷特》B1915云：「辛酉，王其於雞彔（麓）隻（獲）大（暴）虎。才（在）十月，隹（唯）王三祀，劦日。」而非用為動物之名〔註34〕，但雞在殷時已成為家禽了。據考古材料稱：早於殷墟文化的遺址出有家雞的遺骸〔註35〕，而殷墟也出有可能為家雞的骨骼〔註36〕。也許，甲骨文的「雞麓」正是飼雞中心，猶如今天所謂「煤都」、「陶都」、「鐵都」一樣，地以物名。《越絕書》載：「婁門外雞陂墟，故吳王所畜雞，使李保養之。去縣二十里。」「麋湖城者，闔廬所置麋也，去縣五十里。」（卷二頁五、六，景江安傅氏藏明雙柏堂刊本）又：「犬山者，句踐罷吳，畜犬獵南山白鹿，欲得獻吳神，不可得，故曰『犬山』。其高為『犬亭』。」「雞山、豕山者，句踐以畜雞、豕，將伐吳，以食士也。」（卷八頁八，景江安傅氏藏明雙柏堂刊本）這都可為「雞麓」作一注腳。

017.，從水從口從隹，或省水，作、等形，學者釋為「雝」。《說文》云：「雝，雝䨄也。」（卷四隹部）《說文》保留了「雝」的本義，但在甲骨文中，

〔註32〕參看侯連海：〈記安陽殷墟早期的鳥類〉，《考古》，1989年10期，第944～945頁。
〔註33〕參看張光直著（毛小雨譯）：《商代文明》，北京工藝美術出版社，1999年1月第一版，第117頁。
〔註34〕《甲骨文字典》（徐中舒：2006年，第395頁）引《海》1.1「之夕有鳴雞」例，謂甲骨文雞字用如本字。步雲案：所引例「雞」似為「鳥」之誤。
〔註35〕周本雄：〈河北武安磁山遺址的動物骨骼〉，《考古學報》，1981年3期，第343頁。
〔註36〕侯連海：〈記安陽殷墟早期的鳥類〉，《考古》，1989年10期，第944頁。

「雖」是先王之名，而在典籍中，或作水名，或作國名，或作人名。《爾雅·釋鳥》云：「鶺鴒，雖渠。」

018. 　，從隹從戶，為「雇」無疑。《說文》云：「九雇，農桑候鳥。」（卷四隹部）甲骨文則作地名、人名。

019. 　，從隹從工，可以隸定為「𪄀」。《說文》云：「𪄀，鳥肥大𪄀𪄀也。鴻，𪄀或從鳥。」（卷四隹部）段玉裁認為「𪄀」是本字，後見的「鴻」是借字。雪堂則謂「疑此字與鴻雁之鴻古為一字」（李孝定：1991：1283 頁）。甲骨文有「𪄀」無「鴻」，段、羅以為字與「鴻」不無關係，也許是很正確的。不過，殷墟沒有發現鴻（即鳥綱鴨科雁屬種類）的遺骸，卻是讓人暗生疑竇：「𪄀」真的是「鴻」嗎？況且，「𪄀」在甲骨文中也非用如本字，均是作地名。

020. 　，從隹從今。《甲骨文編》隸定作「雂」，以為《說文》所無（孫海波：1965：178 頁）。但此字從隹從今甚明，與其隸定作「雂」，不如就從于省吾徑直作「雊」〔註37〕。《說文》云：「雊，鳥也。」（卷四隹部）《廣韻》云：「雊，白喙鳥。」但甲骨文只用作陰晴之「陰」。

021. 　，從隹從匕甚明，《甲骨文編》隸定為𪅃，以為《說文》所無（孫海波：1965：178 頁）。余永梁云：「此字從隹從匕，疑即雌字。」（李孝定：1991：1291 頁）余氏疑得確有道理。前面已經說過，匕只是個表示動物的自然性別的符號。因此，直釋為雌並無不妥。從𪅃到雌，可看作會意字向形聲字的轉化。《說文》云：「雌，鳥母也。」（卷四隹部）

022. 　，從隹從泉，　，或從鳥從泉，《甲骨文編》隸定為𪆰，以為《說文》所無（孫海波：1965：178 頁）。《甲骨文字典》作「𪇰」（徐中舒：2006：425 頁）。以聲求之，殆從隹犬聲的「雚」。泉、犬二字古屬元韻，音近可通。《說文》：「雚，鳥也。睢陽有雚水。」（卷四隹部）甲骨文𪆰字用如地名。睢陽，今河南商丘，與殷墟鄰近。雚水，當即商時的𪆰。顯然，𪆰釋作雚可信。

023. 　，從臥從隹。觀堂云：「古臥臷為一字，此殆許書之鶾。」（李孝定：1991：1385 頁）古字中從鳥從隹往往無別，則鶾、雗可視為同一字的異體，許慎一分為二可能並不正確。不過，此字從隹，宜隸定作「雗」。《說文》：「雗，雗鷽也。」（卷四隹部）不如《爾雅·釋鳥》明白透徹。《爾雅》上說：「鶾，天

〔註37〕參氏著：《甲骨文字釋林》，中華書局，1979 年 6 月第一版，第 112 頁。

雞。」郭璞注曰：「鶾雞赤羽。《逸周書》曰：文鶾若彩雞，成王時蜀人獻之。」
但《說文》鷽字條下又云：「鶾鷽，山鵲，知來事鳥也。」（卷四隹部）未知孰
是。「鶾」僅一見，辭殘，不知甲骨文作何解。

024. 𤘓，從隹從亞，可隸定為「雅」。《甲骨文編》作未識字收入附錄上 48
（孫海波：1965：732 頁），《甲骨文字典》謂「象頭上有冠之鳥，義不明。」（徐
中舒：2006：433 頁）亞、牙古音同，則「雅」可能為雅字異體。《說文》云：
「雅，楚鳥也。一名鸒，一名卑居，秦謂之雅。」（卷四隹部）當然，根據鳥、
隹用為形符往往通作的規律，則字也可作鴉。《廣韻》云：「鴉，同鴉。」《爾雅·
釋鳥》：「鸒斯，鵯鶋。」鵯鶋，即《說文》所謂「卑居」。郭璞注云：「雅烏也。
小而多群，腹下白。」雅烏，就是烏鴉。一些商代的銅器上鐫有類似烏鴉的鳥
形圖形：𤟥（容庚等：1985：1074 頁），可證商人已經對鴉有所瞭解。因此，
雅可能就是鴉。此字甲骨文僅一例，見《粹》1563。辭殘，但仍可斷定為田獵
卜辭，則𤘓為動物名無疑。黃錫全釋「鶒」〔註38〕。可備一說。

025. 𤿥，《甲骨文編》作未識字收入附錄上 45（孫海波：1965：726 頁）。金
文中屢見形近之文，作𤿥、𡱖等形。希白釋「雁」，即「鷹」（容庚等：1985：256
頁）。《說文》云：「雁，鳥也。從隹，瘖省聲。或從人，人亦聲。」（卷四隹部）
《甲骨文字典》大概即據此而作「雁」（徐中舒：2006：396 頁），只是屢入若干
從隹從匕者，則未確。字僅一見，無法瞭解其用義。殷墟曾出土雕（Aquila sp.）
的遺骸〔註39〕，因此有理由認為殷人對鷹科動物有所瞭解，並訴諸文字。

026. 𤟥，《甲骨文編》作未識字收入附錄上 45（孫海波：1965：726 頁）。
《甲骨文字典》則謂「所象形不明」（徐中舒：2006：403 頁）。湯餘惠釋為「雖」
〔註40〕。郭小武釋「雞」〔註41〕。蔡運章別釋為「鶒」〔註42〕。張桂光疑為「孔
雀之屬，𣎴即示雀屏」〔註43〕。湯說可從。《說文》云：「雖，雖也。」（卷四隹

〔註38〕參氏著：〈甲骨文字釋叢〉，《考古與文物》，1992 年 6 期。又載氏著：《古文字論叢》，
　　　　藝文印書館，1999 年 10 月初版，第 34～35 頁。
〔註39〕侯連海：〈記安陽殷墟早期的鳥類〉，《考古》，1989 年 10 期，第 944 頁。
〔註40〕參氏著：〈釋𤟥𣎴〉，《華夏考古》，1995 年 4 期。
〔註41〕參看氏著：〈商周文字與文化二考〉，《胡厚宣先生紀念文集》，科學出版社，1998 年
　　　　11 月第一版，第 191～192 頁。
〔註42〕參氏著：《甲骨金文與古史研究·釋𣎴鶒》，中州古籍出版社，1993 年 12 月第 1 版。
〔註43〕參氏著：〈古文字考釋十四則〉，《胡厚宣先生紀念文集》，科學出版社，1998 年 11
　　　　月第一版，第 214 頁。

部）「雎」即「鴟」。《玉篇》上說：「鴟，鳶屬。」（卷二十四鳥部）可見它是鷹隼類的猛禽。雛在甲骨文中，均用為鳥名。例如《存》2.166 就記錄了商人的一次逐雛行動，獵獲了八隻雛。

027. 𦥯，《甲骨文編》失收。《續甲骨文編》作「雛」，補入卷四隹部（金祥恒：1993：1999 頁）。《甲骨文字典》同（徐中舒：2006：395 頁）。從行款上看，雛字很像「鷇」、「隹」二字，但通過文例考察，釋作「雛」比作「鷇」、「隹」二字更切文意。《乙》1052：「乎取生𦥯？勿取生𦥯？」雛，籀文作鶵，甲骨文亦從鳥，篆文則從隹。今據許書收入隹部。

028. 𦥯，《甲骨文編》收入附錄上 48（孫海波：1965：732 頁）。字或可隸定作舊。《甲骨文字典》以為從鳥從西，用為方國名（徐中舒：2006：435 頁）。字僅見於《甲》2902。

萑部。《說文》設立的這個部首，下隸四文，其中有三字均為禽名，則此部似可併入隹部。但許君另作一部也不是全無道理：倘若從動物分類學上考慮，甲骨文萑部三字均屬鳥綱鴟鴞科。甲骨文從萑且確知為動物名的共有三字：萑、雚、舊。

029. 𦥯，察其形體，甲骨文與小篆的「萑」相去不遠。《說文》云：「萑，鴟屬，从隹从𦬠，有毛角。所鳴其民有旤。」（卷四萑部）《說文》的這段解釋，大致勾勒出貓頭鷹的輪廓了。貓頭鷹，鳥綱，鴟鴞科。俗稱「夜貓子」。今天民間仍傳說貓頭鷹哭會給人們帶來禍害，是「所鳴其民有旤」的最佳注腳。殷墟曾發現耳鴞（*Asio sp.*鳥綱，鴟鴞科）的遺骸[註44]，還出土過鴞形尊。這都表明殷商時人對鴞有充分的認識。萑字在甲骨文中用如禽名。例如《鄴》3.46.10：「祭大乙，其用𦥯？」「用萑」例同「用龜」、「用豕」，那萑為禽名再無可疑。此外，萑字還用作祭名、地名等。

030. 𦥯，形體上與甲骨文和篆文的「雚」近似。《說文》云：「雚，小爵也。从萑吅聲。《詩》曰：『雚鳴于垤。』」（卷四萑部）楊樹達「疑萑、雚一字」（于省吾：1996：1689 頁），換言之，雚是鴟屬而非小雀。毛樹堅所釋恐怕即本此（毛樹堅：1981：75 頁）。《甲骨文字典》亦從之（徐中舒：2006：409 頁）。楊先生主要是從聲音上考慮，但二字形體迥異卻是事實，而且在甲骨文中用法有

[註44] 參看侯連海：〈記安陽殷墟早期的鳥類〉，《考古》，1989 年 10 期，第 945～946 頁。

別，宜作二字觀。雚可能是鸛的本字。《說文》無鸛字。查後世典籍，對鸛的詮釋都與《說文》對雚字的注解頗有出入。明‧李時珍《本草綱目》云：「弘景曰：鸛有兩種，似鵠而巢樹者為白鸛，黑色曲頸者為烏鸛。宗奭曰：鸛身如鶴，但頭無丹，項無烏帶，兼不善唳，止以喙相擊而鳴，多在樓殿吻上作窠，嘗日夕觀之，並無作池養魚之說。」（卷四十七）解釋已接近科學，尤其是指明鸛有黑白兩種，基本符合鸛在我國的分布情況。筆者之所以認定雚即鸛，是基於《說文》所引的《詩》句。「雚鳴于垤」見《詩‧豳風‧東山》，今天所見的《詩經》各本「雚」均作「鸛」。至於說解，我們寧願相信《本草綱目》的說法。許氏把「雚」說成「小爵（雀）」，不知道是否混淆了「鸛」「鸜」二字。《左傳‧昭二十五年》：「鸜鵒來巢。」《公羊傳》「鸜」作「鸛」。《韻會小補》云：「鸛本作鸜。鸜，鵒也。」《正字通》謂「鸜鵒」就是「八哥」，那當然是「小爵（雀）」了。雚，甲骨文多用作「觀」，又用作祭名「祼（灌）」。只有《粹》404、451 兩辭作「酻𩿨」，疑是禽名。殷墟曾出土與鸛極其相似的丹頂鶴的遺骸〔註45〕，以殷商時人的認知水平，鸛、鶴無別也是可能的。殷墟墓葬所出所謂玉鶴，睹其形，即便說是「玉鶴」也無妨〔註46〕。雚如果不是與萑同為一字而得釋為鸛的話，那它在動物學上的分類屬鳥綱鸛形目鸛科（*Ciconiidae*），而不是鳥綱鷗䴉科。

031. 𩿨，從萑從臼，即「舊」。《說文》云：「雎舊，舊留也。从萑臼聲。鵂，舊或从鳥休聲。」（卷四萑部）既然舊的或體作鵂，那麼，舊留當即鵂鶹。鵂鶹，鳥綱鷗䴉科（*Glaucidium cuculoides whiteleyi*）。今日分布在我國長江流域以南地區。甲骨文舊字不作禽名，或作地名，或假借為新舊的「舊」。又𩿨（《續》5.14.5），不從萑，《甲骨文字典》亦作「舊」（徐中舒：2006：401 頁）。

羊部。甲骨文從羊、且確知為獸名的文字僅五個。據考古發掘報告，殷墟有三種羊屬動物的遺骸〔註47〕。目前，我們還很難將這五個從羊的字和哪三種羊屬動物聯繫起來。當然，殷人「羊」的觀念，恐怕泛指哺乳綱牛科的羊屬動物；至於羊屬的各個種類，殷人則別有稱謂。

〔註45〕 參看侯連海：〈記安陽殷墟早期的鳥類〉，《考古》，1989 年 10 期，第 946 頁。
〔註46〕 參看中國社會科學院考古研究所編著：《殷墟玉器》圖 48，文物出版社，1982 年 3 月第一版。
〔註47〕 參看楊鍾健、劉東生：〈安陽殷墟之哺乳動物群補遺〉，《中國考古學報》第四冊，1949 年 12 月，第 147 頁。

032. 䖂，這個形體與金文、小篆的「羊」基本無別，羊字演變的軌跡可謂清晰。甲骨文的「羊」象羊首之形，金文可證：䖂（〈羊鼎銘〉，《集成》01105）、䖂（容庚等：1985：261 頁）。足以證明許慎所謂「象頭角足尾之形」的解釋不可取。金文中有全羊的別體，作：䖂（容庚：1985：1078 頁），但只是個別現象。今天的羊字從羊首之形的古文字演變而來是無可懷疑的。羊字在甲骨文中用如犧牲名。

033. 䖂，《甲骨文字典》以為從羊從小，即「羔」，而以䖂為岳（徐中舒：2006：414～415 頁）。《甲骨文編》以䖂作「羔」，收入卷四羊部（孫海波：1965：182 頁）。審察文例，䖂用為山嶽神祇之名似無可疑。而䖂，殆用為動物之名：「□辰卜，殼貞：䖂寮十豕䖂卯……」（《鐵》86.3）則䖂釋為羔不無道理。

034. 䖂，從羊從丄，可以隸定為「羘」。如前所述，丄是雄性的標識，字從羊特指雄羊，則「羘」或可據《爾雅·釋畜》「羊牡羒」作羒，當然也可據《說文》「羝牡羊也」（卷四羊部）作羝。總之，《甲骨文編》視之為牡的異體是不妥當的（詳下文）。

035. 䖂，從羊從匕，可以隸定為「牝」。如同「羘」一樣，「牝」宜據《爾雅·釋畜》「羊牝牂」釋為「牂」。不過，《說文》卻說：「牂，牡羊也。」（卷四羊部）今本《說文》沒有牝羊的專名，可能是手民所誤。匕、丄形近，牝容易錯作牡。

036. 䖂，商金文大致同此：䖂（容庚：1985：55 頁）。因此，字可以隸定為「宰」。如上文「牢」字條所述，「宰」是經過特殊飼養的羊。「宰」殆即羯字。《說文》：「羯，羊羖犗也。」（卷四羊部）唐·顏師古注《急就篇》云：「殺之犗者為羯，謂劇之也。」

鳥部。《說文》云：「鳥，長尾禽總名也。」（卷四鳥部）前面說過，鳥是禽類靜態的形象，本質上與佳並無區別。古人之所以創造出兩個偏旁，是因為：在他們的心目中，從佳的為飛禽，從鳥的為棲禽。當然，這種分別是相對的，飛禽也有棲息的時候，只是古人多見它們在飛罷了。例如從鳥的「鴈」、「鶴」等字，可能反映了它們在古人心目中的動態形象。甲骨文中從鳥、且知為禽名的文字凡十一個。

037. 䖂，察其形體即知為「鳥」。甲骨文中有「獲鳥」的記錄。例如：「辛未卜，鳴隻（獲）井 䖂 ？」（《後》下 6.13）辭中的鳥，當是泛指。

038. ![字形]，從鳥從凡，與篆文「鳳」略同。不過，甲骨文別有 ![字形]（孫海波：1965：188～189頁），更像高冠、展翅、修尾的大佳，作為聲符的凡字，很多時候給省略了。前輩學者能認識「鳳」，是「鳳」在甲骨文中多用作「風」的緣故。「鳳」用如本字，于省吾先生云：止《甲》3112 一見〔註48〕。郭沫若則謂《合》14225、14226 兩辭中的「鳳」也是「鳳凰」的「鳳」〔註49〕。「鳳」是什麼鳥，後世典籍的說解已經蒙上了神秘的輕紗。不過，學者們已逐漸撩開那輕紗，以還「鳳」本來之面目了。郭沫若云：「或說古人所謂鳳即南洋之極樂鳥，土名為 Banlack，鳳即 Ban 之對音，似近是。」〔註50〕董作賓更直截了當地說：「鳳就是孔雀。」〔註51〕筆者傾向於後一說。殷墟發現過孔雀的遺骸〔註52〕，也出土過一件稱之為「玉鳳」的器物，造型極像雄性孔雀〔註53〕。古代黃河流域曾有過孔雀實在不必懷疑。例如文獻有云：「成王時，西方人獻孔雀。」（《書·周書》）又如：「孔雀盈園，畜鸞皇只。」（《楚辭·大招》）但是，孔雀、鳳凰古似有別。例如上引《楚辭·大招》，孔雀、鳳凰並見：「孔雀盈園……魂兮歸來，鳳凰翔只。」那二者是否為一物當仍有疑問。孔雀，鳥綱雉科，野生者目前僅見於雲南西南部和南部。

039. ![字形]，從佳從术，《甲骨文編》隸定為「椎」，收入卷四佳部，謂《說文》所無（孫海波：1965：178 頁）。唐蘭釋鷸〔註54〕，《甲骨文字典》從之（徐中舒：2006：430 頁）。乞靈於聲韻：屈、术古同屬物韻，字或可作「鷗」。《說文》：「鷗，鷗鳩也。」（卷四鳥部）

040. ![字形]，從佳從血，《甲骨文編》隸定作「雖」，收入卷四佳部，謂《說文》所無（孫海波：1965：178 頁）。《甲骨文字典》則謂所會意不明（徐中舒：2006：552～553 頁）。以聲求之：血、桼古在質部，字或可作「鷙」。《說文》：「鷙，鳥也。」（卷四鳥部）

〔註48〕參氏著：《甲骨文字釋林》，中華書局，1979 年 6 月版，第 323 頁。
〔註49〕參氏著：《卜辭通纂》第 398 片釋文，科學出版社，1983 年 6 月第一版。
〔註50〕參氏著：《兩周金文辭大系》，文求堂書店，昭和 10 年 8 月 20 日第一版，第 18 頁。
〔註51〕參氏著：〈安陽侯家莊出土之甲骨文字〉，載《田野考古報告》第一期，1936 年 8 月。
〔註52〕參看張光直著（毛小雨譯）：《商代文明》，北京工藝美術出版社，1999 年 1 月第一版，第 117 頁。
〔註53〕參看中國社會科學院考古研究所編著：《殷墟玉器》圖 42，1982 年 3 月第一版。
〔註54〕參氏著：《殷墟文字記》，中華書局，1981 年 5 月，第 43 頁。

041. ，從隹從戈。《甲骨文編》失收。字見於《存》1.705、《簠遊》130。《甲骨文字典》收入，謂《說文》無，疑為弋射之義（徐中舒：2006：404 頁）。字亦見於商金文：（〈且辛卣銘〉，《集成》04897）。于省吾隸定作「⿱弋隹」，認為即《說文》之鳶字，亦即「鳶」〔註 55〕。《說文》云：「鳶，鷙鳥也。」（卷四鳥部）姚孝遂先生說：「即今之『大雕』。」〔註 56〕于、姚之說可從。鳶是殷商時人的田獵對象。例：「□□卜，㞢貞：乎多射，隻（獲）？」（《存》1.705）殷墟出土過灰禿鷲（*Aegypicus monachus*）遺骸〔註 57〕，則甲骨文的「鳶」或下文的「鷢」恐怕就是這類猛禽。

042. ，從隹從丙。《甲骨文編》隸定作雨，謂《說文》所無（孫海波：1965：179 頁）。金文、等（容庚等：1985：1075 頁）與此略同。從聲訓上考慮，丙、倉古在陽部，字或可作鶬。《說文》云：「鶬，麋鴰也。从鳥倉聲，䧿，鶬或从隹。」（卷四隹部）

043. ，《甲骨文編》隸定作⿰氒隹，收入卷四隹部，謂《說文》所無（孫海波：1965：178 頁）。《甲骨文字典》同（徐中舒：2006：400 頁）。氒即厥字古體，金文厥字多如是作，隸定為「⿰氒隹」當無疑問。古文字從隹從鳥多無別，則字當即「鷢」。鷢字在甲骨文中多作地名，但也有作鳥名的例子：「……往出獸……隻（獲）取鷢」（《合》10607，即《鐵》36・3）《說文》云：「鷢，白鷢，王鴡也。」（卷四鳥部）《爾雅》說同許書。郭璞注曰：「雕類。今江東呼之為鶚，好在江渚邊食魚。」據郭說，鷢可能是白尾鷂（*C. cyaneus cyaneus*），鳥綱鷹科鷂屬，我國常見。韓愈《送夕暢》詩：「飄然逐鷹鷢。」鷹、鷢並稱，可作郭說注腳。應當提出的是，孫先生早在 1936 年就釋為鷢了〔註 58〕，後來不知為什麼改作。自那時後，也不見有人舊事重提。其實，孫先生的考釋是很正確的。此外，被《甲骨文編》收入附錄的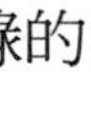（《乙》4071）（孫海波：1965：727 頁），恐怕也當釋作「鷢」。

044. ，從隹從田。《甲骨文編》隸定作「畽」，謂《說文》所無（孫海波：

〔註 55〕參于省吾：《甲骨文字釋林》，中華書局，1979 年 6 月第一版，第 325 頁。

〔註 56〕姚孝遂：〈甲骨刻辭狩獵考〉，《古文字研究》第六輯，中華書局，1981 年 11 月第 1 版。

〔註 57〕參看張光直著（毛小雨譯）：《商代文明》，北京工藝美術出版社，1999 年 1 月第一版，第 117 頁。

〔註 58〕參氏著：〈卜辭文字小記・鷢〉，《考古》第四期，1936 年 6 月。

1965：179 頁）。田、晨古屬真韻，則字或可作鷐。《說文》云：「鷐，鷐風也。」
（卷四鳥部）《玉篇》云：「鷐風，鸇。」（卷二十四鳥部）《爾雅》郭璞注：「鸇
屬。陸機云：『鸇似鷂，黃色，燕頷，句喙，向風搖翮，乃因風急疾擊鳩、鴿、
燕、雀食之。』」顯然，這是一種大型肉食禽類。

045. 𓅐，《甲骨文編》收入附錄上 48（孫海波：1965：731 頁）。《甲骨文
字典》謂象某種鳥形，義不明（徐中舒：2006：432 頁）。劉敦願謂象鳥啄木之
形，釋之為鴷〔註 59〕。鴷，《說文》所無。《爾雅·釋鳥》云：「鴷，斲木。」
晉·郭璞注：「口如錐，長數寸，常斲樹食蟲，因名云。」殷商時爵文有類似
的字，作𓅿（容庚：1985：1075 頁）形，相去不遠，只是省卻樹穴形偏旁。劉
說可從。鴷字在甲骨文中似用為地名。《佚》323：「□□〔卜〕，爭貞：王曰：
𓅐，𓅐田，爾其幸？／貞：勿曰：𓅐，𓅐田，弗其幸？」

046. 𓅾，《甲骨文編》當作未識字收入附錄上 46（孫海波：1965：727 頁）。
于省吾釋「鳬」，論說頗詳〔註 60〕。裘錫圭復釋之〔註 61〕。與金文的鳬比較，發
現釋「鳬」十分可取。張秉權釋為「雁」似不當〔註 62〕。鳬，《說文》收入卷三
儿部，並云：「鳬，舒鳬，鶩也。从鳥儿聲。」既言從鳥儿聲，則應收入鳥部為
是。鶩就是野鴨。但在甲骨文中，鳬作地名。《丙》521：「貞：王入于鳬束德？
／貞：勿于鳬束？」《詩·魯頌·閟宮》：「保有鳬、繹。」鳬、繹，鳬山、繹山。
甲骨文的鳬不知道與《詩》的鳬山有無關係。

047. 𓅿，《甲骨文編》作未識字收入附錄上（孫海波：1965：731 頁）。字
似從鳥河聲，或即《說文》鴚字。字僅見於《佚》105：「丁卯卜，韋貞：𓅿？」
當指鳥綱類動物。

烏部。《說文》別有烏部，下隸三文，均為禽名。甲骨文卻只有一個焉字。

048. 𓃟，從隹從止。《甲骨文編》收入卷二止部，隸定為「崔」，以為《說
文》所無（孫海波：1965：57 頁）。《甲骨文字典》謂《說文》所無，用如地名
或方國名（徐中舒：2006：401 頁）。余永梁、葉玉森二氏以為「進」字，則與

〔註 59〕 參氏著：〈中國古代的啄木鳥〉，《農業考古》，1982 年 1 期。
〔註 60〕 參于省吾：《甲骨文字釋林》，中華書局，1979 年 6 月，第 376 頁。
〔註 61〕 參裘錫圭：〈甲骨文字考釋（八篇）〉，《古文字研究》第四輯，中華書局，1980 年 12
月。
〔註 62〕 張說見《殷墟文字丙編》521 片考釋，中央研究院歷史語言研究所，1959 年 10 月。

禽名無涉。嚴一萍認為：「當即《說文》之舄。」（李孝定：1991：1389～1393
頁）嚴氏釋之為舄是有道理的。《前》4.36.7 云：「貞：乎取崔？」似為動物名。
若是作「進」，訓說牽強。甲骨文又有「宵」語，以「省象」等語例之，則殷商
時人似有養鳥之癖。舄，《說文》或作「雛」，即「鵲」。舄在甲骨文中又作地名。
《左傳・昭五》：「楚伐吳，吳人敗諸鵲岸。」這裡的鵲岸與甲骨文的鵲地不知
道有沒有關係。

　　虎部。《說文》中從虎的字不少，但作動物名的不過六個。據考古發掘報告，
殷墟只發現了一種虎類遺骸〔註63〕。事實上，地球上的虎類也就有數的幾種。那
麼，古人在造字的時候，會不會把像虎卻並非虎類的動物也歸為一類呢，這是值
得我們關注的。甲骨文中從虎、且知為獸名的字很少，與後世典籍相去太遠。

　　049. ，古文字極度誇張獸的獠牙及強調獸身的斑紋，甲骨文有更為具象
的形體：（《甲》2422），與同時期更為象形的金文比較：（毀文，《集成》
02974.1）〔註64〕，可知學者把 釋為「虎」是很正確的。但《甲骨文編》虎字
條下所收各文是否均為虎字則似有可商。虎自有文字記載的時代起，就作為田
獵的犧牲品而被銘諸甲骨，書諸竹帛。甲骨文屢有「獲虎」的記錄，殷商時人
甚至取其骨以紀功。《逸周書・世俘解》則云：「武王狩，禽虎二十有二，……」
雖說古人對虎類大加殺戮，但也有奉之如神明的時候。《禮記・郊特牲》云：「迎
虎，為其食田豕也。迎而祭之也。」甲骨文中的「虎」可能為劍齒虎一類的猛
獸，否則獠牙不可能誇張得使身體失去比例。然而，劍齒虎存在於晚中新世到
上新世末更新世的歐、亞及美洲大陸，至商時早已滅絕。

　　050. ，象虎而有頭角之形，殆許書所載「虒」。《說文》云：「委虒，虎
之有角者也。從虎厂聲。」（卷五虎部）《甲骨文編》隸於虎字條下的好些字形，
除了具備獠牙、斑文的特徵外，虎頭上還有冠狀物。與許氏解說吻合。更為重
要的是：甲骨文字的冠狀形構分明演變成了厂。因此，《甲骨文編》（孫海波：
1965：35 頁）一律視為虎的異體是值得商榷的。金文有 （尊文，《集成》
05477）〔註65〕，可能亦「虒」字。

〔註63〕楊鍾健、劉東生：〈安陽殷墟之哺乳動物群補遺〉，《中國考古學報》第四冊，1949
　　　　年12月，第146頁。
〔註64〕更多圖例請參看《金文編》（容庚等：1985年，第1076～1077頁）。
〔註65〕《金文編》（容庚等：1985年，第1077頁）作未識字收入附錄上。

051. 𤘨，從虎從田。《甲骨文編》隸定為甝，謂《說文》所無（孫海波：1965：35頁）。《甲骨文字典》同（徐中舒：2006：530頁）。陳邦福以為即貓之本字，從虎苗省聲〔註66〕。別闢蹊徑，從語音上考慮，「甝」可能就是《說文》中的驣字。田，古在定紐真韻；騰，古在定紐蒸韻。兩字旁轉可通。《說文》云：「驣，黑虎也。」（卷五虎部）不過，甲骨文甝字用為地名，而非獸名。西周金文見「甝」（〈弔甝尊銘〉，《集成》05857），用為人名。

052. 𤝞，從虎從匕，可隸定為「虎」。《甲骨文編》以為牝之異體（孫海波：1965：35頁）。《甲骨文字典》同（徐中舒：2006：80頁）。《合》15401（即《甲》240）云：「丙申卜……㱿弜用虎大祉？」「虎」用為動物名可無疑。如前所述，「虎」應是母虎的專字。

053. 𤝟，從虎從丄，可隸定為「虎」。《甲骨文編》失收。字見《乙》6696（即《合》5516）：「壬辰卜，爭貞：其〔虎〕，隻（獲）？／壬辰卜，爭貞：其虎，弗其隻（獲）？」「虎」，諸書均作「虓」。細審原篆，似非。據上引文例，「虎」為雄虎專名無疑。《集韻》云：「虥，雄虎絕有力者。」（卷四咸韻）則虎蓋「虥」之本字。

054. 𤝠，《甲骨文編》隸定作「虤」，收入卷五虎部，謂《說文》無（孫海波：1965：225頁）。《甲骨文字典》同（徐中舒：2006：529頁）。察諸文例，當為獸名：「王其用𤝠，叀……」（《甲》757）例同「用牛」、「用龜」。又《甲》2772例：「戊辰卜，壴貞：又來𤝠自覒？」例同「有來鹿」。因此，字可能同「虎」，只不過為拘執之形罷了。

055. 𤝡。《甲骨文編》隸定作淺，謂「从水从虎，《說文》所無」（孫海波：1965：444頁）。字殆從虎淺聲；淺，同淺。則淺或即許書虦字。《玉篇》云：「虦，貓也。」（卷二十三虎部）不過，字均用作地名：「壬寅卜，才（在）□貞：王步於淺，亡災？」（《合》36828，即《前》2.5.5）「……才（在）淺……步於□亡災？」（《合》36955，即《後》1.11.9）則「淺」是否為獸名尚有待新材料的證明。又《甲骨文編》卷五所收戲字蓋同淺。

女部。《說文》上的這個部首有兩個訓如動物名的字：㜣和㜪。甲骨文也有這兩個字。從字體上看，確像獸形，而且在某些文例中，也用如動物之名。

〔註66〕見《甲骨文字詁林》，第1628頁所引。是書案語云：陳釋不可據（于省吾：1996年，第1629頁）。

056. 🐒，觀堂首釋為「夒」（李孝定：1991：1903～1904 頁）。非常正確。姚孝遂釋為「猱」[註67]，雖然不能說是錯誤的，卻未免忽視了文字的傳承關係。與其把這個逼肖猿猴的象形字直書為「猱」，還不如循文字的演變規律作「夒」。《說文》：「夒，貪獸也。一曰母猴。」（卷五夊部）訓詁學家一般認為，「母猴」（或作「沐猴」）即「獼猴」。參照甲骨文的形體，相信沒有人會懷疑這個說解。夒有用為獸名的例子。《合》10468（即《拾》6.9）：「其隻（獲）夒？」可證殷人田獵也襲擊靈長目動物。據動物學家研究，殷墟發現過靈長目動物的遺骸[註68]。這可謂「夒」的實證。

057. 🐒，察之甲骨文，此形比夒多了些許頭角，而具人立之形。唐蘭釋之為「夔」毋庸置疑[註69]。然而，《甲骨文編》不加細審，卷五夒字條下收入數例夔字（孫海波：1965：254 頁）。像《明藏》483、《甲》1147、《佚》857 等便是。金文不見夔字，但有從夔之字：🐒（〈大盂鼎銘〉，《集成》02837），基本上與甲骨文保持一致。《說文》對夔字的說解雖帶有神話成分，但參之甲、金文，還是有可取之處。許氏說：「夔，神魖也。如龍，一足，從夊，象有角手人面之形。」（卷五夊部）抹去其神秘色彩，那「夔」可能是「山魈」。《抱朴子·登涉篇》云：「（魈，）山精，形如小兒，獨足向後，夜喜犯人，名曰『魈』，呼其名則不能犯也。」我們再看看動物學家的描述：「山魈，學名 *Mandrillus sphinx*，哺乳綱，猴科。頭大，尾極短，四肢粗壯，面部眉骨高突，兩眼漆黑深陷。自眼以下，鼻部呈深紅色。……吻部皮膚有皺紋，色鮮藍而透紫，並具尖利長牙，狀極醜惡。頭頂的毛豎起。……性兇猛。」[註70]與甲骨文刻畫的形象多麼吻合！尤其值得注意的是：山魈頭頂的毛豎起，象頭角之形。另外，「神魖」與「山魈」在聲音上也比較接近，兩者也許有語音上的聯繫。如果從🐒字與自然界動物的相似性考慮，「夔」也可能指稱猩猩。安陽小南海舊石器時代洞穴遺址曾出

[註67] 參氏著：〈甲骨刻辭狩獵考〉，《古文字研究》第六輯，中華書局，1981 年 11 月第一版。又參姚孝遂、肖丁：《小屯南地甲骨考釋》，中華書局，1985 年 8 月第 1 版，第 5～6 頁。步雲案：用如先公先王名諱的夒也有作屈足狀的，例如《佚》886、《前》7·5·2、《續》1·1·1 等均如是作。姚說非。

[註68] 殷墟出土過猴的上下顎以及頭骨、牙齒等。參看楊鍾健、劉東生：〈安陽殷墟之哺乳動物群補遺〉，《中國考古學報》第四冊，1949 年 12 月，第 147 頁。

[註69] 參氏著：《殷墟文字記》，中華書局，1981 年 5 月第 1 版，第 44～45 頁。

[註70] 夏征農主編：《辭海》（縮印本），上海辭書出版社，1980 年 8 月第 1 版，第 784 頁。

土過猩猩化石〔註71〕，或可作參證。不過，到了 🐾 字產生的時期，殷墟及其周邊地區是否仍有猩猩出沒則尚待考證。

貝部。貝部裏只有「貝」是動物字，甲骨文也不例外。可動物學家在殷墟裏發現了好幾種有殼軟體動物，像蚌器、海螺、貝貨等〔註72〕。那麼，這是不是說明了貝在殷商時代只是具備貨幣功能，因而從貝的諸字均與貨幣有關呢？答案是肯定的。因此，要反映其他有殼軟體動物的概念，古人便不惜把貝類劃歸別的部首而捨棄作為貝類總名的貝部了。

058. 🐚，像貝類動物的兩扇硬殼，學者釋為「貝」當無可疑。《說文》云：「貝，海介蟲也。」（卷六貝部）甲骨文、商金文中屢有「賜貝」的記錄，可證「古者貨貝而寶龜」之語不妄。甲骨文中的貝顯然是斧足綱類動物的形象。

豕部。豬是人類最早馴化的動物之一，人類對它有足夠的認識自在情理之中，因此，甲骨文中從豕的字共有七個之多。考古材料證明：殷墟發現了腫面豬和家豬的遺骸〔註73〕。倘若甲骨文從豕的字中有屬豬科動物的動物名詞，實在可以補苴考古材料的不足。

059. 🐖，象豕之形。就字形而言，豕和犬十分相似，差別僅在於前者「腹肥尾垂」，後者「腹瘦尾拳」（李孝定：1991：3091頁）。豕在甲骨文中常用作犧牲之名。令人驚奇的是，田獵卜辭中竟有「隻（獲）豕」之說（例如《合集補》2591）。這些在野外獵獲的「豕」當然不會是家豬。安陽小南海舊石器時期洞穴遺址曾發現野豬（*Sus scrofa*）化石〔註74〕，可作旁證。即便今天，野豬也是各地常見的動物。然而，為什麼殷商時人稱這些野生動物為「豕」呢？也許，獲而可飼之者才稱為「豕」，獲而難以馴養者則別有稱謂。我們知道，家豬正是野豬的馴化物。後世的典籍《爾雅》把「豕」列入〈釋獸〉而不是〈釋畜〉，不能不說是具有啟發意義的做法。殷墟卜辭別見 🐗 （《粹》120）、🐗 （《鐵》62.1），花東卜辭亦見，辭云：「丙卜，叀 🐗 匕庚？」（《花東》39）。學者俱作「豕」。以

〔註71〕周本雄：〈河南安陽小南海舊石器時代洞穴遺址脊椎動物化石的研究〉，《考古學報》，1965年1期，42～43頁。

〔註72〕中國社會科學院考古研究所編著：《殷墟的發現與研究》，科學出版社，1994年9月第一版，第402～403頁。

〔註73〕參看楊鍾健、劉東生：〈安陽殷墟之哺乳動物群補遺〉，《中國考古學報》第四冊，1949年12月，第147頁。

〔註74〕參看周本雄：〈河南安陽小南海舊石器時代洞穴遺址脊椎動物化石的研究〉，《考古學報》，1965年1期，第39頁。

花東辭例論，釋之為「豕」似無問題。不過，如同「犬」和「龙」微有差異一樣，恐怕 🐗 所表意義殆象豕多毛之狀，亦為野豬之屬〔註75〕。

060. 🐗，從豕從⊥，可隸定為「豖」。如前所述，豖特指公豬，宜據《說文》「豭牡豕也」（卷十豕部）釋為豭。花東卜辭有別體作 🐗（《花東》13 等）者，而作 🐗 者僅一見，可知當時 🐗 是正體，🐗 是異體。這可以作為字體斷代的標準之一。

061. 🐗，從豕從匕，可隸定為「豕」。特指母豬。如同豖一樣，宜釋為豝。《說文》云：「豝，牝豕也。」（卷十豕部）花東卜辭既有 🐗（《花東》139 等），也有作 🐗（《花東》4 等）者，釋者以為亦母豕之形。筆者以為 🐗 與 🐗 非一字，前者當作「豕」（詳下文）。

062. 🐗，《甲骨文編》以為豭字，並說：「象牡豕之形而畫勢於其旁。」（孫海波：1965：389 頁）聞一多認為「當釋豕，去勢豕也」（李孝定：1991：2985～2986 頁）。可從。不過，筆者卻以為象豖形而去其代表雄性符號「⊥」橫畫，表明乃雄豕之去其勢者。釋 🐗 為豕，有一個內部證據：《甲骨文編》卷 11・4 收 🐗 作涿，孫先生說：「《說文》：涿，流下滴也。從水豖聲。上谷有涿縣。契文作 🐗 即豕字或省。」（李孝定：1991：3347 頁）《庫》402：「貞：蠶人……乎 🐗……田？」又《天》50：「叀……🐗……🐗……於天？」可知 🐗 為 🐗 的異體，宜釋為豕。豕在甲骨文中用如犧牲名。《乙》4544：「甲子卜，㱿叀二 🐗 二 🐗，用？／〔甲子〕卜，亡豖，㱿二 🐗 二 🐗，用？」這條卜辭證明 🐗 🐗 二字不同，前者所從為表性符號「⊥」有所簡省的變異。這也證明了聞先生的解釋較《說文》「豕絆足行」的解釋為長。因此，前者宜釋為豕，後者當釋為豭。而花東卜辭所見的 🐗，與上引 🐗、🐗 當為一字，也應作「豕」。孫先生以為「🐗 即豕字或省」當然不無道理，但是，🐗 與 🐗 所表意義可能有所不同：前者為牝豕之被閹割者，後者為牡豕之被閹割者。🐗，花東作 🐗（《花東》4 等），形體略同。《花東》170 辭云：「甲寅歲且甲白 🐗 一，叙鬯飮，自西祭？／甲寅歲且甲白 🐗 一？」可知 🐗、🐗 微有差別。又《花東》215：「庚辰歲匕庚 🐗 一 🐗

〔註75〕字亦見於小屯西地甲骨，或謂字形似豪豬。參看中國社會科學院考古研究所編著：《殷墟花園莊東地甲骨》第六分冊，雲南人民出版社，2003 年 12 月第 1 版，第1577 頁。步雲案：可備一說。

一？子祝。」可證⚹、⚹不同〔註76〕，否則直書「⚹（或⚹）二」即可。要言之，⚹、⚹、⚹俱可視作「豕」，儘管在形體所表意義上略有不同。

063. ⚹，當「青」字，這是借用他字作獸名的唯一一個例子。《說文》云：「青，幬帳之象。」（卷七冂部）解釋雖有點玄，卻足以證明字與獸類無涉。有足夠的甲骨文文例證明「青」用如犧牲名，殆通作「縠」。《說文》云：「縠，小豚也。」（卷九豕部）可《爾雅·釋獸》曰：「貘，白狐，其子縠。」郭璞注道：「一名執夷，虎、豹之屬。」幸好有這麼一條卜辭，我們才知道《爾雅》弄錯了。《乙》2833：「貞：犰青於父乙？」前面已經說過，犰是牝豕的專名，即豝字。用它修飾的名詞必然指豕無疑。原來，《爾雅》是把縠誤作縠了。《說文》上說：「縠，犬屬，腰以上黃，腰以下黑，食母猴。……或曰似牂羊，出蜀北囂山中。犬首而馬尾。」（卷十犬部）這縠以獼猴為食，可能是豹類動物。於此也可見豕、犬字形的難辨。

064. ⚹，從大從豕，《甲骨文編》隸定為琢（孫海波：1965：390頁）。吳璵釋之為「豨」〔註77〕。吳先生釋為豨不無道理。字從豕從大，是個會意字，即大豕。雖然《說文》上的豨字並無大豕的意義，但所徵引的「封豨修蛇」恰恰證明了豨為獸名。揚雄說：「豬……南楚謂之豨。」（《方言》第八）很明顯，《說文》的訓釋是有問題的。「封豨」，即大豕；與「修蛇（長蛇）」對舉。豨由此有「大豕」的意義。《莊子·知北遊》有「監市履豨」一語。李頤注道：「豨，大豕。」據典籍，豨原指大野豬。前面說過，甲骨文的豕難以確定是野生的還是家養的，所以，把琢釋為豨是可信的。《甲骨文編》把部分從犬從大的字也列在琢字條下，是明顯的疏忽。如今，絕大多數的甲骨學者都把從大從犬者直接寫成「狄」。其實，從豕從犬相當明顯，而且結構上也不相同，稍加比較自見分曉。湖南省湘潭商代遺址所出豕尊，其造型應是野豬〔註78〕，其古名可能即「豨」。

065. ⚹，從宀從豕，即「家」。《說文》云：「家，居也。從宀豭省聲。」

〔註76〕原釋者認為⚹是泛指（即通稱），⚹指某一類母豬（如產過仔的母豬）。參看中國社會科學院考古研究所編著：《殷墟花園莊東地甲骨》第六分冊，雲南人民出版社，2003年12月第1版，第1645頁。朱歧祥謂前者為野生母豕，後者為家畜母豕。參看氏著：《殷墟花園莊東地甲骨校釋》，（臺灣）東海大學中文系語言文字研究室，2006年7月，第997頁。步雲案：均未能自圓其說。

〔註77〕參氏著：《甲骨學導論》，（臺灣）文史哲出版社，1988年10月三版，第66頁。

〔註78〕參看何介均：〈湘潭縣出土的商代豕尊〉，湖南省博物館編：《湖南考古輯刊》第一輯，嶽麓書社，1982年11月。

（卷七宀部）如果不是花東卜辭的面世，我們也許對許慎的解釋深信不疑。其實，如同上文所述的「牢」、「宰」等字，「家」恐怕也是指經特殊豢養的豬，花東卜辭可證：「甲辰歲匕庚家一？」（《花東》61）此外，花東卜辭「家」或作𡨄（《花東》236、490），所從殆豭之省，證明許書所云「豭省聲」並非全無根據。所從當然也可能是「豕」的異體，表明「家」即閹豬之屬（詳下文）。

希部。《說文》希部凡五文，都是獸名。甲骨文卻只有一個希字。

066. 𢁅，《甲骨文編》收此作「殺」（孫海波：1965：134～135 頁）。孫詒讓說此字與《說文》古文近同，當釋為希（李孝定：1991：2997 頁）。但在甲骨文中，此字並不用為獸名，儘管《說文》云：「希，脩豪獸。一曰河內名豕也。」（卷九希部）不過，甲骨文形體似為一爬行類動物的俯視圖，與所謂「脩豪獸」頗有差異。因此，郭沫若別釋為「殺」。其實孫氏的解釋是正確的。那為什麼它在甲骨文中的用法和《說文》的釋義頗有距離呢？李孝定解釋說：「希之為祟，只是假借耳。」（李孝定：1991：3000 頁）當然，《甲骨文編》殺字條下各字並不能俱釋為「希」，例如《戩》33‧9 的𢁅，就應釋作「蔡」，訓「殺」。

彑部。《說文》彑部下四文都是豕名。甲骨文見凡二文。

067. 𣂪，象利箭貫穿豕身之形，儘管有矢、豕分離的𢒉，也有箭形簡略的𣂪、𣂪（《花東》39 等），即「彘」。「彘」應是從豕從矢，矢亦聲。《說文》「後蹏發謂之彘」（卷九彑部）的解釋並不準確。彘在甲骨文中有用為獸名的例子：「己卜，叀彘匕庚？」（《花東》53）可能為野豬一類。商代金文有銘類此：𣂪（觚文，《集成》06654），則𢒉（爵文，《集成》07530）也可釋為「彘」。

068. 𣂪，從彘從丄，可隸定為「𢁅」，特指雄彘：「甲子歲且（祖）甲𢁅？子祝在𣂪。」（《花東》330）後世字書無載。

豚部。《說文》豚部凡二文，都是小豬的專名。甲骨文只有「豚」一字。

069. 𢃇，甲骨文從豕從肉，與《說文》所載別體同，則當以從豕從肉者為正體。《說文》：「豚，小豕也。从彖省。象形，从又持肉，以給祠祀。」（卷九豚部）這樣的說解當然也是不準確的。豚在甲骨文中多用為犧牲名，常見「叀豚」、「（數詞＋）豚」（例如《前》3.23.6）之語。

豸部。以下將談到的幾個動物名詞（豸除外）的甲骨文形體都與豸字無涉，

雖然這些字在後世的字典中都是從豸的。這就給我們以啟示：在甲骨文時代，豸不作為部首而存在。換言之，豸這種動物在古人的心目中未能成為某一大類動物的代表。儘管我們現在還弄不清楚豸是什麼動物，可就《說文》所收豸部各字來分析：在動物分類上也太龐雜了。例如，豹，屬哺乳綱貓科；貘，屬哺乳綱貓熊科；貛，屬哺乳綱鼬科。當然，這種情況在別的部首也存在，然而，幾乎每個名詞分屬不同科的現象是比較難以理解的。因此，某些從豸的字的異體從犬在一定程度上反映了古人在動物分類上的困惑；換句話說，在較為古老的文字中，豸和犬是沒什麼區別的。

070. 𤢻，象獸之形，細審其字形，與金文貉、貓等字所從之豸相去不遠（參見《金文編》相關字條），學者們釋之為「豸」，顯然有著文字源流上的根據。可它是什麼動物，卻使人躊躇了。《說文》云：「獸長脊，行豸豸然。欲有所司殺形。」（卷九豸部）《爾雅・釋蟲》卻說：「有足謂之蟲，無足謂之豸。」《後漢書・輿服志》則以為豸、廌通作。獬豸即許書中的解廌。甲骨文中，豸用為人名和地名。這樣，豸到底是什麼，依然是個疑問。

071. 𤟭，《甲骨文編》列為「虎」的異體，附於虎字條下（孫海波：1965：224～225 頁）。《續甲骨文編》錄此作「豹」（金祥恆：1993：2283 頁），大概是接受了王襄的考釋（李孝定：1991：1689 頁）。王先生的立論基於其形體切合「似虎圖文」的解說。然而，這種僅從形體出發的考釋，是難以獲得學界首肯的。在甲骨文中，這個字都與医（侯）字連用，恰好典籍中有「崇侯虎」，所以學者們大都認為「医虎」便是「崇侯虎」。事實上，崇侯虎是帝辛時人（據《竹書紀年》），而甲骨文中的這個「医𤟭」卻是武丁時人。我們知道，医（侯）這麼個爵號來源於司職箭鵠的人員。医字的形體便很能說明問題。《說文》上說：「矦，……从人从厂，象張布，矢在其下。……医，古文矦。」（卷五矢部）真是深得其旨，雖然形體分析稍失之。「医＋名詞」原來可能用以指明箭垛所屬類型。《周禮・天官冢宰》記載：「王大射，則共虎侯、熊侯、豹侯，設其鵠。諸侯則共熊侯、豹侯。卿大夫則共麋侯，皆設鵠。」由於所設立的箭垛有種類和數量上的等級差別，那麼，司事種類不同、數量不一的箭垛的官員當然也有等級的高低。據《周禮》，顯然是提供虎、熊、豹等類型箭垛的官員職位最高。因此，「医某」原指箭垛類型，後用來稱職掌者，其嬗變的過程如同「司徒」、「司

馬」等官職一樣。既有厌虎，又焉知沒有厌豹？重要的是，甲骨文中並無「厌𧰼」之例，而殷墟既有虎的遺骸也見豹的顎骨〔註79〕，與甲骨文𧰼𧰼兩種形體並存相一致，那表明殷商時人可能用𧰼𧰼指稱兩種動物。也許，隨著考古資料的日漸豐富，𧰼是否應釋為「豹」會有最終結論。

072. 𤢈，從犬從莫。字見於周原甲骨文 H11：19。殷墟甲骨未見〔註80〕。商代金文有「獏」，作：𤢈（〈𢧵其卣銘〉，《集成》05413），略同。文字學者一般認為「獏」同「貘」，固然有文字規律上的根據：豸、犬可以通作，例如「豻」或作「犴」。另一方面則是根據典籍對貘所下的定義、并參照考古材料作出判斷的。有學者據《說文》、《爾雅》等典籍，並參以考古材料考證出古人所謂的「貘」就是大熊貓（哺乳綱貓熊科），而非近人所稱的貘（哺乳綱貘科）〔註81〕。其說可信。

073. 𤡰，從獸形從小。《甲骨文編》收入附錄上 99（孫海波：1965：833～834 頁）雪堂釋鼠，郭沫若釋貍（李孝定：1991：4552～4553 頁）。《甲骨文字典》或收入卷五附於虎部，或收入卷九附於豸部，謂所會意不明（徐中舒：2006：531、1060 頁）。甲骨文見霾字：𩃱，從雨從獸形，所從獸形與𤡰所從相似，僅少了雨字而已。郭說似乎可以接受。武丁妻妾成群，貍與婦連用，大概也是武丁的配偶。《說文》云：「貍，伏獸，似貙。」（卷九豸部）語焉不詳。段玉裁注曰：「謂善伏之獸，即俗所謂野貓。」殷墟曾出土貍的顎骨及肢骨〔註82〕。可作旁證。

074. 𤝞，《甲骨文編》隸定為「𤟭」，謂《說文》無，收入卷十二我部（孫海波：1965：497 頁）。《甲骨文字典》則收入卷十四戌部（徐中舒：2006：1609 頁）。字當從豸我聲，字僅見於《佚》685 殘辭，未知確義。又《甲骨文編》附

〔註79〕參看楊鍾健、劉東生：〈安陽殷墟之哺乳動物群補遺〉，《中國考古學報》第四冊，1949 年 12 月，第 146 頁。

〔註80〕或以為殷墟卜辭所見之𩵋（《合》6667）即「貘」之象形字。參看何景成：〈釋甲骨文、金文中的「貘」〉，《古文字研究》第 32 輯，中華書局，2018 年 9 月第 1 版，第 62～67 頁。步雲案：或可備一說。然未能解釋何以殷金文、周原甲骨復見「獏」字，二者相同還是相異，尚未得要領。

〔註81〕參王學理：〈漢南陵從葬坑的初步清理──兼談出土大熊貓頭骨為犀牛骨骼的有關問題〉，《文物》，1981 年 11 期。

〔註82〕參看楊鍾健、劉東生：〈安陽殷墟之哺乳動物群補遺〉，《中國考古學報》第四冊，1949 年 12 月，第 146 頁。

錄上一一五所收𤉫（《無想》377），當同此。或即《玉篇》𤝋字：「𤝋，獸。」（卷二十三豸部）我古音疑紐歌韻；左古音精紐歌韻。則兕我、左聲近可通。

兕部。《說文》兕部止一字，甲骨文有二字。

075. 𤉫，象走獸之形，或釋馬，或釋白麟，或釋犀，或釋兕（李孝定：1991：3013～3018頁），莫衷一是。此形與篆文接近，顯然以釋兕為長。雖說殷墟曾見犀牛遺骸，銅器中也有形神畢肖的犀尊，但兕、犀恐非一物，至少在古人眼中就不是同一種動物。《說文》云：「兕，如野牛而青。」（卷九兕部）又云：「犀，南徼外牛，一角在鼻，一角在頂，似豕。」（卷二牛部）《左傳·宣公二年》云：「犀、兕尚多。」犀、兕並舉。顯然，過去以為兕就是犀牛的看法是錯誤的。以前甲骨學家認為有「隻（獲）兕」（《佚》518）記事刻辭的骨頭就是「犀牛骨」，後來經古動物學家進行科學分析，認為應是「牛骨」〔註83〕。看來許君的解釋還是不錯的，兕類可能是野牛之屬〔註84〕。如果拿金文相參照：🐂（〈牛方鼎銘〉，《集成》01102），會發現甲骨文的𤉫實在就是整體的牛形，以致它與犀牛有幾分相似。據此，前文所引𤉫（《合》268）、𤉫（《乙》7142），恐怕也當作「兕」。

076. 𤉫，從兕從水，可隸定作「㵒」，《甲骨文編》作未識字收入附錄上（孫海波：1965：829頁）。當為獸名：「……允隻（獲）……㵒一。」（《鐵》182.1）字從兕從水，殆亦兕屬，則為哺乳綱動物。

象部。《說文》象部有兩個字，甲骨文只見象一文。

077. 𤉫，畢肖大象，金文中有更為古老的形體，作🐘（容庚等：1985：673頁）。小篆作𧰼，多少保留了上古文字的輪廓。殷商時人常有獲象之舉（例如《合集補》2610），甚至服象，卜辭有「省象」之問，甲骨文有「為」字，象手牽象之形，足證「商人服象，為虐於東夷」（《呂覽·季夏紀》）之語不妄。殷商時代，中原地區常見象蹤，以致河南省別稱為「豫」；延至漢代，就僅見於南越了。所以《說文》上說：「象，長鼻牙，南越大獸，三年一乳。」（卷九象部）殷人所見的象，殆亞洲象（*Elephas maximus*）。

〔註83〕參陳煒湛：〈臺北讀甲骨文記〉，《紫禁城》，2003年1期，第31頁。

〔註84〕雷煥章認為兕為野牛之象，其形體與商金文同。參看氏著（葛人譯）：〈商代晚期黃河以北地區的犀牛和水牛──從甲骨文中的𤉫和兕說起〉，《南方文物》，2007年第4期。步雲案：雷說可能是正確的。

馬部。雖然殷墟僅發現一種馬科動物遺骸，但在甲骨文中，從馬的動物字卻很多。也許，我們未必能一一把這些動物字考釋出來，然而，這麼多與馬有關（或即屬馬科）的動物字展現在眼前無疑向我們昭示殷商時期的馬類情況。馬是殷商時人很有用的動物。無論是考古材料還是文字資料都證明了那時已經在使用馬車。馬除了用於祭祀、食用外，還用以勞作，這是生產力進步的標誌。從以下各個從馬的文字中，興許我們還能獲悉一些其他的有關馬的信息。

078. 𤡭，如此神似的刻畫，相信猜也猜得出來。金文有更為象形之作：𩢸（戈文，《集成》10857）。小篆雖有很大變化，但猶存古意，所以學者釋為「馬」。《說文》：「馬，象馬頭毛尾四足之形。」（卷十馬部）釋義大體準確。不過，花東卜辭所見「馬」字，有略去鬃毛的形體：𩡧（《花東》46、296），甚至有接近於「虎」字的𩡧（《花東》349），可見鬃毛作為馬的特徵之一也可忽略不計。甲骨文有「車馬」連用之辭（《菁》3），可作殷用馬車的佐證。殷商時有「馬方」，殆牧馬部落的稱謂。殷商時設立「洗馬」一職，足證畜馬業的發達。馬，當是殷商時人對馬類動物的總稱，其中有多少種馬科動物，由於缺乏實物（動物遺骸、文物）以資參考，迄今尚難下斷語。

079. 𩢲，從馬從鬼，當即「騩」。淺黑色的馬。《說文》云：「騩，馬淺黑色。」（卷十馬部）在卜辭中，「騩」用如馬名：騩其坚？／騩不坚？／戊卜，其日用騩，不坚？（《花東》191）

080. 𩦠，從馬從爻。《甲骨文編》隸定作「駁」（孫海波：1965：398頁）。《說文》云：「駁，馬色不純。」（卷十馬部）則駁大概是雜色馬。

081. 𩦋，從馬甚明。《甲骨文編》收入附錄上一○○，以為未識字（孫海波：1965：836頁）。《甲骨文字典》收入馬部，謂「所會意不明」（徐中舒：2006：1074頁）。唐蘭考此字作「驪」〔註85〕。《合》37514（即《通》730）：「叀𩦋眾騽，亡巛？」周原甲骨文出土有驪字作𩦋（採集：94，辭云：「入驪。」）唐釋殆近之。

082. 𩦈，從馬從習，即「騽」。《說文》云：「騽，馬豪骭也。」（卷十馬部）「豪骭」，意謂「脛長」。則「騽」可能是一種奔跑能力很強的馬，類似今天的比賽用馬。

〔註85〕參見氏著：《殷墟文字記》，中華書局，1981年5月第一版，第23～24頁。

083. 圖，從馬從⊥，可以隸定為「駐」。《甲骨文編》以為從馬從壬（孫海波：1965：400頁）。《甲骨文字典》作「牡」的異體（徐中舒：2006：79頁）。細審原拓，乃知「壬」實「⊥」，則字當循牡、牝等例作駐，特指公馬。花東卜辭亦見「駐」：「其買，更又圖？／更又圖？」（《花》98）。金文尚存駐字，作圖〔註86〕。其源流關係清晰可見。因此，「駐」可能是「騭」、「騔」的初文（詳下文）。

084. 圖，《殷墟卜辭綜類》附於馬部（島邦男：1971：222頁）。如前述，當隸定為「駆」，為母馬專字，可能是「騇」的初文。《甲骨文編》（孫海波：1965：35頁）和《甲骨文字典》（徐中舒：2006：80頁）均收殘字圖（《前》6.46.6）作「牝」之異體。「駆」止二見，辭殘，但也可以審知用為馬名：「……少圖……子白……不白……」（《續》5.26.8）花東卜辭亦見「駆」：圖（《花東》81）圖（《花東》98、296），在補充例證的同時，進一步證明了「牝」、「駆」是兩個不同的字。

085. 圖，從羽從馬。《甲骨文編》以為從馬從習省，附於騽字條下（孫海波：1965：398頁）。《甲骨文字典》則謂「象馬首有飾物之形，《說文》無，馬名」（徐中舒：2006：1076頁）。字或可隸定為「鷪」。于省吾釋䮞〔註87〕。「䮞」亦作「狗」，《爾雅·釋畜》云：「（馬）後足皆白，亦作狗。」《玉篇》說同。

086. 圖，從馬從牢，《甲骨文編》隸定作「䮏」，謂《說文》所無（孫海波：1965：399頁）。《甲骨文字典》謂《說文》無，疑為牢廄中馴養之馬（徐中舒：2006：1072頁）。字或可隸定為「䮏」，殆從馬牢聲，索其音讀，可能即「駒」字。《說文》云：「駒騄，北野之良馬。」（卷十馬部）《合》37514（即《通》730）云：「更並駒，亡巛？」明顯用為馬名。

087. 圖，《甲骨文編》失收；《甲骨文字典》云：「甲骨文史吏一字，故此字與《說文新附》之駛字形同。」（徐中舒：2006：1071頁）也就是後世「駛」字。《通》733「駛」字用為馬名，則《說文》「疾也」的說解恐怕是引申義。

088. 圖，從馬從利，《甲骨文編》隸定作䮱，謂《說文》所無（孫海波：1965：399頁）。《甲骨文字典》作「驪」（徐中舒：2006：1068頁）。如前所述，

〔註86〕字見〈蠡壺銘〉（《集成》09734），其辭云：「四牡彭彭。」其實「牡」宜作「駐」，同「駐」。
〔註87〕參氏著：《甲骨文字釋林》，中華書局，1979年6月第一版，第327頁。

周原甲骨有「驪」，那麼，「稱」是否即「驪」存在疑問。因聲求之，殆即《玉篇》驔字。利、犁古音同。《玉篇》云：「驔，桃驔馬。」（卷二十三馬部）甲骨文用為畜名無疑：「叀稱眔蒲子，亡巛？」（《合》37514，即《通》730）

089. 𩢲，《甲骨文編》以為從馬從高從失，隸定作𩢲，謂《說文》所無（孫海波：1965：399頁）。《甲骨文字典》作𩡧，謂馬名，《說文》無（徐中舒：2006：1075頁）。字實從高從老（省）從馬，不妨隸定為「𩢲」。甲骨文用為馬名：「叀驪眔騽，亡巛？叀𩢲眔小騽，亡巛？」（《合》37514，即《通》730）

090. 𩢲，《甲骨文編》以為從馬從沓，謂《說文》無（孫海波：1965：399頁）。于省吾釋為騽〔註88〕。裘錫圭復釋之〔註89〕。于說甚確。《玉篇》云：「馺騽，馬行貌。」（卷二十三馬部）甲骨文殆用如畜名（人名？）：「戍其歸，乎騽，王弗每？」（《京都》2142）

091. 𩢲，字從馬從豕甚明，《甲骨文編》以為從馬從犬，隸定作𩢲（孫海波：1965：399頁）。失之。郭沫若隸定作「𩢲」，無說。《甲骨文字典》從之，謂《說文》無，馬名（徐中舒：2006：1073頁）。字或即騾字，後世因形近而訛。《說文》云：「騾，驢子也。」（卷十馬部）甲骨文用如畜名：「叀𩢲眔騽，亡災，禽？」（《合》37514，即《通》733）河南許昌石井早商遺址出有野驢化石，證明早商時人對驢已有一定認識。山西旌介村商墓出一銅殷，殷文作𩢲，被認為是「嬴」字〔註90〕。如果此說可信，那「𩢲」釋為「騾」就不無道理，因為騾子正是馬和驢雜交的後代。

092. 𩢲，從馬從犬從立。《甲骨文編》隸定作「𩢲」，謂《說文》所無（孫海波：1965：400頁）。字當從馬戾聲。三體石經戾字正是從犬從立，作𩢲（《多士》）。甲骨文從犬從立者亦應作「戾」（《殷墟卜辭綜類》便如是作）。那麼，「𩢲」當隸定作駴，可能就是《說文》所載駌字〔註91〕。戾、列古讀音同。《說文》云：「駌，次第馳也。」這恐怕是後起義。《玉篇》云：「駌，力薛切，馬名。」（卷二十三馬部）甲骨文字用同：「叀稱眔蒲子，亡巛？」（《合》37514，即《通》730）又《甲骨文編》所收𩢲字（孫海波：1965：400頁），當從馬立

〔註88〕參氏著：《甲骨文字釋林》，中華書局，1979年6月第一版，第152～154頁。
〔註89〕參氏著：〈甲骨文字考釋〉，《古文字研究》第四輯，中華書局，1980年12月第一版。
〔註90〕參山西省考古所、靈石縣文化局：〈山西靈石旌介村商墓〉，《文物》，1986年11期。
〔註91〕《甲骨文字典》收從馬從歹者作「駌」（徐中舒：2006年，第1070頁）。

聲，與蠣殆一字。這裡，順便討論一下《合》37514（即《通》730＝《前》4.47.5＋《前》2.5.7）。這是一片田獵刻辭：「戊午卜，才（在）𣲂貞：王其𨐨大兕，叀𪉲（騩）眔騽，亡巛，禽？／叀𪉲眔蠣子，亡巛？／叀左馬眔前馬，亡巛？／叀驪眔騽，亡巛？／叀並駥，亡巛？」郭沫若云：「王將𨐨大兕，卜用何種馬匹也。」﹝註92﹞顯然，在追捕野獸前，選用馬車或坐騎是相當關鍵的。平川曠野，當以速度快的馬匹為首選，甚至可使用馬車（乘坐更為舒適），但高山密林，則適宜選擇善攀坡、耐力好的坐騎。所以，驢子也是考慮騎選。從這片卜辭，我們可以瞭解到商時牧民已經精於培育良駒了。

093. 𪊈，《甲骨文編》當作「牢」的異體收到牢字條下（孫海波：1965：399頁）。《甲骨文字典》同。姚孝遂力辨其非（見前說）。《續甲骨文編》收此作「廄」（金祥恒：1993：2270頁）。竊以為字當隸定為「寫」。「寫」既是特殊豢養的馬，就應該和「牢」有所不同。字也許就是後世「騸」字。《正字通》云：「騸，割去勢也。」（卷十二）清·方以智《通雅》引《臞仙肘後經》云：「騸馬、宦牛、羯羊、閹豬、鐓雞、善狗、淨貓。」（卷四十七）騸，閹割馬類的專名，其本義當指去勢的馬，字本作寫，後聲化為騸，引申為「閹割」。

094. 𪊵，《甲骨文編》作未識字收入附錄下二七（孫海波：1965：952頁）。郭沫若隸定作䮥，無說﹝註93﹞。《甲骨文字典》謂「所會意未明」（徐中舒：2006：1074頁）。陳漢平釋「騎」﹝註94﹞。䮥為馬名無疑：「庚戌卜，貞：王逯於慶（麿），駁、䮥？／……田於馬……䮥迵？」郭氏云：「『䮥迵』者，言並駕二䮥，如《詩》言：『我馬既同』。『駁䮥』者，言駕駁與䮥。」案：殷墟甲骨文無「夜」，周原甲骨文有之，作：𠖛（H11：56）。金文夜作：𡖵，與小篆形近。䮥所從稍異。䮥，《說文》無。求諸聲韻，或即駱字。《說文》云：「駱，馬白色黑鬣尾也。」（卷十馬部）殷人尚白，當是商王鍾愛的坐騎，故反覆貞問是否駕䮥。

095. 𪉲，《甲骨文編》隸定作媽，作《說文》所無字收入卷十馬部附錄（孫海波：1965：400頁）。字僅見於《河》312：「甲午卜，王馬口媽其禦父甲亞？」似用如馬名。

096. 𪊢，《甲骨文編》隸定作「𪊢」，以《說文》所無字收入卷十馬部附錄

〔註92〕參郭沫若：《卜辭通纂》第730片考釋，科學出版社，1983年6月第一版。

〔註93〕參氏著：《卜辭通纂》第729片考釋，科學出版社，1983年6月第一版。

〔註94〕參氏著：〈古文字釋叢〉，《考古與文物》，1985年1期。

（孫海波：1965：399 頁）。字雖僅見，然用為馬名無疑：「叀**馬**用？叀小**犝**用？」（《福》29）

　　廌部。《說文》廌部有兩文。《甲骨文編》廌部下卻有四文。可以推定，廌是殷人接觸較多且熟稔的動物。然而，查閱典籍卻又令人疑惑。例如：《漢書》說廌是獨角鹿；《論衡》說廌是獨角羊；《說文》卻說：「廌，解廌，獸也，似山牛，一角。」（卷十廌部）莫衷一是。很明顯，廌這種野獸至遲在秦就消失在中原的大地上了，以致於漢時的學者對它已不甚了了。

　　097. **獸**，象走獸之形。花東甲骨所見更為象形：**獸**（《花東》34、38 等）。如果沒有一系列的古文字以資參證，光憑典籍所述，我們實在難以把這麼個形體與「廌」聯繫起來。譬如，分析金文灋字所從（請參看《金文編》），就知道非把中骨文的這個形體釋為「廌」不可，就知道典籍所言不免存在紕漏。從動物學的視角審察甲骨文廌字的形體，可以發現：廌字所具有的頂部二（而不是「獨」）彎角（而不是歧角）表明了「廌」可能是牛科之牛屬（或羊屬）動物〔註95〕。上引諸書皆有所誤。「廌」在甲骨文中有用為動物名的例子：「乙酉貞：王其令从以……比大魚白入白廌卅王史……」（《明》B2452）證明「廌」在殷商時期仍是普通的獸類。《甲骨文編》此部下收**獸**字，以為《說文》所無（孫海波：1965：400 頁）。字可隸定為「**纗**」（《甲骨文編》隸定略異）。《甲骨文字典》以為「羈」字（徐中舒：2006：856 頁）。皆誤。其實此字就是「廌」的繁構，如同羌字或作**獸**或作**獸**一樣，「**纗**」只是展現「廌」的被羈絆的狀態。由「**纗**」得知，殷人也把「廌」用作犧牲：「弜又……**纗**？中宗三**纗**？」（《粹》247）又由从矢從廌的**獸**得知，它是野生動物，非施以弓矢不能捕獲。

　　098. **獸**，從廌從匕，《甲骨文編》以為「牝」異體，收入卷二牝字條下（孫海波：1965：35 頁）。花東卜辭並見**獸**、**獸**，且俱用為獸名：「辛卯卜，叀口（疑丁字）宜**獸**、牝亦叀牡用？／壬辰卜，子亦障宜叀**獸**于左右用？／壬辰卜，子障宜叀右左**獸**用？／中叀**獸**用？／辛卯卜，子障宜叀幽廌用？」（《花東》198），可知字當作「**獸**」，雌廌的專字。

　　099. **獸**，從廌從上，當隸定為「**獸**」，雄廌的專字。例見上引。

〔註95〕單育辰以為牛科羚羊類動物。參看氏著：〈甲骨文所見的動物麋和廌〉，《甲骨文與殷商史》新 2 輯，上海古籍出版社，2011 年 11 月第 1 版，第 174 頁。

鹿部。就《說文》所見，從鹿且為獸名的字很多，而今天活躍在我國各地的鹿科動物不過十種八種。我們能否作出這個判斷：古代的鹿科動物再多，也不會超出《說文》所錄的數量，儘管那裡面有些從鹿的字並非指代鹿類。甲骨文中從鹿的字遠不及《說文》的多，有些後世從鹿的字在甲骨文中更非從鹿。這種情況與考古發現較為吻合。據動物學家研究：殷墟僅出土了三種鹿科動物遺骸：鹿、麝和四不像鹿（麋）〔註96〕。當然，有些鹿科動物沒在殷墟、卻在附近的遺址留下了它們的骨骼。例如，河南許昌靈井遺址（仰韶文化—早商文化）就出土過赤鹿（*Cervus elaphus*）和斑鹿（*Sika*）的化石〔註97〕。隨著日後考古的新發現，相信會給我們提供越來越多殷商時代鹿科動物的信息，從而為考釋這類動物字奠定動物學方面的基礎。

100. 𩳂，象鹿尤其象馴鹿之狀，商金文更為象形：𩳂（〈鹿方鼎銘〉，《集成》01110），這麼個形體從甲骨文到小篆也沒有多大改變，以至於學者釋作「鹿」並無反對的聲音。「鹿」是殷商時人的田獵對象，甲骨文屢有「逐鹿」、「獲鹿」的例證。有些學者僅據甲骨文「鹿」字的形體便說「鹿」字是指「麋鹿」（毛樹堅：1981：72頁）。這是不妥當的。我們既無法分辨有歧角者是「安南鹿」還是「馴鹿」，也無法僅據斑紋分辨是「梅花鹿」還是「斑鹿」。因為，安南鹿和馴鹿均有巨大的歧角，梅花鹿和斑鹿都有斑點。甲骨文鹿字有好幾種形體，正好說明了殷商時人稱「鹿」只是泛指，不必因字形稍異而突發奇想。像把「象鹿側立之形」釋為「麃」就是明顯的誤例。誠如唐蘭所批評的那樣：「𩳂，近人有釋為麃者，蓋謂鹿當具二角，而此止一角故也。實甚誤。麃字卜辭作𩰪，鹿字小篆作𪊽，亦止一角，可知此乃鹿字。」（李孝定：1991：3051～3052頁）

101. 𩳃，從鹿從丄，應隸定作「麈」，如前所述，特指公鹿。《甲骨文編》（孫海波：1965：34頁）和《甲骨文字典》（徐中舒：2006：79頁）視之為「牡」異體是不恰當的。「麈」止一見：「貞：翼（翌）丁酉……祖於麈……固曰：其出……」（《合》8233，即《前》7.17.4）未能確知用為動物之名。《說文》云：「麚，牡鹿也。」（卷十鹿部）則「麈」或許是「麚」的本字。

〔註96〕參看德日進、楊鍾健：〈安陽殷墟之哺乳動物群〉，中國古生物志丙種第12號第一冊，1936年6月。又楊鍾健、劉東生：〈安陽殷墟之哺乳動物群補遺〉，《中國考古學報》第四冊，1949年12月，第147頁。
〔註97〕參看周國興：〈河南許昌靈井的石器時代遺存〉，《考古》，1974年2期，第97頁。

102. 〔字〕，從鹿從文，可隸定為「麐」。《甲骨文編》（孫海波：1965：402 頁）和《甲骨文字典》（徐中舒：2006：1081 頁）均以為從㫃省，作「麐」。其實文、㫃二字古讀音同，從鹿文聲、從鹿㫃聲不過一為古體一為今體罷了。《說文》：「麐，牝麒也。」（卷十鹿部）《甲骨文字詁林》（于省吾：1996：1653、1664 頁）以為〔字〕、〔字〕當釋作麐。恐怕容有可商（詳下說）。麒麟是中國古代傳說中的瑞獸，或云即今之「長頸鹿」〔註 98〕。或以為是「梅花鹿」（毛樹堅：1981：73 頁）。我認為古人對於種屬的分類並不太嚴格，甲骨文鹿字有作〔字〕（《前》4.48.4）者，既可以是梅花鹿也可以是斑鹿的形象，儘管它仍然只是鹿字。〔字〕在甲骨文中用為地名，若地以物名，也許該地時常群麐出沒。

103a. 〔字〕、〔字〕，從鹿從眉，于省吾認為字象形兼形聲，即「麋」字〔註 99〕。石鼓文從鹿從米得聲，小篆同。《說文》云：「麋，鹿屬。」（卷十鹿部）甲骨文有大量「逐麋」、「獲麋」的記錄，可知殷商時麋成群結隊游蕩在原野上。直至周初，麋仍常見。《逸周書·世俘解》記載：武王田狩，竟獲五千餘頭麋。即便有誇張的成分，也可窺野外麋鹿之多。今天，我國已難覓野麋的蹤跡了。麋，俗稱「四不像」，學名為 *Elaphuras menyiesianus sow*。

103b. 〔字〕，此形與上引麋原篆異，據〈天亡殷銘〉（《集成》04261）辭云：「唯朕有〔字〕。」前賢讀「〔字〕」為「麋」〔註 100〕。〔字〕與〔字〕（《寧滬》1.401）、〔字〕（《佚》50）等形近，雖說甲骨文眉字或作〔字〕，或作〔字〕，但〔字〕可能不是「麋」而是「麋」，當然也是鹿屬動物〔註 101〕。

104. 〔字〕，從鹿從禾，即「麇」。《說文》云：「麇，麞也。囷省聲。」（卷十鹿部）許慎認為麇字囷省聲，未免濫用省聲一法了。囷字從禾得聲，則囷聲禾聲並無差別。據甲骨文，從禾得聲者才是正體，從囷得聲的只不過是後起字。儘管如此，許慎對麇字的解釋倒是正確的。「麞」像鹿而無角。麇字所從之鹿形無角，顯然是麞屬動物。麇字在甲骨文中用如人名。典籍有麇國（見《左傳·文

〔註 98〕長頸鹿說，參看張孟聞：〈四靈考〉，載李國豪等主編：《中國科技史探索》（《中華文史論叢》增刊），上海古籍出版社，1986 年 12 月。又參楊伯峻：《春秋左傳注》（修訂本）第 4 冊，中華書局，1995 年，第 1680 頁。

〔註 99〕參看于省吾：《甲骨文字釋林》，中華書局，1979 年 6 月第一版，第 439 頁。

〔註 100〕例如于省吾：《雙劍誃吉金文選》，中華書局，1998 年 9 月，第 170 頁。《集成釋文》（第三卷，第 374 頁）則作「茂」。

〔註 101〕參看譚步雲：〈曾國出土文獻醫字考釋〉，《中國文字學會第八屆學術年會論文集》（下冊），中國人民大學，2015 年 8 月 22～23 日，第 125～128 頁。

公十年》），有麇地（見《左傳・定公五年》）。毛樹堅釋為「麝」（毛樹堅：1981：
72～73 頁）。

105. 象，象獸之形，《甲骨文編》以為麑字（孫海波：1965：403 頁）。《甲
骨文字典》作「麝」（徐中舒：2006：1080 頁）。大概是採信了郭沫若的考釋
〔註102〕。《說文》云：「麑，狻麑，獸也。」（卷十鹿部）讓我們再看看《爾雅》
的解釋：「狻麑，如虥貓，食虎豹。」郭璞注道：「即獅子也。」狻麑，後世又
作狻猊，不管它是不是獅子，總之是一種可怕的猛獸。可甲骨文這個形體，既
無獠牙，又無利爪。體味一下文例，甲骨文竟有獲象一百五十的記錄（《乙》
2908）。動物學的知識告訴我們，食肉動物多獨處（如虎、豹等），即便如獅、
狼等群居者，數量也不至於一百幾十，否則，生態將失去平衡。據《說文》「麑
鹿子也」（卷十鹿部），釋之為「麑」較符合常理。卜辭的記載有一點很值得我
們注意：獲麑的同時，往往也獲鹿。

106. 象，從鹿從見甚明。雪堂以為象鹿子隨母形，殆即許書之「麑」，郭沫
若隸定為覲，無說（李孝定：1991：4559～4560 頁）。竊以為字當從鹿見聲。
見、幵古讀音同。以聲求之，殆麒字。《說文》云：「麒，鹿之絕有力者。從鹿
幵聲。」（卷十鹿部）覲，甲骨文用如地名。

107. 象，從鹿從癸。《甲骨文編》隸定作「麇」，謂《說文》所無（孫海波：
1965：404 頁）。《甲骨文字典》同（徐中舒：2006：1086 頁）。求諸聲韻，殆麞
字。癸，古在見紐脂部；旨，古在章紐脂部。而麞字的異體「麂」則在見紐脂
部。蓋古今字。《說文》云：「麞，大麋也。狗足。從鹿旨聲。麂，或從幾。」
（卷十鹿部）甲骨文麞字用為地名。

108. 象，《甲骨文編》收入卷三攴部，謂「從攴從罘，《說文》所無。」（孫
海波：1965：145 頁）《甲骨文字典》作「馭」（徐中舒：2006：166 頁）。毛樹
堅釋「麝」，考證甚詳（毛樹堅：1981：72～73 頁）。只是毛先生把麇、麝混為
一談，且對二字演變作不必要的揣測，卻不免瑜中見瑕了。其實，說明麝字是
會意字、由於聲化規律的作用而變成形聲字就足夠了。我們發現，在殷金文中，
有更為形象的麝字：象（容庚：1985：1081 頁）。麝字所從鹿形無角，且有明顯
的雄性器官。麝，學名 *Moschus moschiferus*，哺乳綱鹿科，雄雌俱無角。雄的

〔註102〕參看郭沫若：《卜辭通纂》，科學出版社，1983 年 6 月第一版，第 506 頁。

具香腺。與甲骨文、金文所描繪的形象頗合。麝字在甲骨文中有用為獸名的例子：「貞：今日麝不其至？」（《合》4605正、反）「……貞：見氏麝？」（《合》4608）又：「氣乎卯麝……告……」（《續》2.25.10）似乎「麝」也用為犧牲。《逸周書‧世俘解》載武王田狩，獲麝五十。

109. 𩫖，《甲骨文編》作未識字收入附錄上九五（孫海波：1965：826～827頁）。孟世凱徑作「麞」，其說未詳〔註103〕。此獨體象形字為獸名無疑。例如《乙》2507記下了獲取二十𩫖之辭。孟氏釋為麞大體可信。首先，甲骨文中鹿形諸字均象足踐大地之形，而不像豕、犬、馬、虎等字作騰空仰立之狀。因此，此字殆鹿類動物的寫照。其次，麞為哺乳綱鹿科動物（*Hydroptes inermis*），雌雄均無角。甲骨文此形與麞相似。最後，如前所述，殷墟曾發現麞的遺骸，與甲骨文所記可相參正。

鬼部。據許慎的描述，鬼是一種「似兔青色而大」（《說文》卷十鬼部）的野獸。反觀甲骨文，鬼、兔二字的形體相當接近，證明許氏說得有根有據。如此說來，鬼是兔科類動物，至少，屬兔形目動物。《甲骨文編》無鬼字，只收了兩個從鬼的字。事實上，甲骨文裏是有鬼字的（詳下說）。

110. 𧳲，字見《前》2.33.2，辭云：「□□王卜，貞：田栜，往來亡巛？王占曰：吉。茲卸。隻（獲）只鹿百冊八，𧳲二。」形為獸類，義為獸名再無可疑。郭沫若釋「象」〔註104〕。誤。只要與𪊨字所從鬼進行比較（詳下文），相信釋𧳲為鬼是可以接受的。另外，《明》364殘辭所見之𧳲也是鬼字。

111. 𪊨，從鬼從五從酉。《甲骨文編》隸定作𪊨，收入卷十鬼部，謂《說文》所無（孫海波：1965：405頁）。《甲骨文字典》作「鬻」（徐中舒：2006：1090頁），可以接受。〈毛公鼎銘〉（《集成》02841）吾字作𠱏。顯然，𪊨、𠱏都是從五得聲。後世先是誤酉為口，繼而把𠱏減省作「吾」。其演變的軌跡清晰可見：𪊨→𠱏→吾。故𪊨為「鬻」無可疑。《說文》云：「鬻，獸名。從鬼吾聲。讀若寫。」（卷十鬼部）甲骨文鬻字用為地名。

112. 𧴭，從鬼從泉。《甲骨文編》隸定作𧴭，收入卷十鬼部，謂《說文》無（孫海波：1965：404頁）。《甲骨文字典》視為「鬻」的異體（徐中舒：2006：

〔註103〕參氏著：《殷墟甲骨文簡述》，文物出版社，1980年11月第一版，第84頁。
〔註104〕參看氏著：《卜辭通纂》，科學出版社，1983年6月第一版，第233頁。

1090 頁）。字亦見於金文，作🐾、🐾（容庚等：1985：1082 頁）等形。䖘字的形體，除了和兔字接近外，與豸字也相當像。後世訛之為豸並非全無可能。況且，古人對動物分類並不嚴謹，因此，作為動物名詞的文字便有了時間上、地域上的差別。例如，從犬從豸者往往從鼠。那麼，以聲求之，蠡殆即狟字。泉，古音從紐元韻；互，古音匣紐元韻。二字聲近可通。我們再看看狟字的注釋：「狟，貊之類。」（《說文》卷十豸部）《墨客揮犀》上說：「貊狀似兔。」（明・張自烈《正字通》卷十貊字條引）可能地，蠡是狟的古字。

兔部。《說文》兔部收了六個字，只有兔字釋為獸名。可見許慎知為兔屬動物的僅此而已，即便「似兔」的「䖘」也不入兔部。於此可見古人動物分類的水平。

113. 🐇，雪堂云：「長身而厥尾，象兔形。」（李孝定：1991：3083 頁）實話說，這麼個獨體象形字也不怎麼象形。如果沒有後世文字可資參證，兔字說不定可作別釋。金文的兔就生動得多了：🐾（〈亞尊銘〉，《集成》05565），秦刻碣的兔字多少保留了甲骨文、金文的主要特徵：🐾（田車石）。甲骨文屢有「隻（獲）兔」的記錄。殷墟也發現了兔骨遺存，為甲骨文獵兔記載提供了實物佐證〔註105〕。

莧部。《說文》特設了只有一個字的莧部，而這「莧」偏偏與羊關係密切卻無法歸入羊部。說明了許慎對某些字的來龍去脈並不十分清楚。

114. 🐐，《甲骨文編》作未識字收入附錄上九三（孫海波：1965：822 頁）。于省吾隸定作莧，謂「莧」之本字〔註106〕。十分正確。不過，于先生把《甲骨文編》卷八・十五所收 🐐（莧）視作🐐的簡體卻不那麼令人信服。另外，于先生認為🐐是「羱」的本字，也略有疏失。「莧」的後起字應是「羬」。《說文》云：「莧，山羊細角者。」（卷十莧部）《宋本廣韻・桓韻》云：「羬，山羊細角而形大也。」「莧，上同，見《說文》。」「羱，野羊。角大。」（卷一）準此，🐐宜隸定作「莧」，可收入《說文》卷四羊部，作「羬」的古文。後來，有學者改釋

〔註105〕德日進、楊鍾健：〈安陽殷墟之哺乳動物群〉，《中國古生物志》丙種第十二號第一冊，1936 年 6 月。又楊鍾健、劉東生：〈安陽殷墟之哺乳動物群補遺〉，《中國考古學報》第四冊，1949 年 12 月。
〔註106〕參氏著：《甲骨文字釋林》，中華書局，1979 年 6 月第一版，第 331 頁。

為「麤」〔註107〕。然於字形無徵。甲骨文莧字用如獸名:「乙卯，业于來莧羊?」（《合》173 反）或以為扭角羚（羚牛，*Budoras taxicoler*），但於字形不合。莧字分明象頭角向後彎曲之獸形。而扭角羚則具不後彎的短角。「莧」可能是北山羊，學名 *Capra ibex*，哺乳綱牛科。形似家山羊，雄雌均有角。雄的角很大，向後彎曲。北山羊今僅見於我國新疆、青海、寧夏等地。

犬部。甲骨文中從犬、且知為獸名的字雖不如《說文》多，卻也相當可觀。《說文》中以犬為形旁的動物字十有七八不是指犬科動物，而甲骨文中以犬為形符的動物字十有八九是指犬科動物。這種現象說明了殷商時人寧願以象形字指代他們所認識的動物。也許，這些畫成其物的動物字甚至還沒有一個確切的讀音。這無疑給我們的考釋增加了難度。

115. 𤝐，與金文乃至篆文的「犬」有著一脈相承的痕跡，尤其是它腹瘦尾翹的特徵，使人不得不歎服造字者的匠心。儘管人類認識犬已有一段漫長的歷史，然而對犬的分類仍比較粗略。在甲骨文中，犬是犧牲，是獵人的助手，是農夫的助耕者〔註108〕，又是被獵殺的對象。顯然，犬是殷商時人對形體像犬的獸類的通稱。可以肯定，這裡面大多數是犬科動物。我們可以從絕大多數以犬為形符的動物字都是指稱犬科動物這一點上得到確證。因此，被殷人捕獲的犬可能是狼、豺、胡狼或與犬科動物為近親的鬣狗等。奇怪的是，殷墟只出土過家犬的遺骸。

116. 𤝷，從犬從匕。《甲骨文編》（孫海波:1965:35 頁）、《甲骨文字典》（徐中舒:2006:80 頁）均視之為「牝」的異體。如前所述，牝應是母犬的專名。據《集韻》:「狉，狉、狙猨類。一曰非類，為牝牡也。」（卷三仙韻）那「牝」可能是「狉」，特指母犬。

117. 𤞤，從犬從彡，即「尨」。《說文》云:「尨，犬之多毛者。」（卷十犬部）甲骨文尨字似為獸名:「貞:今尨?」（《前》4.52.3）如不誤，「尨」恐怕是犬科的不同種屬。

118. 𤟭，從犬從酉。《甲骨文編》隸定作「猶」（孫海波:1965:407 頁）。

〔註107〕參曹定雲:〈釋麤〉，《考古與文物》，1991 年 5 期。
〔註108〕參看譚步雲:〈釋「𤜶」:兼論犬耕〉，《農史研究》第 7 輯，農業出版社，1988 年 6 月，第 26～28 頁。又〈中國上古犬耕的再考證〉，《中國農史》17 卷 2 期，1997 年 8 月，第 3～5 頁。

可從。酉、酋古讀音同,則從酉得聲者、從酋得聲者當無別。《說文》云:「猶,獸屬。从犬酋聲。一曰隴西謂犬子為猶。」(卷十犬部)許慎自己也首鼠兩端。鑒於甲骨文已有夒字,我們寧願相信後一種說法。猶字在甲骨文中用如方國名。

119. 𤢈,《甲骨文編》作未識字收入附錄上 103(孫海波:1965:842 頁)。雪堂首釋為「狼」(李孝定:1991:3115 頁);唐蘭復加闡發[註109]。羅、唐二位的考釋是很對的,字從犬從良顯而易見,毋庸置疑。只是甲骨文止此一見,且辭已殘泐,未知是否獸名。《說文》云:「狼,似犬,銳頭,白頰,高前廣後。」(卷十犬部)狼,*Canis lupus*,哺乳綱犬科。

120. 𤝔,從犬從亡,或隸定為「犺」,或隸定為「𤟥」。葉玉森首釋為「狐」,其後柯昌濟、郭沫若、陳夢家均從葉釋,或有所闡發(李孝定:1991:3115～3119 頁;于省吾:1996:1580～1582 頁)。甲骨文「亡」用如「無」。辭例「亡雨」、「亡咎」均讀為「無雨」、「無咎」。無,古在明紐魚韻;狐,古在匣紐魚韻。兩者音近可通。事實上,金文有銜接甲骨文的字例。獌(《鑄子匜銘》),舊不識,以為《說文》所無[註110]。字從犬從無,即甲骨文「犺(𤟥)」字。金文中又有借「瓜」為「狐」的例子,如〈令狐君壺銘〉(《集成》09719、09720)。「瓜」通過通假這一途徑而意化,附加犬符而成「狐」。戰國文字可證:𤢈(《曾》36)、𤝔(《古璽》3987)這是狐字循另一條途徑演變的證據。楚地出土文獻別見𤢈(《包》95),從鼠從瓜,學界普遍認為乃楚方言之「狐」字。附加鼠符而成「鼬」,是為「狐」的異體。通過以上的引例得知,今天的狐字是由兩條途徑發展而來的,圖示如次:

犺 / 𤟥(甲骨文) → 獌(金文,變換聲符)┐

└→ 瓜(金文,通假而附加形符)——→狐 / 鼬

狐是殷商時人常可捕獲到的動物。殷墟出土的狐骨為這一點提供了證明[註111]。狐,*Vulpes vulpes*,哺乳綱犬科。

121. 𤞞,從犬從貝,《甲骨文編》收入卷十犬部(孫海波:1965:408 頁)。

[註109] 詳參氏著:《殷墟文字記》,中華書局,1981 年 5 月第 1 版,第 54～57 頁。

[註110] 參看譚步雲:〈古文字考釋三則:釋狐、釋蔓、釋飲 / 歙 / 龕〉,《中山大學學報》,2013 年 6 期。

[註111] 參看德日進、楊鍾健:《安陽殷墟之哺乳動物群》,中國古生物志丙種第 12 號第一冊,1936 年 6 月。又楊鍾健、劉東生:〈安陽殷墟之哺乳動物群補遺〉,《中國考古學報》第四冊,1949 年 12 月。

字與金文略同：㺝（〈作狽寶彝器銘〉，《集成》10539），即「狽」。今本《說文》無。《玉篇》云：「狽，狼狽也。」（卷二十三犬部）語焉不詳。且看其他典籍的解釋：「狽，獸名。狼屬也。生子或欠一足二足者，相附而行，離則顛。故猝遽謂之狼狽。」（宋・丁度《集韻》卷七太韻）儘管不無傅會的成分，但訓詁學家認為「狼狽」是連綿詞，也作「狼跋」。不過，在甲骨文中「狽」並不與狼連用，而且可能為動物名，這就說明了「狽」是現實中可能存在的動物。甲骨文「狽」凡二見：「……買……狽馬……每牢……」（《粹》1552）「……狽……」（《合》19370，即《京》673）辭意不完整，但也可推斷「狽」為獸名無疑。竊以為「狽」大概是鬣狗一類的動物。鬣狗，學名 *Hyaena hyaena*，哺乳綱鬣狗科。體形大如狗，頸上長鬣毛，後肢較前肢短弱，故走路一顛一癱。

122. 䝐，從犬從由。《甲骨文編》以為從豕從由，編入卷九豕部（孫海波：1965：391 頁）。契齋隸定為「䝔」，云：「其从由作䝔，疑亦猶字之省。」（李孝定：1991：3111 頁）從聲音上考慮，猶、猋一字當然沒有問題。然而，甲骨文既有猶字，猶、猋宜作二字。「猋」殆狖字。《玉篇》云：「狖，獸名。」（卷二十三犬部）《山海經・北山經》載：「又北百七十里曰堤山，多馬，有獸焉，其狀如豹而文首，名曰狖。」（卷三頁六，四庫全書本）狖字在卜辭中用為方國名。

123. 䖂，見於花東卜辭。釋者以為從狼之形從囊，即「狼」字[註112]。《花東》108 云：「辛丑卜，子妹其隻（獲）䖂？阝。／辛丑卜，叀今逐䖂？／辛丑卜，于翼（翌）逐䖂？／辛丑卜，其逐䖂，隻（獲）？／辛丑卜，其逐䖂，弗其隻（獲）？」䖂用為獸名無疑。只是殷墟卜辭本有狼字，此形是否亦狼字，仍有待驗證。此前小屯南地卜辭也見類此字形：「甲〔午卜〕：隹㺇它？／乙未卜：隹㺇它？」（《屯南》742）「乙未卜：隹㺇它？」（《屯南》756）而被《甲骨文編》收入附上九八的㺇（孫海波：1965：832 頁）以及附上九六的㺇（孫海波：1965：827 頁），疑均與䖂為一字之異體。

124. 㹝，《甲骨文編》附入卷十犬部，隸定為「㹝」（孫海波：1965：407 頁）。儘管在卜辭中「㹝」都用如「囚」，不過，既然「囚」即「咼」，也就是咼（禍），那「㹝」不妨作「猧」。《玉篇》云：「猧，犬名，亦作矮。」（卷二十三犬部）

[註112] 參看中國社會科學院考古研究所編著：《殷墟花園莊東地甲骨》第六分冊，雲南人民出版社，2003 年 12 月第 1 版，第 1603 頁。

鼠部。據古動物學家的研究，安陽殷墟至少發現了三種鼠類動物的遺骸〔註113〕。可令人詫異的是，甲骨文中竟然沒有鼠字。也許，殷商時人以獨體象形字來表述他們所認識的鼠類的概念。這裡所考釋的鼬字就是一個象形字的例子。

125. 𝄇，《甲骨文編》作未識字收入附錄上九九（孫海波：1965：834 頁）。《甲骨文字典》則謂從兔從內，《說文》無，疑為人名（徐中舒：2006：1095 頁）。如果沒有憲通夫子的相關解讀〔註114〕，也許我們仍無法釋讀甲骨文的這個形體。憲通夫子在文章裏援引了金文中與鼬字相關的多個形體：𝄇（鼬〔鼶〕，〈尹姞鬲銘〉，《集成》00754）、𝄇（貂，〈芈伯歸夆殷銘〉，《集成》04331）、𝄇（鼶，〈彔伯戥殷蓋銘〉，《集成》04302）。比較之下，就沒有理由不把 𝄇 也釋作「鼶」，即「鼬」的初文。鼬字甲骨文僅一見，殆用如人名：「貞：叀鼬令？」（《續》5.41.2）

能部。《說文》能部只收了一字，而於能部外別設熊部。似有冗贅之嫌（大概許氏認為二字意義有別，所指蓋兩類動物）。現今學界比較一致地認為能、熊同字，這一點，即從《說文》的羆字條便可以得到證實。羆字篆文從熊，罷省聲，古文則從能皮聲。能、熊豈非一字耶？故宜並能、熊為一部。

126. 𝄇，《甲骨文編》作未識字收入附錄上九四（孫海波：1965：823 頁）。把這個形體拿來跟殷墟出土的玉熊以及兩漢漆畫上的熊對照一下〔註115〕，就會發現二者驚人地相似，不妨將它釋為「熊」。金文的形體雖然較簡單，但也保留了一定的相似性：𝄇（容庚：1985：688 頁），與篆文相近。《說文》：「能，熊屬。」（卷十能部）言下之意，能、熊同類而異種。

127. 𝄇，《甲骨文編》作未識字收入附錄上九四（孫海波：1965：823 頁）。此字內象熊形，外象一皮覆蓋狀，當從熊皮聲，也就是「羆」字。《說文》云：「羆，如熊，黃白文。从熊罷省聲。𝄇，古文從皮。」（卷十熊部）這裡順便談一談這塊署有熊、羆二字的《甲》2422 甲骨。這塊甲骨殆習刻之作，但決非圖

〔註113〕楊鍾健、劉東生：〈安陽殷墟之哺乳動物群補遺〉，《中國考古學報》第 4 冊，1949 年 12 月，第 145～153 頁。

〔註114〕參氏著：〈說鼶〉，《古文字研究》第 10 輯，中華書局，1983 年 7 月第一版。

〔註115〕參看中國社會科學院考古研究所編著：《殷墟玉器》圖 80、81，文物出版社，1982 年 3 月第一版；李正光、彭青野：〈長沙沙湖橋一帶古墓發掘報告〉圖版十，《考古學報》，1957 年 4 期。

畫。根據便是這些象形字處在一定的語言環境中。因而我們可以作出考釋。殷墟曾出土兩種熊類動物：熊和烏蘇里熊的遺骨〔註116〕，不知能、羆二字是否即指稱上述二獸。

魚部。漢字中以魚作為形符的動物字，除了指代魚綱諸類，還指代例如鯨那樣的哺乳綱動物，甚至指代斧足綱動物，譬如鮒和鮚；甲殼綱動物，譬如鰕。當然這是文字日趨豐富後的情況。儘管我們通過地下發掘的動物遺骸瞭解到殷商時期的人們網罟鉤釣以捕獲數量大、品種多的魚產，但反映到甲骨文中的魚類（包括非魚綱動物）用字卻少得可憐。安陽殷墟出土的魚類遺骨，有鯔魚、黃顙魚、鯉魚、青魚、草魚、赤眼鱒〔註117〕，以及䲆〔註118〕，甚至還有哺乳綱的鯨等〔註119〕。但甲骨文中從魚且為魚名的卻只有四文。

128. ，形神兼備的象形字佳作，而且與後世的金文、篆文相去不遠，即「魚」。上面說過，雖然殷商時人接觸到的魚類動物不少，但他們辨別、分類的知識水平仍相當低下，因此，魚這麼個名詞只是個泛稱。漁獵，原是原始社會的主要生產方式，延至殷商，恐怕還是重要的生產方式。這在甲骨文田獵卜辭中得到證明：「丁卯卜，王……大隻（獲）魚？」（《珠》760）占卜是否能大量捕到魚。相信不是「徒有羨魚情」吧。

129. ，從魚從㞢，《甲骨文編》隸定作⿱㞢魚，謂《說文》所無（孫海波：1965：457頁）。葉玉森疑為鰕字。李孝定批評說：「但憑肊測，殊不足據。」（李孝定：1991：3467頁）或徑直作「鮪」（丁驌：1969：333頁）。可從。⿱㞢魚，當從魚㞢聲。㞢，甲骨文同「有」，則⿱㞢魚為「鮪」的本字。周原甲骨文有鮪字，作，從魚又聲。殷墟甲骨文常例「受㞢又」，周原甲骨文則作「受又又」，可見㞢、又通作。「⿱㞢魚」演變為「魰」，再演變為「鮪」，脈絡清晰。「⿱㞢魚（魰）」在甲骨文中用如魚名無疑：「乙未卜，貞：豙隻（獲）⿱㞢魚？十二月。允隻（獲）六十，

〔註116〕楊鍾健、劉東生：〈安陽殷墟之哺乳動物群補遺〉，《中國考古學報》第4冊，1949年12月，第146頁。

〔註117〕參看伍獻文：〈記殷墟出土之魚骨〉，《中國考古學報》第4冊，1949年12月，第140頁。

〔註118〕中國社會科學院考古研究所編著：《殷墟的發現與研究》，科學出版社，1994年9月第一版，第417頁。

〔註119〕著名的刻辭鹿頭與鯨魚的肩胛骨、象下顎骨、牛胛骨同出一穴。參看董作賓：〈甲骨文斷代研究例〉，《慶祝蔡元培先生六十五歲論文集》（上冊），又圖六，1933年1月，第373頁。

氏羌六。」（《前》7.8.4）「漁魝？既吉，茲用。」（周原甲骨文 H11：48）《說文》：「鮪，鮥也。」又：「鮥，叔鮪也。」（卷十一魚部）《爾雅・釋魚》釋同。郭璞注曰：「鮪，鱣屬也。大者名王鮪，小者名鮛鮪。」丁驌以為即魚綱鱣科之 *S. Scirena Schlegdi*。

130. 𩵋，從魚從自，《甲骨文編》隸定為「𩵋」，作未識字收入卷四自部（孫海波：1965：164 頁）。「𩵋」當為魚名：「癸丑卜，勿𩵋，隹牛？」（《前》5.39.7）貞問是否只用「牛」不用「𩵋」。又：「癸丑卜，庚入𩵋？」（《合》21882）如同「入龜」、「入馬」，則「𩵋」為動物之名無可疑。𩵋，蓋從魚自聲。乞靈於聲韻，殆許書鮕字。自，古音從紐質韻；吉，古音見紐質韻。故二字可通。《說文》云：「鮕，蚌也。」（卷十一魚部）殷墟出土許多蚌器〔註120〕，為「𩵋」釋為「鮕」作一注腳。

131. 鮐，從魚從匕甚明，可隸定為「鮐」。《甲骨文編》作未識字收入附錄上 109（孫海波：1965：854 頁）。《說文》云：「鮐，魚名。从魚匕聲。」（卷十一魚部）甲骨文字未知是否用如魚名：「□寅卜，宁〔貞〕：翌丁卯鮐卿多……／貞：不其鮐……」（《前》4.22.2）「丙申卜，扶：征鮐三古（？）𩵋（馬？）用，大丁？」（《合》19813，即《乙》9092）後一例「鮐」似當作「𩵋」。

燕部。許慎別設只有一字的燕部，是不諳這類字的古今關係，「燕」的後起字為「鷰」，那麼，字可併入鳥部，而把燕附於燕字條下列為重文。可如上述莧字的那種處理方式。不過，此處循《說文》體例，亦設燕一部。

132. 𠔃，象鳥之形，《甲骨文編》作未識字收入附錄上一〇〇（孫海波：1965：855 頁）。雪堂、魯實先、葉玉森、楊樹達、高亨諸位前賢均釋為「燕」（李孝定：1991：3473 頁），大概因為此字「象飛燕逼肖」。事實上，𠔃演變為𤈦顯然也符合文字的演變規律，否則許慎沒法子就其形構作出如此精確的解釋：「燕，玄鳥也，籋口，布翅，枝尾。象形。」（《說文》卷十一燕部）燕字在甲骨文中用如鳥名：「禽，隻（獲）小燕十，犬一，矞一。」（《存》1.746）「……燕，隻（獲）小燕五十。」（《海》2.50）殷人捕燕，甚至連「小燕」也不放過，那這「燕」可能不是燕科各屬之燕（鳥綱，燕科，*Hirundo*），而是燕

〔註120〕參中國社會科學院考古研究所編著：《殷墟的發現與研究》，科學出版社，1994 年 9 月第一版，第 402～403 頁。

鷗（鳥綱，鷗科，燕鷗屬，*Sterna*，體型較燕科各屬為大，形體則與燕相似）或燕鴴（鳥綱，燕鴴科，*Glareola maldirarum*）。

龍部。《說文》龍部收了兩個似是獸名的字。雖然我們今天對「龍」這種動物仍不甚了了，但甲骨文既是對客觀事物的反映，那麼，就龍字形構作些分析以還「龍」的原來面目並非全無可能。

133. 𩵋，繁構者作𩶇〔註121〕；簡約者作𩵋。後一形體就是金文（𥫄、𦧟）、篆文（𩶇）所由來。可知前賢釋龍的正確。無論是繁構的龍還是簡約的龍，都有一個共同的特徵：巨顎大張，頂骨隆起如冠（角），頎長修尾。但也有區別：前者有足，後者無足。龍。在許慎看來，儘管「（龍）能幽能明，能細能巨，能短能長，春分而登天，秋分而潛淵」（《說文》卷十一龍部），也不過是「鱗蟲之長」罷了。那就是說，「龍」只是略具神通、披有鱗甲的蟲豸。這兩個形體，還有古訓告訴我們：它們可能都是爬行綱動物，前者可能為鱷（鱷目），後者可能為巨蟒（蛇目）。請參考動物學的描述：「（爬行綱動物）皮膚具由表皮形成的角質鱗或真皮形成的骨板（皮骨）（步雲案：即「鱗蟲之長」）。……體溫不恆定（步雲案：即「春分而登天，秋分而潛淵」，俗所謂「冬眠」）。」〔註122〕如果再參看殷墟出土的玉龍〔註123〕，就可發現：與甲骨文近而與後世的形象遠。那些認為「龍」是非生命形態、是松樹（樹神）的觀點根本站不住腳。至於說到為什麼用兩個形體以指代兩類不同的動物而實際上只是「龍」這麼一個概念，似乎可以這樣解釋：1.甲骨文的這兩個形體本來就是兩個不同的字，前者是「鱷」的本字，後者是「龍」。2.因為鱷和龍都具有爬行綱的共同特徵，而且都具有置人於死地的攻擊性，古人遂把二物俱稱為「龍」。《甲骨文編》龍部收了好幾個從龍的未識字。這些字卻未必都是指代龍類動物。最明顯的莫過於龓字了。上文𧁨字條下說過，甲骨文「㞢」同「有」，則從龍者可隸定作「龓」。《說文》云：「龓，兼有也。从有龍聲。」（卷七有部）甲骨文用如本字：「壬寅卜，宁貞：若茲不雨，帝隹茲邑龓不若？」（《通》別2.3）「丙申王𦥑固：光卜曰不

〔註121〕或以為當作「蠃」。參看王蘊智：〈出土資料中所見的「蠃」和「龍」〉，《字學論集》，河南美術出版社，2004 年 9 月第 1 版，第 203～264 頁。

〔註122〕夏征農主編：《辭海》（縮印本），上海辭書出版社，1980 年 8 月第 1 版，第 1492頁。

〔註123〕中國社會科學院考古研究所編著：《殷墟玉器》圖版 1、2，文物出版社，1982 年 3月第 1 版。

吉，屮祟，茲……／王囨曰：帝隹茲邑龖不若。」（《通》別 2.3 反）郭沫若以為「殆龍字之異，假為寵」〔註124〕。未免以文害義。許慎可謂通人，猶能知「龖」本義！因此，以「龖」為例推論，龗和龗可能分別從亡龍聲，從丙龍聲，均與動物之「龍」無涉。

虫部。甲骨文中以虫作形符的字並不多，但分明象昆蟲、小獸之形的字卻不少。因此，我們有理由懷疑殷商時人創製動物字主要以現實的生物為藍本，其中相當一部分象形字與後世的文字已經失去了演變的聯繫紐帶，以致於識其形、辨其義卻難以釋讀。儘管有《說文》以按圖索驥，錯釋總是難免。

134. 𠂤，《說文》云：「虫，一名蝮。」（卷十三虫部）𠂤即「虫（蝛）」，象蛇昂首盤曲之形。「虫」每與「它（蛇）」通也證明了這一點。例如「亡虫」（前 1.16.6），即「亡它」。又如「自甲虫至于毓亡它」（《前》2.24.8）「虫」、「它」並見一辭。當然，「蟲」可能只是爬行綱蛇目的泛稱，並不特指某種蛇類；而據《說文》，「虫」也不是蛇目動物的總名，所以從「虫」的文字，多非蛇類。

135. 𧏛，《甲骨文編》（孫海波：1965：509 頁）、《甲骨文字典》（徐中舒：2006：1427 頁）均作「蜀」，不過視「𧐐」為蜀字異體，則可能有誤。《說文》云：「蜀，葵中蠶也。」（卷十三虫部）就甲骨文分析，「（蜀）上目象蜀頭形，中象其身蜎蜎」，確與《說文》相合。則「蜀」為後起字無疑。

136. 𠨷，《甲骨文編》作「辰」（孫海波：1965：561～563 頁）。郭沫若謂辰象蚌形，「辰與蜃在古當係一字。蜃字從蟲，例當後起。」〔註125〕郭說可從。因此，辰為蜃之本字，假借為干支名，本義遂漸次湮滅。《說文》云：「辰，震也。」（卷十四辰部）顯然已不明「辰」的本義了。據《說文》蛤字條注釋：「蛤，蜃屬。」（卷十三虫部）則蜃當為斧足綱動物。

137. 𧔎，《甲骨文編》作未識字收入附錄上一二一（孫海波：1965：878 頁）。郭沫若釋為「蟬」。《續甲骨文編》收此作「蜩」（金祥恒：1993：2431 頁）。金文中有更為逼肖之形：𧔥（容庚：1985：1068 頁），不讀為「蟬」又讀為什麼呢？郭、金二氏的看法實際上是一致的，只是或作「蟬」或作「蜩」，稍有分歧。《說文》並有「蟬」「蜩」二字。據《方言》：「蟬，楚謂之蜩，宋、

〔註124〕參氏著：《卜辭通纂》別錄 2.3 考釋，科學出版社，1983 年 6 月第一版。
〔註125〕參氏著：《甲骨文字研究》，科學出版社，1962 年 11 月新一版，第 201 頁。

衛之間謂之蠦蜩。」（第十一）則蟬為通語，蜩為方言。「蟬」在甲骨文中用如動物名：「叀癸用蟬？叀甲用蟬？」（《萃》1536）例同「用牛」「用羊」，但可能為玉蟬之類。殷墟出有石蟬，可以為證〔註126〕。蟬，昆蟲綱蟬科。

138. 𣥫，《甲骨文編》作未識字收入附錄上一〇二（孫海波：1965：839頁）。後出卜辭亦見，均作氏族名：「丁丑貞，今日王令𣥫因我？」（《屯南》2273）花東甲骨亦見，且更為象形：「𣥫入十。」（《花東》91）。亦即金文的𣥫（容庚：1985：1086頁）。唐蘭過分強調形體演變，謂即《說文》「𡭔」字，象蜥蜴之形（李孝定：1991：0196～0199頁）。殆有失之。丁山以為象「蜻蛉」之形〔註127〕。其說稍長。𣥫當為「青」亦即「蜻」之本字（詳下文）。

139. 𩙥，《甲骨文編》作未識字收入附錄上三一（孫海波：1965：697頁）。《甲骨文字典》則謂「象某種鳥形，疑為祭名」，收入卷四鳥部（徐中舒：2006：433頁）。《續甲骨文編》收此作「蝠」（金祥恒：1993：2431頁）。「蝠」為葉玉森首釋，葉氏並舉金文𩙥形為證，謂甲骨文「蝠」讀為福。葉氏的考證遭到了李孝定的辯難，說：「契文自有福字，何煩假借？」（李孝定：1991：4589頁）其實，葉氏的考釋並無值得非議之處。君不見民俗喜貼「引蝠圖」，儘管蝙蝠並不是那樣招人喜愛，無非取其「福」音罷了。既有福字可用，偏生處處懸掛蝠圖，這種心理如同張掛「蓮鯉圖」、「吉羊圖」一樣，很值得民俗學家考究一番。即便回到甲骨文上去討論，也不難找到既有本字，復用假借的例子。譬如，既有𡿧（災）字，又用「𢦏」為「災」；既有「屮」，又用「又」為「有」。因此，可以同意葉氏的解釋。蝠字在甲骨文中的位置很值得我們注意，它往往遠離卜辭，有點兒像兆側刻辭。例如《乙》3468。後世民俗不知是否源於此。蝠，哺乳綱翼手目。

蚰部。「蚰」讀如「昆」，則「昆蟲」原寫作「蚰蟲」。所以許氏於蚰字條下說：「蟲之總名也。」（卷十三蚰部）以區別於虫。的確，《說文》蚰部下所收各字基本上是蟲名，雖然在目前我們還不能完全清楚地知道那都是些什麼動物，但大概不離節肢動物門的昆蟲綱、多足綱類動物。殷商時人對蟲類的認識水平

〔註126〕參中國社會科學院考古研究所編著：《殷墟玉器》圖版65，文物出版社，1982年3月第1版。
〔註127〕參氏著：《甲骨文所見氏族及其制度》，科學出版社，1956年9月第一版，第111頁。

很低，甲骨文字充分證明了這一點。不但從蚰的字無多，而且摹昆蟲之狀的象形字也沒幾個。

140. 𧓖，從二蟲，與小篆「蚰」略同。目前仍不能確切地知道「蚰」在甲骨文中用如蟲之總名。它一作神祇名：「尞於蚰？」（《粹》71）一作地名，如《乙》3214。也許，殷商時人視「蚰」如神，須加禮拜。

141. 𧊔，象蠕蟲之形。《甲骨文編》作未識字收入附錄上一二〇（孫海波：1965：876 頁）。葉玉森謂「疑象蠶形，即蠶之初文」（李孝定：1991：4590 頁）。字是否當釋「蠶」，涉及商代有無養蠶業、絲織業等一系列問題，於是在二十世紀七八十年代曾掀起過一場討論〔註128〕。筆者贊成釋「蠶」，因為甲骨文它字與此形相去太遠，而且倘作「它示」，也不好解釋。「蠶示」，解作蠶神比較容易接受。睡虎地秦簡《日書》有專門祭蠶的日子——「蠶良日」，可作商代有蠶神的證據。

142. 𧑏，從皿從二虫，小篆從蟲，當即「蠱」。甲骨文無蟲字，所以姑且把蠱字放到這裡闡述。《說文》云：「蠱，腹中蟲也。」（卷十三蟲部）舊時中醫稱血吸蟲病為「蠱脹」，則「蠱」當為扁形動物門之吸蟲綱。

它部。許慎大可把「它」列入虫部，不僅因為它部下止有一字，而且其別體作「蛇」。不過，倘若沒有了這個只有「它」一字的它部，也許雪堂就不能把從止從蟲的這個形體釋作「它」了。

143. 𧊔，從止從蟲，雪堂釋「它」（李孝定：1991：3933 頁）。甲骨文的它字是個會意字，寓意「它」是一種常齧人足的動物。許慎說：「它，虫也。從虫而長。象冤曲垂尾形。上古草居患它，故相問無它乎。凡它之屬皆从它。蛇，它或从虫。」（《說文》卷十三它部）真是說到了點子上了。首先，甲骨文虫、

<hr>

〔註128〕主要的論爭文章有：胡厚宣：〈殷代的蠶桑和絲織〉，《文物》，1972 年 11 期；張政烺：〈它示——論卜辭中沒有蠶神〉，《古文字研究》第一輯，中華書局，1979 年 8 月第一版；孟世凱：〈談甲骨文中有關蠶桑的真偽資料〉，《地理知識》，1978 年第 4 期；周晦若：〈甲骨文中關於蠶絲的記載〉，《中國紡織科技史資料》，1981 年 5 集；高漢玉：〈從出土文物追溯蠶絲業的起源〉，《蠶桑通報》，1981 年 1 期；于省吾：〈釋繭〉，《上海博物館集刊》總第二期，上海古籍出版社，1983 年 7 月第一版；商承祚：〈一塊甲骨的風波——契齋藏龜之一真偽辯〉，《隨筆》第十集，花城出版社，1980 年 10 月，今收入商志𩾌編《商承祚文集》，中山大學出版社，2004 年 11 月第 1 版。胡厚宣：〈契齋所藏一塊甲片風波的平息〉，《出土文獻研究》第 3 輯，中華書局，1998 年。陳煒湛：〈「契齋藏甲之一」真偽問題的再討論〉，《甲骨文論集》，上海古籍出版社，2003 年 12 月第一版，第 169～172 頁。

它常通；其次，甲骨文習語「亡（無）它」也見於後世——除《說文》以外——的文獻。例如江陵望山一號楚墓出土的竹簡便有「誉他」語。蚩、它形體稍異，古今字耳。裘錫圭改釋為「害」〔註129〕。竊以為是以義害文。何況，甲骨文自有「亡（無）勾（害）」習語。郭沫若說：「『亡勾』者，無害也，與亡尤、亡巛等同例。」〔註130〕

龜部。也許是殷商時人對龜特別厚愛，因而甲骨文中從龜且知為動物名的字竟比《說文》所收還多。話雖如此，《甲骨文編》所收以龜為形符的字（包括龜字）當中卻有部分並非指代龜科動物，也就是說，這些從龜的字（包括龜字）是認錯了的。筆者將在下面逐一訂正。

144. 🐢，象龜的側視之形，與小篆作🐢同，諸家並作「龜」可無異議。殷商時人對龜相當熟悉。他們占卜的用材之一便是龜殼。甲骨文中就有許多「用龜」的記載。殷商時人除了使用本地產的龜外（安陽田龜，*Testudo anyangenrs*），還使用進貢之龜。甲骨文中常有某某「氏龜」的記錄。考古證明：在占卜用龜中有屬馬來種者〔註131〕。不過，我們從文字上卻不能分辨其種屬。因此只能粗略地把龜看作爬行綱龜鱉目龜科動物的總稱。《甲骨文編》並收🐢形者作龜字（孫海波：1965：513頁）。筆者以為有欠周詳。首先，這類形體與後世的龜字無必然的聯繫，雖然上古文字有時正視、側視並無區別。例如金文的🐢（容庚：1985：878頁）即作正面形象；其次，這類形體都少了一條龜尾巴；最後，這類形體無龜背花紋。後兩點可視為龜的特徵而必須在文字中有所體現的，即便不是那麼象形的小篆也不例外。這類形體似是鱉的寫照。這一點，本文以後還要談及。

145. 🐢，從龜從雨。《甲骨文編》隸定作靇。收入卷十一雨部，謂《說文》所無（孫海波：1965：456頁）。《甲骨文字典》同（徐中舒：2006：1250頁）。郭沫若在考釋〈叔夷鐘銘〉時，曾詳論銘中的靇字〔註132〕。其說甚確。金文與甲骨文此形相去雖遠，但二者均從龜，只是前者從需得聲，後者亦有從需者（參

〔註129〕參氏著：〈釋蚩〉，《古文字學論集》（初編），香港中文大學，1982年9月第1版。
〔註130〕參氏著：《卜辭通纂》別錄1.大龜1考釋，科學出版社，1983年6月第一版。
〔註131〕參看伍獻文：〈武丁大龜之腹甲〉，《中央研究院動植物研究所集刊》第14卷1～6期，1943年。
〔註132〕參氏著：《兩周金文辭大系》，文求堂書店，昭和10年8月，第208頁。

看《甲骨文編》456 頁），從雨者省聲罷了。因此，釋「黿」可以接受。「黿」在甲骨文用如龜名無疑：「……允至氐龜、黿……八黿五百十，三月。」（《合》8996 正，即《存》下 57）「卜智黿一卜五。」（《合集》31669，即《萃》1550）前例為方國貢「黿」等物的記錄，後例為以「黿」習卜的記錄。直至戰國時代，還有使用「黿」作占卜物的，例如楚簡。《集韻》云：「黃黿，龜名。」（卷四青韻）今本《說文》失收。

146. 🐢，從龜從匕，當據犰、駓、牝等例作「䶅」。《甲骨文編》作未識字收入龜部（孫海波：1965：514 頁）。當母龜專名。

147. 🐢，從龜從血，《甲骨文編》隸定作「䶆」。收入卷五血部（孫海波：1965：232 頁）。《甲骨文字典》同（徐中舒：2006：552 頁）。其為龜名無疑：「……允至氐龜、黿……八黿五百十，三月。」（《合集》8996，即《存》下 57）當是爬行綱龜鱉目動物。當收入卷十一龜部。字僅一見。

148. 🐢，《甲骨文編》隸定作「瀶」，作《說文》所無字收入卷十一水部附錄（孫海波：1965：446 頁）。葉玉森說：「當釋瀶，或龜水合文。非龜字。」（李孝定：1991：3386 頁）字數見，均用為地名。有人以為《甲》279 之「瀶」用如龜名，遂確定為水龜之屬（毛樹堅：1981：76 頁）。其實，《甲》279 之「瀶」仍是地名，辭云：「尞瀶三（？）牛？」有《佚》234 為證「辛未卜，尞瀶戠三牢？」不過，《屯南》84 云：「叀瀶？」例同「叀＋獸名」。試比較：「叀小宰？／叀羊？」（《屯南》83）顯然，「瀶」如同「小宰」、「羊」一樣，應是動物之名。

149. 🦗，唐蘭隸定為「䜌」，謂即《說文》蠅字，當屬龜類[註133]。郭沫若謂「䜌」字形實象昆蟲之有觸角者，即蟋蟀之類[註134]。姚孝遂、肖丁從之，並云：卜辭䜌與龜形判然有別，其頭部象遊觸角，其背象有翼，凡此均為龜字形體所不具備[註135]。胡澱咸謂象蝗蟲之形，可能是《說文》所載「蠿」的本字，即典籍的「蠢」[註136]。倘若進一步考察商金文相關文字：🦗（爵銘，《集

[註133] 參看氏著：《殷墟文字記》，中華書局，1981 年 5 月第 1 版，第 6～10 頁。
[註134] 參看氏著：《殷契粹編》，科學出版社，1965 年 5 月第一版，第 344～345 頁。
[註135] 參看氏著：《小屯南地甲骨考釋》，中華書局，1985 年 8 月第 1 版，第 143 頁。
[註136] 參看氏著：〈釋䜌〉，載氏著《甲骨金文釋林》，安徽人民出版社，2006 年 4 月第 1 版，第 93～97 頁。

成》07563），🐛象昆蟲之形無可疑：背上有翅翼，似為蚱蜢之屬，候秋熟時節而至，所以龜字讀音與秋近，而在甲骨文中也多用為「秋」。唐氏的隸定考釋可以接受，但以之為龜屬則未確。「龜」有用如本字的例子：「癸酉貞：龜不至？」（《懷特》TO12）「庚申卜，出貞：今歲龜不至茲商？二月。貞：龜其至？」（《文》687）「乙未，其𠂤寧龜？」（《村中村南》241，「寧龜」一語又見259）《說文》云：「鼃，黽屬，頭有兩角，出遼東。」（卷十三黽部）又：「黽，水蟲也。蘐貉之民食之。」（卷十三黽部）從《說文》的解釋中，我們看不到「龜」為龜屬的絲毫痕跡，倘若「龜」真的就是「鼃」的話。換言之，「龜」恐怕只是一種昆蟲而已。上引胡氏之說殆最切事實。

黽部。《說文》黽部所收動物字，指代兩栖綱的只有黽、鼃二字，而大部分卻指代爬行綱動物，如鼇、黿、鼈、鼂、黽、鼃、鼉、鼊等，占總數的64%。這不禁使人懷疑後一類動物字本非從黽。察諸甲骨文，黽部各字（包括黽）所從之黽形顯然不像兩栖綱無尾目蛙科動物，倒是像爬行綱龜鼈目的鼈科動物（黽除外）。因此，這類動物字很可能從鼈，由於自然界的鼈和龜外形相似、習性相近（二者同屬龜鼈目），人們易把兩種動物混淆，今天的俗語「烏龜王八」可作一證。而小篆黽和龜的形體又十分接近（甲骨文更是如此），所以，本來從鼈的諸字演變到了小篆階段便都從黽（也可能有部分從龜）了。唐先生所釋的「龜」便很好地說明問題。龜字形如龜，而且讀音近龜，後世從黽，並以訛為正，以正為訛。

150. 🐸，自從孫詒讓根據辭義釋之為「黽」後，釋之為黿的論點始終沒得到學術界的贊同。說實在話，倘若許慎「鼂黽也」（《說文》卷十三黽部）的解說不誤，則釋🐸為黽是有疑問的。我們不妨比較一下金文中的黽：🐛、🐸、🐸（容庚：1985：1024頁），再看看古人繪製的蛙：🐸〔註137〕，看看它與甲骨文的「黽」到底有多像。稍後的黽作🐸（〈師同鼎銘〉，《集成》02779），與《說文》所載籀文形近。令人失望的是，甲骨文所謂的黽字反倒像蜘蛛。胡光煒、陳邦福的意見似乎值得我們考慮（李孝定：1991：3949～3951頁）。尤其是花東卜辭新見的🐸，考釋者作「黿」〔註138〕，辭云：「乙未卜，子其往阤，

〔註137〕陝西省西安半坡博物館：《中國原始社會》圖十八，文物出版社，1977年2月版。
〔註138〕中國社會科學院考古研究所編著：《殷墟花東莊東地甲骨》第六分冊，雲南人民出

隻（獲），不🐾，隻（獲）三鹿？／乙未卜，子其往於阝，隻（獲）？子占曰：其隻（獲），用。隻（獲）三鹿。」（《花東》288）這裡的「不🐾」，正與舊出卜辭的恒語「不畜🐾」同義。再參看稍後的銅器銘文「黿」的形體：🐾、🐾（容庚：1985：878頁），我們沒有理由不相信🐾當作「黿」。

151. 🐾，從黽從單。《甲骨文編》作「鼉」（孫海波：1965：515頁）《說文》云：「鼉，水蟲，似蜥蜴長大。」（卷十三黽部）鼉。或以為屬鱷魚一類的動物（毛樹堅：1981：76頁）。察其字形，當是娃娃魚（大鯢）一類的動物。

152. 🐾，《甲骨文編》以為從黽從西，隸定作「鼉」，謂《說文》所無（孫海波：1965：514頁）。此形所從黽與鼉字所從黽同（雖然筆者不贊成那是「黽」，卻只好暫作「黽」觀），當從黽從西，宜隸定為「𪓯」。𪓯，若從黽西聲，西、奚古音同，則「𪓯」可能即《說文》𪓷字。《說文》云：「𪓷，水中蟲也。薉貉之民食之。」（卷十三黽部）有人以為🐾即大頭平胸龜，純屬望文生義（毛樹堅：1981：76頁）。𪓯，甲骨文僅一見：「乙酉貞：又歲於伊，𪓯？」（《萃》195）似用為動物名。

153. 🐾，《甲骨文編》隸定作「𪔊」，作未識字收入卷三臼部（孫海波：1965：106頁）。《甲骨文字典》謂象雙手執龜之形，《說文》所無（徐中舒：2006：1436頁）。其實，𪔊字下半之形作龜是不妥的，顯然仍當作「黽」。因此，「𪔊」宜隸定為「鼀」。「鼀」《說文》所無。《字彙》云：「鼀，同鼀。」《宋本廣韻》云：「鼀鼊，似龜，堪啖，多膏。」（卷一齊韻）則為爬行綱動物無疑。甲骨文字有用如本字之例：「乙卯貞：亡𢦔鼀示五羌三牢？」（《合》32058，即《明》495）例同「𪓷示」。《甲骨文編》收🐾同「鼀」（孫海波：1965：106頁）。可能是不正確的。🐾象六足之蟲形，與🐾象雙手攫鱉之形異。

154. 🐾，《甲骨文編》以為龜字異體（孫海波：1965：513頁）。筆者認為，此字充分體現了鱉的特徵：頭大而稍尖，背有點狀文飾，或省略，或作乂狀：🐾、🐾，體圓無尾，宜釋為鱉。值得我們注意的是，紅山文化遺址出有玉鱉和玉龜〔註139〕，殷墟也有類似的發現〔註140〕。顯然，古人早已能夠辨別二者的差

版社，2003年12月第1版，第1869頁。

〔註139〕參看方殿春、劉葆華：〈遼寧阜新縣胡頭溝紅山文化玉器墓的發現〉，《文物》，1984年第6期。

〔註140〕參中國社會科學院考古研究所：《殷墟玉器》圖版67，文物出版社，1982年3月第1版。

別了。尤其讓人產生遐想的現象是龜、鱉往往同出於殷商遺址中：河南商丘商文化遺址在卜骨層出土了鱉甲。河南淮濱縣一處新石器晚期墓葬，龜甲、鱉甲、牛肩胛骨和卜骨同處於商周時代的灰土層中〔註141〕。更重要的是，甲骨文有這樣的記錄：「我鱉五十。」（《乙》4948）這是一條甲橋刻辭，記錄了貢鱉的數量，例同「氏龜」。鱉字作 🅑，字稍草率，但保持了鱉的大體形狀，釋龜釋黽都缺乏說服力。難道鱉甲也是卜具？儘管迄今為止尚未見到鱉甲卜辭。

内部。許慎把离、萬、禹、禼等字收入内部，實在缺乏文字訛變的認識。但是，既是小篆的彙集，就只能囿於小篆的認知水平了。

155. 🅨，象蠍子之形。金文有更為形象之作：🅦（容庚等：1985：874 頁）郭沫若謂「萬」與「蠆」為一字（李孝定：1991：4193～4195 頁）。甚確。《說文》云：「蠆，毒蟲也，象形。」（卷十三蟲部）則甲骨文此形構應作「蠆」。只是甲骨文萬字假借為數目字，又不得不隸定作「萬」。幸好許書尚存萬字古義，謂「萬，蟲也。」（卷十四内部）才為我們認識萬字掃除了障礙。蠆，當為蛛形綱鉗蠍科動物（*Buthus martensi*）。

156. 🅥，《甲骨文編》隸定作蠢，謂《說文》所無（孫海波：1965：544 頁）。禼，古文作 🅧；子，籀文作 🅨，古文作 🅩。由此可知甲骨文蠢字所從「子」後世訛變為卤。而「萬」的整個形體則省變為「内」，與 🅨 演變為萬、蠆的過程完全相同。可見，「蠢」當釋為「禼」。《說文》云：「禼，蟲也。」（卷十四内部）語焉不詳。🅥 凡二例，見於《合》18394（即《撫續》323）及《合》18395（即《佚》799），均止存一字。但甲骨文离字從「萬」，則离字大概也是蛛形綱鉗蠍科動物（*Buthus martensi*）。

巴部。《說文》巴部只有一個巴字，甲骨文亦見。

157. 🅒，《甲骨文編》作未識字收入附錄上（孫海波：1965：856 頁）。雪堂認為仍當釋「龍」，讀為「寵」，唐蘭作「螭」（李孝定：1991：3477～3478 頁），或作「巴」〔註142〕。細審字形，字雖作蜿蜒狀，卻無如角之頂骨。如與

〔註141〕參看信陽地區文管會、淮濱縣文化館：〈河南淮濱發現新石器時代墓葬〉，《考古》，1981 年第 1 期。
〔註142〕朱芳圃直釋為「巴」，參看氏著：《殷周文字釋叢》，中華書局，1962 年 11 月第 1版，第 24 頁；其後董其祥復詳論之，參看氏著：〈甲骨文中的巴和蜀〉，《西南師院學報》，1980 年 3 期。自此，巴字說漸為學界所接受。

繁構之龍字比較，更少了甲狀鱗片、短足。徵之文例，讀為「寵」也覺詰屈聲牙。例如：「貞：㞢疾，🐍？」（《乙》6412）從形體上看，釋之為「巴」，顯然更符合其文字的演變。「巴」，金文未見，篆文作「🐍」，略近甲骨文：修長的身體，如盆巨喙。似乎是大蟒的形象。而從其用義上考慮，筆者也傾向於釋為「巴」。《說文》云：「巴，蟲也。或曰食象蛇。象形。」（卷十四巴部）徐鍇注曰：「─，所吞也。指事。」儘管許、徐二氏釋義但據篆文形體，然而都緊緊抓住「吞食」這個特徵著眼。它、巴都是蛇類，且讀音接近，因此，「巴」可以通作「它」，如上引《乙》6412。又如：「𨒅帚㸒子于匕己，允㞢🐍？」（《戩》7.16）均暢順無礙。不過，「巴」在甲骨文中多作地名，如有所謂的「巴方」，大概是以巨蟒為圖騰的氏族。

由於甲骨文的動物字大多數是獨體象形字，儘管古人力求以精練的線條充分表現客觀實體的特徵，我們仍然難以十分準確地鑒別其種屬。即便偶有確知種屬者，我們也難以考訂其音、義。困難所在，一方面是古文字與今文字相去甚遠，另一方面是甲骨文的構形簡練（同時期的金文就形象多了），更重要的是因為甲骨的碎裂，使動物字失去了具體的語言環境。那麼，我們彙集這批待考的動物字的目的，主要地是為了給人們提供一份殷商時代反映到文字中來的動物名稱清單，並初步確定其類別；其次，則是為日後的考釋提供方便。當然，也許有某些動物字沒被搜羅進來，而搜羅進來的卻並非動物字或可以加以合併。雖經嚴格甄選，掛一漏萬總是難免。下面，就這六十多個動物字逐一略加申述。

158. 🦌，《甲骨文編》作未識字收入附錄上九四（孫海波：1965：823頁）。其為獸名無可疑：「□〔酉〕卜，角隻（獲）🦌？角不其隻（獲）🦌？」（《合》10607，即《綴新》411）或釋「駒」[註143]，或說「獅」[註144]。均難以令人信服。字凡二見（另一見於《明》2014）。當為哺乳綱動物。又🦌（《合》3099，即《存下》229），《甲骨文編》作未識字收入附上九六（孫海波：1965：827頁），疑同🦌。

159. 🦌。《甲骨文編》作未識字收入附錄上九九（孫海波：1965：834頁）。葉玉森「疑古麟字」。孫海波初撰《甲骨文編》時亦採葉說（李孝定：1991：

〔註143〕參看王宇信：《建國以來甲骨文研究》，中國社會科學出版社，1981年3月，第152頁。

〔註144〕參看李圃：《甲骨文選讀》，華東師範大學出版社，1981年6月第1版，第116頁。

3055 頁）。字作獸形甚分明，唯釋「麟」則嫌證據不足。以犬、豕、虎等字例之，此獸當為哺乳綱動物。

160. 〔字〕，《甲骨文編》作未識字收入附錄上九五（孫海波：1965：826 頁）。《殷墟卜辭綜類》作「舃」（島邦男：1971：223 頁）。似未確。字象獸形，體其辭例，似亦用如獸名：「壬寅卜，□貞：翼（翌）癸卯王亦……叀麓出〔字〕？」（《後》二.13.14）「宰？二。〔字〕？三。」（《前》4.46.5）此獸當為哺乳綱動物。

161. 〔字〕，《甲骨文編》作未識字收入附錄上九三（孫海波：1965：822 頁）。字像獸形無疑，《珠》593（即《合》10448）：「弗〔字〕巛用。」殆有殘泐，未能確知字義。《殷墟卜辭綜類》作「舃」收入（島邦男：1971：223 頁）。殆誤。

162. 〔字〕，《甲骨文編》作未識字收入附錄上一〇〇（孫海波：1965：835 頁）。《甲骨文字典》謂「似犬而尾長大多毛之獸，獸名」，收入卷十犬部（徐中舒：2006：1107 頁）。審其字形，似為松鼠一類的動物，當屬哺乳綱。甲骨文二見：「乙亥卜，我□□才（在）〔字〕？」（《乙》6298）「缶隻（獲）〔字〕二。」（《粹》939）前例似用如地名，後例為獸名無疑。丁驌徑作「獾」（丁驌：1969：347 頁）。

163. 〔字〕，《甲骨文編》作未識字收入附錄上九四（孫海波：1965：824 頁）。《甲骨文字典》收入卷十，謂「所象形不明，獸名」（徐中舒：2006：1076 頁）。字二，見於一辭：「戊辰卜，雀氏〔字〕？戊辰卜，雀不其氏〔字〕？十二月。」（《合》8984，即《乙》4718）「氏某」，方國向商王朝貢的習語。可確知為獸名。此字字形很難與今天某一動物聯繫起來，據構形類推，它可能屬哺乳綱動物。

164. 〔字〕，《甲骨文編》作未識字收入附錄上九九（孫海波：1965：833 頁）。此字字形象牛屬動物：頂上二彎角前挺，背肌隆起，尾翹。可能即《爾雅·釋畜》之犦牛。郭璞注謂：「即犎牛也。領上肉犦脒起，高二尺許，狀如橐駝，肉鞍一邊。」字當指代哺乳綱牛科類動物。甲骨文用如獸名：「屮父來東黃〔字〕。」（《乙》4629）

165. 〔字〕，《甲骨文編》作未識字收入附錄上九四（孫海波：1965：823 頁）。此獸形瘦身巨首，但還是可以斷定為哺乳綱動物。甲骨文止一見：「貞：其氏〔字〕甾北？」（《甲》3916）殆用如本字。

166. 〔字〕，《甲骨文編》作未識字收入附錄上一一〇（孫海波：1965：856

頁）。金文有更為形象之作：🐛（〈亞爵銘〉，《集成》08782）〔註145〕。其為昆蟲綱之有翅亞綱類動物無疑。甲骨文殆用如蟲名：「庚午卜，貞：虬友亡🐛？」（《京津》3151）

167. 🦌。《甲骨文編》作未識字收入附錄上九八（孫海波：1965：831頁）。《甲骨文字典》則收入卷十馬部，疑為馬之異體，義不明（徐中舒：2006：1077頁）。字亦見於小屯南地甲骨：🦌（《屯南》2439）此獸形字最主要的特徵是具有虎、豹那樣的獠牙，馬一樣的鬣尾，體型卻又似犬。甲骨文不知所用：「癸巳貞：旬亡𡆥（禍）？王茲🦌……」（《合》34865正，即《掇》1.439）「口酉貞：〔旬〕亡𡆥（禍）？……茲🦌……」（《寧滬》1.470）此獸形殆亦哺乳綱食肉目動物。根據典籍的記載，此字蓋「駮」。《說文》云：「駮，獸，如馬，倨牙，食虎、豹。從馬交聲。」（卷十馬部）

168. 🦌。《甲骨文編》，作未識字收入附錄下二四（孫海波：1965：945頁）。甲骨文似用如獸名：「乙未卜，丙貞：……曰：……來🦌。」（《合》9174，即《戩》49·2）

169. 🦏。《甲骨文編》作未識字收入附錄上九三（孫海波：1965：822頁）。甲骨文僅一見，辭殘，不知所用。丁驌逕直釋為「貘（貉、獏）」（丁驌：1969：346頁）。未必正確。獸形象犀（詳下文），殆亦哺乳綱類動物。

170. 🦌，《甲骨文編》作未識字收入附錄上九五（孫海波：1965：825頁）。字僅見於《合》20923（即《乙》96）：「癸巳〔卜〕，扶：又🦌？」〔註146〕不能確定必為動物字，字形則與🦌相近，頗疑🦌本「小🦌」合文。

171. 🦌，《甲骨文編》作未識字收入附錄下二四（孫海波：1965：945頁）。《甲骨文字典》收入卷九舄部（徐中舒：2006：1062頁）。獸形象羚羊一屬。字僅見於《乙》9665：「……於西🦌。」

172. 🦛，《甲骨文編》作未識字收入附錄上九七，止收一字（孫海波：1965：830頁）。此獸形象河馬，然殷墟未見河馬遺骸。字在辭中殆用如獸名：「丁卯卜，𣪝貞：钔史乎取方𡆥（禍）🦛？貞：勿乎取方𡆥（禍）🦛？」（《前》7.4.4）

〔註145〕《殷周金文集成釋文》俱作「龝（秋）」（中國社會科學院考古研究所：2001年，第39、244頁）。步雲案：🐛、🐛似非一字。

〔註146〕或作「虎」。參看胡厚宣主編：《甲骨文合集釋文》，中國社會科學出版社，1999年8月第1版，第61頁。步雲案：可商。

據字形判斷，此亦為哺乳綱類動物。此外，《合》8796 正（即《乙》7360）：「己酉卜，㱿貞：方凸（禍）𩥅 取乎𠦪史？貞：勿乎取方凸（禍）𩥅？」〔註147〕所見獸形形體亦近，而辭例亦相近，二字殆同，《甲骨文編》應補。

173. 𩾫，《甲骨文編》作未識字收入附錄上四八（孫海波：1965：732 頁）。字僅見，辭殘，未知確義，然字象鳥形則無可疑，當為鳥綱動物。

174. 𧍯，《甲骨文編》作未識字收入附錄上九六（孫海波：1965：827 頁）。字數見，為獸名無疑：「庚戌卜，徝：叀翼（翌）日步射𧍯於向？」（《甲》3003）字像猞猁之屬，當為哺乳綱動物。

175. 𩾫，《甲骨文編》作未識字收入附錄上四五（孫海波：1965：726 頁）。字僅見於《佚》782 殘辭，不知確義，然為鳥形無疑。又𩾟，《甲骨文編》作未識字收入附錄上（孫海波：1965：726 頁）。字僅見於《簠·地》35：「□申卜，㱿貞：亙□隹（唯）我𩾟其冬於之？」似非用為禽名，但字象鳥形。

176. 𥝦，《甲骨文編》作未識字收入附錄上四五（孫海波：1965：725 頁）。《甲骨文字典》云：「義不明，人名」（徐中舒：2006：401～402 頁）。字似用為鳥名：「丁丑卜，貞：𥝦……〔丁〕丑卜，貞：矢……𥝦」（《後》2.6.2）僅此一例，未能確釋，字象鳥形。

177. 𩾫，象鳥之形，《甲骨文編》收入附錄上四八（孫海波：1965：731 頁）。字僅見於《京津》2975。

178. 𩦐，《甲骨文編》作未識字收入附錄上一〇〇（孫海波：1965：835 頁）。字僅見於《乙》330，辭殘泐，不知所用，字形則像哺乳綱動物。

179. 𩷛，《甲骨文編》作未識字收入附錄上九七（孫海波：1965：829 頁）。字僅見於《前》4.32.7：「……不……亡𩷛冬……」不知何獸。

180. 𤜶，《甲骨文編》失收。字見《後》上 30.13 及《佚》155 兩辭。𤜶是殷商時人狩獵對象：「射𤜶，隻（獲）？」（《後》上 30.13）「……𤜶……允隻（獲）六𤜶。」（《佚》155）審其殘辭，亦可知其必為田獵所獲者。

181. 𩦐，《甲骨文編》作未識字收入附錄上九七（孫海波：1965：829 頁）。字僅見於《前》4.45.4，辭殘，不知何義，亦不明何獸。

〔註147〕或作「馬」。參看胡厚宣主編：《甲骨文合集釋文》，中國社會科學出版社，1999 年 8 月第 1 版，第 474 頁。步雲案：可商。

182. ，《甲骨文編》作未識字收入附錄上九六（孫海波：1965：828頁）。字象獸形，義亦為獸名：「㠱（狩）麥，羍（擒）出 。小辛……」（《乙》7166）獸首似虎，而身無花紋。殆亦哺乳綱食肉目一類角色。

183. ，《甲骨文編》作未識字收入附錄上九八（孫海波：1965：832頁）。字形象靈貓科動物。字僅見於《明》1013殘辭，不知文義。

184. ，《甲骨文編》作未識字收入附錄上九八（孫海波：1965：832頁）。字形如獸類，然詞義未明。字僅見於《庫》691，辭云：「戊午卜，囗貞：王叀 即於……」大概也是哺乳動物。

185. ，《甲骨文編》作未識字收入附錄上九三（孫海波：1965：822頁）。字僅見。形體類「獲」。字在甲骨文中用如獸名：「隻（獲）卅 。」（《鄴》下35.1）

186. ，《甲骨文編》作未識字收入附錄上九八（孫海波：1965：831頁）。字僅見於《坊間》4‧303，殘辭。察其字形，可確定為哺乳動物。

187. ，《甲骨文編》作未識字收入附錄上九八（孫海波：1965：831頁）。形體如獸，義亦獸名：「……貞：北彔亡其 ？」（《坊間》3‧70）字僅此一見。

188. ，《甲骨文編》作未識字收入附錄上九七（孫海波：1965：830頁）。字形似獸甚明。然字在卜辭中均用如人名：「癸丑卜，爭貞：旬亡凸（禍）？三日乙卯出婡（孽），單邑 尿於彔……丁巳 子 尿囗鬼亦得疾。」（《菁》5）又如：「囗午卜，爭貞：叟氏牛……囗囗〔卜〕，殼貞： 來羌？」（《明》2343）

189. ，《甲骨文編》作未識字收入附錄上四八（孫海波：1965：731頁）。字僅見於《佚》298：「隻 。」似用為禽名，其形類似天鵝之屬。

190. ，《甲骨文編》作未識字收入附錄上九六（孫海波：1965：828頁）。字像獸形無可爭辯。然在卜辭中，此字多用如人名。例如：「甲申卜，爭貞： 其出凸（禍）？貞： 亡凸（禍）？」（《前》6‧48‧7）又如：「囗囗〔卜〕，爭貞： 鴛田，爾其牟？勿曰： 鴛田，弗其牟？」（《佚》323）似是武丁寵臣。

191. ，《甲骨文編》作未識字收入附錄上九八（孫海波：1965：832頁）。字雖數見，然諸辭皆殘，難以審其確義。字形象獸則無可置疑。又《甲骨文編》卷二牝字條所收 字，所從獸形當同此。

192. 𭶉，《甲骨文編》作未識字收入附錄上九八（孫海波：1965：832 頁）。字僅見於《明》1373：「□□〔卜〕，□貞：王令……□……𭶉……六十……」辭稍殘，但也可知 𭶉 用如獸名。

193. 𭶉，《甲骨文編》作未識字收入附錄上九六（孫海波：1965：828 頁）。字僅見於《庫》610，辭殘，僅存四字：「□酉卜，……麥……𭶉……」字義雖不明確，像獸形卻甚分明。

194. 𭶉，《甲骨文編》作未識字收入附錄上九九（孫海波：1965：833 頁）。字凡二見，然兩辭皆殘，難審文義，字形則分明像獸，大概也是哺乳動物。

195. 𭶉，《甲骨文編》作未識字收入附錄上九七（孫海波：1965：830 頁）。字僅見於《菁》9，似乎不是用作獸名，然字為獸形則無可置疑，恐怕也是哺乳動物之類。

196. 𭶉，《甲骨文編》作未識字收入附錄上九七（孫海波：1965：829 頁）。字見於《鐵》161.2、《存》1.650 及 1.651。其中《存》1.650 和 1.651 似乎可以綴合。字形為獸，然察其文例，似用為人名：「乙亥〔卜〕，殼貞：𭶉即正？」（《存》1.650）「王〔占〕曰：𭶉叀即正。」（《存》1.651）

197. 𭶉，《甲骨文編》收入附上九四（孫海波：1965：823 頁）。字止見於《合》22470（即《甲》2367），辭殘，無上下文義可推勘

198. 𭶉，《甲骨文編》收入附上九七（孫海波：1965：830 頁）。字僅見於《合》10952（即《前》6.64.8）：「□壬卜，……叀……𭶉」不能推定為獸名。

199. 𭶉，《甲骨文編》收入附上九七（孫海波：1965：830 頁）。字僅見於《合》10332（即《後》二.31.16）：「𭶉。」無上下文義可推勘。

200. 𭶉，《甲骨文編》收入附上九八（孫海波：1965：831 頁）。字僅見於《合》14383（即《林》2.15.6），辭殘，無上下文義可推勘，觀其形體，似象之形。

201. 𭶉，《甲骨文編》收入附上九八（孫海波：1965：831 頁）。字僅見於《合》10223（即《前》6.10.2）：「辛丑卜，□曲隻（獲）𭶉？」用為獸名，似「象」字。

202. 𭶉，《甲骨文編》收入附上九八（孫海波：1965：831 頁）。字僅見於《合》21534（即《林》2.29.9）：「甲戌子卜貞：見𭶉，隻（獲）丮？」疑虎字未刻全。

203. ✳，《甲骨文編》收入附上九八（孫海波：1965：831 頁）。字僅見於《合》37516（即《誠》455）：「叀✳希，亡巛？」疑「夒」之別體。

204. ✳，《甲骨文編》收入附上九八（孫海波：1965：831 頁）。字止見於《明藏》262，疑象字未刻全。

205. ✳，《甲骨文編》收入附上九六（孫海波：1965：828 頁）。字止見於《合》4615（即《明》364），僅存二字：「……✳令……」不能確知為獸名。

206. ✳，《甲骨文編》收入附上九八（孫海波：1965：832 頁）。字止見於《摭續》274，孫先生疑象字。

207. ✳，《甲骨文編》收入附上九八（孫海波：1965：832 頁）。字止見於《合》40856（即《金》738）：「子✳」用為人名。

208. ✳，《甲骨文編》收入附上九九（孫海波：1965：833 頁）。字止見於《合》18459（即《京津》2737），辭殘，無上下文義可推勘。

209. ✳，《甲骨文編》收入附上九九（孫海波：1965：833 頁）。字止見於《合》21932（即《乙》1305），辭雖殘泐，但觀其字形似虎之形。

210. ✳（《合》21876，即《乙》1324），《甲骨文編》收入附上九九（孫海波：1965：833 頁），疑習刻。

211. ✳，《甲骨文編》收入附上九九（孫海波：1965：833 頁）。字止一見：「匕丁（？）✳」（《合》10466，即《京津》2758）不能確定為獸名。

212. ✳（《合》21886（即《乙》1607），《甲骨文編》收入附上九九（孫海波：1965：833 頁）。字為獸形無疑，但摹寫略誤。

213. ✳，《甲骨文編》收入附九六（孫海波：1965：827 頁）。字止一見：「……〔逐〕✳……」（《合》33366，即《甲》2726）疑亦虎字。

214. ✳，《甲骨文編》收入附上九七（孫海波：1965：829 頁），孫先生疑焉之殘。字止見於《鐵》136.4，止存一字。

215. ✳，《甲骨文編》收入附上九七（孫海波：1965：829 頁），字止見於《合》7634 正（即《存》650，亦即《鐵》161.1）：「乙亥〔卜〕，殼貞：✳即疋？」反（即《存》651）：「王固〔曰〕：✳叀即疋。」✳似用為方國名。

216. ✳，《甲骨文編》收入附上九七（孫海波：1965：829 頁）。字止一見：「辛巳卜，貞：叀往✳虎鹿，不其……」（《合》20715，即《鐵》193.1）✳，疑「逐」未刻全。

217. 〔字〕，《甲骨文編》收入附上九七（孫海波：1965：829頁）。〔字〕止一見：「……丙更……〔字〕令……」（《合》4610，即《鐵》213.2）疑同「豕」。

218. 〔字〕，《甲骨文編》收入附上九七（孫海波：1965：829頁）。或隸定為「夒」，或隸定為「夸」。當以後者為長。甲骨文「夸」字數見：「〔字〕茲」（《合》13584正甲，即《乙》1050）「宁貞：〔字〕？」（《合》9507正，即《乙》2331）「王固曰：乃茲亦㞢希，若偁。甲午王往逐䕆。臣㞢車馬硪〔字〕王車，子央亦隊。」（《合》10405正，即《菁》3.1）「王固曰：乃〔茲亦㞢〕希，若偁。甲午王往逐䕆。〔臣㞢〕車馬硪〔字〕王車，子央亦隊。」（《合》10406，即《掇》1.454）「□丑卜，宁貞：勿歲卜，㞢希，〔字〕用冊？」（《合》15485，即《明》299）「……〔字〕茲邑……」（《合》13584甲、乙，即《乙》3162）「……〔字〕……」（《合》19122正，即《乙》5648）字亦見於差不多同時期的銅器銘文，用為先妣名：「后〔字〕母。」（〈罼銘〉，《集成》09222）相關的銅器群出自婦好墓。則甲骨文「夸」字亦當為王后之名，也許就是武丁之妻。以獸名作名字是古人的習慣，那麼，「夸」為獸名不無可能。從兔從丂，兔之屬。卜辭可證：「丁酉卜，㚔貞：多君來弔，氏〔字〕？王曰：余其圖。隹王十月。」（《合》24134，即《後》2.13.2）此辭之〔字〕似用為獸名。

219. 〔字〕，新見於殷墟小屯，止一例：「己未卜，扶：……子己豕？／甲子卜，扶：夕彭魯甲宰？／〔字〕卜？」（《村中村南》316）原未釋。象整羊之形，疑「羊」字。

第二節　動物形象在漢字系統中的反映及其啟示

甲骨文中的動物名詞，是自然界的動物在古人頭腦裏的真實反映，這種反映是從感性認識到理性認識的反映，而不是單純的模仿。因此，某個符號固定為某動物的名字，在社會約定俗成的前提下，即使這個符號已經失去了原表現對象的許多特徵，人們也還是把它作為記錄它原來所描寫的動物的名詞。相反，一個動物名詞，當它的本義已經被引申義、比喻義或假借義取代了的時候，即使它仍保留了它所描寫的動物的特徵，人們卻難得使用它做那動物的名詞，而為它另造新字。我們的甲骨文就是這麼一種象形文字。許多在字形上仍保留了動物最顯著特徵的文字，我們認出來了，但更多的文字，由於種種的原因，失去了表現對象的特徵，只在字形上保持了動物種屬之間的細微差別，我們就

難以辨認了。也許，原來的表現對象已經在曾經存在過的地方消失了；或者，由於漢字聲化規律的影響，象形字已經為後出形聲字所代替，因而影響我們對這些文字的釋讀。然而，在文字的創製、流行之初，這種情況是不存在的。觀堂云：「今日通行文字，人人能讀之，能解之，《詩》、《書》彝器，亦古之通行文字，今日所以難讀者，由今人之知古代不如知現代之深故也。」〔註148〕換言之，企圖通讀通解彝器銘文、甲骨文字，必須以深知古代為首要前提。

許慎說：「象形者，畫成其物，隨體詰詘，日月是也。」（《說文·序》）事實上，象形文字的「畫成其物」，只是大體相似。自然界諸物均佔有三維空間，但到了甲骨文裏，只占二維空間。形象的真實性受到損害。例如，大部分的四足動物都成了兩足動物，兩足動物則成了獨足動物。唐蘭認為：這種現象，是古人對在絕對靜止狀態下的動物觀察的結果〔註149〕。綜觀甲骨文的動物形象，並不盡然。「鳥」也有作 形的；牛、羊二字並無兩足；龜、黽多是四足（龜字也有兩足的特例）。很明顯，古人觀察事物是多角度的，實際上也不可能總是對靜止狀態下的動物進行觀察。古代祭祀，多以牛頭羊首，人們造字，自然受著最熟悉的形象的影響（當然，在金文中，也有全牛、全羊的形象）。萬、黽、龜等動物體形較小，只有在近處纔能發現它們的蹤跡，人們頭腦裏留下的就是俯視的印象。鳳、隹二字多作躍躍欲飛狀，證明了古人也對飛行中的鳥類進行觀察。

甲骨文中動物象形字的刻寫，有三種類型：1. 類型。包括虎、象、馬、兔、舄、犬、豸、鹿、（部分的）龜，等。偶有作 （《前》4.32.7）形。2. 類型。包括麋、麑、麕、麎、鳥、隹，等。偶有作 （《粹》844）。3. 類型。包括黽、蟲、它、（部分的）龜，等。從美術的角度出發，第2、3類的文字較為合理。它們給人以平衡的感覺。相反，第1類字並不那麼合乎繪圖原則。然而，這類字反倒占多數。古人好像以此表明：這是動物象形字而不是圖畫。這是一個重要的啟示：甲骨文的 和金文的 可能有所區別，前者為文字，後者為徽識（專名）；或者如同上文所引蘇美爾文字一樣，後者為前者的初文。這裡不妨再舉一例： （〈鹿方鼎銘〉，《集成》01110）、 （《佚》383）。金文

〔註148〕王國維：〈毛公鼎考釋序〉，《觀堂集林》卷六，中華書局，1959年6月第一版，第293頁。
〔註149〕唐蘭：《中國文字學》，上海古籍出版社，1979年9月新1版，第65頁。

的鹿和甲骨文的鹿都沒有改變它們的方位。可能地，前者是後者的初文。這可以成為器物斷代的文字標準。嚴格恪守的這一刻寫原則，應當作為我們考釋動物象形字的考慮因素之一。例如：龜的兩種形象，是否應分屬兩種不同的動物。

第三章　甲骨文動物字的造字法則

世界上其他的象形文字，例如埃及聖書字，動物字相當形象。例如 🐂（牛）、🐴（馬）、🐍（眼鏡蛇）等[註150]，一眼望去，即可辨識，其形似乎去圖畫不遠。作為記錄語言的符號，這是真實地反映客觀對象最為有效的處理方式。與此相類似，屬表意文字系統的漢字，其形象性較諸表音文字為高是不言而喻的。不過，與其他象形字比較，動物象形字更具象形特徵。像鹿、魚、龜等字，即使是沒有學習過甲骨文但稍具辨識能力的人也能輕易認出。而甲骨文的其他象形字，許多並不完全切合客觀實體，例如：

⊟，日。受刀刻的影響，圓形的太陽成了方形。

𠂇，又。過於簡約而抽象，已經失去了人手的形狀。

甲骨文動物字既然屬漢字系統，就漢字造字法而言，大體不離「六書」。不過，亦有「六書」之外者，例如所謂象形而兼具表音者，又如所謂「合文」者。要言之，甲骨文動物字造字理據可歸納為形象、概括和抽象。以下分別述之。

第一節　動物字的形象性、概括性、抽象性

一、形象性

如前所述，把動物形象轉換為文字，最直接也是最有效的動物字設計就是「依樣畫葫蘆」，即許慎所謂的「畫成其物，隨體詰詘」。因此，動物字的形象性特徵毋庸置疑。

不過，甲骨文動物字的形象性受到三個因素的制約，使之難以徹底地「畫成其物」乃至難於釋讀。

（一）文字符號化規律之制約

依樣畫葫蘆是否逼肖，是動物字能否正確表現客觀對象的關鍵，當然也就

[註150] Henry G.eorge Fischer, *Ancient Egyptian Calligraphy*, The Metropolitan Museum of Art, New York, 1999. p20, p14.

是今天的我們能否識別的關鍵。因此，無論是從古人的角度還是今天的我們的角度去考慮，動物字應當都是逼肖客觀對象的。例如 （《甲》2422），我們很難把它理解為除「虎」以外的任何一種動物。又如 （《佚》812），我們無法不把它讀作「魚」。

然而，倘若追求字字逼肖，摹畫耗費時日倒在其次，要命的是，文字恐怕只能返回圖畫時代了。因此，文字的簡約勢在必行。於是，同樣是表達「虎」、「魚」概念的 、 的出現實在不令人感到意外，儘管我們承認 （《甲》1433）、（《後》2.6.15）仍然是形象的。

（二）文字載體之制約

動物字的形象性同時也受文字載體的影響，例如上舉鹿字，銅器銘文的 （〈鹿方鼎銘〉，《集成》01110）較之甲骨文 （《佚》383 反）更為象形毋容質疑。又如犬，銅器銘文的 （〈戍嗣子鼎銘〉，《集成》02708）比甲骨文的 （《甲》2928）更接近於客觀形象也顯而易見。

（三）文字所反映之對象之制約及文字所象之形有限之制約

1. 所反映之對象之制約

在甲骨文中，若干動物字所反映的形象也許並不存在於現實世界中。例如「龍」、「夔」二字所指稱者。按照典籍的解釋：「龍」是「鱗蟲之長，能幽能明，能細能巨，能短能長，春分而登天，秋分而潛淵」（《說文》卷十一龍部）的動物；「夔」是「神魖也，如龍一足」（《說文》卷五夊部）的動物。面對如此玄之又玄的描述，按圖索驥的成功率幾乎為零。

「龍」字甲骨文作 形的共有十二例，作 形的有二十四例。河南偃師二里頭遺址出土的文物上，龍的形象尚無魚鱗、鷹爪、鹿角〔註151〕。同時，結合甲骨文例看，龍字多用作人名，例如「婦龍」等；方國名，例如「龍方」。還沒有被神格化的跡象。《說文》沒有對龍的形體作細緻的描述，原因恐怕正在於作者沒見過這類動物。相關的典籍，例如《爾雅》，證明許慎以前的人們也缺乏「龍」的認知。北海公園九龍壁上龍的形象，始於何時，不可考。但可以肯定的是，詭異的傳說，恣意的誇張，失實的渲染，給這種動物塗上了一層神秘色彩，從

〔註151〕中國科學院考古研究所洛陽發掘隊：〈河南偃師二里頭遺址發掘簡報〉圖版三-3，《考古》，1965 年第 5 期。

而逐漸演變為今天我們在九龍壁上看到的形象。從甲骨文字的形象推測，龍的模特兒可能是鱷一類的爬行動物。河南濮陽西水坡一處仰韶文化遺址曾發現過由蚌殼堆塑而成的龍虎圖〔註152〕，所謂的龍形似鱷魚而有角。這個圖中的動物形象顯而易見地接近甲骨文的「龍」。

夔字甲骨文作 𦰩 。從字形分析，上部與 𦥑（見）、𦥑（覚）等字相似，下部與 𧉧（企）字相似。湖南長沙陳家大山楚墓出土的帛畫「夔鳳美女圖」上的夔〔註153〕，已經演變為蛇狀物。許氏的解釋當受前代的影響。文字形象與人們塑造的藝術形象有很大的差別，存在兩個可能：一是後人誤釋 𦰩 為夔；二是古人把夔字借為「神魖」的固有名詞（聲音接近或相通）。可以肯定，「夔」原是靈長目動物。像這類象形字，雖然客觀世界不一定找得到其對象，但它們的形象性卻能啟發我們考釋上的靈感。

2. 文字所象之形有限之制約

動物世界紛繁複雜，其成員也千差萬別，但我們得承認動物之間有著一定的共性，物種的分類，不正是困擾了科學家許多年嗎？因此，怎樣區分同科動物，象形動物字實在難以承擔其重任。動物名詞的創造不能不受到這種共性的影響，某些相類似的動物，古人不得不另造形聲字、會意字、指事字加以區別（詳下文）。

象形文字，尤其是進入點畫化、線條化階段的象形文字，無論如何象形，常常只是得其大概。倘若動物字所對應的某些動物後世或已消失，對考釋更是平添困難。

二、概括性

動物字倘若徒具形象性，那將與圖畫無別，至少是相去不遠。因此，動物字所具有的概括性，是它不同於圖畫的標誌之一。

動物字大抵有客觀對象作模特兒，所以多為「畫成其物隨體詰曲」的象形字。這充分證明了漢字與畫畫原本同源。在進入溝通領域後，漢字與畫畫分道揚鑣，象形字凸顯了其高度概括的特性。作為客觀對象，動物本身總是紛

〔註152〕參看濮陽市文物管理委員會等：〈河南濮陽西水坡遺址發掘簡報〉圖五，《文物》，1988 年 3 期。

〔註153〕夔或作龍。參看熊傳新：〈對照新舊摹本談楚國人物龍鳳帛畫〉，《江漢論壇》，1981 年 1 期，第 93 頁。

繁複雜的；作為溝通工具，文字總是要求簡約而易於操作的。那麼，即便畫成其物，概括一法也不得不用。換言之，對客觀事物作真切的摹寫，概括性是象形性的重要補充。動物字的概括手段大體有以下數端：

（一）以個體代集體

從甲骨文的動物字看，我們發現古人的概括能力相當強。例如馬，無論白馬、黑馬、大馬、小馬，都同屬「馬」這一種類。值得指出的是，這種概括法具有一定的科學性。舉例說，「鹿」指「鹿科動物」，以「鹿」為形符的形聲字「麞」、「麋」則是鹿科的不同種屬。「犬」指「犬科動物」，「犰（狐）」、「狼」則是犬科的不同種屬。

當然，這種概括較為寬泛，也不無可被詬病的弊端。例如，中國古人以「隹」、「鳥」為兩大禽類，然而，以之作形符的諸字，卻只用以指稱鳥綱這一大類的各個種屬。又如，從「犬」的許多字，像「獏（貘）」、「狪（狪）」等，也未必指稱犬科動物。但是，以形符作動物類屬標識的動物分類法比起十八世紀才奠定科學基礎的動物分類學早了三千年。即便亞里士多德（BC384～BC322）《動物志》等著作已涉及動物分類，也還是晚於商人幾近兩千年。

古人有著敏銳的觀察力。他們不滿意粗略地區分動物種類，儘管是同一類動物，視具體情況，細緻地加以區別。例如：豕，豬的總稱；豚，小豬；青（穀），小豚；彘，野豬（箭貫豕身，會意狩獵才能獲得的動物）。雖然在甲骨文中這種情況並不普遍，但為後來動物稱謂的多樣化開了先河。

（二）以局部代全體

動物字中有以局部指代全體者，儘管數量有限。例如以牛首、羊首指代牛、羊之概念，以指代通稱的「牛」、「羊」，而不是僅僅以之指代「牛首」、「羊首」。

這種造字法，恐怕與古人的觀察角度不無關係。在古代，「牛首」、「羊首」用以祭祀，為人們所熟知，那麼，以人們熟知的形象為文字原型自是最好的選擇。

（三）以局部特徵區分物種

對動物肢幹進行局部的誇張是古人創製動物字的手段之一。如以外露的獠牙凸顯「虎」的特徵，以長鼻和長牙凸顯「象」的特徵，以枝狀頭角凸顯「鹿」的特徵，以鬃毛凸顯「馬」的特徵，從而把「虎」、「象」、「鹿」、「馬」等與其

他動物區別開來。

　　動物象形字凸顯局部特徵以區分物種的概括性，有時是我們考釋動物字的考慮因素之一。例如同屬貓科動物的虎和豹就存在著毛色和體形上的差異。《甲骨文編》把 🐆、🐆 同列於虎字條下，可能是不對的。🐆、🐆 並非一物顯而易見。《說文》上說：「豹，似虎圜文。」（卷九豸部）可見 🐆 當釋為豹。葉玉森說：「先哲造字時，疑虎、豹為一物，作豹斑者亦呼為虎，於字形可推知焉。」（李孝定：1991：1689 頁）葉說虎、豹在字形上有別是對的，但他以為古人「疑虎豹為一物」，卻未免把古人看得太愚蠢了。🐆 未見作動物名的用例，而均與「侯」字連用。因「侯 🐆」數見，學者以為即典籍所見之「崇侯虎」，所以「侯 🐆」也作「侯虎」觀。筆者以為，如前所述，即作「侯豹」也無妨。典籍可證：「王大射，則共虎侯、熊侯、豹侯，設其鵠。諸侯則共熊侯、豹侯。卿大夫則共麋侯。皆設其鵠。」（《周禮・司裘》卷七）「侯」這一爵位，很可能源於設侯之禮。因此，甲骨文「侯虎」、「侯豹」並存是可能的。

　　同樣，🦌、🦌 等形，從鹿從眉，于省吾認為字象形兼形聲，即「麋」字〔註154〕。大概是可信的。然而 🦌，與上引原篆略異，據〈天亡毁銘〉（《集成》04261）所載 🦌 字，如前所述，學者據文義釋為「慶」，則 🦌 可能也是「慶」字。

　　再如 🐅，象虎而有頭角之形，值得我們注意的是，此形獠牙之象並不顯著，殆許書所載「虒」。《說文》云：「委虒，虎之有角者也。從虎厂聲。」（卷五虎部）因此，《甲骨文編》（孫海波：1965：35 頁）一律視為「虎」的異體不無商榷的餘地。金文有 🐅 （尊文，《集成》05477），與 🐅 可能為同一字，用以指稱「虎」的不同種屬。

三、抽象性

　　抽象性是促使象形文字與圖畫分道揚鑣的動力。圖畫總是形象的，即便是抽象主義畫派筆下的林林總總。它總不能抽象得無所像。

　　與今天通行的漢字比較，甲骨文中的動物象形字並不十分抽象。但是，甲骨文字已經是相當成熟的文字了，文字抽象的特徵不可能不存在。通假的運用，形聲字、會意字尤其是指事字的創製，都是原始文字抽象化的反映。我們仍把

〔註154〕參看于省吾：《甲骨文字釋林》，中華書局，1979 年 6 月第一版，第 439 頁。

甲骨文稱為「象形文字」，是因為它最大限度地保留著原始文字的象形特徵。然而，我們面對那麼多的未識字束手無策，不能不拜文字的抽象性所賜。文字的抽象性，應該是它區別於圖畫的標準之一。當然，動物象形字的抽象性是不明顯的，相反，它們是形象的、具體的，只要置於一定的語言環境中，最終也是可以釋讀的。動物象形字的抽象性，表現為許多字已經點畫化了，並有漸趨線條化的傾向。只不過這種傾向使漢字最終成為了方塊文字，而沒有向拼音化轉變，像西奈象形字那樣逐漸演變成基本的拼音字母。這就是為什麼甲骨文中象形字占大多數的原因。

　　一般說來，動物字具備象形性和概括性，基本可用以指稱不同的動物了。當不足以象其形不足以概括其特徵而施諸筆墨時，文字的抽象性遂發揮作用了。如以若干部首類分之，或合二三圖形表一義，或附以抽象符號以表意。即六書之形聲、會意和指事。例如：

　　　形聲：物（雜色牛）：𪊨；鳳：𪃦→𪄀；雞：𪆳→𪇾

　　　會意：𪀇（雀）；𧈙（虫，它）

　　　指事：𤝡（牛，一歲牛）、𤘒（牭，兩歲牛）、𤘓（犙，三歲牛）

　　通過上引例證，可以發現：動物形聲字的產生，受到漢字聲化規律的支配；會意字、指事字的產生，則受到漢字意化規律的支配〔註155〕。這都是文字抽象化的作用使然。

　　除了形聲、會意和指事的文字抽象特徵，動物字（詞）的抽象性仍存在多方面的表現形式，以下分別述之：

（一）通　假

　　通假是最大限度增加詞彙量的漢語語言規律之一。動物名詞中也存在通假現象。試舉二例：

　　𪊪，無論它像什麼，不像動物則是顯而易見的。通過辭例的考索，學者們發現，𪊪用為犧牲之名，殆借作「穀」。例如：「甲申卜，貞：翼（翌）乙酉屮（侑）於且（祖）乙牢屮（有）一牛屮（有）𪊪？」（《合》25）又如：「貞：方（祊）帝卯一牛屮（有）𪊪？」（《合》14300）

〔註155〕參看譚步雲：〈漢字發展規律別說〉，（香港）《語文建設通訊》總63期，2000年4月，第16～20頁。

🐦，象高冠修尾之鳥形，前賢釋為「鳳」應可信。然而，如前所述，如此形象的動物字在卜辭中極少用如動物之名，倒是通常被借用為「風」。例如：「壬辰，允不雨。風。」（《合》12921 反）又如：「癸未卜，殸貞：今日不風？十二月。」（《合》13344）

通假通常也促使新字（詞）的產生。例如🐦，從凡得聲，即後世的「鳳」。就是通假規律作用下的產物。

（二）構形變異

古漢字通過構形變異以表概念之不同，是一個通則。例如：

𠂇、𠂆，均象手形而位置方向相反，前者用為「左」，後者用為「右」。

又如：

⌣、⌢，乂字構成部件相同，只是構件位置稍異，則所表概念不同：前者為「上」，後者為「下」。

動物字也不例外。犬和豕就是一個典型的例子。

甲骨文的「犬」作🐕、🐕（孫海波：1965：405～406 頁）等，與小篆作🐕相近。十分切合犬類動物「腹瘦尾翹」的特徵。但🐕、🐕（孫海波：1965：405～406 頁）等，尾還是翹的，但腹就不怎麼瘦了。試比較「豕」字：🐖、🐖（孫海波：1965：388～389 頁），二者的區別只剩下尾之翹否的特徵了。今天，我們即便通過「豕」的小篆形體🐖也可以瞭解到為什麼前賢可以準確地區分甲骨文「犬」、「豕」二字。

前文所提及的龜和鱉則是另一個典型的例子。

甲骨文的「龜」通常作🐢、🐢、🐢（孫海波：1965：512～513 頁）等，為龜的側視之形，與小篆作🐢基本相似。但也有偶作🐢（《前》7.5.2）的，為龜的俯視之形，與金文作🐢、🐢（容庚：1985：878 頁）相像。然而，🐢、🐢、🐢（孫海波：1965：35 頁）等形是否也是龜就值得考究了。顯然，龜的側視之形和俯視之形均見諸文字，反映了古人對客觀事物有著不同的視角。而側視之形夥而俯視之形寡，則反映了古人在造字之時對客觀事物分而別之的用心。也就是說，側視之形和俯視之形的所指可能是有所區別的：前者為龜，後者為鱉。顯然，即便同為俯視之形，尾之有無就成為區別彼此的重要特徵。

位置的變化以表所指的差異之法則，不適用於古體與今體的位置變化。如前文提及的虎、犬、豕等動物字，金文和甲骨文是有所不同的。

（三）功能轉移

西方語言學家認為，構成新詞的其中一法為功能轉移（functional shift）〔註156〕。

functional shift，英漢詞典通常作「詞性轉換」。筆者以為可譯作「功能轉移」，是因為在此規律作用下漢語新詞的產生不僅體現為詞性上的變化，而且還體現為詞義上的變化。事實上，西方語言，例如英語，通過語音屈折形式使詞性或詞義發生變化，都不妨視之為 functional shift，而與漢語的「破讀（或讀破）」規律相當。

這是一種簡單便捷的造詞法：詞的總量並沒有實質上的增加，而詞的功能則大為擴展。以英語為例，一個詞改變其詞性或意義，只要其語音發生屈折變化（inflection / inflexion）就可以完成功能轉移，如：contract〔'kɔntrækt〕，重音在前，為名詞，意思是「契約、合同」；contract〔kɔn'trækt〕，重音移後，為動詞，意思是「締結（契約、合同）」。又如：contrast〔'kɔntræst〕，重音在前，為名詞，意思是「對比、對照」；contrast〔kɔn'træst〕，重音移後，為動詞，意思是「使對比、使對照」。

語音的屈折變化，有時候也使詞形發生變化，尤其是表音文字系統的語言，多如此。仍以英語為例，woman（單數）→women（複數）；foot（單數）→feet（複數）；come（動詞原形）→came（過去式）。

當然，也存在語音不發生屈折變化而完成其功能轉移的情況，仍以英語為例，「water」、「wolf」等，既可以是名詞，也可以用為動詞。

反觀漢語，也存在著功能轉移的詞彙生成法則。

在現代漢語中，某些方言存在著利用語音屈折變化以體現詞彙意義的現象。例如開平話，人稱代詞的複數形式即表現為語音音變的屈折形式：我〔ŋoi³³〕→我們〔ŋoi²¹〕；你〔nei³³〕→你們〔niɛk²¹〕；他（佢）〔kʰui³³〕→他們（屐）〔kʰiɛk²¹〕〔註157〕。漢語中具有類似形式的方言不太多，已知的有陝西商縣話、

〔註156〕參 W. Nelson Francis, *The English Language: An Introduction,* W. W. Norton & Company, Inc., 1965.

〔註157〕參鄧鈞主編：《開平方言》，湖南電子音像出版社出版，2000 年 3 月第 1 版，第 76 頁。

蘇北贛榆話、吳語蘇州話等〔註158〕。

　　古漢語同樣存在這麼一種構詞法。某個詞的詞性或意義發生變化，其語音一般也發生屈折變化，在訓詁學上稱之為「讀破」或「破讀」。例如「為」，動詞念平聲，介詞則改為去聲。又如「冠」，名詞念平聲，動詞念去聲。周法高稱之為「音變（phonetic modification）」〔註159〕。我以為還是作「語音屈折變化（phonetic inflection / inflexion）」為好〔註160〕。

　　如同表音文字系統的語言，某些古漢語詞的語音發生屈折變化，其詞形也隨之發生變化。在漢語文字學上，可以視之為「古今字」、「異體字」或「孳乳字」。例如：「說」，音 shuō，為原形；音 yuè，詞形便改變為「悅」。又如：「辟」，音 bì，為原形；音 pì，詞形便改變為「闢」、「僻」等。再如：「弟」，音 dì，為原形；音 tì，詞形便改變為「悌」。

　　在甲骨文時代，這種構成新詞的方法就存在了。例如「雨」，既可以是名詞，也可以是動詞。例如：「貞：其屮（有）大雨？」（《合》12704）「癸亥卜，㱿：翼（翌）甲子不雨？甲子雨，少。」（《合》12973）前例「雨」用為名詞，後例則為動詞。至為分明。

　　甲骨文動物字也不例外。且看以下例子。

　　例一，牢，圈養之牛，用為名詞是常態：「丙辰，爭貞：尞三牢？」（《合》15595）但也可用為動詞：「甲午卜，方貞：大示三牢？二月。」（《合》14834）

　　我們當然可以說，後一例省略了動詞謂語。不過，這個推測不無問題。如果繼續考察以下例子，相信我們可以接受「三牢」用如動詞的觀點。

　　例二，魚，可用為名詞：「甲申卜，不其網□魚？」（《合》16203）也可用為動詞，捕魚：「王魚？／勿魚？」（《合》667 反）

　　用為動詞的「魚」，詞形也隨之發生變化：「漁」。

　　例三，犬，可用為名詞：「戊寅卜：九犬，帝（禘）於西？二月。」（《合》21089）也可用為動詞：「庚戌卜：寧於四方，其五犬？」（《合》34144）

〔註158〕參袁家驊：《漢語方言概要》，文字改革出版社，1989 年 6 月第 2 版，第 50 頁、97～98 頁。

〔註159〕參氏著：《中國古代語法：構詞編》，（臺灣）中央研究院史語所，1962 年，第 5～96 頁。

〔註160〕高本漢（Klas Bernhard Johannes Karlgren）傾向於把古漢語視為屈折語。參氏著：〈原始漢語是屈折語〉（*Le proto-chinois，langue flexionelle*）一文（原載《亞細亞雜誌》，15），其中揭示了上古漢語有代詞的格屈折變化痕跡。

句式與例一相似，不同的是，「五犬」前使用了表疑問語氣的虛詞「其」。如同「其雨」，「其」後的詞類當為動詞，作謂語。

例四，豕，可用為名詞：「允隻（獲）豕。」（《合》160 反）「乙亥卜，殻貞：今日尞三羊、三豕、三犬？」（《合》738 正）也可用為動詞：「丙午卜，宁貞：於且乙，十白豕？」（《合》1524）

如同前面的例子，「十白豕」用如動詞再無可疑，意思是「用十白豕」。

例五，麑，可用為名詞：「……麋七十麑四十一覽百。」（《合》20723）也可用為動詞：「貞：叀麑，王受又（佑）？」（《合》29540）「不麑？」（《合》33407）「己卜，叀麑匕庚？」（《花東》53）

麑，指「用麑」；不麑，自然就是「不用麑」了。

（四）合體字與合文

在甲骨文時代，如何分辨合體字和合文是一件困難的工作，尤其以動物字的分辨最具代表性。例如：與、與、與等，可能存在不同的意義指向，前者為合文，後者為合體字（詳下文）。

1. 合體字

儘管甲骨文動物字獨體字不在少數，但合體字也相當可觀。動物合體字其中一種形式並非自身形體的重迭，而是表不同種屬的動物字的組合。這類合體字，讓釋讀者倍感困惑的是難以確定哪是形符哪是義符。更有甚者，難以確定這個合體字的屬性：也許是形聲字、會意字或指事字，也許是通假字。例如下文將要討論的羋，馮，狀三字。

羋，從羊從牛，可以隸定為「羋」。《甲骨文編》以為即《說文》卷十馬部新附字中的「驊」字，收入卷十馬部（孫海波：1965：398～399 頁）。《說文》云：「驊，馬赤色也。從馬，觲省聲。」（卷十馬部）學者們視之為通假，不無道理。且看其用例：「叀羋小乙歲？／幽牛小乙？／王叀？／叀黃牛小乙歲？」（《村中村南》431）「叀黃〔牛〕匕己，歲，叀羋？／叀小宰？／叀大牢？」（《村中村南》512）「賜夠羋犅。」（〈大毀銘〉，《集成》04165）這些例子中的「羋」當然都可以讀為「驊」。不過，筆者以為字當釋為「觲」。羊、牛都是有角的動物，因此，從羊從牛殆會意角抵。《說文》云：「觲，用角低仰便也。從羊、牛、角。」（卷四角部）許慎的解釋有點兒費解，但對字形的分析是清晰

的。它的字形，表達的是牛羊用角相抵這麼個意義。璽文中有𰀀（《璽匯》3435）、
𰀀（《璽匯》0664）二字，可分別隸定為𢎙和𢎙。二字《說文》俱無。《玉篇》
無「𢎙（觟）」有「𢎙（即牴）」，云：「觸，昌燭切，抵也，據也。牴，同上。
𢎙，古文。」（卷二十六角部）𢎙和𢎙構形不同而構形所表意義無異，都表「牴
觸」之意，其初文殆「羊（觟）」，後分化為「牴」、「觟」二字。上引甲骨文例
中的「羊」本義指併牛羊二首為一犧牲。而金文例所謂「羊牴」，指頭角相抵
之「牴」，殆善抵之公牛。不難想像，「觟」原來作「羊」，表示「用角相抵」
的意義，及後在意化規律的影響下而成「觟」，而「羊」，則蛻變為聲符了。其
讀音，也許就是後人所標注的息營切。換言之，「觟」和「䮞」都是從「羊」
得聲的。

　　𰀀，原篆作𰀀（《前》2.5.7，即《通》730之下半部分），《甲骨文編》作未
識字收入卷十馬部（孫海波：1965：399頁）。甲骨文用為獸名可無疑。《通》
730：「戊午卜，在潢貞：王其叀大𰀀，叀𰀀眾𰀀，亡災，禽（擒）？」𰀀與「𰀀」
並舉，可見其為合體字而不是合文。則𰀀可能也是馬一類的動物。《甲骨文編》
收入馬部作合體字顯然是正確的。不過，「𰀀」可能應作「𰀀」，如前所述，當
「駼」字。

　　𰀀，原篆作𰀀（《合》21079，即《甲》3634），《甲骨文編》以為從羊從豕，
隸定為「𢊅」，並云：「犧牲名。」（孫海波：1965：185頁）其實字當從羊從
犬，宜作「𰀀」。《中華字海》（中華書局、中國友誼出版公司1994年）收「猍」
字，並云：「〔猍獷〕中國古代對西南地區部分少數民族的稱呼。《炎徼紀聞》
（卷四）：『猍獷，一曰橫黃，其種亦夥。』」雖說「𰀀」、「猍」形體上的不同
可以視為因隸定而產生的差異，但恐怕只是歷史的偶合，而並非一字。「𰀀」
僅一見，或釋曰：「丙寅卜，王，己巳步往乃易日。／于乙丑帝（禘）。／……
帝（禘）。三／……𰀀。三／……𢊅。三」（《合》21079）[註161]辭殘，其為合
體字抑合文不無疑問。筆者以為，此辭中的「𰀀」、「𢊅」可能是合文而非合體
字。當然，這需要更多的數據去證明。

　　如果進一步結合篆文的「麤」分析，由不同的動物字組合而成的合體字，
大致表達這樣的意義取向：（1）抽象的動物行為。（2）與其中的構成成分相關

[註161] 胡厚宣主編：《甲骨文合集釋文》，北京：中國社會科學出版社，1999年8月第一
　　　　版。

的某新物種。（3）不表「複數」意義。

必須指出的是，以表不同種類的動物字組合而成的合體字不同於通過詞形的整體重迭的合體字。在古文字階段，詞形的整體重迭表示「複數」的意義。這個問題，筆者將在本文第三章第三節加以討論。

2. 合　文

在古文字階段，銘刻往往有合二字為一體的書寫方式，以充分利用文字載體的空間。稍後的合體形式，例如西周時代的金文合文，往往有合文標識「＝」，但甲骨文無。那麼，如何區分合體字和合文是我們釋讀甲骨文動物字的首要一步。

最典型的例子是「戠牛」。「戠牛」原作 🐂，《甲骨文編》作未識字收入附錄上八（孫海波：1965：651 頁）。《甲骨文字典》（徐中舒：1988）未收。《甲骨文字詁林》（于省吾：1996）亦未收。雪堂隸定為「犢」，謂「牷」之本字（李孝定：1991：0333～0334 頁）。羅說得到了相當多學者的支持。不過，甲骨文自有「黃牛」、「🐂」（西？牛）、「白豕」等合文例證，甚至見「戠羖」（《佚》518）語，則把 🐂 釋為「戠牛」亦無扞格。《殷墟甲骨刻辭類纂》正是這樣處理的（姚孝遂、肖丁：1989：902 頁）。這顯然是正確的，但卻未聞其詳，未免使人略感遺憾。值得慶幸的是，後世的文獻為我們解決這一難題提供了確鑿的證據。湖北荊沙地區包山所出戰國楚簡卜筮類簡屢見用作犧牲名的「戠牛」語，二字雖可作合文，然分書亦甚明[註162]。可知 🐂 確應讀為「戠牛」。

第二節　關於動物名詞的「性」

自然界中，人有男女之分，動物有雌雄之別，反映到語言中，名詞也可能存在陰性、陽性的區別。例如拉丁語族的法語、日耳曼語族的德語、斯拉夫語族的俄語，都有「性」的語法範疇。

甲骨文字的動物名詞，也有類似陰性、陽性的表達方式。

劃分動物的雌雄，在畜牧業中占重要地位的時代，有著特殊的意義。這不可能不反映到文字中來。於是，甲骨文中就有了表示各種動物自然性別的專

〔註162〕參看湖北省荊沙鐵路考古隊：《包山楚簡》圖版九〇，文物出版社，1991 年 10 月第一版。步雲案：203 簡「戠牛」二字分書，但 202 簡則作合文。

字。耐人尋味的是，這些專字是使用添加表示匕（雌）、⊥（雄）的符號構成的，與印歐語系諸語言構成陰性、陽性名詞的形式相當接近。顯然，古人在創造動物字（尤其是那些屬牲畜的動物字）的時候，就考慮如何可以實現動物自然性別的區分。請看下表：

例字性	牛	羊	豕	馬	犬	彘	鷹	鹿	虎	龜	隹
雄性											
雌性											

關於這個表格，有幾點必須予以說明：

一、《甲骨文編》把牝、犴、馼、麀、犿、鼠（ ）、 全當作「牝」的異體（孫海波：1965：34～35 頁），把牡、牲、（ ）、（ ）、（ ）、麚、 （ ）全當作「牡」的異體（孫海波：1965：33～34 頁）。今天看來是不正確的。請看證據：

1. 辛巳貞：其舂生于匕庚、匕丙牡、牲、白豕？／辛巳貞：其舂生于匕庚、匕丙牝、牲、犴？（《綴新》436）

2. 乙巳貞：丙午酚舂生于匕丙牡、牲？（《京都》2300）

3. 辛未卜：卯于且……牲、牲？（《乙》2854）

4. ……中……牝、犴。（《京都》2999）

5. 貞：來庚戌虫于示壬每匕庚牝、羊（步雲按：據上引《綴新》436，「羊」疑脫「匕」）、犴？（《佚》99）

牲、牲顯然不同於牡，牝、犴也不同於牝。因此，葉玉森說：「卜辭中牝字有從牛、羊、犬、馬、豕五形，疑從牛即言牛之牝，從羊即言羊之牝，從犬從豕亦然，用牲之禮如是，故分別書之。」（李孝定：1991：0299～0300 頁）

葉氏的懷疑得到了瞿潤緡認同，他說：「犴、牝、馼、麀雖皆從匕，而種類各異，不必為一字。今犴、馼、麀、牝諸字不見於字書，然牝麀尚異其音讀。」〔註163〕

關於葉、瞿二氏的觀點，楊樹達作了進一步的闡發：「故余據《爾雅・釋

〔註163〕見《殷契卜辭》第 6 頁，莞城圖書館編：《容庚學術著作全集》第一冊，中華書局，
　　　　2011 年 7 月第 1 版，第 126 頁。

獸》『鹿牡麚』之文釋麤為麚，據『豕牝豝』之文釋豝為豝，據《釋畜》『牡曰騭牝曰騍』之文釋騭為騭，據『羊牡羒牝牂』之文釋羒為羒，羝為牂。」[註164]

殷墟近出甲骨進一步證明了前賢所論不誤，請看下例：

6. 辛卯卜，叀口宜甗、牝，亦叀牡用？／壬辰卜，子亦障宜叀甗於左右用？／壬辰卜，子障宜叀右左甗用？／中叀甗用？／辛卯卜，子障宜叀幽麇用？」（《花東》198）

7. 乙卜，季母亡不若？／乙夕卜，丙不雨？／丁卜，日雨？／丁卜，不雨？／己卜，叀麇、牛匕庚？／己卜，叀二牡？／庚卜，在臺，叀牛匕庚？／辛卜，其宜叀豕？／辛卜，其宜叀大入豕？／辛，宜羝匕庚？／歲匕庚豝？（二辭）／（《花東》139）

8. ……己亥屮戊羊二羒二？／……亥屮乙馬二羒二？（《村中村南》385）

為了進一步理解這個論斷，請參看例6、例8的實圖：

圖一　《花東》198

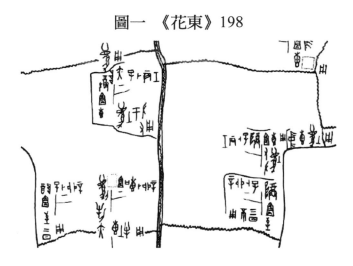

圖二　《村中村南》385

圖一並見龗、牝，圖二並見「𢀳」、「𢀳」，可證從匕從亠諸字不同：𢀳、𢀳、龗顯然不同於牡，𢀳、𢀳、龗也不同於牝。

二、𢀳，《甲骨文編》失收。字見《乙》6696：「壬辰卜，爭貞：其亂，隻（獲）？壬辰卜，爭貞：其亂，弗其隻（獲）？」

三、𢀳，余永梁疑即「雌」字〔註165〕。丁山釋「雁」〔註166〕。此字在甲骨文中用為地名，釋雌釋雁均無不可。姑從余說。又𢀳，或作「雌」〔註167〕，字不從「匕」。𢀳，孫詒讓釋「雄」，楊樹達、唐蘭釋「鷂」（李孝定：1991：1387頁）。事實上有從亠之𢀳（《屯南》2608），疑隻（獲）的異體，從廾從雄佳，象捕鳥之形，正與從匕者相對。

四、「麤」只見於秦刻十碣之田車石，蓋甲骨文佚。

五、尚有加牛齡而兼明性別的專字。如𢀳（《掇》1.202）、𢀳（《乙》3216），《甲骨文編》以為「三牡」、「四牡」合文（孫海波：1965：618頁）。誤。如前所引嚴一萍說，則𢀳即「牜」，𢀳即「牿」，𢀳即「犙」，分別指稱一歲二歲三歲之牛。以此類推，𢀳實際上指「牡犙」；𢀳實際上指「牡牭」。可以視之為合文。

六、𢀳（《花東》330）字首見，實際上指稱「牡犙」，視為合文可能更為合理。

基於以上圖表所列例證，筆者以為，亠、匕是表示動物天然性別的符號，其功能與印—歐語系諸語言用以表示陰性、陽性的詞綴相一致。不同的是，亠、匕本質上是字，起碼是「偏旁」，而且只能附於動物字（詞）之上。

上列圖表中有幾個動物名詞沒有雌雄的對應關係，顯然是不正常的。可惜目前受材料限制，無法證明它們當初也存在一定的對應關係。值得注意的是，存在對應關係的動物字，都有與之相適應的後起形聲字（虎、鷹二字除外）。個別名詞甚至有兩個以上的形聲字。這裡面可能存在著方言的因素。這些義同聲異的形聲字的產生當有先後之別，所以不必非以《爾雅》為準不可。我們可以設想：在上古，使用頻率較高的、帶亠、匕偏旁的動物字，發音各異，

〔註165〕見朱芳圃：《甲骨學文字編》卷四頁四所引，臺灣商務印書館股份有限公司，1983年8月臺四版。
〔註166〕見氏著：《甲骨文所見氏族及其制度》，中華書局，1988年4月新1版，第125～126頁。
〔註167〕參看高明：《古文字類編》，中華書局，1980年11月第1版，第228頁。

在漢字聲化規律的支配下，如同其他漢字一樣，其意符逐漸被聲符所替代，如圖：

陰性	本字	牝	牞	犰	馲	亂	犹	虎	甝	麅	魾	牠	𧉛
	形聲字	牝牦	粉殺粘	犯貀	騾		猵			麛麎		雌	
陽性	本字	牡	羜	豝	駏			虎	𤟭	麀			
	形聲字	牡犅特	羘羝羭	殺貜	駔驚			虖		霞		雄	

表中某些動物名詞沒有對應的形聲字形，其原因還有待進一步探究。而能夠直接指明動物的自然性別的專用字，其詞形從會意到形聲的演變，可從下面的例子得到證實：

1. 麅 → 麗 → 麎
2. 牡 → 牡
3. 駏 → 駏（駔，見戰國金文）→ 駏（騙、驚，見楚簡）
4. 豝 → 貀（貜，見楚簡）
5. 牞 → 粘（殺，見楚簡）

從某種意義上說，採用了形聲詞形的動物名詞，其讀音仍具有直接表明動物的自然性別的功能。換言之，表達「性」的概念，這些動物名詞還無須像後世般借助複合詞構詞手段。例如：

1. 彼茁者葭，壹發五豝。（《詩・召南・騶虞》）
2. 既挾我矢，發彼小豝。（《詩・小雅・吉田》）
3. 取羝以軷，災燔載烈，以興嗣歲。（《詩・大雅・生民》）
4. 清酒既載，騂牡既備。（《詩・大雅・旱麓》）
5. 誰知鳥之雌雄。（《詩・小雅・正月》）
6. 鄭伯使卒出貒。（《左傳・隱十一》）
7. 老羭之為猨老。（《列子・天瑞》）

即便在已經借助詞彙手段表示「性」的概念的情況下，能直接表示「性」的概念的動物名詞仍被廣泛地使用。畢竟，使用單音節詞比使用複音節詞更省事。

漢語的詞彙朝著以雙音節詞為主流的複合詞方向發展的過程中，能夠直接表示動物自然性別的專有名詞逐漸弱化為雙音節複合詞的詞素，用以表示

「性」的概念。這時，漢語表示「性」的方式，不再是詞形的變化（造字法），而是詞彙手段（構詞法）了。例如：

1. 麀鹿噳噳，有熊有羆，有貓有虎。（《詩‧大雅‧韓奕》）
2. 牂羊墳首，三星在罶。（《詩‧小雅‧苕之華》）
3. 雄雉于飛，泄泄其羽。（《詩‧邶風‧雄雉》）
4. 羝羊觸藩。（《易‧大壯》）

就以上例子，可以推斷，人們使用複合詞形以表示「性」的概念，初始力圖保持類屬和「性」的一致。即，「雄性的牛」盡可能作「牡牛」，「雄性的羊」盡可能作「羝羊」。餘此類推。事實上，由於可以表不同種屬的「性」的特指名詞實在太貧乏，在構造不存在表「性」的專有名詞的複合動物名詞時，就不得不借用可以表「性」的專有名詞為詞素了。例如：

1. 南山崔崔，雄狐綏綏。（《詩‧齊風‧南山》）
2. 牝雞無晨。（《書‧牧誓》）

「雄」本來特指「雄性鳥類」，「牝」本來特指「雌性牛」，但在上述的例子中，被用作構成其他種屬的動物複合名詞的詞素，以表示該物種的「性」的區別。至此，可以直接表示動物的自然性別的專有名詞的歷史使命基本上結束了，雖然延至戰國時期，還偶而見到特指名詞的用例。例如金文的 🦌（鴟，用為鳥。〈中山王𧊒方壺銘〉，《集成》09735）和 🦌（駐，〈庚壺銘〉，《集成》09733）。又如簡牘的 🦌（駐，曾侯乙墓楚簡）和 🦌（駐，曾侯乙墓楚簡）。這可以看作仿古之作。

綜上所述，古漢語表示動物名詞的「性」，早期是通過改變動物名詞詞形——即在動物名詞上附加⊥、匕符號——的方法完成的。附加了⊥、匕符號的動物名詞，經歷了因語音的差異而導致的詞形變化——即：⊥、匕意符漸次為聲符所取代。但是，詞形變化——無論是動物名詞附加⊥、匕意符的變化，還是動物名詞附加聲符的變化——都無法逆轉漢語詞彙複音化的進程。尤其是在「雌雄」、「公母」、「牡牝」等普遍成為構成複音節詞的詞素時，在動物名詞上附加符號以表示動物名詞的「性」這麼種方式就此不再。

第三節　關於動物名詞的「數」

印—歐語系的許多語言，名詞有「數」的語法範疇。通過詞綴或屈折變化，

表示單數和複數，以表現客觀對象數量的多寡。例如英語：son（兒子）→sons（兒子們）；child（孩子）→children（孩子們）。

　　早期的漢語，原是通過詞（字）形變化以表現「數」的。

　　數學家認為：「原始人就只懂得『一』和『二』，『二』再數下去就是『多』，『多』在他們看來就是沒法子數的。」〔註168〕古漢字中的「數」，正是這種現象的孑遺。

　　古人描述客觀事物，不得不接觸「數」的概念，除了讓名詞與一定的數量值結合以表示事物的多寡外，他們還通過詞（字）形變化使之含有多數的意義。例如：

　　艸——甲骨文不見「艸」，但有從「艸」的「莫」。《說文》：「艸，眾草也。」（卷一艸部）

　　品——甲骨文有從「品」的「喃」（孫海波：1965：91頁），商代金文有從「品」的「唬」（《集成》09102）〔註169〕。《說文》：「品，眾口也。」（卷三品部）

　　林——甲骨文作 ⅩⅩ（《明》376），《說文》云：「林，平林有叢木。」（卷六林部）

　　森——甲骨文作 ⅩⅩⅩ（《金》472），《說文》云：「森，木多貌。」（卷六林部）

　　众——甲骨文作 ⅢⅢ（《甲》2858），《說文》云：「众，眾立也。众三人。」（卷八众部）段玉裁注云：「會意。《國語・周語上》曰：『人三為众。』」（《說文解字注》卷八）

　　眾——甲骨文作 品（《鐵》72.3），《說文》：「眾，多也，从众目。眾意。」（卷八众部）

　　灥——《說文》云：「灥，三泉也。」（卷十一灥部）

　　晶——甲骨文作 品（《佚》506），《說文》云：「晶，精光也，从三日。」（卷七晶部）段玉裁注云：「凡言物之盛皆三其文，日可三者，所謂累日也。」（《說文解字注》卷七）步雲按：段說甚確。「晶」在甲骨文中用如「星」，表示繁星。

　　不難發現，上述各例，並不是原來詞（字）形的簡單重複，而是使之產生了「複數」的意義。漢語這種通過原詞（字）形的重迭以表示多數的方法，也

〔註168〕王輯梧：《人怎樣計算》，廣東科技出版社，1979年2月第1版，第1頁。
〔註169〕「叫」的篆文作「唬」。以此例之，則甲骨文的 唬、金文的 唬 或可作「喃」、「唬」。

・86・

用在動物字中。例如：

豟（豥）——甲骨文作 𧰧（《前》1.31.5）。《說文》不見「豟」，而只有「豥」：「豥，二豕也。𧱸从此。」（卷九豕部）《字彙補》謂豟同豥，大概以為二豕或三豕均表多數之義，故無別。「豟」在甲骨文中用為地名：「丁卯卜：勿令執氏人田于 𧰧？／丁卯卜：令執氏人田于 𧰧？十月」（《合》1022 甲、乙）不知是否即指「𧱸」。

麤——甲骨文作 𧈧（《後》2.3.8）。《說文》云：「麤，虎怒也。」（卷五虎部）步雲按：許慎的解釋恐怕也屬引申義。虎是獨居的動物，兩虎相遇，不免惡鬥。本義當指「二虎」。

驫——古文字見於金文：𩤧（〈驫䤞鼎銘〉）。《說文》云：「驫，眾馬也。」（卷十馬部）

雦——甲骨文作：𦐧（《續》1.7.6）。《說文》云：「雦，群鳥也。」（卷四雦部）

鱻——古文字見於金文：𩺧（〈公貿鼎銘〉，《集成》02719）。甲骨文迄今僅見從水的「漁」。《說文》：「鱻，新魚精也。」（卷十一魚部）許慎的解釋令人費解。徐鍇說：「三，眾也。眾而不變，是鱻也。」徐鍇的說法比較容易理解：鱻即指「眾魚」。

麤——甲骨文從二鹿：𤜧（《前》8.10.1）。篆文從三鹿。《說文》：「麤，行超遠也。」（卷十麤部）段玉裁說：「鹿喜驚躍，故從三鹿，引申之為鹵莽之稱。」步雲按：雖然段氏正確地指出「魯莽」是「麤」的引申義，但於其本義尚不甚了了。麤的本義當為「群鹿」。鹿是群居的動物，遷徙、棲息均為群體活動。所以許慎有「行超遠」一說，這可以從《說文》另一個字「麈」得到驗證：「麈，鹿行揚土也。從麤從土。」（卷十麤部）這也是引申義。

猋——甲骨文有從二犬的「𤝰（狱）」。《說文》：「猋，犬走貌。從三犬。」（卷九犬部）銅器銘文中另有從三犬的「犇」（〈王作父丁方橺銘〉、〈南宮乎鐘銘〉等），即甲骨文的「犇」（《合》7 等）[註170]。如同上文的「豟（豥）」，

〔註170〕參看譚步雲：〈釋「犇」：兼論犬耕〉，《農史研究》第 7 輯，農業出版社，1988 年 6 月，第 26～28 頁。又：〈王作父丁方橺考釋：兼論鐘銘「犇」字〉，《中山大學研究生學刊》，1996 年 2 期，第 18～21 頁，又《古文字與漢語史論集》，中山大學出版社，2002 年 7 月第 1 版，第 251～254 頁。

兩犬之形和三犬之形所表意義相近乃至相同。

羴——甲骨文或從三羊：𦍋（《拾》5.3），或從四羊：𦍋（《前》4.35.5）。《說文》云：「羴，羊臭也」（卷四羊部）段玉裁注云：「臭者，氣之通於鼻者也。羊多則氣羴，故从三羊。」（《說文解字注》卷四）步雲按：「羊臭」顯然是引申義。

犇——古文字未見，殆後起字。《廣韻·魂韻》：「犇，牛驚。」（卷一）以群牛之象表驚怖，恐怕也是「犇」的引申義。

讓我們驚訝的是，世界上某些語言，其複數的構成竟然與漢語相似，例如Indonesian（印度尼西亞語）：

rumah（house）→ rumahrumah（houses）

ibu（mother）→ ibuibu（mothers）

lalat（fly）→ lalatlalat（flies）

這當然屬「屈折變化」，語言學家稱之為 total reduplication（整體重迭法）〔註171〕。

漢語名詞（字）通過重迭以表複數是否屬「屈折變化」，當然可以進一步探討。但是，現代漢語某些方言可以通過語音的屈折變化以表示複數卻是事實。例如人稱代詞的複數形式，開平話表現為語音音變的屈折形式：我〔ŋɔi³³〕→我們〔ŋɔi²¹〕；你〔nei³³〕→你們〔niɛk²¹〕；他（佢）〔kʰui³³〕→他們（屐）〔kʰiɛk²¹〕〔註172〕。漢語中具有類似形式的方言不太多，已知的有陝西商縣話、蘇北贛榆話、吳語蘇州話，等〔註173〕。這給我們以啟發：具有「複數」意義的名詞，其讀音似乎也因自身形體的迭加而發生了變化。換言之，具有了「複數」意義的名詞，不但詞形發生變化，連讀音也發生變化。不過，漢語中的這些含有「複數」意味的名詞並不能直接與數詞連用。我們在漢語文獻中，從來不見「三驫」、「五雦」的用例。而印—歐語系的許多語言，例如英語，數詞是可以

〔註171〕轉引自陳永培、龔少瑜：《語言學文選》（*Introduction Reading In Linguistics*），中山大學出版社，1990 年 12 月第一版，第 99 頁。原載 *Language: Introductory Readings, Third Edition* edited by V. P. Clark, P. A. Eschholz and A. F. Rosa, St. Martin's Press, Inc., 1981. Originally from *Language Files* by the Ohio State University Department of Linguistics, Advocate Publishing Group, Ohio, 1979.

〔註172〕鄧鈞主編：《開平方言》，湖南電子音像出版社，2000 年 3 月，第 76 頁。

〔註173〕袁家驊：《漢語方言概要》，文字改革出版社，1989 年 6 月第 2 版，第 50 頁、97～98 頁。

直接修飾複數名詞的。例如：three sons（三個兒子），five children（五個小孩）等等。雖然如此，漢語中這些「複數」名詞的「複數」意義，除了詞形上的證明外，當然還有文獻上的證據。例如：

1. 畾貚珉於蔞草，彈言鳥於森木。（左思〈蜀都賦〉）

2. 眾人媿之。（《荀子·儒效》）

3. 驫駥驫驕，及雪警捷，先驅前途。（左思〈吳都賦〉）

以上用例，森、眾、驫都是「眾多」的意思，分別修飾「木」、「人」、「駥」。顯然，就上引例子而言，具有「複數」意義的名詞，當初可能用來分別表示各自事物的「複數」，後來則用來修飾各自類屬的事物，以表示多數。例如：「森」原指「複數」的樹，後來用以修飾樹，表示樹的眾多；「眾」原指「複數」的「人」，後來用來修飾人，表示人眾多；「驫」原指「複數」的馬，後來用以修飾馬，表示馬的眾多。這種改變詞形使之具有「複數」意義的方法，也用於表抽象概念的詞。例如：

灉——漁的異體，甲骨文或從四魚。段玉裁說：「灉……必从鱻者，捕魚則非一魚也。」（《說文解字注》卷十一）可謂一語中的。

雧——集的本字，《說文》：「雧，群鳥在木上。」（卷四雔部）

兼——《說文》：「兼，並也。从又持秝。兼持二禾，秉持一禾。」（卷七秝部）步雲按：所以兼有多拿的意義。

在古文字階段，這種做法相當普遍。例如：

象手持數魚形：　（觶銘，《集成》06181）

象人處馬群形：　（〈父丁方彝銘〉，《集成》09872）

象驅趕羊群形：　（《京津》3006）

古漢語中，名詞通過形體的迭加以表示「複數」，其「複數」的功能很弱，一方面固然因為它們不能被數詞修飾以確指具體的數量，另一方面則因為數詞可以直接與名詞結合以明其多，無須借助它們以表示「複數」的意義。例如：「三牛」、「四馬」、「五人」，要是說成「三犇」、「四驫」、「五眾」，無疑顯得累贅。正因如此，相當一部分具有「複數」意義的名詞，在實際的運用中，其本義已經被引申義所替代。替代的結果，使具有「複數」意義的詞形不再具有表「複數」的作用了。請看下例：

犇→膻，麤→粗，鱻→鮮；

麤→集，灪→漁。

顯然，「複數」的意義在「膻」「粗」「鮮」等詞中已不復存在，其詞形能否表達「複數」的意義也就無足輕重了。而「集」和「漁」，意義的側重點在於動作行為，動作行為的支配者或對象是否具有「複數」意義當然可以忽略不計，所以它們表「複數」意義的詞形也就趨於簡約了，雖然嚴格說來，這種簡約破壞了詞形部分的表意功能。

儘管有為數不少的名詞（尤其是動物名詞）仍保留著表「複數」的詞形，但其「複數」的意義僅僅體現在詞形中。例如「猋」、「麤」等，在文獻中根本找不到用如「複數」名詞的證據。

另一部分具有「複數」意義的名詞保留著表「複數」的詞形，則依然有著集合名詞般的意義。只不過它們成為了構詞詞素，鮮有獨立使用的情況。例如：

森林，群眾。

第四章　甲骨文所見動物名詞研究的現實意義

如同研究甲骨文的其他內容一樣，研究甲骨文的動物名詞，可以為其他學科提供豐富的書面材料。僅僅靠地下發掘的文物對上古社會進行考察，顯然是不足夠的。因此，在有出土文字資料的情況下，充分利用這些資料將有利於考古學、歷史學、古動物學、文字學等學科研究的深入和發展，也有利於考釋未識的甲骨文動物字以及其他載體上的動物字。

第一節　為考古學、歷史學、古生物學等學科提供文字證據

一、考古學

人類社會的史蹟，固然有賴於考古發現。與之同時，某些考古發現的謎團，或可借助文字得以解開。以下試舉數端以說明之。

其一，關於中國家馬的起源。考古學家認為：「關於中國家馬的起源，的確還是一個沒有解決的問題，這個問題的最終解決恐怕還要依靠今後的考古發現。」[註174] 儘管在考古學發現上，中國家馬比在西方發現的家馬晚得多，但

[註174] 陳星燦：《考古隨筆》，文物出版社，2002 年 12 月第一版，第 51 頁。

是，通過甲骨文「馬」及與「馬」相關的文字考察，中國家馬的培育及馴養肯定已有相當長的歷史。

考古發掘證明，早在 7000 年前，家狗和家豬已是中國古人兩種豢養的動物。因此，家馬為中國古人所豢養可以推想。

商代的畜牧業，是在農業高度發展的基礎上興旺起來的。從甲骨文中，我們可以窺見商代畜牧業的發達程度和規模。

商代的權勢者在祭祀中使用的牲口數量非常驚人：一次十來二十頭是常事，多的可達四、五百頭，甚至有用千牛之問。可見，至少在商代的統治中心，畜牧業的規模相當於現代的中等牧場。

地下的動物遺骸證明：商代的家禽、家畜有牛、羊、豬、狗、雞、馬等。也就是說，後世所謂的「六畜」，早在商代就有了。這種情況也反映到文字中，甲骨文既有「𤘬（牧）」，象牧牛之形；也有「𦍩、𦎧（養）」，象牧羊之形〔註 175〕。既有「牢」，象牛圈之形；也有「寫」、「家」、「宰」，象馬圈、豕圈及羊圈之形。可知畜牧業在商代相當成熟且發達。

如果進一步擴大文字考察的範圍，可以瞭解到商人飼養的對象還有獸類。例如，「囿」字就是馴養野獸的場所。卜辭中屢見「隻（獲）象」的記錄，這為「馴象」提供了物質基礎。甲骨文的「為」字，就是「獲象」、「馴象」的寫照。古代的典籍可以為證：「商人服象，為虐於東夷。」（《呂氏春秋・古樂》卷五頁十二，四庫全書本）地下的文物更是鐵證：殷墟曾出土一具有意識埋藏的幼象骨骼〔註 176〕，考古學家認為是家象。除了象以外，商人似乎還飼養其他的獸類。例如《寧滬》2.145，描繪了一頭被羈押的獸，旁邊另一獸徐徐向它走去，一把搭上箭的弓擺在一邊。讓人陡生想像：商人把剛獵獲的、暫時不吃的野獸圈養起來〔註 177〕。這正是古人馴養動物的、極好的原始材料！

商王朝畜牧業的發展，對鄰國的影響很大。方國中有名為「馬方」的，可能是飼馬業發達的附屬國。商王朝所使用的馬匹，大概有許多來自這個地方和

〔註 175〕《甲骨文字典》視𦎧為「羖」（徐中舒：2006 年，415 頁）。如前文所述，甲骨文別有「羖」字。因此，《甲骨文字典》的訓釋可能是不準確的。
〔註 176〕現藏社科院考古研究所安陽工作隊。
〔註 177〕參看張光直（毛小雨譯）：《商代文明》，北京工藝美術出版社，1999 年 1 月第一版，第 120 頁。

其他方國。例如：「□辰卜，吉貞：乎得馬於雸氏？三月。」（《續》5.4.5）「貞得馬？」（《文》912）可見畜牧業的發達程度和規模不僅僅侷限於商的統治中心。退而論之，即便家馬的豢養晚於異域，也無損於中國古人至遲在商代已掌握養馬術。

其二，文物的確定及其命名、發現及遺存可以與文字進行互證。諸如玉石雕動物、青銅動物造型、青銅器動物紋飾等等。

在江西新干大洋洲出土的一件被考古工作者命名為「伏鳥雙尾銅臥虎」的青銅器〔註178〕，如果結合甲骨文的 ，以及銅器銘文的 、 （容庚：1985：1076頁）等，這件銅器也許可以命名為「唬（敔）」，樂器名。

又如商周兩代所出所謂「玉虎」〔註179〕，其造型也與甲骨文、商金文「虎」字相合，不妨定名為「琥」。《說文》云：「琥，發兵瑞玉，為虎文，從玉从虎，虎亦聲。」（卷一玉部）釋義只著眼於符節，恐怕有點兒狹窄。還是《左·昭三十》「賜子家雙琥」的注釋簡明：「玉器。」這種以虎造型的玉器的命名，可以在稍後的器物銘文得到驗證。例如中山王𰌔墓出土的虎形玉器，往往以「玉琥」或「玉虎」名之〔註180〕。

再如商周兩代所出所謂「玉龍」〔註181〕，如同「琥」，可以定名為「瓏」。《說文》：「瓏，禱旱玉，龍文，從玉从龍，會意，龍亦聲。」（卷一玉部）

商周乃至商周以前的墓葬多有玉石器的發現，其中許多動物造型可據甲骨文字加以確定。例如有確定為無角之「鹿」者〔註182〕，其實可能是「麞」或「麑」。

其三，考古學家難以發現豬圈之類的遺址以證實豬等動物的人工豢養。然而，甲骨文的「家」字，卻分明描畫出古代人豬混處的場景。因此，考古學家

〔註178〕江西省文物考古研究所、江西省博物館、新干縣博物館編著：《新干商代大墓》，文物出版社，1997年9月第一版，第131頁。

〔註179〕中國社會科學院考古研究所編著：《安陽殷墟出土玉器》，科學出版社，2005年9月第一版，第74頁。

〔註180〕參看吳鎮烽：《商周青銅器銘文暨圖錄集成》35卷，上海古籍出版社，2012年9月第1版，第335～340頁。步雲按：於此可知虎形玉器作「虎」為早期寫法，「琥」為後期寫法。

〔註181〕中國社會科學院考古研究所編著：《安陽殷墟出土玉器》，科學出版社，2005年9月第一版，第70頁。

〔註182〕中國社會科學院考古研究所編著：《安陽殷墟出土玉器》，科學出版社，2005年9月第一版。第77頁。

認為，這正是難以發現豬圈之類的牲畜圈欄遺存的原因〔註183〕。換言之，單一用途的牲畜圈欄恐怕很晚才出現。

二、歷史學

觀堂云：「吾輩生於今日，幸於紙上之材料外更得地下之新材料，由此種材料，我輩固得據以補正紙上之材料，亦得證明古書之某部分全為實錄，即百家不雅馴之言，亦不無表示一面之事實。此二重證據法惟在今日始得為之。雖古書之未得證明者不能加以否定，而其已得證明者不能不加以肯定，可斷言也。」〔註184〕

誠如王先生所說，重構殷商史，除了利用傳世文獻外，很關鍵的是充分利用發現自商代遺址的文物，特別是像甲骨文那樣的文字資料。事實上，十一卷本的《商代史》正是這樣的一部著作〔註185〕。這裡，僅僅就甲骨文動物字所透露出的某些信息，以說明此項研究對歷史學的意義。

人類走出鳥獸的行列，但並未與動物絕緣。大自然為人類提供必要的生活資料，同時也為人類設置了重重危機。人類必須為捍衛自身的存在而與猛獸毒蟲作殊死的抗爭。如果說，畜牧業是人類征服動物的體現，那麼，狩獵就是人類直截了當地征服動物的手段。

畜牧業的成熟，為商代的人們提供穩定的生活資料。但是，由於權勢者在祭祀上過分地浪費牲畜，以致於田獵在商代仍是生產活動。文獻可證：「不狩不獵，胡瞻爾庭有懸特兮？」（《詩·魏風·伐檀》）春秋尚且如此，遑論商代！可見當時的狩獵實在是對畜牧業的補充。請看《合》10198 正（即《乙》2908）狩獵成果的記錄：四十頭鹿、一百五十九頭麑（野豬）、一百一十五隻鼹，此外還有虎、犾（狐）等。如此大規模的田獵，恐怕不是奴隸主時髦的玩意兒。

製造業的發展，為狩獵提供了新式裝備，戈、弓箭等利器均用於狩獵。牲畜的馴養，也有助於提高狩獵的效率。例如，使用馬拉的戰車打獵，追逐野獸的速度可以得到提高。有了獵犬，無論是找尋獵物，還是捕獲獵物，都大有裨

〔註183〕陳星燦著：《考古隨筆·史前人飼養豬的方式》，文物出版社，2002 年 12 月第一版，第 113～115 頁。
〔註184〕王國維著：《古史新證》，清華大學出版社，1994 年 12 月第 1 版，第 3 頁。
〔註185〕宋鎮豪主編：《商代史》（十一卷本），中國社會科學出版社，2010 年 12 月～2011 年 7 月第一版。

益。甲骨文的「狩」字，從干從犬，正是犬用於田獵的寫照。《佚》635 的記錄更加直接：「……犬隻（獲）舄」說的是獵犬捕獲了或發現了舄。有人認為這裡的「犬」是官名，即便如此，也動搖不了犬用於田獵的事實。

在甲骨文中，可以非常直觀地瞭解商代的人們狩獵的方式：𥄂，利用陷阱設伏；𤣥、𤝗、𤢖，用網具捕獸。

從甲骨文可以瞭解到，商人的狩獵沒有時間限制，一年四季都可出獵。田獵的週期有長達 24 日的（《綴新》523）。文獻所謂「春蒐、夏苗、秋獮、冬狩」（《左傳·隱五》），於甲骨文中得到確證。

商人從事畜牧業，不僅僅為了得到大量的肉食，而且為了利用畜力。前面說到的用馬拉車，用犬狩獵，就是利用畜力的一個方面。而畜力用於農耕，則是另一個方面。「㹭」字，于省吾釋為地名，認為其本義是「農民耕於荒野，飯於壟畝，故用犬以資警衛，並守護器物」〔註186〕。解釋雖然有點奇特，但畢竟認定此字與農耕不無干係。筆者以為，「㹭」是「犁」的本字，是上古人們利用犬力耕作在文字中的反映〔註187〕。

甲骨文見𤝗（《佚》888）、𤣥（《粹》51）、𤢖（《掇》1.455）諸字，《甲骨文編》隸定作「雉」（孫海波：1965：179 頁）。這個形體不見於字書，在甲骨文中用為「王亥」的專名。結合銅器銘文「玄鳥婦」（〈罍銘〉，《集成》09794）以及商人雅好鑄造鳥形青銅器的現象，足以證明玄鳥生商傳說之可信，足以證明「王亥」確為商人的先公先王。

如果說，對獸類的馴服是古人征服自然的體現，那麼，把某些動物神格化、使用大量的犧牲乞靈於鬼神，則是古人懾服於自然的體現。

應該承認，三千多年前的生產力是相當低下的。人們對自然仍有很大的依賴性。於是，一種奇異的現象發生了：象徵生產力發展的畜牧業的興旺，卻與祭祀活動緊密聯繫在一起。一方面，古人對自然的支配能力大為提高，另一方面，卻對某些自然現象束手無策而只能乞求於神靈。

〔註186〕參氏著：《甲骨文字釋林·釋㹭》，中華書局，1979 年 6 月第一版。

〔註187〕參譚步雲：〈釋「㹭」：兼論犬耕〉，《農史研究》第 7 輯，農業出版社，1988 年 6 月第一版；又〈王作父丁方櫑考釋：兼論鐘銘「㹭」字〉，《中山大學研究生學刊》，1996 年 2 期，又載《古文字與漢語史論集》，中山大學出版社，2002 年 7 月第一版；又〈中國上古犬耕的再考證〉，《中國農史》17 卷 2 期，1997 年 8 月。

在記錄祭祀的卜辭中，我們可以看到牲畜浪費的驚人狀況以及古人用牲的方式。尞，火化牲畜，可能是祭天的祀禮；沈，把牲畜扔進水裏，可能是祭水的祀禮〔註188〕；薶，活埋牲畜，可能是祭土神的祀禮。此外，還有卯——把牲畜剖開；晋——可能用如「删」，剁去動物的四肢〔註189〕，等。殘殺牲畜簡直就是無所不用其極。

三、古動物學

商時的動物種類有多少？無論是歷史文獻還是考古發掘，都難以作出精確的、甚至粗略的回答。但甲骨文所見動物名詞卻可以為我們提供大致的統計數字：其常見者至少有兩百種以上。倘若把存疑的動物名詞全部釋出，對古動物學是一大貢獻。

這裡，我們不妨試試運用現代動物分類學方法給前文所述的 219 種動物進行大致的分類：

1. 哺乳綱

（1）偶蹄目

a. 反芻亞目：牛（牝、牡、犅、牢、物、犙、牶）、羊（羒〔羘〕、牂〔羝〕、羯〔宰〕、羔〔🐑〕）、羵（莧）。

b. 不反芻亞目：豕（豛〔豭〕）、犯〔犰犳〕、豖、青（穀）、豨、豚）、豖、彖、豸、狟、𤝐（𤞯）、象、馬（騋（駐）、駹（駓）、駁、驪、騽、騂（𩦎）、㻰（狗）、駛（駃）、騫（驡）、騎、駕（䮷／駼）、騙（寡），駱（馲）、騂（駧）、駒（騂）、麃（𪊨）、鹿（麕〔麀〕、麤、麗〔麲〕）、麈，麇、麑、麠（麕）、麝、麞（🦌）、駥（𩦷）。

（2）食肉目

虎（虝、虤〔虥〕、虓、虘〔虐〕）、豹、貘（獏）、犬（猵〔犰〕、尨、猶、猧）、狼（🐺?）、狐（犴）、狙、狗（独）、熊、羆、貙、希（𢇁）。

〔註188〕直到唐代，這種祭祀方式仍然存在。宋·歐陽修〈韓愈傳〉載：「愈至潮問民疾苦。皆曰：『惡溪有鱷魚，食民畜產且盡，民以是窮。』數日愈自往視之，令其屬秦濟以一羊一豚投溪水，而祝之曰：」（《新唐書》卷一百七十六，四庫全書本，第10頁）

〔註189〕參于省吾：《甲骨文字釋林·釋晋》，中華書局，1979 年 6 月第一版。

（3）靈長目

夒、夒。

（4）兔　目

兔、魯。

（5）翼手目

蝠。

待考者：䳟（䳟）、[甲骨文]。

2. 鳥　綱

鳥（隹、𠁥、雄）、雀、雉、雝、鴻（堆）、雒、雚（集）、韓、鴉、雁、雈、雈、雚、舊、鳳、鴟、鶩（雌）、鳶、鴿（雎）、鷖（雉）、鶹（雎）、鴛、梟、烏（雈）、燕。

待考者：[甲骨文]、[甲骨文]、[甲骨文]、[甲骨文]、[甲骨文]。

3. 爬行綱

（1）蛇　目

龍（也可能為鱷目）、虫（蝯）、它（蚩）、巴。

（2）龜鱉目

龜（鼉）、鱉、黽（黽）、𪓰、黿（黿）。

待考者：鼂。

4. 昆蟲綱

蜀、蟬、青（蜻）、蚰、蠶、蟬、䗲（䖢）。

待考：[甲骨文]。

5. 斧足綱

貝、鮚（鼒）、辰（蜃）。

6. 吸蟲綱

蠱。

7. 兩栖綱

黽（或作黿，可能當入蛛形綱）。

8. 蛛形綱

蠆（萬）、禽。

9. 魚　綱

魚、鮪（鴬）、鮀。

自然，這個分類只是粗略的，也未必完全準確。不過，這份動物名錄足以證明殷商乃至更早的中國大地上活躍著種類繁多的動物，也足以說明中國古人在動物分類方面的水平了。

此外，動物種類的確定，也可藉以推斷商時中原一帶的地理環境及其發展變化。例如甲骨文的「象」字，證實了象在商代仍活動於我國的中原一帶，間接地說明了彼地彼時的氣溫較現在高，所以河南古稱豫州〔註 190〕。又如，商人們頻繁的田獵活動，證明了當時的商地及其鄰近區域肯定是一天然動物園。可以想像，這裡樹木參天，水草豐美，活躍著各種各樣的珍禽異獸。

第二節　為考釋甲骨文中的動物字提供理論基礎和方法

一、對考證殘泐或簡省動物字之意義

甲骨文附著於龜甲、獸骨之上，歷經千年而不免有所殘泐。因此，確釋的象形動物字便提供了可靠的範本，從而使殘缺者得以考釋。如上文提及的 𩡣，據 𩡣 等形，可知當作「駓」，牝馬之專名。以下再舉一二例以說明之。

𩡣，《甲骨文編》作未識字收入附上四七（孫海波：1965：730 頁），字見於《合》35269（即《甲》2336），同版有 𩡣，則 𩡣 恐怕也是夒字的殘泐之形，也可能字未刻全。

𩡣，《甲骨文編》作未識字收入附錄上九六（孫海波：1965：828 頁）。字僅見於《存》下 537：「戊申卜，貞：𩡣 止羊……」未能確解。不過，據前文所引花東卜辭的「馬」字異體，則 𩡣 也許亦馬之形，只是省略了鬃毛之形而已。

〔註190〕參看竺可楨：〈中國近五千年來氣候變遷初步研究〉，《考古學報》，1972 年 1 期，第 17 頁。

再看看 𩠐，《甲骨文編》作未識字收入附錄上九八（孫海波：1965：832 頁）。儘管卜辭殘泐不能卒讀：「……𩠐……乍（作）𩠐……」（《合》11524，即《鐵》83.2）細審之，其實亦未刻全之馬字。

二、對考證缺乏文字演變途徑的獨體動物字之意義

上古漢語，字和詞幾乎是二位一體的。所以，甲骨文中的動物名詞，實際上就是動物「字」。這些「字」，以獨體象形字居多。而且，有些字在後世已經被形聲字所代替。例如：𩠐——貙；𧈙——蛇，等。完全依賴部首分析法不免諸多掣肘。動物象形字雖然只是大體上描繪了自然界中的動物的基本輪廓，無疑給我們的考釋製造了許多困難，但是，據形定物仍不失為一有效的辦法。例如王國維考證豕、犬二字，堪稱經典（李孝定：1991：3091 頁）。其他如象、虎、馬等字的考定，除了與後世文字相繫聯外，無一不是以自然物為參照對象的。

𧱚，《甲骨文編》收入附上九七（孫海波：1965：830 頁）。字畢肖猿猴之形，當亦「夒」字。不過，字止一見：「……戊……宁……𧱚」（《林》2.16.16）卜辭殘泐，不能確知文義。

甲骨文的 𪊨 字，確定為「𪊨」可能是正確的。我們發現，像鹿或與鹿有關的字都是側面正立的形象（參看本文第二章第一節「甲骨文所見動物名詞」）。這似乎是個規律。𪊨，外形象「𪊨」，大概是一種不長角的鹿。「𪊨」恰好就是一種雌雄都無頭角的鹿科動物。從地域上考察，「𪊨」現今產於長江流域各省，緯度略低於河南一帶。但商時河南一帶的氣溫比現在要高，「𪊨」後來南遷是可能的。猶如今天我們在河南見不到野犀一樣。

三、對考證以動物字為形符或聲符的合體字之意義

如前所述，甲骨文動物字當中有相當數量的合體字，其中部分是形聲字或會意字。其聲符或形符若是已識的動物字，據之以釋字當可收事半功倍之效。試看以下例子：

例一，𪇀，完全是一隻鳥的俯視圖：伸展的翅膀，圓圓的腦袋，微張的喙。歧出的尾巴尤其應引起我們的注意：如同憑藉尾巴翹卷與否分辨「犬」和「豕」一樣，這誇張的枝形尾巴正是它區別於其他鳥類的特徵。因此，古文字學家很容易想到它就是「燕」。進一步聯繫相關的文字以考察「燕」字的流

變，⚬釋為「燕」應當再無疑義。此字既識，則《甲骨文編》收入附錄上六九（孫海波：1965：773 頁）的⚬也許可作「曣」〔註191〕。左上所從為「日」，右則從側面的「燕」。《說文》有「曣」，云：「星無雲也。从日燕聲。」（卷七日部）字凡三見：「且（祖）乙曣。」（《乙》346）「貞：福於父甲？貞：青幸曰曣？」（《乙》7438）「……曣……蝠。」（《林》1.10.4）甲骨文似用作祖考名諱。

例二，「⚬」（H11：19）〔註192〕，右邊所從，略同殷墟甲骨文犬字。左邊所從，略同殷墟甲骨文⚬（《乙》8795）、⚬（《拾》1.15）等形，分明從日從茻，即「莫」字。因此，整個字不妨隸定為「獏」。古漢字從犬從豸有時並無區別，例如「犴」或作「豻」。那麼，「獏」當同「獏」。殷墟甲骨文未見「獏」字，商金文則作⚬（〈亞獏父丁尊銘〉，《集成》05736），從犬從莫甚明，雖形體稍異亦可知同周原甲骨。

例三，⚬、⚬、⚬等字，如前所述，倘若⚬可確定為「慶」，則上引三字不妨分別作「臄」、「嚛」和「瀀」，儘管它們的音義仍有待考釋。

例四，如前所述，⚬既釋為「雔」，那麼，⚬分明從雔從止，字雖不識，但以「逐」字例之，殆為逐雔之形，特指獵雔。辭云：「辛未貞：王其⚬於北？」（《存》1.1916）察其文義，釋為「逐」字異體十分合適〔註193〕。

例五，⚬（《乙》4960）、⚬（《前》5.46.7）二形，《甲骨文編》作未識字收入附錄上 48（孫海波：1965：731 頁）。《甲骨文字典》云：義不明（徐中舒：2006：434 頁）。二形似乎從隹從肉，也許可作「脽」。則與鳥名無涉。

例六，⚬，《甲骨文編》收入附上九七（孫海波：1965：829 頁）。《合》13584正甲（即《乙》1050）：「……家且乙弗家且乙……⚬茲」《合》9507 正（即《乙》2331）：「宁貞：⚬？」《合》13584 正乙（即《乙》3162）：「且乙左辛壬⚬茲見……」、《合》10405 正（即《菁》3.1）：「王固曰：乃茲亦屮希，若偁。甲午王往逐㠱。臣屮車馬硪⚬王車，子央亦隊（墜）。」《合》10406（即《掇》1.454）：「王固曰：乃〔茲亦屮〕希，若偁。甲午王往逐㠱。〔臣屮〕車馬硪⚬王車，子

〔註191〕《甲骨文字詁林》云：字不可識，其義不詳（于省吾：1996 年，第 1734 頁）。
〔註192〕曹瑋編著：《周原甲骨文》，世界圖書出版公司，2002 年 10 月第 1 版，第 18 頁。
〔註193〕參看張桂光：〈古文字考釋十四則〉，《胡厚宣先生紀念文集》，科學出版社，1998
　　　　年 11 月第一版，第 214 頁。

央亦隊。」《合》15485（即《明》299）：「□丑卜，宁貞：勿歲卜，凵希，🐾用冊？」商金文亦見相近之形：🐾（〈后夒母癸尊銘〉，《集成》05680、05681）〔註194〕，一般隸定為「夒」，用為先妣之名。據此，則甲骨文之🐾亦宜作「夒」〔註195〕。體其文義，似亦用為人名。

既然可以通過象形字以考訂形聲字或會意字，那通過已經考訂的形聲字或會意字去考釋象形字應該也是可以的。

例如，《甲骨文編》正文收「霾」字（孫海波：1965：454 頁），卻把「🐾」收入附錄（孫海波：1965：833～834 頁）。學者根據字多與「帚（婦）」連用，遂釋之為「鼠」（李孝定：1991：4552～4553 頁）。作為人名，釋「鼠」似無不可。但是，「霾」字從雨從狸，甲骨文亦如是作。試比較：

🐾（《甲》3754 反）—— 🐾（《前》7.14.4）

🐾（《寧滬》3.24）—— 🐾（《柏》10）

所謂的「鼠」，分明是「狸」。所以，「鼠」宜改釋為「狸」。

四、對考證脫離了語言環境的孤立文字之意義

動物字有形可識，且有同時文字可資比較參照，即便某些個脫離了語言環境而處於孤立狀態中的字，也可作出「雖不中亦不遠」的推斷。

例如在文章開篇提及的🐾（《粹》1584），或以為「兕」。事實上，如前所述，「兕」是野牛，此形去「似牛而青」的描述較遠。鄙意殆象犀牛之形，可能是「犀」之初文。商金文有🐾（尊文，《集成》05478），殆🐾初文。

又如🐾，《甲骨文編》作「馬」（孫海波：1965：397 頁）。然而，此形與常見之「馬」分明不同。審其辭例：「丙申卜，扶：征兕三古（？）🐾用，大丁？」（《乙》9092）讀「馬」固然暢然無礙，但釋為別的獸名似乎亦可通。不過，類似的字形亦見於《合》20407（即《前》4.46.3）：「……貞：🐾方……一千陟口喪印？五月。」因此，孫先生作「馬」甚是。

本文第三章討論過古漢語動物名詞有類似「性」的詞形變化。那麼，當我們在考釋某些帶有類似符號作偏旁的動物字的時候，應當考慮其符號特殊的表

〔註194〕中國社會科學院考古研究所：《殷墟婦好墓》，文物出版社，1980 年 12 月第一版，第 58 頁。

〔註195〕參看曹定雲：《殷墟婦好墓銘文研究》，雲南人民出版社，2007 年 4 月第 1 版，第 99～100 頁。

意功能。例如：⿰　，聞一多釋為「豕」，並謂「去勢豕」（李孝定：1991：2985～2986 頁）。從而證明《說文》對「豕」的解釋是錯誤的。唐蘭以為會意「牡豕」，「豠」、「豕」二形實際上為一字之異（李孝定：1991：2979～2980 頁）。然而，⿰　、⿰　二字所從分明是兩個不同的符號，則字當有別。請看證據：

　　　　甲子卜，蚊叀二⿰　二⿰　用？□□卜，亡冢蚊□二⿰　二⿰……？

　　（《合》22276，即《乙》4544）

可見二字不同，義亦殊異。

　　一定歷史時期的藝術品，也可以作為考釋動物名詞的參考數據。例如：商代的「小臣艅尊」是個犀牛的造型，和我們今天所見的犀牛毫無二致。又如：長沙沙湖橋一帶西漢古墓所出漆器上的貼金動物圖，其中一鳥酷似鴕鳥（鴯鶓），一獸酷似熊〔註 196〕：　　、　　。這些動物必然會反映到文字中，特別是後者（《說文》有「熊」字）。

　　古籍中所記載的動物名詞，也是考釋甲骨文動物字的參考之一。一般說來，某些動物不會遽然出現或消失。後人所見的動物，可能也見於殷商，只是反映在古籍和甲骨文中有所不同罷了。盡可能充分利用動物學——尤其是古動物學的研究成果，在詮釋動物名詞上有重要的意義。動物學專家對地下出土的動物骨骼、殘骸所作的鑒定、分類，是我們認識甲骨文動物名詞的依據之一。例如：河南許昌靈井的石器遺址出土了鱉、鴕鳥、獾、野驢、小馬等動物骨骼〔註 197〕。但在甲骨文已經考釋的文字中，卻沒有這些動物的名目。這是很奇怪的現象。

　　動物分類學的知識，也應該成為我們考釋動物名詞的利器。例如：犺，郭沫若釋「狐」，契齋釋「狼」（李孝定：1991：3115～3118 頁）。在動物分類學上，「狼」和「狐」同屬犬科，所以，二字都有表示其大致類屬的「犬」的偏旁。「犺」從「犬」，實話說，釋「狼」釋「狐」都是可以的。但是，甲骨文已有從犬良聲的「狼」字〔註 198〕，那「犺」釋為「狐」顯然更合適。況且，我們可以從文字演變上找到根據。圖示如次：

〔註 196〕參看李正光、彭青野：〈長沙沙湖橋一帶古墓發掘報告〉，《考古學報》，1957 年 4 期，圖版拾 3～6。

〔註 197〕周國興：〈河南許昌靈井的石器時代遺存〉，《考古》，1974 年 2 期。步雲按：此遺址屬新石器時期的仰韶文化和早商文化類型。

〔註 198〕參唐蘭：《殷墟文字記》，中華書局，1981 年 5 月第一版，第 54～57 頁。

犹／伏（甲骨文） → 獷（金文，變換聲符）┐

└─→瓜（金文，通假而附加形符）──→狐／貁〔註199〕

運用動物分類學分析動物名詞，特別是辨識外形相似（或同類而不同種屬）的動物，進而識別其客觀的反映──動物名詞，有著特別重要的意義。

總之，在今天的學科越分越細、各學科之間互相滲透的情況下，充分利用其他學科的理論、方法、成果以考釋甲骨文的動物名詞，顯然是十分必要的。同時也為甲骨文動物字的考釋開拓了新的途徑。

第三節　可以促進同時期各類材質載體上的動物字之研究

如前所述，因文字載體的不同，商金文較之殷墟甲骨文更為象形。在考釋動物字方面，商金文無疑可以提供更直觀的形體。不過，正是其接近於圖畫的特點而讓學者心存疑慮，以致某些完全可以確知的文字被打上一個大大的問號。在青銅器銘文中，許多動物圖案呈孤立狀態，無怪乎學者或視為族徽、圖騰，近文字而非文字。然而，結合甲骨文動物字以作考察，我們實在難以把它們排除在文字之外。

以下不妨舉幾個例子說明之：

例一，🐾（卣文，《集成》05278）、🐾（斝文，《集成》09242）二字，《金文編》作未識字收入附錄上 208（容庚：1985：1080 頁）。據甲骨文 🐾（狼），則上揭二文必「狼」初文。如前所述，無論其載體是否更早出，其字體更為古老則毋庸置疑，周金文作 🐾（〈作狼寶彝器銘〉，《集成》10539）可證。

例二，🐂（鼎文，《集成》01104～2）、🐂（鼎文，《集成》01104～1）二文，《金文編》作未識字收入附錄上 204（容庚：1985：1079 頁）。其形為牛首無疑。倘若結合甲骨文及稍後的金文細繹之，例如 ψ（《甲》795）、ψ（〈師袁殷銘〉，《集成》04313），可知 🐂 等實在就是「牛」的早期形體。

例三，🐦（尊文，《集成》05542）、🐦（斝文，《集成》09174）二字，《金文編》作未識字收入附錄上 223（容庚：1985：1085 頁）。甲骨文有類似

〔註199〕參看譚步雲：〈古文字考釋三則：釋狐、釋蒦、釋飲／歓／酓〉，《中山大學學報》，2013 年 6 期。

的文字：🐟（《合》10476，即《京津》1516）、🐟（《合》10475，即《前》6.50.7）。如前所述，這幾個形體恐怕都是「漁」字的原始形態。此外，甲骨文有名為子漁者（《合》130 正等），為武丁時人。則上揭金文之「子漁」，很難讓人不產生某些聯想。

例四，🐎（戈文，《集成》10857.1），《金文編》作未識字收入附錄上 201（容庚：1985：1078 頁），摹寫與拓本略有差異，但其為馬形則無可疑。試比較：🐎（《乙》9092）🐎（《前》4.46.3）。以「犬」、「象」等字例之，則🐎恐怕正是「馬」的早期形體。

例五，🦗、🦗、🦗、🦗（容庚：1985：1085 頁）諸形，其實就是上文提過的🦗的繁構，即「青」的初文。只是前者繪出四翅六足後者僅摹四翅而已。《金文編》分為二字可能是不正確的。《說文》云：「青，東方色也。木生火，從生、丹。丹青之信言象然。凡青之屬皆從青。🦗，古文青。」（卷五青部）許書所錄古文猶存古意，但釋義則去之甚遠。「青色」的意義大概從蜻蜓之青黑之色引申而來。🦗（〈微父乙毁銘〉，《集成》03862）字可證[註200]，它其實就是🦗等形的後起形聲字，從🦗生聲，即「蜻」字。

事實上，不但商代金文某些動物字可藉甲骨文得以確釋，所有其他載體上的未識動物字，也可以通過與甲骨文動物字的比較加以考釋。即便一時無法確考，但於其最終的考定肯定大有裨益。

例如商代陶文🐉（《陶匯》1.104）和商代金文🐉（鼎文，《集成》01119），著錄者均釋為「龍」。但🐉，《金文編》作未識字收入附上 203（容庚：1985：1079 頁）。我們不妨以甲骨文的「龍」字作參照對象：🐉（《鐵》105.3）、🐉（《前》4.53.4）。可見著錄者的考釋是正確的，儘管陶文有所殘泐，金文形體也略有變化。

又如西周金文🐾字，辭云：「弔（叔）🐾賜貝於王，姒用作寶尊彝。」（〈叔🐾方彝銘〉，《集成》09888）用為人名。然而，字分明從囟從匕，如前所述，即雌囟的專名，則其為動物名可無疑。後世字書失之。

〔註200〕著者釋為「蛙生」二字。參看中國社會科學院考古研究所編：《殷周金文集成》第三冊，中華書局，2007 年 4 月第 1 版，第 2068 頁。步雲按：如同🦗，🦗亦為造器者氏族專名，不當析為二字。

結　語

　　儘管甲骨文所見動物字的研究不是一個嶄新的課題，但既有的研究或偏乎一隅，或失諸綜合，或囿於見聞，加之不斷有新見的甲骨文材料，這個課題顯然有深入探討之必要。基於此，本文就「甲骨文金文動物字與圖畫之異同」、「甲骨文所見動物名詞及動物形象在文字中的反映」、「動物字的造字法則」、「甲骨文所見動物名詞研究的現實意義」等問題進行了討論，除了補充新見動物字對動物字既有的考釋作了全面的檢討外，還就如何區分動物字和圖畫如何考證各種載體上的古動物字提出了個人的思考，並對某些待釋字存疑字重新作了考證。如果說本文還有一二值得稱道處，恐怕就是指出了甲骨文動物名詞研究的現實意義，並對今後的研究提出了某些設想。

　　例如下圖《陶匯》所收商陶器銘搨：

1·105

　　著錄者釋為「龜、魚」二字，似有可商。根據前文所列分辨圖畫和文字的原則：第一，這個器銘並非處於語言環境中，自然並非起記錄語言的作用。第二，儘管器皿殘泐以致搨本不全，但也可以推想圖像環器而作，運用了對稱與平衡的美術的表現手法，有著很濃的美術意味，並有一定的審美價值，而非語言意義的表述。第三，這個器銘並沒有附加任何抽象符號，欠缺文字的抽象性意義顯而易見。第四，這個器銘並非龜、魚的組合而產生了別義。因此，恐怕這只是圖飾，而不是文字。顯然，如何區分動物字和動物圖飾的研究有著重要的現實意義。

　　應該指出的是，本文並非甲骨文動物名詞的終極研究。恰恰相反，在某種意義上說，本文可能只是提出了若干問題以及解決問題的思路。同時，由於甲骨文中的動物名詞涉及的範圍很大，這篇文章不可能面面俱到。尤其是在動物字的考釋方面，本文創獲並不多。這裡且舉一個典型例子以作說明。如前所述，其上附加抽象性符號是甲骨文動物字的造字規律之一。然而，某些個抽象性符

號的所指迄今為止仍停留在有待認知的階段，例如似「八」而非「八」的符號。

　　據《甲骨文編》（孫海波：1965：31～32 頁），「〴〵」這個符號，多見於動物字之上。凡六文〔註201〕：

　　一、🐯，從虎。見於《合》10350：「……禽（擒）🐯允禽（擒）隻（獲）麋八十八🐗一豕三十又二」《合》18789：「旬亡冎（禍）？九日🐯辛屮〳〴王……」《合》26804：「癸未卜，兄貞：日🐯？」

　　二、🐦，從隹。見於《合》17533 正：「貞：眔🐦？」《合》18830：「其……於🐦……」

　　三、🐢，從黽。見於《合》138：「……良己未僕🐢窈夆自爻圉……」（二辭）

　　四、🐟，從魚〔註202〕。見於《合》6：「卯王🐟爻不雨？八月。」《合》721：「王固曰：🐟酚隹屮希，亡冎（禍）。」（二辭）《合》23432：「……保於母辛亥宕酚……之日不🐟。六月。」《合》26770：「□□卜，出〔貞〕：今日🐟？」《合》26777：「□辰卜，出〔貞〕：今日🐟？斐？」《合》26792：「貞：不其🐟？」《合》26796：「不其益？不🐟？」癸亥〔卜〕，出貞：「今日🐟益其……」

　　五、🐉，見於《合》18787：「□亥卜，宁貞：旬〔亡〕冎（禍）？一日🐉甲子……」《合》18788：「□□卜，古貞：旬亡〔冎（禍）〕？🐉甲子屮……」《合》18792：「癸……旬亡冎（禍）？屮🐉？己卯日大雨。商□再至黽🐉。」《合》18794：「癸未卜，貞：旬……🐉？二告。」《合》18795：「貞：旬亡冎（禍）？……🐉……戻……」《合》18796：「一日🐉。」《續甲骨文編》作「豕」（金祥恒：1993：1840 頁），不無可疑。儘管不知所從何獸。參照從虎者辭例，所從殆類虎。

　　六、🐉，所從同「〳〵」。見於《合》18791：「……互貞：……卯匂……隹一日🐉……丁亥王出（？）……」止一見，頗疑字殆「〳〵」簡省或誤刻。

　　只有🐉一字例外。見於《合》18831（即《前》6.58.3）：「……🐉三……」

〔註201〕《甲骨文編》另有「🐦」一文。檢原拓，辭云：「戊子🐦見不允屮尹冎（禍）？」（《合》21305，即《燕》，202）《合集釋文》作：「戊子不允冎（禍）／□王見／屮尹」步雲案：龜殘，🐦殆「貞王」二字。

〔註202〕陳邦懷釋為「頌」。參看氏著：《甲骨文🐟字試釋》，載《中國語文》，1966 年 1 期。楊澤生亦有說。參看氏著：〈甲骨文「🐟」字新釋〉，載《中國文字學報》第一輯，商務印書館，2006 年 12 月。步雲按：二說均止攻其一點不及其餘，難以折服筆者。

《合》8296（即《粹》1321）：「……才…… ✦ 」《合》13517（即《乙》5804）：「✦ 自」

　　這類有著附加符號的動物字，知其為虎、隹、龜、魚等形，卻不知其所指。結合辭例看，《合》10350 云：「……禽（擒）✦ 允禽（擒）隻（獲）麋八十八兕一豕三十又二。」「✦」似用為獸名。《合》18792：「癸……旬亡囚？出✦？己卯日大雨。商口再至龜✦。」「✦」似為害獸之名。

　　《說文》云：「八，別也。象分別相背之形。」（卷二八部）如果許氏的解釋正確，那麼，上引諸形是否指稱有別於所從之獸呢？換言之，「)(」這麼個符號，可能用以分辨同類或相類似的動物。至於「✦」，所指恐怕亦如之，指有異於通常的「矢」之物。

　　《說文》又說：「半，物中分也，從八從牛，牛為物大，可以分也。」「胖，半體肉也，從半從肉，半亦聲。」（卷二半部）那麼，從八的這些動物字，是否也都是「半」的異體呢？

　　筆者以為，這都是很有趣的推測，仍有待我們進一步的論證。

　　這個例子說明，甲骨文動物字詞的研究尤其考釋方面仍存在空間，仍有待學者們共同努力。

本文主要參考文獻及簡稱

1. 東漢·許慎撰：《說文解字》（大徐本），北京：中華書局，1963 年 12 月第 1 版。本文簡稱《說文》。

2. 中國社會科學院考古研究所編輯（孫海波）：《甲骨文編》，北京：中華書局，1965 年 9 月第 1 版。本文甲骨文著錄簡稱除特別注明者外悉參是書「引書簡稱表」。

3. 丁驌：《契文獸類及獸形字釋》，《中國文字》第 21、22 冊，1966 年 9～12 月。又載《甲骨文獻集成》十二冊 324～356 頁，成都：四川大學出版社，2001 年 5 月第一版。

4. 島邦男：《殷墟卜辭綜類》，東京：汲古書院，1971 年 7 月增訂版。

5. 郭沫若主編、胡厚宣總編輯：《甲骨文合集》，北京：中華書局，1979 年 10 月～1982 年 10 月。本文簡稱《合》。

6. 毛樹堅：《甲骨文中有關野生動物的記述——中國古代生物學探索之一》，《杭州大學學報》第 11 卷第 2 期，1981 年 6 月。

7. 故宮博物院：《古璽彙編》，北京：文物出版社，1981 年 12 月第一版。本文簡稱《璽彙》。

8. 中國社會科學院考古研究所編：《小屯南地甲骨》，北京：中華書局，1983 年 10

月第 1 版。本文簡稱《屯南》。

9. 容庚編著，張振林、馬國權摹補：《金文編》，北京：中華書局，1985 年 7 月第 1 版。

10. 姚孝遂主編：《殷墟甲骨刻辭類纂》，北京：中華書局，1989 年 1 月第 1 版。

11. 高明編著：《古陶文彙編》，北京：中華書局，1990 年 3 月第 1 版。本文簡稱《陶彙》。

12. 李孝定編述：《甲骨文字集釋》，臺北：中央研究院歷史語言研究所，1991 年 3 月景印五版。

13. 金祥恒：《金祥恒先生全集·續甲骨文編》，臺北：藝文印書館，1993 年 9 月初版。

14. 于省吾主編：《甲骨文字詁林》，北京：中華書局，1996 年 12 月第 1 版。

15. 彭邦炯、謝濟、馬季凡：《甲骨文合集補編》，北京：語文出版社，1999 年 7 月第 1 版。本文簡稱《合集補》。

16. 胡厚宣主編：《甲骨文合集釋文》，北京：中國社會科學出版社，1999 年 8 月第一版。本文簡稱《合集釋文》。

17. 中國社會科學院考古研究所編著：《殷墟花園莊東地甲骨》，昆明：雲南人民出版社，2003 年 12 月第 1 版。本文簡稱《花東》。

18. 徐中舒主編：《甲骨文字典》，成都：四川辭書出版社，2006 年 9 月第 2 版。

19. 中國社會科學院考古研究所編：《殷周金文集成》（修訂增補本），北京：中華書局，2007 年 4 月第 1 版。本文簡稱《集成》。

20. 中國社會科學院考古研究所編著：《殷墟小屯村中村南甲骨》，昆明：雲南人民出版社，2012 年 4 月第 1 版。本文簡稱《村中村南》。

跋

　　此前幾四十年也，予入康樂園為廩生，始知吾國文字有古至甲骨文者。自是耽於文字之學而不能脫。越四歲，且畢其業，乃取卜辭動物字為題，遂成斯作。粗鄙淺陋自不必諱言，棄諸篋底久矣。三鑒齋師期甚殷，督甚切，而為之題端。是以時訂補之，而無意付諸梨棗，竊思不求拔擢不求聞達，所為何來？適夫子八秩榮慶，聊呈陳編，以為賀焉。即無一得足以存者，然藉以紀師徒一段情緣，不亦可乎？

南海譚步雲謹識於康樂園之多心齋

　　原載《古文字論壇》第三輯，中西書局，2018 年 12 月第 1 版，第 117～225 頁。茲有所修訂。

卜辭「㗊舞」是「足球舞」嗎？
——與魏協森同志商榷

一月十日出版的第九十五期《足球》報登載了魏協森同志一文〔註1〕。作者在文中認為，殷代已有了類似足球的活動。對此，本人不敢妄加否定，但文章援引的甲骨文例是否記載了殷人踢足球的事實，則是可以商榷的。

魏文中引用的例子，未加注明，不知出自哪本著作，故無法查對〔註2〕。㗊字，《甲骨文編》附錄上二〇尚有相類似的二文：㗊、㗊。魏文的例子，似是㗊。如是，釋此字為踢足球之意，未免牽強。且不說此字所從之口在甲骨文中多作方形（也有略圓的），不像球體；就從甲骨文法推之，「乎㗊舞」顯然不是「呼喚跳足球舞」的意思。此處的㗊應是人名，在文中作賓語。㗊，《甲骨文編》收入附錄，無釋。我以為此字應如羅振玉所釋，是「正」字的異體〔註3〕。

〔註1〕 魏說可能源自張繩武：〈我國古代足球發展史略〉，《天津師大學報》，1983 年 5 期。始作俑者殆唐豪，參看氏著：《中國體育史參考數據》第七、八輯，北京：人民體育出版社，1959 年 5 月第 1 版，第 21～22 頁。

〔註2〕 據唐豪：《中國體育史參考數據》注云：引自陳晉（燮康）：《龜甲文字概論》。步雲案：燮康，唐文誤作「夕康」。是書由上海中華書局於民國二十二年（1933 年）石印刊行，今收入《甲骨文研究資料彙編》（北京圖書館出版社，2008 年 6 月第 1 版），唐文所引，殆即原書，第 78 頁（《甲骨文研究資料彙編》第十九冊，第 359 頁）所引《前》3.20（步雲案：恐亦有誤）之卜辭。

〔註3〕 見李孝定：《甲骨文字集釋》第二，臺北：中央研究院歷史語言研究所，1991 年 3 月景印五版，第 0497～0502 頁。

甲骨文「正」字作𤴑、𤴓等形,從止(趾本字)從口(象徵都邑),會意足踏某地,常用為「征伐」之「征」,表示「征服」,與𤴑構形理據相合。又卜辭云:「沚馘告曰:土方𤴑於我東啚(鄙),弐(災)二邑,𤴓方亦㞷(侵)我西啚(鄙)田。」(《甲骨文合集》6057正,即《菁》1)𤴑、侵對舉,釋正(征)當可相信。

《周禮》上記有「兵舞、帗舞、羽皇舞」等,是隨舞蹈者手所持物各異而名之,唯獨沒有踢球舞蹈的記載。因此,𤴑不應解釋作「踢足球」。文中所引若作𤴓,則此字從日從止,該是會意字,但也非踢球之狀。如硬要解釋,當是踏日之形。不過,還是存疑為宜。

以上分析說明,魏文中援引的甲骨文例,內容絕不含踢足球之意,難以作為殷代存在踢足球活動的證據。這條卜辭的內容,鄙意以為是這樣的:「叫正(人名)舞蹈,會有雨嗎?」當為古代稱之為「雩」的祈雨儀式的記錄。

以上拙見,不知然否。還望魏協森同志不吝賜教。

參考文獻

1. 中國社會科學院考古研究所編輯(孫海波):《甲骨文編》,北京:中華書局,1965年9月第1版。本文甲骨著錄出處及簡稱悉參是書。
2. 李孝定:《甲骨文字集釋》,臺北:中央研究院歷史語言研究所,1991年3月景印五版。

原載 1984 年 4 月 17 日《足球》報。

釋「㹜」：兼論犬耕

㹜，見《甲骨文編》附錄上一○○。

徐中舒釋麗。

郭沫若釋﨣，訓協。

唐蘭釋猋，以為《說文》㹜之本字〔註1〕。

于省吾釋㹜，訓協〔註2〕。

胡澱咸以為㹜、﨣的本字，訓協〔註3〕。

李孝定云：「從劦，象耒，金文從一犬二犬或三犬，象群犬並耕之形，今愛斯基摩人以犬曳雪橇為交通，是則服牛乘馬之前古或有犬耕者矣，此說果信，則字當是犂耕之初字。」〔註4〕

〔註1〕以上諸說均見李孝定：《甲骨文字集釋》第十，臺北：中央研究院歷史語言研究所，1991年3月景印五版，第3133頁。

〔註2〕見氏著：《甲骨文字釋林》，北京：中華書局，1979年6月第一版，第258頁。

〔註3〕見氏著：〈甲骨文研究（二則）〉，《安徽師範大學學報》（哲社版）1978年4期，第89～90頁。後收入氏著《甲骨文金文釋林》，合肥：安徽人民出版社，2006年4月第1版，第65～68頁。

〔註4〕見氏著：《甲骨文字集釋》，第3133頁。步雲按：胡厚宣亦持是說。參看氏著《甲骨學商史論叢二集·卜辭中所見之殷代農業》，成都齊魯大學國學研究所專刊，1945年3月。予作刊行十年後始知魯實先先生亦有說，可謂先得我心，茲引如次：「㹜與卜辭之㹜、﨣，音義不殊，即為一地，覈其構體，㹜為從狄，﨣為從猋，其上皆從二耒耒亦聲，以示群犬曳耒而耕之義，是必犂之初文。字從二耒讀耒聲者，是猶篆文之﨣，亦從二豐而讀豐聲也。」「其從耒作㹜、﨣者，乃示耦耕之制，《漢書·食貨

祝瑞開由此認為犬耕是「商代井田上使用畜力耕作的主要方式。」〔註5〕

李氏的猜想是正確的。筆者以為此即「犂」之初文。

1973年，浙江餘姚河姆渡遺址（河姆渡文化，距今約七千年）出土了許多骨耜，其上穿二孔，用以繫繩拖曳，證明這個時期的人們已進入了「耜耕農業階段」。

江蘇省吳縣光福鎮出土的一把石犂，復原後長70釐米，闊40釐米，看來不可能作個人使用。葉玉奇說：「拉這樣大的石犂，究竟是用人力，還是畜力，值得研究。」〔註6〕

陳文華也說：「這種石犁一個人是無法使用的，必定要有人在前面拉犂，才能破土前進。顯而易見，耕犂是從耒耜（主要是耜）演變而來的。」「只有當人力牽引的耕犂發展到一定階段纔可能改為畜力牽引。」〔註7〕

牟永抗、宋兆麟認為：「最早的犂，可能起初以人力牽引，後來才改為畜力。」〔註8〕

我國古籍為這個時期的人們已掌握犂耕技術的事實提供了旁證。《山海經》載：「后稷是播百穀，稷之孫叔均是始作牛耕。」《史記・五帝本紀》載：「舜耕歷山。」《左傳・昭公二十九年》：「顓頊氏有子曰犂，為祝融。」倘若顓頊的時代已有「犂」字，則犂耕當已出現。

石犂的出土，古籍的記載，都說明了商以前的人們已經掌握了耕犂技術。同時，石犂出土範圍之廣，數量之大，也說明了犂耕在當時並不是某個地區、某個部落的偶然現象。

「動物的馴養提供了利用動物做曳引力的可能性。」〔註9〕因此，人力耕

志上》之『后稷始畖田，以二耜為耦者』是也。其於耜犁則肇行漢之趙過，《食貨志》云『趙過為搜粟都尉，用耦犂，二牛三人』者是也。觀乎卜辭之䊮，其字從狄，䊮尊之䊮，其字從焱，是即耦犁之所始。逮乎周世以牛代犬，而能任重，故無俟乎耦犁，至漢行之，是亦古之遺制而已。」（《假借遡原・耒》）參看王永誠：〈魯實先先生金文治學要旨與貢獻〉，《魯實先先生學術討論會論文集》，臺灣師範大學國文系，1993年5月，第15頁。

〔註5〕見氏著：〈馬牛耕興起在什麼時候〉，《人文雜誌》，1980年2期。步雲按：祝文仍認為䊮讀若協。

〔註6〕見氏著：〈江蘇吳縣光福鎮發現一批新石器時代的石〉，《文物》，1981年10期。

〔註7〕參看氏著：〈試論我國農具史上的幾個問題〉，《考古學報》，1981年4期。

〔註8〕參看氏著：〈江浙的石犂和破土器——試論我國犂耕的起源〉，《農業考古》，1981年2期。

〔註9〕蘇聯科學院經濟研究所：《政治經濟學教科書》，北京：人民出版社，1955年5月

向畜耕的過渡已成為必然，不過，畜耕並不一定以牛耕為起點。中國的諸種傳說表明：在牛耕以前，曾存在過象耕、山羊耕、犬耕。孫詒讓《墨子閒詁》輯《墨子佚文》載：「舜葬於蒼梧之野，象為之耕。」王充《論衡·書虛》亦載：「傳書言舜葬於蒼梧下，象為之耕。」納西族摩梭人的傳說《水牛為什麼被穿鼻子》則直截了當地表明牛耕之前是山羊耕〔註10〕。侗族、漢族都有狗犁地的傳說〔註11〕。此外，也有學者認為牛耕之前我國北方曾出現過馬耕〔註12〕。由此可見，馴養的動物，都有可能成為畜耕的動力。但一般說來，人類必然首先在最初馴化的動物上作取得曳引動力的嘗試。

狗是人類最早馴化的動物。距今 7235～7355 年之間的磁山遺址中出土的動物遺骸，只有犬、豬兩種家畜，牛不能肯定是家畜〔註13〕。張家嘴遺址（辛店文化張家嘴類型）出土狗的遺骨，也被證實為家畜，考古工作者並謂：「狗是人類馴化最早的動物。」〔註14〕「在半坡和姜寨等遺址裏都發現了飼養家畜的圈欄遺跡，在這樣的圈欄遺跡內往往有很厚的家畜糞便堆積。在很多遺址內還發現過大量的豬骨和狗骨，這說明豬和狗是當時兩種主要家畜。」〔註15〕

狗在成為家畜後，馴化為獵犬，已經是為大量材料證明了的事實。同時，狗也成為看守家門的僕人。江蘇邳縣大墩子新石器晚期墓葬出土一件陶製房屋模型，四壁和屋頂都刻有狗的形象〔註16〕。顯然，狗助耕也是可能的。值得我們注意的是，狗的馴養和犁頭的製造幾乎是同時進行的。這不能說是歷史的偶合。直至今天，狗在許多地方（像美國的阿拉斯加、加拿大北部愛斯基摩人聚居區）仍作為雪橇的動力。狗雖然力氣較小，但易於訓練。事實上，體型較大的狗完全可以勝任拉耒（或犁）的工作。傑克·倫敦的小說《荒野的呼喚》

版，第 14～15 頁。
〔註10〕載《中國少數民族文學》（下），長沙：湖南人民出版社，1983 年 10 月版，第 109 頁。
〔註11〕侗族傳說：〈兄弟分家〉、李傳福：〈石榴〉、岳修武：〈二小分家〉，均載《民間文學》，1956 年 1 期。
〔註12〕參看中國農業科學院、南京農學院中國農業遺產研究室編：《中國農學史（初稿）》上冊，北京：科學出版社，1959 年 1 月第 1 版。
〔註13〕參看周本雄：〈河北武安磁山遺址的動物骨骼〉，《考古學報》，1981 年 3 期。
〔註14〕中國科學院考古研究所甘肅工作隊：〈甘肅永靖張家嘴與姬家川遺址的發掘〉，《考古學報》，1980 年 2 期。
〔註15〕陝西省西安半坡博物館編：《中國原始社會》，北京：文物出版社，1977 年 2 月第一版，第 33 頁。
〔註16〕藏南京博物院。參看本文文末附圖。

中一條名叫布克的狗，竟可以把 1000 磅重物拉到 100 碼外的地方！小說中的形象未必完全真實，但狗的力氣確實不容輕視。一條拖曳狗一般能拉一百多公斤﹝註17﹞。古籍中記載的獒，是一種體型較大的犬。《爾雅‧釋畜》云：「狗四尺為獒。」這裡的「四尺」，指的是高度。《廣韻》云：「獒，犬高四尺。」四尺，若是漢制，則相當於現在的 90 釐米；若是周制，則有 79.64 釐米；若是商制，也有 67.8 釐米。這種巨犬的力氣可想而知。甲骨文獒字從二犬，金文或從三犬。上古文字，重文均表示多數，從獒字分析，群狗最初牽引的可能是耒、骨耜一類的農具。當群狗拉耒或骨耜不存在問題時，耒、骨耜遂向犁頭過渡。上古時期，北方的氣候溫暖濕潤，土壤也較為鬆軟，用兩三條以上的巨犬牽引犁頭應該不成問題。

獒字，在甲骨文中用如地名（除殘泐不清、難以卒讀者外），當是犬耕的發源地或犬耕的氏族。這個地方，屢受殷人的侵略，大量的精壯勞動力在戰爭中消耗掉了，不得不用犬力代替人力進行耕作了。也許，殷和獒之間的這種關係，已經維持了相當長一段時間，直到後來才在甲骨文反映出來。

因此，獒字只能作犬拉耒解釋。「犬守農具」等說法均欠推敲。

《說文》云：「犂，耕也。從牛黎聲。」（卷二牛部）獒字，既是會意，也是形聲，從二犬二耒，耕亦聲，讀如麗。《說文》云：「麗，從鹿丽聲。」（卷十鹿部）按《說文》麗篆文或作𠂤，古文作𠫔；金文則作𤝗（〈陳麗戈銘〉，《集成》11082）。以上諸形均與𤝗近。麗字顯然為耕初文，後附加形符漸次演變為麗。金文麗則作𤠔（〈取膚匜銘〉，《集成》10253），周原甲骨文作𤠔（《西周》H11：123），所從也形似𤝗。《金石大字典》卷三十二收𤝗（〈召鼎銘〉，按：即〈智鼎銘〉，《集成》02838）、𤝗（〈父丁尊銘〉，按：即〈王罍銘〉，《集成》09821﹝註18﹞）二文作麗，顯然也是認為耕即麗字古體。〈秦公鐘銘〉（《集成》00262）中的「𤣥」，或釋為「麗」，讀為「戾」﹝註19﹞。儘管容有可商，但就其讀音而言，也勝於舊說。犂、麗音近。至於犂字從牛，而獒從犬，則是因為文字隨客觀事物的變化而產生的差異。

﹝註17﹞詳參蔡運福、羅炳陽：〈說狗〉，《科學與生活》，1982 年 1 期。

﹝註18﹞原篆作𤝗，因其下有「＝」符號，遂以為合文符號而一分為二。其實「＝」是專名符號。參看譚步雲：〈出土文獻所見古漢語標點符號探討〉，《中山大學學報》，1996 年 3 期。

﹝註19﹞詳參伍仕謙：〈秦公鐘考釋〉，《四川大學學報》（哲學社會科學版）1980 年 2 期。

𤣥字本從犬，牛耕普及後，則從牛。牛耕當受犬耕的啟發，後來並推而廣之。牛耕以前，殷人稱「犬拉耒（或犁）耕作」為「𤣥（𤣥）」，牛耕出現後，仍如斯稱之，而「𤣥」則慢慢演變為「𤣥」，犬耕也因牛耕的普及而漸次消失了。應該說，犬耕在當時並不普遍，只有那些勞力緊張的地方才使用犬耕，但它作為𤣥耕技術發展的一個環節，卻起到異常重要的作用。

𤣥地，疑即《書·商書》「西伯戡黎」之「黎」。黎又作黎。《說文》：「黎，從黍利省聲。」（卷七黍部）其實應是從黍耒聲（𤣥從耒得聲），耒誤作勹所致。因此，黎字是從邑黎省聲。這是「黎」、「黎」可以通作的原因。黎、𤣥、黎上古同一字，即都是「𤣥」的分化字。從地望上考察，黎地附近有石𤣥出土，且與商統治中心鄰近，𤣥即黎應可以相信。

郭沫若釋物為𤣥，並以此證明牛耕始於殷代[註20]。筆者以為未確。首先，犬成為家畜，並應用於生產，牛尚未馴化。古人應從最早馴化的動物身上獲得曳引動力。𤣥字從牛，只能證明牛耕的出現，並不能證明牛耕是畜耕之源，亦即所謂「𤣥」的開始。其次，殷人把大量的牛用於祭祀，這就很難令人相信牛在商代是生產工具。再次，物字在甲骨文中用如犧牲名，顯然為牛一類的動物。最後，即使物字象牛拉耒形，但把形聲字作會意字解釋，難以讓人首肯。𤣥、物二字讀音相去甚遠，在文字的發展上沒有必然的聯繫。因此，物字不能釋作「𤣥」。至於物字作何解釋，有多種說法[註21]，因為不在本文討論範圍之內，茲從略。

要言之，把𤣥字釋作「𤣥」是合適的。

參考文獻

1. 東漢·許慎撰《說文解字》（大徐本），中華書局，1963 年 12 月第 1 版。本文簡稱《說文》。

2. 中國科學院考古研究所：《甲骨文編》，中華書局，1965 年 9 月第 1 版。

3. 汪仁壽《金石大字典》，天津古籍書店，1982 年 10 月第 1 版。

4. 容庚編著、張振林、馬國權摹補《金文編》，中華書局，1985 年 7 月第 1 版。

5. 中國社會科學院考古研究所編：《殷周金文集成》（修訂增補本），北京：中華書局，2007 年 4 月第 1 版。本文簡稱《集成》。

〔註20〕參看氏著：《奴隸制時代》，北京：科學出版社，1956 年 11 月第 1 版。

〔註21〕詳參李孝定：《甲骨文字集釋》第二，臺北：中央研究院歷史語言研究所，1991 年 3 月景印五版，第 0317～0322 頁。

附 圖

原載《農史研究》第 7 輯，北京：農業出版社，1988 年 6 月，第 26～28 頁。

武丁期甲骨文時間修飾語研究

一、概　說

　　以斷代的方式研究殷墟甲骨文的語法現象，仍將是今後甲骨文研究的重要課題之一。可以相信：以系統的斷代方式描述的商代甲骨文語法，不但成為先秦語法研究重要的一章，而且將成為殷墟甲骨文分期斷代不可或缺的標準。因此，商代甲骨文的斷代語法研究，顯然是必要的。然而，以斷代的方式研究商代甲骨文的語法現象，實踐上可行嗎？事實證明：商代甲骨文，在不同時期有不同的語法現象；甚至，同時期的甲骨文，相同的內容卻可以用不同的語法形式表述。可見，商代甲骨文的斷代語法研究在實踐上是可行的。《甲骨文合集》（以下簡稱《合》）的出版，為甲骨文斷代語法的研究提供了有利的條件；而前輩學者以斷代的方式研究商代甲骨文語法的嘗試（例如：陳師煒湛的〈卜辭文法三題〉[註1]），則有著開創性的啟迪作用。

　　這麼一篇小文章，要對商代甲骨文作全面的、系統的斷代語法的研究，無疑是不可能的。所以，本文只能就其中的某個問題進行論述。

　　甲骨文好像是商王們的日記，幾乎每一片上都有明確的時間修飾語。而五個時期（武丁→祖庚、祖甲→廩辛、康丁→武乙、文丁→帝乙、帝辛）的甲骨

〔註1〕載《古文字研究》第四輯，北京：中華書局，1980 年 12 月第一版。

文，其時間修飾語，無論在表現形態（指修飾語所能表示的時間及具體用詞），還是存在方式（指修飾語在句中的位置、它是否需要介詞引導等內容）上，都不盡相同。本文把《合》所著錄的甲骨文作為基本的研究材料，擬對殷墟甲骨文的時間修飾語作系統的、深入的考察，並把時間修飾語作為斷代的一個標準，討論《合》第七冊所著錄的甲骨文的時代。限於篇幅，本文先就武丁期甲骨文的時間修飾語作一探討。

商代甲骨文的時間修飾語，在表現形態上，運用不同的詞語，可表示四個時間：1. 現在時間。2. 過去時間。3. 將來時間。4. 現在─將來時間。在存在方式上，時間修飾語通常置於前辭句首，命辭、占辭或驗辭的句首或句中；也可置於命辭的句末，通常需要用助詞「叀（隹）」或介詞「于」引導，無須助詞或介詞引導的時間狀語置於句末，只限於個別時間名詞，否則，可視之為特殊方式（表示月份的時間名詞除外）。

這裡，我得花點筆墨說明一下如何定義位於謂語之後的時間修飾成分。一般說來，漢語語法學者把位於謂語之前的修飾成分稱為「狀語」，而把位於謂語之後的修飾成分稱為「補語」。本文所謂的「時間修飾語」，是指用來修飾謂語、表時間的成分。不管它位於謂語之前還是之後，一律視為修飾語，而不把位於謂語前的時間成分看作狀語，而把位於謂語後的時間成分另作補語。嚴格地說，漢語的語序規律限制了詞語的語法功能。換言之，詞語的語法功能很大程度上體現為語序規律。因此，我們把動詞或形容詞後面的補充說明成分確定為「補語」，而只把動詞或形容詞前面的修飾成分確定為「狀語」。然而，商代甲骨文是尚未完全成熟的書面語，它的語序變化還不足以影響詞語的語法功能。尤其是時間名詞，儘管位於動詞或形容詞之後，它還是對動詞、形容詞起如同「狀語」一樣的修飾或限制的作用的，例如：

　　　乙巳卜，今日方其至不？／丙午卜，方其祉今日？（《合》20410）

這是同一版上的兩條卜辭，時間詞「今日」一在動詞「至」的前面；一在動詞「祉（征）」的後面，其語法功能是清楚的，都是對動詞起同樣的修飾限制作用。

在英語中，例如以下這樣一個句子：Today I need not go to school.狀語 today 可以位於句首，也可以位於句末。這個句子也可以這樣表述：I need not go to school today.語法學家並不因為 today 在句首或在句末而分別確定它為「狀語」

和「補語」，而只把它看作是「狀語」。在古漢語中，表時間的介賓結構同樣可以置於謂語之前或謂語之後。例如：「於今面折廷爭，臣不如君。」（《史記·呂后紀》）／「生於今而志乎古，則是其在我者也。」（《荀子·天論》）但前者被定性為狀語，後者被定性為補語。這是古漢語學界普遍的看法。

　　張玉金博士也注意到了甲骨文中上述的這種語言現象。但是，他既不像學術界普遍認為的那樣分別視之為狀語或補語，也不像筆者那樣一律視之為修飾語，而是把後者確定為「賓語」。他說：「時間名詞語可以後置，但它後置以後，則變成了賓語，而不應看成補語。」〔註2〕這是很獨特的意見。不過，在古漢語中，位於動詞謂語之後的介賓結構的介詞常常可以省去，例如：「楚人和氏得玉璞楚山中，奉而獻之厲王。」（《韓非子·和氏》）「楚山中」和「厲王」的前面分別可補出介詞「於」。甲骨文也不例外，介詞「于」或可省略。試看以下例子：「丁丑卜，翼（翌）日戊王其田淒，弗垦？」（《屯南》2739）「辛酉卜，翼（翌）日戊王其田于淒，屯日亡戈？」（《屯南》2851）同時期甲骨中的同一田獵地，或徑直出之，或以介詞導出。

　　同理，上述的甲骨文文例實際上也可以看作省去了介詞「于」。如果我們補足介詞，可以是這樣的：「乙巳卜，今日方其至不？／丙午卜，方其疋〔于〕今日？」

　　筆者認為：按照語法分析寧簡勿繁的原則，以上的修飾成分宜統一視為狀語。但是，一概稱為狀語，牽涉面太廣，很可能引起不必要的紛爭，所以本文採用「修飾語」這麼個折衷的概念〔註3〕。

　　以下，筆者先行討論武丁期甲骨文的時間修飾語，其餘各期俟後續說。

二、武丁期甲骨文時間修飾語描述

　　此期卜辭（《合》1～6冊；片號1～19753）的時間修飾語可表示四個時間：過去時間、現在時間、將來時間、現在—將來時間。時間修飾語的位置通常在句首或句中；借助助詞「隹（叀）」，時間修飾語可以後置，只有表示月份的時間修飾語和「翌日」可以無需介詞或助詞引導而置於句末。

〔註2〕張玉金：《甲骨文語法學》，上海：學林出版社，2001年9月第1版，第177頁。
〔註3〕「修飾語」這個概念是楊五銘教授建議筆者使用的。謹誌謝忱。

（一）過去時間

按說，占卜是預測未來，因此，卜辭中不會存在表過去時間的修飾語。然而，我們終究在卜辭裏發現了表過去時間的修飾語。殷人也許認為：對往事的回憶，有助於對未來的推測。

像後世典籍一樣，商代卜辭表述過去時間，通常得在句中使用時間名詞「昔」。「昔」可以單獨使用，例：

（1）庚申卜，殼貞：昔且丁不黍，隹南庚它？／庚申卜，殼貞：

　　昔且丁不〔黍〕，不隹南庚它？（《合》1772 正）

辭中的「昔」，一作≋。張秉權先生說：「好在無論作昔或作災講，都可以把這二條卜辭解說得通。」〔註4〕這實在是敷衍了事的態度！察之文例，讀之為「昔」較暢順自然。作≋者，字形雖與災近，但此為對貞之辭，宜釋為「昔」。

這是泛指。「昔」也可繫以「干支」，例：

（2）丁亥卜，殼貞：昔乙酉卜旋卯……大丁、大甲、且乙百岜、

　　百羌，卯三百……（《合》301）

這是特指，聯繫前辭的干支分析，「昔乙酉」蓋即兩天前的「乙酉」日。

「昔」、「昔干支」不必以介詞引導。金文中有這樣的用例：「王若曰：師嫠，在昔先王小學，女敏可吏，既令女更乃且考嗣小輔。」（〈師嫠殷銘〉，《集成》04728）卜辭未見。

典籍中常用以泛指的「昔者」、「向（向、向）」等，卜辭中無。

「昔」、「昔干支」僅見於命辭的句首。

驗辭中表過去時間的修飾語，通常以「干支」構成，例：

（3）癸巳卜，殼貞：勹（旬）亡〔囚〕？王固曰：乃茲亦出希，若

　　冎。甲午王往逐，小臣古車馬硪弖王車，子央亦隊。（《合》

　　10405 正）

顯然，此處的「甲午」是「昔甲午」的略寫，因為，「甲午」日所發生的一切都是事後追述的。有時，「干支」之前或繫以「數日」，例：

（4）癸亥卜，殼貞：勹（旬）亡〔囚〕？王固曰：□□其亦出來婎

　　（艱）。五日丁卯子由不囚。（《合》10405 反）

〔註4〕張秉權：《殷虛文字丙編》394 版考釋，臺北：中央研究院歷史語言研究所，1992 年重印本。

根據前辭的干支推算，「丁卯」正是包括「癸亥」在內的第五日，故卜辭云「五日丁卯」，相當於今天說的「五日後的丁卯日」。

或者繫以「旬」，例：

（5）勹（旬）壬申夕月食。（《合》11482 反）

此處的「旬」，應指占卜日所處的當旬，與下例的「旬」有區別：

（6）貞：弜其出疾？王曰：弜其疾，叀丙不庚。二旬一日庚申臈
　　　　舄。（《合》13752 正）

這裡的「庚申」，按殷人的計算法，當指二十一日後的庚申日。

驗辭中的干支，略去限定性名詞「昔」，大概是殷人的習慣使然。因為既是驗辭，辭中的時間修飾語自然是表過去時間的，就不必費工夫多刻一「昔」字。

命辭中表過去時間修飾語數量有限，而大多數的卜辭又無驗辭部分，因此，卜辭中並沒有多少表過去時間的修飾語。

（二）現在時間

卜辭表示現在時間，一般得使用時間名詞「今」。「今」後面通常帶有具體的時間名詞，如「歲」、「春（秋）」、「月（某月）」、「旬」、「干支」、「日」、「夕」等，例：

（7）癸卯卜，爭貞：今歲商受年？（《合》9662）

（8）戊寅卜，爭貞：今春眾出工？十月。（《合》18）

（9）……貞：叀今秋……（《合》7343，同版有貞人「宁」）

（10）壬戌卜，殷貞：今十月其來出娥？（《合》7137）

（11）己亥卜，今勹（旬）雨？（《合》12484，同版有「二告」）

（12）乙丑卜，〔□貞〕：今乙丑……窜且辛……酉十五牛？（《合》1732）

（13）丁未卜，宁貞：今日出於丁？六月。（《合》339）

（14）……互貞：今夕其延……（《合》410 反）

「今干支」有變例作「今日干支」，例：

（15）貞：今日壬申其雨？／貞：今日壬申不其雨？之日允雨。
　　　（《合》12939，同版有「二告」）

「今干支」或「今日干支」實際上可以補前辭的省略或殘缺。由於有干支「壬申」，這則卜辭完整的前辭部分應是「壬申卜，某貞」。這種類型的數量有限，恐怕與武丁期卜辭的前辭部分一般都比較完整相關。

殷人頗重視時間的精確性，有時，「今」的後面可帶上兩個時間名詞，例：

　（16）丁卯卜，殸貞：今日夕出於兄丁小宰？（《合》2874）

　（17）戊戌卜，今戊戌夕不其雨？（《合》12309）

「今」加時間名詞，只有「今某月」的形式可由介詞「及」引導，例：

　（18）乙□卜，宵貞：及今三月雨？王固其雨，隹……（《合》12530
　　　　正）

其餘的均不與任何介詞組成介賓結構。

「今」後不帶任何確切的時間名詞，則泛指「現在」、「現時」，例：

　（19）丙子卜，殸貞：今來羌率用？／丙子卜，殸貞：今來羌勿用？

　　　　（《合》248正）

或與表提頓語氣的虛詞「者」結合〔註5〕，意義同「今」，例：

　（20）乙酉卜，殸貞：今者王勿從沚戜伐……（《合》7497正）

指示代詞「茲」和「之」，在某些情況下可替代「今」，意義稍異，而所表時間不變，例：

　（21）辛酉卜，殸：翼（翌）壬戌其雨？／辛酉卜，殸：翼（翌）

　　　　壬戌不雨？之日夕雨，不延。（《合》12973）

　（22）今日不雨？于丁？之夕允雨。（《合》12951）

　（23）……茲夕良……（《合》13475）〔註6〕

　（24）貞：茲勺（旬）雨？（《合》5600，同版有「二告」）

從例（21）、（22）、（23）看出，用「之」或「茲」充當定語的時間修飾語結構，一般只出現在驗辭中，用以復指命辭裏的時間修飾語。例（24）有點特殊，大概是祖庚、祖甲期「茲某月」的先驅吧。把驗辭中出現的、由「之」或

〔註5〕者，原作凷，解說者甚夥。讀者可參于省吾主編：《甲骨文字詁林》，北京：中華書局，1996年5月第1版，第1355～1364頁。郭沫若徑釋為「者」，無說。詳見氏著《卜辭通纂》，北京：科學出版社，1983年6月第一版，第239頁。劉釗從之，有詳論。見氏著〈釋凷〉，《考古與文物》，1987年4期。筆者以為郭說稍勝。

〔註6〕良，原作㟙，唐蘭釋「良」，見氏著《殷墟文字記》，北京：中華書局，1981年5月第一版，第54～57頁。步雲案：「良」在此處當讀為「朗」。

「茲」引導的時間修飾語看作表現在時間，是因為追述驗辭的時候，正是「之日（夕）」或「茲夕」之際。倘若驗辭的追述時間超出了「之日（夕）」或「茲夕」，殷人就會採用「干支」而摒棄「之日（夕）」或「茲夕」。

武丁期卜辭偶有使用表「時」的時間名詞作修飾語，顯示出少有的嚴謹，例：

> （25）癸丑卜，貞：夕亡〔卜〕？一月。（《合》16637）

> （26）乙卯卜，殼貞：今日王往……之日大采雨，王不……（《合》12813）

> （27）王固曰：出希。八日庚戌出各雲自東面母，昃亦出虹自北飲於河。（《合》10405 反，同版有貞人「殼」）

倘若表時名詞的前面沒有別的、具體的時間名詞作定語，應當把它看作表現在時間的修飾語，因為它並未超出占卜的當日，如上舉的例（25）即是。「夕」無疑是「今夕」的省略。

說實在話，所謂現在時間的修飾語，在卜辭裏，實際上也是表將來時間的，雖然它所指示的時間與前辭或辭末的時間修飾語有著一致性，例：

> （28）今月不雨？一月。（《合》12499）

> （29）丙申卜，貞：叀今丙申夕酌報於丁？十二月。（《合》1594）

例（28）的「今月」當然是指辭末署明的「一月」。但相對前辭的時間「干支」而言，則指此「干支」後的一段日子。例（29），命辭的行為動作與前辭的「卜」和「貞」顯然不是同步進行的。嚴格說來，只有前辭的時間修飾語纔算是表現在時間。因為「今」的意義為「現在」、「現時」，所以本文把「今」及以「今」作定語的各類型均看作表現在時間。

表現在時間的修飾語，一般位於命辭、驗辭的句首或句中。筆者發現：在占辭中，時間修飾語在助詞「隹（叀）」的引導下，可置於句末，例：

> （30）王固曰：其雨，隹今日。（《合》14469 反）

> （31）王固曰：吉戈（哉）！隹甲不叀丁。（《合》248 反）

當然，這類用例罕見。

（三）將來時間

傳世文獻多使用時間副詞「將」表將來時間，武丁時期的卜辭亦然。例：

（32）甲戌卜，爭貞：我勿將自茲邑，殼、宄亦作若？（《合》13525）

「將」原形或從爪從又從爿、或從兩又從爿。又、寸古無別，故字可以隸定作「將」，即「將」〔註7〕。《說文》云：「將，帥也，从寸，醬省聲。」（卷三寸部）大致是不錯的，古醬字作「牆」，顯然是從酉爿聲。只是後來將字所從的爪訛誤成肉，所以許氏才誤認為「將」是「醬」省聲。甲骨文的「將」除了用作表將來時間的副詞外，還用為祭名、「扶持」等。武丁期用「將」表將來時間的甲骨文少之又少，其他時期也是如此。

如同後世的文獻一樣，武丁期卜辭將來時間的表達，一般得使用「翼（翌）」或「來」兩個時間名詞。這兩個名詞必須與「歲」、「春（秋）」、「干支」、「日」等名詞聯合使用。「翌」只與「干支」、「日」聯用；「來」只跟「歲」、「春（秋）」、「干支」聯用。搭配非常嚴格，例：

（33）甲戌卜，宄貞：翼（翌）乙亥出於且乙，用？五月。（《合》
6）

（34）甲辰卜，殼貞：王宄，翌日？／貞：王咸酚彝，勿宄，翼（翌）
日？（《合》9521）

（35）辛巳卜，互貞：祀岳桒，來歲受年？／貞：來歲不其受年？
（《合》9658正）

（36）戊戌卜，殼貞：弜祀入，來秋巛？（《合》9185）

（37）丁丑卜，爭貞：來乙酉畎用泳來羌？（《合》239）

「翼（翌）翌干支」有變例作「翼（翌）日干支」，但數量有限，例：

（38）囗午卜，貞：復翼（翌）日甲寅酚？（《合》557）

「來干支」、「翌干支」均可由介詞「于」引導，例：

（39）丙戌卜，爭貞：于來乙巳尞？（《合》15560）

（40）癸酉卜，殼貞：雀于翼（翌）甲戌燗？（《合》7768）

值得注意的是，「翼（翌）干支」的「翼（翌）」和「來干支」的「來」，在武丁時期是同義詞。第一期近兩萬片甲骨中（據《合》統計），「干支卜，（某貞）：翌干支……」的類型僅有136例（完整可讀者）。結合前辭看，「翌干支」不指次日者竟有31辭，占總數的23%左右。而全部「干支卜，（某貞）：

〔註7〕姚孝遂、肖丁主編：《殷墟甲骨文刻辭類纂》徑作「將」，北京：中華書局，1989年
1月第一版，第370頁。步雲案：此字頭下收75辭，失收《美錄》USB491一辭。

來干支……」的文例，「來干支」無一特指「次日」。這說明，武丁時期正是「翼（翌）」逐步發展為特指「次日」的時間名詞的階段。而在此以前，「翼（翌）」可能僅是泛指將來某一時刻而已。由於「來干支」較之「翌干支」距離前辭所署的時間更遠，因此，「來」的含義並不那麼確切；而「翼（翌）」則較為確切，從而導致「翌」最終具有「次日」的意義。

「翼（翌）干支」和「來干支」有時縮略為「干支」，例：

（41）己丑卜，㲋貞：雨，庚辰風？（《合》13330）

（42）辛酉卜，殼貞：乙丑其雨，不隹我〔卜〕？／乙丑其雨，隹我〔卜〕？（《合》6943）

在占辭中，「干支」又往往簡寫為「干」，例：

（43）甲午卜，㱕貞：翌乙未昜日？王固曰：出希，丙其出來婐。三日丙申，允出來婐。自東婁曰兒。（《合》1075 正）

「干支」作時間修飾語，可由介詞「于」引導，例：

（44）〔□□卜〕，品貞：于辛酉出，昜日？辛……（《合》13148）

結合前辭分析，「干支」無一例是「今干支」的略寫，因此，命辭和占辭中使用的「干支」，可看作省去了「翼（翌）」或「來」，而其表將來時間的功能不變。而在驗辭裏使用的「干支」，則可看作省略了「昔」，表過去時間。

相對於表現在時間的「今歲」、「今秋」、「今干支」、「今日」，表將來時間的詞語則有「來歲」、「來秋」、「來干支」、「翼（翌）日」；但「今者」、「今春」、「今（某）月」、「今旬」卻沒有相應的「來者」、「來春」、「來（某）月」、「來旬」。

武丁時期的卜辭，真的沒有「來者」、「來春」的用例，殆失之矣。而「來（某）月」、「來旬」，筆者發現，它們是以另一種的形式出現的。通過辭例的比較，可知「某月」與「今某月」有別：

（45）癸巳卜，韎貞：今四月……／癸巳卜，韎貞：五月我出史？（《合》21667）

（46）乙巳卜，〔徝〕貞：今五月我出史？／乙巳卜，徝貞：六月我出史？（《合》21635）

貞人「韎」所占問之辭，一言「今四月」，一言「五月」，兩辭占卜日均是「癸巳」，而兩月之內不可能有兩個「癸巳」日，因此，兩辭必是同一日所卜。

「癸巳」日當在「今四月」內，則「五月」為下一月。貞人「徝」所問者亦復如是。可見，「某月」實際上相當「來某月」。

陳夢家先生云：生月指來月，今生一月即二月〔註8〕。然而，倘若說「生某月」即「來某月」的推測可以成立，則「今生一月」為「二月」就令人費解。事實上，「生某月」與「某月」所指是不同的，請看下例：

　　（47）〔□□卜〕，殼貞：生七月王入于〔商〕？／戊寅卜，殼貞：

　　　　生七月王入于商？／辛巳卜，殼貞：王于生七月入〔于商〕？

　　　　／甲申卜，殼貞：王于八月入于商？（《合》7780）

四辭共見一版。首三辭時間修飾語均為「生七月」，末一辭則署「八月」。如按陳先生說，則首三辭的「生七月」相當於「來八月」，那麼，末一辭的「八月」是「今八月」還是「來八月」呢？倘若是前者，則「今」不可省；倘若是後者，則與「生七月」相矛盾，殷人的時間概念也未免太混亂了。

筆者認為，「某月」相應於「今某月」表將來時間；「生某月」可以指示將來時間，但「生」並非表將來時間的標識，它別有意義（筆者另有專文撰述）。

「生某月」、「某月」可由介詞「于」引導，置於命辭的句首或句中，其意義不變。

我們知道，「勹（旬）」以甲日始，至癸日終。獨立使用的「勹（旬）」，往往置於癸日占卜的前辭後面，可見癸日占卜的是下一旬的事。有沒有指上一旬的可能性呢？「勹（旬）亡禍」一類的命辭，如果是既定事實，就無需卜問的前辭。既言占卜，乃是對未來的推測。這樣看，恐怕是合乎邏輯的吧。因此，命辭中的「旬」正是相應於「今旬」以表將來時間的形式。

表將來時間的修飾語，通常位於命辭的句首；在有介詞「于」引導的情況下，也可以置於命辭句中。「翌日」較為特殊，它有時可置於句末，且無須由助詞或介詞引導，例：

　　（48）甲辰卜，殼貞：王宁，翼（翌）日？／貞：王〔咸〕酚〔登〕

　　　　勿宁，翼（翌）日？（《合》9520，與前引《合》9521為套卜

　　　　甲骨）

〔註8〕參陳夢家：《殷虛卜辭綜述》，北京：中華書局，1988年6月第一版，第117～118頁。步雲案：陳說為許多學者所接受。

（四）現在—將來時間

甲骨文中有一種特殊的時間修飾語，所表示的時間涉及現在和將來。這裡姑且稱之為「表現在—將來時間的修飾語」。

武丁期卜辭「表現在—將來時間的修飾語」最為常見的類型是「自今至于干支」，例：

（49）壬寅卜，㱿貞：自今至于丙午雨？／壬寅卜，㱿貞：自今至于丙午不其雨？（《合》667 正）

其變例作「自今干支至于干支」，例：

（50）自今己亥至于辛……（《合》11667 正）

或作「至於干支」，例：

（51）壬子卜，互貞：至于丙辰雨？（《合》12335）

或作「自今數日至于干支」，例：

（52）自今五日雨？／自今五日不其雨？／貞：自今五日至于丙午〔雨〕？貞：自今五日至于……（《合》12306，同版有「二告」）

末辭殘泐，當是第三辭的對貞句，補足為：「貞：〔自〕今五日至于〔丙午不其雨〕？」由此片可知：「自今數日」實際上是「自今數日至于干支」的省略。

「表現在—將來時間修飾語」的另一種類型為「自今旬」，例：

（53）〔□□卜〕，㱿貞：自今勹（旬）雨？（《合》12480）

「表現在—將來時間修飾語」的第三種類型作「今來歲（干支）」〔註9〕。筆者認為，這是「今歲至于來歲」、「今干支至于來干支」的緊縮形式。第三期（廩辛、康丁期）甲骨文有這樣的例子：

自今辛至于來辛又大雨？／自今辛至于來辛亡大雨？（《合》30048）

這種類型給我們以啟示：武丁期「今來干支」的形式實際上是此型的縮略。在堅硬的甲骨上刻寫，當然是字數越少越省工時。怪不得我們就看到一

〔註9〕日人村上幸造認為「今來」與「來……」同義。參氏著：〈關於甲骨文中若干記時名詞的考察〉，載《紀念殷墟甲骨文發現一百週年國際學術研討論文集》，北京：社會科學文獻出版社，2003 年 3 月第一版，第 279～280 頁。步雲案：似可商。

例，其餘的都作「今來干支」，例：

（54）貞：今來歲我不其受年？九月。（《合》9654）

（55）庚寅卜，爭貞：今來乙未尞？（《合》15255）

這是甲骨文特有的類型，後世典籍不見。

「表現在—將來時間修飾語」只能置於命辭句首。

三、結 語

以上就武丁期甲骨文時間修飾語的表現形態和存在方式作了全面的描述，茲撮要如次：

武丁期甲骨文時間修飾語可以表四個時間概念：1. 過去時間。2. 現在時間。3. 將來時間。4. 現在—將來時間。

表過去時間的修飾語由「昔」、「昔干支」或「（旬）干支」等詞語構成。表過去時間的修飾語無須由介詞或助詞引導，通常置於命辭、驗辭的句首。武丁期表過去時間的修飾語數量不多。

表現在時間的修飾語由「今」＋「者」、「歲」、「春（秋）」、「月（某月）」、「旬」、「干支」、「日」、「夕」等詞語構成。有時，「今」可引導兩個具體的時間名詞。除了「今某月」可以由介詞「及」引導外，表現在時間的修飾語通常不必由介詞引導，一般位於命辭、驗辭的句首或句中。但在占辭中，時間狀語在助詞「隹（叀）」的引導下，可置於句末。

表將來時間的修飾語由「將」、「翼（翌）」或「來」構成。「將」可以單獨使用，表示泛指。「翼（翌）」只與「干支」、「日」聯用；「來」只跟「歲」、「春（秋）」、「干支」連用。表將來時間的修飾語，通常位於命辭的句首；在有介詞「于」引導的情況下，也可以置於命辭句中。「翌日」較為特殊，它有時可置於句末，且無須由助詞或介詞引導。

表現在—將來時間的修飾語所表示的時間涉及現在和將來。表現在—將來時間的修飾語有「自今至于干支」（變例作「至于干支」或「自今數日至于干支」）、「自今勹（旬）」和「今來歲（干支）」等三種形式。其中「今來歲（干支）」是「今（歲）干支至于來（歲）干支」的緊縮形式，為甲骨文特有的類型，後世典籍不見。表現在—將來時間修飾語只能置於命辭句首。

根據筆者的初步考察，就甲骨文的時間修飾語而言，武丁期與其他各期無

論是表現形態還是存在方式都不盡相同。因此，以標準片研究所得之甲骨文時間修飾語的表現形態和存在方式完全可以作為斷代標準之一。

四、主要參考書目

1. 郭沫若主編、胡厚宣總編輯：《甲骨文合集》，北京：中華書局，1979 年 10 月～1982 年 10 月第一版。本文簡稱《合》。

2. 姚孝遂、肖丁主編：《殷墟甲骨文刻辭類纂》，北京：中華書局，1989 年 1 月第一版。

3. 中國社會科學院考古研究所編：《殷周金文集成》（修訂增補本），北京：中華書局，2007 年 4 月第 1 版。本文簡稱《集成》。

　　【附記】斯文向蒙陳師煒湛教授披閱數過，多有教正，謹誌謝忱。

　　原載《2004 年安陽殷商文明國際學術研討會論文集》，北京：社會科學文獻出版社，2004 年 9 月第 1 版，第 108～117 頁。

祖庚祖甲至帝乙帝辛期
甲骨文時間修飾語研究

2004 年，筆者在安陽殷商文明國際學術研討會上發表了武丁期甲骨文時間修飾語研究一文〔註1〕，本文則是餘下各期的相關研究。

一、祖庚、祖甲時期（《合》第八冊，片號：22537～26878）

用以表過去時間的「昔」、「昔干支」在本期消失。用以表現在時間、將來時間以及現在—將來時間的修飾語在表現形態上略有變化，在辭例中的位置（語序）也較前期靈活。

（一）過去時間

如前期一樣，用在驗辭中的「干支」，表過去時間。例：

（1）丁酉卜，王貞：今夕雨，至於戊戌雨？戊戌允夕雨。四月。
（《合》24769）

有時候，驗辭後所署月份移至「干支」前，例：

（2）癸未卜，王在豐貞：旬亡囚？在六月甲申工典其酻……（《合》24387）

〔註1〕 參看譚步雲：〈武丁期甲骨文時間修飾語研究〉，《2004 年安陽殷商文明國際學術研討會論文集》，北京：社會科學文獻出版社，2004 年 9 月第一版。

　　祖庚、祖甲期的卜辭，有驗辭者只占極小一部分，故此，以「干支」表過去時間的用例罕見。此期又見「既日」的時間修飾語，例：

　　　　（3）貞：于既日？二月。（《合》22859）

　　《說文》：「既，小食也。」（卷五皀部）文字學家一般認為，「既」象人既食之形〔註2〕，引申之，就有了「終」、「盡」、「已經」的意義。因此，甲骨文的「既日」的「既」可能指過去時間，與後世同。

（二）現在時間

　　如同武丁期卜辭，表示現在時間，一般得使用名詞「今」。但「今」已不能單獨使用作泛指，而必須與「歲」、「日」、「干支」、「夕」連用。例：

　　　　（4）癸卯卜，大貞：今歲商受年？一月。（《合》24427）

　　　　（5）辛亥卜，出貞：今日王其水常？五月。／丁卯卜，大貞：今

　　　　　　　日啟？（《合》23532）

　　　　（6）……叀今日甲戌……在糟……（《合》14154）

　　　　（7）戊戌卜，行貞：今夕不雨？（《合》23181）

　　前期的「今干支」，本期作「今日干支」，但數量不多。在有前辭的情況下，署以「今日」即簡單明瞭，何必多費勞力刻上干支？顯然，「今日」就是「今干支」、「今日干支」。

　　武丁期常見的「今秋（春）」、「今（某）月」、「今旬」等類型，本期均無。「今（某）月」殆被「茲某月」取代，例：

　　　　（8）乙酉卜，大貞：及茲二月屮大雨？（《合》24868）

　　「茲某月」通常以介詞「及」或「在」引導，置於命辭句首或句末，例：

　　　　（9）丁酉卜，兄貞：其品司？在茲八月。（《合》23712）

　　本期卜辭表現在時間的修飾語出現了有別於「今日」、「之日」的新型。數量雖然有限，卻也可窺殷人概念更新的迅速，例：

　　　　（10）屯日不雨？（《合》24669）

　　本期表現在時間的狀語在句中的位置多變，借著助詞「叀」，常可置於句中或句末，例：

〔註2〕例如羅振玉就說：「即，象人就食；既，象人食既。許君訓為小食，誼與形不協矣。」
　　　　李孝定：《甲骨文字集釋》卷五「既」字條引，臺北：中央研究院歷史語言研究所，
　　　　1991 年 3 月影印五版。

（11）甲子卜，大貞：告于父丁，叀今日盟……（《合》23259）

（12）丙子卜，大貞：其祿四子，叀今日？四月。（《合》23541）

這已成為一種趨勢，而不是像武丁時期那樣，純屬偶然。

（三）將來時間

前期使用過的「將」，本期不見。本期表將來時間的名詞「翼（翌）」、「來」在意義上有更為明顯的區別。筆者統計了一下，「干支卜，（某貞：）翌干支」類型的文例共 92 個（完整可讀者）。只有 11 例的「翼（翌）干支」不是指次日，占總數 12%左右，比前期降低 11%。

在本期的卜辭裏，我們找不到用以表將來時間的「干支」的用例。由此可知，祖庚祖甲時期，「翼（翌）干支」、「來干支」一般是不能省略為「干支」的（在「今日……干支」類型裏使用的「干支」算是例外）。

表示泛指的「來者」在本期出現，例：

（13）丁亥卜，出貞：來者王其叡丁……（《合》25371）

（四）現在—將來時間

前期「自今至於干支」的基本型不復存在，代之以「今日至於干支」，例：

（14）甲申卜，旅貞：今日至于丁亥雨？（《合》22915）

其變例作「今日至于翌干支」，例：

（15）癸未卜，行貞：今日至于翼（翌）甲申雨？（《合》24665）

前期「自今數日至于干支」的形式，本期略作「自數日」，例：

（16）丁酉卜，出貞：五日雨？/ 辛丑卜，出貞：自五日雨？（《合》24718）

此版一辭作「五日」，一作「自五日」，前者當是後者的省略。

前期「今來歲（干支）」的形式，本期未見。

二、廩辛、康丁時期（《合》第九冊，片號：26879～29695；《合》第十冊，片號：29696～31968）

本期出現了許多時間修飾語的新形式。現在時間：「即日」、「莫」、「郭兮」、「中日」、「昏」、「大食」、「曦」、「枫」、「時至時」等；將來時間：「祖先日名+日」、「至日」、「嚣日」、「來日」、「翼（翌）夕」、「干至干」、「干眔干」等。

以「干支」形式構成的時間修飾語，「干支」通常省去「支」。相應地，「翌干支」作「翌干」；「來干支」作「來干」；「今干支」作「今干」；「今日干支」作「今日干」。

以「昔」、「昔干支」或「干支」形式表過去時間的修飾語，本期未見；甚至連上一期出現的「既日」也不見。顯然，廩辛康丁更熱中於對未來的推測，而沒有興趣追述往事。

（一）現在時間

保留了第一期的「今」、「今秋」、「今日」、「今日干支（略作「今日干」）」、「今夕」、「夕」、「昃」，而摒棄了「今者」、「今歲」、「今（某）月」、「今旬」、「大采」；保留了第二期出現的「屯日」、「茲（某）月」。同時，此期的殷人創造出許多新的時間概念。

1.「即日」，例：

（17）貞：其即日魚？（《合》27456 正，同版有貞人「尤」）

或在「即日」後加上「干」，例：

（18）即日甲，王受又？（《合》29705）

《玉篇》：「即，子弋切。就也，今也。食也。」（卷十五皂部）因此，有理由認為「即日」就是貞卜的當日，它與「今日」同義。

2.「湄日」，例：

（19）丁亥卜，狄貞：其田敢，叀辛，湄日亡巛，不雨？（《合》29324）

「湄日」與「屯日」義近，相當於今天的「整日」。

3.「旦」，例：

（20）旦不雨？其雨？（《合》29779）

4.「中日」，例：

（21）中日其雨？（《合》29790）

「中日」亦作「日中」，例：

（22）叀日中又大雨？（《合》29789）

5.「大食」，例：

（23）大食其亦用九牛（《合》29783）

6.「莫」，例：

（24）桒，叀莫酓？吉。（《合》30845）

7.「郭兮」，例：

（25）郭兮不雨？（《合》29799）

8.「暾」，例：

（26）于暾酓，王受又又？（《合》30851）

暾，原作「旽」，舊釋「春」。據文例推之，知有誤。春、秋包含一段相當長的時間。殷人雖然重視「酓祭」，但總不至於整個春季都在進行「酓祭」吧！何況，既有「春酓」，則當有「秋酓」，偏偏卜辭中不見「秋酓」之辭。卜辭屢見「夕酓」、「莫酓」，知殷人行「酓祭之禮」須擇時辰，故宜把「旽」看作一表時單位。從字形分析，春字或從艸從日，或從木從日，或從木省日，惟「旽」省艸省木，殊異。「旽」當即「暾」字。《玉篇》有「暾」字，或體作「旽」，並云：「日欲出。」（卷二十日部）參諸文例，《玉篇》所釋大概是可信的。既有「夕酓」、「莫酓」、「晨酓」，那麼，有了「旽酓」，這「酓祭之禮」也算完備了。

9.「枻」，例：

（27）貞：其執，今枻亡尤？／貞：其執，今枻亡尤？（《合》26889）

（28）王其枻入，不菁雨？／王夕入于之，不雨？（《合》30113）

次例「枻」與「夕」對舉，其為時間名詞無疑。「枻」通釋為「執」。查「執」並無表時的義項，殆後世失之。「乞靈於聲韻」，蓋即「暾」之本字。《玉篇》：「暾，明也。暭，同上。」（卷二十日部）「執」上古音疑母月部。「暭」殆從日臬聲，「臬」上古音疑母月部。可見兩字讀音相同，通假應沒有問題。「枻」，第二期卜辭中也有一例，疑亦用如時間名詞：

（29）甲辰卜，㱿貞：王㝬，夕禓至于翼（翌）枻禓，不乍？（《合》25460）

根據「翼（翌）」不單獨使用的原則，那麼，「翼（翌）」後必帶有具體的時間名詞。惜乎只此一例，難以遽下斷語，宜存而備考。

表時名詞單獨使用時，它所表的時間並未超出占卜日，因此，應當把它看作表現在時間，例如：

（30）壬寅卜，貞：夕亡囚？我雨？／癸卯卜，貞：夕亡囚？之夕雨。／戊申卜，貞：夕亡囚？（《合》12477）

這是第一期卜辭，辭中的「夕」，即「今夕」的省略形式。請看他例：

（31）己亥卜，爭貞：今夕亡囚？（《合》16534）

這也是武丁時期的卜辭。「今夕」有時也作「今干支夕」，例：

（32）貞：今壬子夕不雨？（《合》12223，同版有貞人「殼」）

試比較：己未卜，互貞：今夕不其雨？（《合》12290）

雖然我們知道「夕」與「今干支夕」、「今夕」具有同等意義，但「夕」終究不如「今干支夕」、「今夕」那樣嚴謹。

瞭解表時名詞單獨使用實際上相當於它與「今」聯合使用，就會明白表時名詞一旦有別的時間名詞作定語時，所表時間便隨之發生變化。例如：

（33）乙旦雨？（《合》29782）

前面已經談到：「干支」在命辭中充當狀語，相當於「翼（翌）干支」或「來干支」，表將來時間。因此，此例的「旦」，就不是「今旦」、「之旦」的「旦」了。

表時名詞可互相組合以構成表一段時間的修飾語，例：

（34）晨至郭不雨？（《合》29793，引者按：此辭殆漏刻一「分」
　　　字，也有可能是省略）

（35）郭分至昏不雨？（《合》239794）

（36）旦至于昏不雨？（《合》29781）

（37）中日至郭分啟？／不啟？（《合》30198）

大量使用表時名詞作修飾語，是本期卜辭的一大特色；一、二、四、五期的卜辭，也有以表時名詞作修飾語的例子，但完全不可與第三期等量齊觀。

（二）將來時間

本期仍然把「翼（翌）」、「來」作為表將來時間的主要標識；間或使用「將」作泛指；「干支」多省作「干」，仍具表將來時間的功能；「至日」、「來日」、「祖先日名＋日」、「叠日」、「乡日」則是本期表將來時間的新形式。

我們注意到，「翼（翌）」完全具備了「次」的意義，「翌干支（本期多作「翌日干」）」即指占卜日的第二天，只有《合》27220是個例外。

我們發現，前期的「來春」，本期只署一「春」字，例：

（38）叀今秋？／叀今秋？／于春？（《合》29715）

這與「某月」、「旬」單獨使用的情形相似。

本期新出現的表將來時間的幾種類型，頗值得大書一筆。

1.「至日」，例：

（39）弜至日？（《合》29702）

「至日」後又可以帶上「干」，例：

（40）叀今夕酚？／于翼（翌）日甲酚？／其至日戊酚？（《合》27454）

後世的典籍也有「至日」之稱，如《易‧復卦》：「先王以至日閉關，商旅不行，後不省方。」但學術界比較一致的看法是：商人只分春秋二季。因此，「至日」是否即「夏至」、「冬至」之「至」，當有疑問。此三辭殆同一日所卜，貞問「酚」的最佳日期。由此可知，「至日」較之「翼（翌）日」距占卜日更遠。「至」有「來」義，「至日」與「來日」當是同義詞。

2.「翼（翌）夕」，例：

（41）叀今夕酚？／于翼（翌）夕酚？（《合》30839）

稱「翼（翌）夕」，後世典籍罕見。恐怕與廩辛、康丁特別重視時間的精確性不無關係，要表達「第二天晚上」，說「翌夕」當然較「翌日夕」嚴謹而簡潔。

3.「來日」，例：

（42）叀今日？／叀來日？（《合》29734）

此辭「來日」與「今日」對舉，卻並不特指「次日」。「來日」相對「來干支」而言，是泛指。

4.「祖先日名＋日」，例：

（43）叀小乙日遘，王受……（《合》27094）

管燮初先生以為「日」是祭名，遂把這類句子看成賓語前置〔註3〕。這個問題，將在第四期「將來時間」一節裏詳加討論。

5.「日」，例：

（44）于劦日洗……乃又彡，王受〔又〕？（《合》27641）

「劦」與「劦」同，為祭名。「劦日」當指「劦祭之日」。因無前辭，難以判斷它表將來時間、過去時間還是現在時間。姑且附此待考。

〔註3〕參看氏著：《殷虛甲骨刻辭的語法研究》，中國科學院，1953年10月第一版，第18頁。

6.「彡日」，例：

（45）□酉卜，彡日於且乙……（《合》27198）

（46）叀且乙彡日遘？（《合》27197）

「彡」同「肜」，「彡日」即「肜日」。後世典籍也有「肜日」之稱，如「高宗肜日」。「肜」指「祭之明日又祭」，因此，「肜日」當指致祭後的「次日」，意義同「翼（翌）日」。

7.「翼（翌）日干……至來干」，例：

（47）翼（翌）日庚其束乃霝印至來庚又大雨？／翼（翌）日庚其束
　　　乃霝印至來庚亡大雨？（《合》31199）

此型雖然只有一例，卻很重要，它說明了「來」較之「翌」距離占卜時間更遠。儘管我們心目中早就認為：「來」相對於「翌」，是泛指，但苦無證據。尤其是在「翌」尚未具有「次」的意義的情況下，很難判別孰遠孰近。

此型的變例作「自干至干」，例：

（48）自乙至丁又大雨？（《合》30050）

或作「干至干」，例：

（49）辛至壬其遘大雨？（《合》30148）

或作「干眔干」，例：

（50）辛眔壬王从往于田，其每？（《合》28605）

前面已經討論過：「干支」在命辭裏充當修飾語則表將來時間，但「自干至干」及其變體表涉及將來的一段時間，與其他表將來時間的修飾語在形式上有所區別。

本期表將來時間的修飾語在句中的位置多變，例如：

（51）癸未卜，异黍，乙酉？（《合》27826 反）

（52）癸亥卜，王其入商，叀乙丑，王弗每？（《合》27767）

（53）丁亥卜，戊王其田，不遘……（《合》28538）

作時間修飾語的干支可放在命辭的句末、句中、句首。又如「翌日」：

（54）翼（翌）日王弗……匕庚羌……（《合》27507）

（55）其又大庚，叀翼（翌）日肜？（《合》27167）

（56）癸酉卜，乙王其田，毕，翼（翌）日？（《合》28826）

（三）現在—將來時間

第一期「自今至于干支」的基本型，在本期略有變化，作「自今干至于來干」，例：

> （57）自今辛至于來辛又大雨？／自今辛至于來辛亡大雨？（《合》30048）

這種類型給我們以啟示：第一期「今來干支」的形式實際上是此型的縮略。在堅硬的甲骨上刻寫，當然是字數越少越省工時。怪不得我們就看到一例，其餘的都作「今來干支」，例：

> （58）丁酉卜，尤貞：今來辛丑勿尞，其酚？（《合》30775）

本期保留了祖庚、祖甲時期的「今日至于干支」類型，例：

> （59）今日至于丁丑雨？（《合》29914）

「干支」或省為「干」，例：

> （60）今日至于己亡大雨？（《合》29916）

以及其變例「今日至于翌干支」，例：

> （61）〔庚〕戌卜，今日庚至于翼（翌）……大啟？（《合》30189）

根據「翼（翌）」作時間修飾語時不能單獨使用的原則，我們知道「翼（翌）」後當跟「日干」或「干」。所以例（61）命辭殘缺的部分，補足當為「今日庚至翌（日）辛大啟」。可惜僅得此殘泐之例，失去了進一步研究的機會。第二期此型「今日」後習慣不繫干支，與第三期稍異。

三、武乙、文丁時期（《合》第十冊，片號：31969～32977；《合》第十一冊，片號：329778～35342）

本期不見表過去時間的修飾語，看來，武乙、文丁與廩辛、康丁在這方面倒是意氣相投。武乙、文丁恐怕不是銳意創新的君主，除了表將來時間的狀語出現了個別新類外，其餘的時間修飾語形式均一仍舊貫。

（一）現在時間

「今歲」、「今（某）月」、「今旬」等形式，本期不見；表時名詞僅見「夕」和「旦」，顯然，武乙、文丁不大注意時間的精確。

我們發現，「今干支」的形式，有時與前期所署干支相悖，大異於以前各期，例：

（62）癸〔未〕貞，叀今乙酉又父歲于且乙五豕？茲用。（《合》
32512）

（63）癸未貞，叀今乙酉又父歲于且乙五豕？茲用。（《合》32513）

以上二辭是一套卜骨中的二、三兩版，辭中「父」的後面當漏刻「乙」字。第四期的卜辭中，「干支卜，（貞）：今干支」類型凡十二例（完整可讀者），只有例（62）、（63）的「今干支」與前辭所繫干支不相適應。顯然，貞卜與實現命辭內容並非同時進行。最大的可能是：待刻上命辭後才補足前辭，而前辭的行為動作則是已完成了的。造成這種現象的原因頗令人費解。幸好大多數的文例「今（日）干（支）」與前辭的干支還是吻合的，否則，像這個例子：「囗子卜，今日戊雨？」（《合》33898）「子」前的缺字，是不宜補上「戊」的。

（二）將來時間

本期如同前期一樣，也使用副詞「將」及其他的時間名詞以表將來時間。本節不再重複，而將著重討論武乙、文丁期出現的表將來時間的修飾語新型以及「祖先日名＋日」。

1.「木夕」、「林夕」、「木日」〔註4〕，例：

（64）丁巳卜，叀今夕酚，宜？／丁巳卜，于木夕酚，宜？／丁巳卜，叀今夕酚，宜？／丁巳卜，于木夕酚，宜？（《合》32216）

「木夕」或作「林夕」，例：

（65）己丑貞：于林夕酚？（《合》34544）

僅此一例，殆書手誤作。

又有所謂「木日」〔註5〕，例：

（66）丙申卜，𩖕木日枫？（《合》32543）

例（73）「木夕」與「今夕」對舉，貞問「酚」的最佳時機，可知「木夕」

〔註4〕常玉芝讀為「木月」、「林月」，參氏著：《殷商曆法研究》，長春：吉林文史出版社，1998年9月第一版，第325～331頁；裘錫圭則認為「木月」、「林月」的意義與「生月」相同。參氏著：《古文字論集·釋「木月」、「林月」》，北京：中華書局，1992年8月第一版。步雲案：武乙、文丁時期「月」、「夕」同形，此處的「月」當作「夕」。參陳師煒湛教授：《甲骨文論集·卜辭月夕辨》，上海：上海古籍出版社，2003年12月第一版。

〔註5〕日，《殷墟甲骨刻辭類纂》釋為「丁」，北京：中華書局，1989年1月第一版，第506頁。

為一時間詞語，表將來時間。今人有所謂「木曜日」、「土曜日」之類，是用金、木、水、火、土、日、月等星宿名指代一周的七日。難道古人也用星宿的名稱作為日的代名詞？《呂覽・孟春紀・孟春》云：「先立春三日，太史謁之天子曰：『某日立春，盛德在木。』天子乃齋。」查《禮記・月令》也有這段文字，蓋《呂覽》所本者。但這裡所說的「木」是五行概念的「木」，五行學說始自春秋戰國之際，所以，就算立春之日即「木日」，大概也與商時的「木日」相去甚遠。那麼，「木夕」、「木日」的含義實在不宜妄說之。

2.「祖先日名＋日」

「祖先日名＋日」到了武乙、文丁時期已然定型。「日」同「今日」、「來日」之「日」，而非祭名。請看下例：

（67）己丑卜，翼（翌）日庚，翼（翌）日其又木日于父甲？／己丑卜，父甲木日宰一？（《屯南》2682）

「木日」是本期表將來時間的新型。倘若把「日」看作動詞，則無以解釋「木」。再說，如果「日」是祭名，那麼，為何不見「日于王亙」或「王亙日」之類的卜辭呢？

我們知道：商人給先祖確定日名，實際上是設立致祭的時間表。名甲者必在甲日祭，名乙者必在乙日祭，且看1～5期的例子：

（68）甲午卜，爭貞：往芻魚得？／貞：翼（翌）乙未乎子漁屮于父乙宰……？（《合》130正）

（69）戊申卜，尹貞：王宿大戊，翼（翌）日亡尤？（《合》22829）

（70）癸巳卜，尤貞：翼（翌）甲午舞于父甲，卿？（《合》27456正）

（71）丙子貞：丁丑又父丁，伐卅羌，歲三牢？茲用。（《合》32054）

（72）癸巳王卜貞：旬亡畎？王固曰：大吉。在九月甲午祭大甲魯上甲。（《合》35527）

例（68）～（72）都是各期的標準片，據此可知商王哪一天祭哪位先祖有著嚴格的規定。因此，祖先的日名實際上可以作甲子表使用。我們清楚地知道：武乙、文丁期如同廩辛、康丁期一樣，使用「干支」作時間修飾語，「干支」往往省略為「干」。所以，使用祖先日名作時間修飾語，不會產生歧義。言「丁卯貞：父丁日啟？」即言「丁卯貞：今日啟？」言「甲子貞：且乙日它？」即

言「甲子貞：翼（翌）日它？」或「甲子貞：翼（翌）日乙它？」這很大程度上是出於修辭的目的。如同〈鄂君啟節銘〉（《集成》12111、12113）那樣，「某年某月某日」卻說成「大司馬昭陽敗晉師於襄陵之歲，夏层之月，乙亥之日」。

「祖先日名＋日」大部分相當於「翌日干」，小部分相當於「今日干」。因此，我把它歸入表將來時間一類。至於「貞：日于且乙其作豐」一類的文例，筆者以為：「日于且乙」即「且乙日」。金文中有這樣的文例：「辰在丁卯」（〈師䖒鼎銘〉，《集成》02830）／「辰在丁亥」（〈商尊銘〉，《集成》05997）。它們實際上即「丁卯辰」、「丁亥辰」，因為我們發現：它們有另一種形式：「甲申之屡」（〈多有鼎銘〉，《集成》02835）。「屡」同「辰」，介詞「在」實際上起著連詞的作用，當定語在被修飾的名詞之前時，即可省去。甲骨文也是如此，介詞「于」引出後置定語，當定語提前，「于」就可省略。有時，「祖先日名＋日」可省去「日」，例：

（73）甲申貞：备甲不菁雨？（《屯南》2471）自示壬至毓丁又（有）

　　　大雨？／自大乙至毓（丁）又（有）大雨？（《懷特》B1369）

祇有理解了商人有以祖先日名作時間修飾語的習慣，才能明白這些例子中的「备甲」、「示壬」、「大乙」、「毓（祖）丁」正是「备甲日」、「示壬日」、「大乙日」、「毓（祖）丁日」的簡省。

本期的甲骨文仍然借助「將」、「翼（翌）」、「來」構成表將來時間的修飾語，但數量銳減[註6]，諸如「翼（翌）夕」、「來者」、「來日」等形式均消失了；「翼（翌）干支」、「來干支」正逐漸被「干支」所取代。如同第三期，用作表將來時間的「干支」常略作「干」，但更多的還是《干支》。「干」則常與「日」連用，例：

（74）庚辰卜，叀辛日？（《合》33715）

（75）庚辰貞：叀丁日？（《合》33716）

（三）現在—將來時間

保留了第二期「今日至于干支」的基本型，但略有變化，例：

［註6］例如「將」，只見二例。其中一例為《合集》34130：「辛巳貞：將示於南？」另一例為《美錄》USB491：「其將自盂延，大啟？／弜將其雨？／其將亡大雨，延，啟？」辭中「啟」，從戶從又從日，為四期物無疑。《殷墟甲骨刻辭類纂》失收後一例，不知何故。《懷特》B1566：「庚戌卜，弜將女商辛宗？／弜將？」「將」似乎並非表時間。

（76）甲子卜，今日至戊辰雨？（《合》33868）

「至于」已略為「至」。

或省去「今日」，例：

（77）辛巳卜，不雨至壬？（《合》33832）

由前辭所繫干支可知，此辭實際上省去了「今日辛」，嚴格地說，這是第二期「今日至於翌干支」的變例。

本期還保留了「今來干支」的形式，但數量很少，不贅。

四、帝乙、帝辛時期（《合》第十二冊，片號：35343～39476）

在二、三、四期消失了的、以「昔」為標誌的表過去時間狀語，本期重現。表現在時間的修飾語，出現了與「今歲」具有同等意義的「隹今某祀」新型。表將來時間的修飾語，「在某月干支」的新型在數量上占絕對優勢。表「現在─將來時間」的修飾語在本期消失。

（一）過去時間

第一期卜辭用以表示泛指的「昔」，本期未見；只有「昔干支」一種類型。例：

（78）……貞：昔乙卯武升……癸亥其至于匕癸升……（《合》36317）

出現在驗辭裏的、表過去時間的「干支」本期少見，此處從略。

（二）現在時間

保留了前朝的「今歲」、「今秋」、「今日」、「今夕」、「茲夕」、「湄日」等形式，餘者未見；表時的名詞則剩下「夕」。

這裡重點討論一下「隹今某祀」的形式。

我們知道，「年」、「歲」、「祀」在甲骨文中是同義詞，但其功能有別。「歲」只跟「今」、「來」搭配；「年」和「祀」可跟數詞搭配，在有數詞作修飾語的情況下，它們才可由「今」引導（但不見由「來」引導者）。例：

（79）甲戌卜，出貞：自今十年又五，王豐？（《續》1・44・5）

（80）其隹今九祀正戈？王曰：引吉。（《合》37854）

例（80）中的「今九祀」意義同「今歲」，但前者強調了時王的在位年數，後者則無此作用。

「隹今某祀」又作「隹王某祀」，例：

（81）癸未王卜貞：酚，彡日自上甲至于多毓衣，亡它，自畎？在
　　　四月，隹王二祀。（《合》37836）

這種先言日，次言月，最後言年的表達方式，也反映在同時期的金文裏，例如〈二祀刿其卣銘〉、〈四祀刿其卣銘〉（《集成》05412、05413）等。這可以說是帝乙、帝辛時期器物的鑒別標準之一。

（三）將來時間

雖然本期仍以「翼（翌）日」、「翼（翌）日干支」等形式表將來時間，但以「將」、「來」為標誌的表將來時間的修飾語卻消失了；「在某月干支」作為一種新型，以壓倒性優勢活躍在本期的卜辭裏；在二、三、四期少見的「生月」有死灰復燃的跡象。

我們注意到：前期的「翼（翌）干支」或作「翼（翌）干」，鮮作「翼（翌）日干支」，但本期卻以「翼（翌）日干支」為通例，例如：

（82）癸酉卜，貞：翼（翌）日乙亥王其又彳于武乙升正，王受又
　　　又？（《合》36123）

個別作「翌日干」，例：

（83）戊午卜，貞：翼（翌）日戊湄日不雨？（《合》38135）

不見有作「翌干支」或「翌干」的。

也許，帝乙、帝辛及其臣屬認為光用「干支」作修飾語不足以展示時間的精確性，因此，他們在干支之前加上月份。這樣一來，本期甲骨文的狀語所表的時間當然較前期明晰得多。例：

（84）癸巳王卜貞：勹（旬）亡畎？王固曰：大吉。在九月甲午祭大
　　　甲彟上甲。（《合》35527）

通過對別的文例的分析，可以知道「在某月干支」必是前辭所署干支的「翼（翌）日」，例：

（85）癸卯王卜貞：勹（旬）亡畎？王固曰：吉。在十二月甲辰祭大
　　　甲彟上甲。／癸丑王卜貞：勹（旬）亡畎？王固曰：吉。在正
　　　月甲寅祭小甲彟大甲。（《合》35529）

此片所錄二辭，前後相隔十天，辭中卻有「十二月」、「正月」，可知「癸卯」在「十二月」內，癸丑在「正月」內。那麼，「甲辰」正是「癸卯」的第

二天；「甲寅」是「癸丑」的第二天。

「生某月」的形式在第三期作「生月」，例：

（86）茲月至生月又大雨？／〔茲〕月至〔生〕月亡大雨？（《合》
29995）

經過武乙、文丁時期，例：

（87）癸巳貞：王令妻？生月。（《合》32856）

（88）于生月乙巳牽？（《合》34375）

並延用至本期，例：

（89）癸未卜，……茲夕又大雨……茲卟夕雨（步雲按：疑當作「茲
夕卟雨」）。于生月又大雨？（《合》38165）

如前所述，「某月」自身就具有表將來時間的功能，無須在它的前面冠以表
將來時間的標識。通過武丁期的甲骨文，可以看出：「生某月」與「今某月」相
當〔註7〕。然而，它們的意義卻有所不同。我認為，「生（某）月」即後世的「閏
月」。對以下文例的分析，恐怕多少有點啟發意義。《合》7781與《合》7782，
無論是辭例內容還是書體風格都表明它們可能是一骨之折，或者是一套卜骨中
的兩枚。請看摹本：

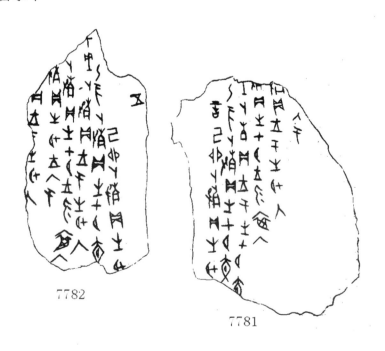

7782

7781

〔註7〕參看譚步雲：〈武丁期甲骨文時間修飾語研究〉第46例，《2004年安陽殷商文明國際
學術研討會論文集》，北京：社會科學文獻出版社，2004年9月第一版，第115頁。

我們知道：「殷代在武丁、祖庚、祖甲時年終和年中置閏兩法並用；祖庚、祖甲以後就祇有年中置閏一法，不再有年終置閏法。……而年中置閏，可於某月閏一旬或兩旬，也可以再閏，即於不同的月份連閏一旬或兩旬。」〔註8〕因此，所謂「生（某）月」也許就是指置閏了一旬或兩旬的某月。

在殷代，每月的第一天必是甲日，而每月的最後一天必是癸日，積三旬為一月，超過此數就是閏月，請看證據：

（90）癸丑王卜貞：勹（旬）亡畎？王固曰：吉。在五月……／癸亥

王卜貞：勹（旬）亡畎？王固曰：吉。在五月甲子彡……／癸

酉王卜貞：勹（旬）亡畎？在六月甲戌彡小甲。王固曰：吉。

／癸未王卜貞：勹（旬）亡畎？王固曰：吉。在〔六〕月……

／癸巳王卜貞：勹（旬）亡畎？王固曰：吉。在六月甲午彡羌

甲。／癸卯王卜貞：勹（旬）亡畎？王固曰：吉。在七月甲辰

彡羌甲。（《合》35589）

好，我們現在回過頭去看看《合》7781＋《合》7782的「生七月」是否有置閏的跡象。假設此「生七月」以乙亥、己卯日所處的當旬（甲戌→癸未）始，經過第二旬（甲申→癸巳），進入戊戌日所處的當旬（甲午→癸卯），就已經滿三旬之數了。此骨尚餘三組對貞之辭，其前辭所署的干支，是否處於甲戌旬→甲午旬以外呢？這是使人感興趣的。我們發現：在「生七月」裏所卜的各辭，時間上相距不一，最短的兩天(《合》7780正，戊寅至辛巳)，最長的十九天(《合》7781＋《合》7782，己卯至戊戌)。也許，殘泐的諸辭正是在所閏的一旬裏貞卜的哩！何況，這「生七月」也未必自甲戌旬始！

在殷代，並非任何一月皆可成為閏月，故武丁期稱「生」者僅見「一月」（《合》6949正等，凡七例）、「二月」（《合》4325等，凡三例）、「三月」（《合》249正等，凡三例）、「五月」（《合》10613一例）、「七月」（《合》5164等，凡三十一例）、「八月」（《合》4070正等，凡四例）、「十月」（《合》4678正，凡三例）、「十二月」（《合》11630等，凡二例）和「十三月」（《合》2653一例）。「生十三月」的存在是饒有意味的，讓我們有理由認定「生」是商人表閏月的

〔註8〕參方述鑫：〈殷代閏法小考〉，《考古與文物叢刊》第二號，1983年。又參劉學順：〈有關商代曆法中的兩個問題——商代曆法一年再閏補正〉，《殷都學刊》，1992年3期。

概念。而武丁期「生七月」的用例最多，尤其令我們遐思：會不會商人慣常在七月置閏若干旬、而在十二月或十三月置閏一整月呢？

古代的名物概念往往隨時、地變遷而異，也許，上古稱「生」，後世稱「閏」罷了〔註9〕。

「生（某）月」一般表現在時間，如《合》7781＋《合》7782、例（87）等皆是；也有表將來時間的，如上舉例（86）。

結　語

董作賓先生作〈甲骨文斷代研究例〉〔註10〕，釐定甲骨文斷代十項標準，其第八項為「文法」。「文法」在語言諸要素中最為穩定，其變化的時代烙印較其他要素更為明顯。因此，本文實際上是董氏這個斷代理論的實踐，以期在標準片研究的基礎上總結出「時間修飾語」的時代特徵，為甲骨文的斷代工作聊盡綿力。

如正文所述，從祖庚祖甲到帝乙帝辛時期，甲骨文的時間修飾語，無論是遣詞造句還是在句中所處的位置（語序），既有相同之處，但相異之處也是明顯的。茲撮要如下：

祖庚祖甲期的甲骨文，除了驗詞部分，只使用「既日」表過去時間。而廩辛康丁乃至武乙文丁的甲骨文，則徹底捨棄了表過去時間的修飾語。到了帝乙帝辛時期，雖然仍採用在武丁時期出現過的「昔」來表過去時間，但「昔」已不能單獨使用了。

祖庚祖甲期的甲骨文，不再如前朝那樣用「今」泛指現在時間，而必須與「日」、「夕」等時間詞連用。表明這個時代的人們時間觀念趨於精確。這種趨向，在廩辛康丁期發展到極至：表不同時段的概念出現了。然而，如此精確的時段概念卻不為武乙文丁所接受，卻僅僅沿用「夕」和「旦」而已。帝乙帝辛

〔註9〕「生（某）月」，陳夢家謂即來（某）月。詳參氏著：《殷虛卜辭綜述》，北京：中華書局，1988年1月第1版，第117～118頁。步雲案：雖然陳說為許多學者所接受，但正如李孝定先生所言：「其說亦未足以厭人意也。」（《甲骨文字集釋》，臺北：中央研究院歷史語言研究所，1991年3月影印五版，第2102頁）生，從字形上考察，的確像許慎所說：「生，進也。象艸木生出土上。」（《說文解字》卷六生部）而其意義，「生（某）月」的「生」，應是「產生」的意思。《楚帛書·甲篇》云：「日月允生。」《孔子家語·禮運》云：「和四氣而後月生。」這些「生」也都是「產生」的意思。因此，所謂「生（某）月」，大概就是「產生出若干天之月」之意。

〔註10〕刊《慶祝蔡元培先生六十五歲論文集》（上冊），1933年1月。

則只保留了「夕」。

　　表將來時間，祖庚祖甲期的甲骨文開始使用「來凶（者？）」表示泛指。而「翌」，則漸趨確指「次日」。廩辛康丁期也使用一些新的修飾語以表將來時間，例如祭名、祖先日名等。這也為武乙文丁所沿用，並有所發展。到了帝乙帝辛時期，更精確的、新的修飾語——「在某月干支」——出現了。為其他時期所未見。

　　表現在—將來時間的修飾語，祖庚祖甲期的甲骨文通常省略介詞「自」，一般作「今日至于干支」。此例，也為後世所遵循，而只是形式稍有不同。到了帝乙帝辛時期，這一時間修飾語完全消失。

　　概言之，各期標準片上時間修飾語所呈現的差異，無疑是我們對非標準片進行斷代的標準之一。因此，將來有機會的話，筆者願意與同道一起，運用「時間修飾語」這一利器，對某些時代不明的甲骨文（例如《合》第七冊所載者）進行考察，冀望得出令人信服的斷代結論。

本文徵引書目簡稱表（以徵引先後為序）

1. 《合》——《甲骨文合集》，郭沫若主編，胡厚宣總編輯，北京：中華書局，1979年10月～1982年10月第一版。
2. 《屯南》——《小屯南地甲骨》（上冊），中國社會科學院考古研究所編著，北京：中華書局，1980年10月第一版。
3. 《續》——《殷虛書契續編》，羅振玉編，上虞羅氏影印本，1933年9月初版。
4. 《前》——《殷虛書契》，羅振玉編，《國學叢刊》石刻本，1913年2月初版。
5. 《懷特》——《懷特氏等收藏甲骨文集》，許進雄編，加拿大皇家安大略博物館，1979年。
6. 《集成》——《殷周金文集成》（修訂增補本），中國社會科學院考古研究所編，北京：中華書局，2007年4月第1版。

　　原紀念世界文化遺產殷墟科學發掘80週年考古與文化遺產論壇會議論文，中國安陽2008年10月29～31日，載《紀念世界文化遺產殷墟科學發掘80週年考古與文化遺產論壇會議論文集》386～395頁，社科院考古所。

《合》第七冊及《花東》甲骨文時間修飾語研究——附論「歷貞卜辭」之時代

此前，筆者撰寫過兩篇文章討論殷墟甲骨文的時間修飾語〔註1〕，著重描述了時間修飾語在五個時期的甲骨文中的形態及存在方式。下面，筆者將以此為參照標準，進一步分析《甲骨文合集》（以下簡稱《合》）第七冊所著錄的甲骨文以及花東所出甲骨文的時間修飾語，以推斷這些甲骨文的確切時代。

《合》第七冊所著錄的甲骨文，共分成甲、乙、丙三部分，實際上就是陳夢家所稱的「𠂤組」、「子組」和「午組」卜辭〔註2〕。

這些甲骨文，學術界比較一致的意見是：它們應隸屬於武丁時期。所以《合》稱之為「一期附」。有的學者則認為它們早於第一期〔註3〕；也有學者

〔註1〕 詳參譚步雲：〈武丁期甲骨文時間修飾語研究〉，載《2004年安陽殷商文明國際學術研討會論文集》，北京：社會科學文獻出版社，2004年9月第1版，第108～117頁。又〈祖庚祖甲至帝乙帝辛期甲骨文時間修飾語研究〉，載《紀念世界文化遺產殷墟科學發掘80週年考古與文化遺產論壇會議論文》，社科院考古所，中國安陽2008年10月29～31日，第386～395頁。

〔註2〕 參看陳夢家：《殷虛卜辭綜述》，北京：中華書局，1988年1月第1版，第135～171頁。

〔註3〕 例如陳夢家就認為所謂的「午組卜辭」早於武丁時期的賓組卜辭，𠂤組、子組則屬武丁晚期卜辭。參看氏著：《殷虛卜辭綜述》，北京：中華書局，1988年1月第1版，第33頁。又如胡厚宣，認為「扶」等所貞卜辭「疑皆當屬武丁以前，或為盤庚、小辛、小乙之物。」參看氏著：《戰後京津新獲甲骨集·序要》，上海：群聯出版社，1954年月第一版，第1頁。又《甲骨續存·自序》，上海：群聯出版社，1955年12月第一版，第1～2頁。

把它們劃歸武乙、文丁期〔註4〕。

　　事實上，這三部分甲骨文互相之間並沒有必然的聯繫，把它們籠統地堆積在一起，並不科學。現在許多學者已經注意到這一點，在闡述他們的觀點時，把三者分別對待，依陳夢家的說法，稱之為「𠂤組」、「子組」和「午組」。因此，本文在討論《合》第七冊的甲骨文的時間修飾語時，也採用「𠂤組」、「子組」和「午組」的概念。以下分別論之。

一、𠂤組（《合》第七冊附甲，片號 19754～21525）

　　「𠂤組」卜辭也有表過去時間的修飾語，那就是在驗辭中的「干支」。例：

　　　　（1）辛丑卜，𠂤：自今至于乙巳雨？乙雚（冡）〔註5〕，不雨。

　　　　　　（《合》20923）

　　我們注意到：驗辭中的「干支」給省略成「干」了，與武丁期卜辭中的占辭用法相同。武丁期卜辭命辭和驗辭中的「干支」並不省略為「干」，倒是占辭部分的「干支」常略作「干」。

　　「𠂤組」卜辭表現在時間的修飾語，由下列詞語構成：「今」、「今（某）月」、「今旬」、「今干支」、「今日」、「之日」、「今夕」、「之夕」、「大采」、「小采」、「昃」。例：

　　　　（2）丁未卜，今𡥈來母？／丁未〔卜〕，今不𡥈來母？（《合》
　　　　　　21095）

　　　　（3）己卯卜，今一月雨？（合》20913）

　　　　（4）己丑卜，舞，今月（或作「夕」）从雨，于庚雨？／己丑卜，
　　　　　　舞，庚从雨？允雨。（《合》20975，同版見貞人「扶」）

　　　　（5）甲子卜，今旬不𡆥？（《合》20412）

　　　　（6）辛未卜，王貞：今辛未大風，不隹咼（禍）？（《合》21019，
　　　　　　同版見貞人「𠂤」）

　　　　（7）戊午卜，𠂤貞：方其𡆥，今日不□？（《合》20419）

〔註4〕例如董作賓、島邦男等。詳參島邦男著、濮茅左、顧偉良譯：《殷墟卜辭研究》，上
　　　海：上海古籍出版社，2006 年 8 月第 1 版，第 39～55 頁。
〔註5〕郭沫若、于省吾以為「雚」即「冡」之初文。參看郭沫若：《卜辭通纂》，北京：科
　　　學出版社，1983 年 6 月第一版，第 383～384 頁；又于省吾：《甲骨文字釋林》，北
　　　京：中華書局，1979 年 6 月第一版，第 107～111 頁。

（8）戊寅卜，方至不？之日曰：方在雀□。（《合》20485，末一字似是「啚」）

（9）乙酉卜，𦓤𠂤？今夕允𠂤。（《合》21395）

（10）戊午亦𠂤？之夕。𠂤（《合》21399）

（11）丙午卜，今日其雨？大采雨自北，延，少雨。（《合》20960）

（12）壬戌卜，雨？今日小采允大雨，延，䀢日隹啟。王，令□𦥑方䖵……（《合》20397）

（13）壬申卜，今日方𢓊不？昃雨自北。（《合》20421）

「𠂤組」卜辭的時間修飾語在句中的位置多變，表現出不拘一格的態勢，例：

（14）壬申卜，𠂤貞：方其𢓊，今日？癸酉卜，𠂤貞：方其𢓊，今日？月。（《合》20408，「月」前缺刻序數）

（15）丁未卜，今日方其𢓊不？（《合》20412）

「今日」可用在句末、句首或句中，且無需任何介詞引導。「文無定法」切合「𠂤組」卜辭的語言事實。

「𠂤組」卜辭表將來時間的修飾語，由下列詞語構成：「來干支」、「翌干支（翌日干支）」、「干支（某月干支、今某月干支、旬干支）」、「翌日」、「某月」、「生（某）月」。例：

（16）壬午卜，來乙酉雨？／不雨？（《合》21065）

（17）戊申卜，貞：翌日乙酉令……（《合》20819）

（18）庚戌卜，徣：叀翌日步射咼於𡆥？（《合》20731，𡆥疑向字倒文）

（19）辛酉卜，七月大方不其來𢓊？（《合》20475）

（20）乙亥卜，徣：㞢史？弗及今三月㞢史？／乙亥卜，生四月㞢史？（《合》20348）

「來干支」可由介詞「于」引導。例：

（21）甲戌〔卜〕，扶：于來乙酉父乙汝？（《合》19946 正）

聯繫前辭所署干支分析，例 16、17、21 的「乙酉」，或作「來乙酉」，或作「翌日乙酉」，都距離前辭所署干支有不少時曰：分別為三天、三十六天、十一天！如果不是誤刻或偽刻，正可以證明「𠂤組」卜辭表將來時間的「翌」、

「來」是同義詞。

「翌日干支」或作「翌日干」，也可表次日，儘管例子不太多。例：

（22）己丑卜，翌日庚啟？允。（《合》20991）

或作「某月干支」，例：

（23）壬辰卜，五月癸巳雨？（《合》20943）

或作「今某月干支」，此式雖然冠以「今」，但相對於前辭所署的時間而言，仍屬將來時間，例：

（24）辛酉卜，王貞：方其至，今九月乙丑方……（《合》20479）

或作「旬干支」，例：

（25）癸未卜，貞：旬甲申□？允雨……（《合》21021）

以「干支」表將來時間，可由介詞「于」引導，例：

（26）乙巳卜，于丁酉雨？（《合》20938）

「𠂤組」卜辭中，由「干支」構成的修飾語，也可表現在時間，例：

（27）甲子卜，翼（翌）日丙雨？／乙丑晨雨自北，少？／乙丑卜，
　　　乙丑雨？晨雨自北，少？（《合》20967）

末一辭的「乙丑」顯然是「今乙丑」的簡略。由此可知，「干支」用作時間修飾語，表什麼時間，完全得根據具體文例判斷，這一點，在「𠂤組」卜辭中顯得尤其突出。

「某月」可由介詞「在」引導，例：

（28）壬子卜，貞：在六月王在𡊬？（《合》19946）

也可由介詞「于」引導，例：

（29）于四月其雨？（《合》20946）

如同表現在時間的修飾語，表將來時間的修飾語在句中的位置也多變，例：

（30）辛酉卜，乙丑易日？／乙丑不易日？癸亥卜，易日，乙丑？
　　　／癸亥卜，不易日，乙丑？（《合》21007）

「𠂤組」卜辭也有表現在—將來時間的修飾語，武丁期的基本型「自今至于干支」及其變例「自今數日至于干支」、「自今干支至于干支」也見於此組卜辭，例：

（31）辛丑卜，𠂤：自今至于乙巳雨？乙雈（冢），不雨？（《合》
　　　20923）

（32）辛酉卜，貞：自今五日至于乙丑雨？（《合》20919）

此型的變例「自今數日」雖是武丁期特有，但也見於「𠂤組」，例：

（33）辛亥卜，𠂤：自今五日雨？／辛亥卜，𠂤：自今三日雨？（《合》20920）

（34）丁酉卜，𠂤：自丁酉至〔于〕辛丑虎不〔其𠭯〕？／·丁酉卜，𠂤：自丁酉至于辛丑虎不其𠭯？允不。／丁巳卜，𠂤：自丁至于辛酉虎其𠭯？允。／丁巳卜，𠂤：自丁至于辛酉虎其𠭯？不？十一月。／辛卯卜，𠂤：自今辛卯至于乙未虎𠭯？不？（《合》21387）

例 34 凡五辭，乍一看，首四辭表「現在—將來時間」的修飾語作「自干（支）至于干支」，與第三期表將來時間的狀語形式「自干至干」相同。其實，由於「𠂤組」卜辭的「今干支」形式可省變為「干支」，因此，這四辭「干支」實際上都是「今干支」的省略，仔細對照前辭的干支就清楚了。

二、子組（《合》第七冊附乙一，片號：21526～21871；乙二，片號：21872～22042）

「子組」卜辭基本上無驗辭部分，因此，在驗辭中充當表過去時間角色的修飾語自然不存在了。我們又未能找到有關「昔」、「昔干支」的用例，因此，「子組」卜辭並無表過去時間的修飾語。

承擔「子組」卜辭表現在時間的修飾語任務的詞語有以下這些：「今歲」、「今秋」、「今（某）月」、「今日」、「今夕」，例：

（1）戊辰，子卜貞：今歲又史？（《合》21671）

（2）壬午卜，我貞：今秋我入商？（《合》21715）

（3）甲午卜，韋貞：今六月我又史？（《合》21668）

（4）□辰卜，韋貞：今月亡𡆥（禍）？（《合》21668）

（5）乙丑，子卜貞：今日又來？（《合》21727）

（6）癸亥卜，貞：今夕亡𡆥（禍）？（《合》21949）

「子組」卜辭表現在時間的修飾語的位置相對穩定，一般置於命辭句首，未見置於命辭句中或句末。

「子組」卜辭表將來時間的修飾語所使用的詞語較少，只有下列幾個：「某

月」、「來干支」、「翌日」、「干（支）」，例：

　　（7）乙巳卜，徣貞：今五月我又史？／乙巳卜，六月我又史？（《合》
　　　　21635）〔註6〕

　　（8）乙亥，子卜：來己酉彡羊匕己？（《合》21547）

　　（9）乙丑，子卜貞：翼（翌）日又來？（《合》21727）

　　（10）乙亥亡咼（禍）？（《合》21806）

「某月」可由介詞「于」引導，例：

　　（11）壬午，余卜：于一月又史？（《合》21664）

命辭中的「干支」有時候省略為「干」，例：

　　（12）己卯卜，我貞：令龔，翼（翌）庚于雀？（《合》21631）

　　（13）甲寅卜，徣貞：叀丁〔令〕龔？（《合》21633）

三、午組（《合》第七冊，丙一，片號：22043～22129；丙二，片號：22130 ～22536）

　　有學者認為，「午組」並無名叫「午」的貞人，不當以「午」稱之；而且只有一名貞人「兌」，實在構不成「組」〔註7〕。不過，迄今學界仍存在不同意見〔註8〕。孰是孰非，似乎仍有討論空間。本文姑且沿用舊稱。

　　如同「子組」一樣，「午組」也不見表過去時間的修飾語。

　　「午組」卜辭現在時間修飾語的構成，須仰仗以下詞語：「今（某）月」、「今干（支）」、「今日」、「今夕」，例：

　　（1）丁亥卜，女出疾于今二月，弗巛？（《合》22098）

　　（2）戊午卜，貞：妻又餗，今月？（《合》22049）

　　從以上兩例可以看出，「午組」卜辭的時間修飾語的存在方式接近「自組」卜辭。

　　（3）戊寅卜，今庚辰酚皿三羊于匕……（《合》22228）

〔註6〕貞人「徣」原篆作𦥑，通常隸定為「徙」或「㣚」。

〔註7〕參看方述鑫：〈論非王卜辭〉，《古文字研究》第十八輯，北京：中華書局，1992 年
　　　8 月第一版，第 126～150 頁。

〔註8〕有學者認為：除了「午」、「兌」以外，「夕」也是「午組」的貞人。參蕭楠：〈略論
　　　「午組卜辭」〉，載氏著：《甲骨學論文集》，北京：中華書局，2010 年 7 月第 1 版；
　　　原載《考古》，1979 年第 6 期，第 40～47 頁。

　　這種前辭所繫干支並不對應於命辭「今干支」的情形，使人想起了第四期類似的例子。我們注意到：「午組」卜辭的「今干支」更多地省作「今干」。例：

　　　　（4）戊子卜，于來戊用羌？／今戊用？／己亥卜，不至𠂤（雍）？
　　　　　　　／至𠂤（雍），今己？／戊戌卜，炬至，今辛？／炬不至，今
　　　　　　　辛？（《合》22045）

　　例4第一辭云「今戊」「來戊」，似乎表明「午組」卜辭中「今」、「來」的意義非常明確：「今」指占卜當日，「來」指下旬相同天干的那一日。第三辭的「今辛」，比較前辭所署干支「戊戌」可知，儘管名為「今」，事實上卻表「來」的意義。然而，第二辭的「今己」卻又與前辭相一致。倘若不是誤刻或偽刻，這是很讓人詫異的現象。此外，「午組」卜辭時間修飾語的後置，顯示出其存在方式有點兒紊亂。這都是「午組」卜辭時間修飾語頗具斷代意義的特點。

　　　　（5）乙丑卜，又＄目，今日？（《合》22391）

　　　　（6）貞：今夕……（《合》22417）

　　據例2、4、5，可知「午組」卜辭的作者似乎特別喜歡將時間修飾語後置。

　　「午組」卜辭所使用的表將來時間的修飾語在用詞上沒有什麼特別，全都是武丁期常見的：「旬」、「來干（支）」、「翌干（支）」以及「干（支）」，例：

　　　　（7）癸未卜，貞：旬亡咼（禍）？／癸巳卜，貞：旬亡咼（禍）？
　　　　　　　（《合》22403）

　　　　（8）于來庚寅酌羊於匕庚？（《合》22230）

　　　　（9）丁未卜，其珏由，翼（翌）庚戌？／丁未〔卜〕，不珏由，翼
　　　　　　　（翌）庚戌？（《合》22043）

　　　　（10）癸巳卜，甲午歲于父乙，牛？（《合》22098）

　　「干支卜，翌干支」的類型僅例9一見，「翌」在「午組」卜辭中尚未具有「次日」的意義再無可疑。

　　「午組」卜辭表將來時間的修飾語形式接近武丁期，但其省略形式，卻又是武丁期罕見的。

　　「午組」卜辭不見表現在—將來時間的修飾語。

四、花東甲骨（《花東》1～689）

　　花東H3坑的時代，據同出器物，當屬殷墟文化一期晚段，大致相當於武

丁早期〔註9〕。但也有學者以為「恐在武丁晚期，最多可推斷其上限及於武丁中期」〔註10〕。那麼，我們不妨看看其時間修飾語所反映的語言現象切合上述哪一個推斷。

（一）過去時間

花東卜辭使用「昔」表過去時間。用例很少，止三見：

（1）壬申卜，既毁，子其往田？〔用〕，昔□用。畢四麤。（《花東》35）

（2）辛酉卜，从曰：昔骭畢？子占曰：其畢。用。三鹿。（《花東》295）

（3）昔骭……（《花東》548）

不過，「昔骭」可能只是人名，並非時間概念，因此，例1所缺的字也許就是「骭」。

（二）現在時間

花東卜辭用以表現在時間的詞語有「今」、「今日」、「今夕」等。「今日」所表時間清晰，而「今」所表時間則較模糊。例：

（4）乙卜，貞：二卜又（有）祟，見今又（有）角鬼，□亡咼（禍）？（《花東》102）

（5）辛丑卜，叀今逐□？（《花東》108）

（6）今月丁不往□？己酉卜，今月丁往□？（《花東》146）

（7）己卜，弜告季于今日？己卜，弜告季于今日〔歸〕？（《花東》249）

（8）己酉卜，今夕丁不往剢？／今夕丁不往剢？（《花東》146）

從上引例證，可以看到前辭中的時間修飾語「干支」可省略為「干」（命辭亦如是，見下文所引例證），位於命辭句末時通常由介詞「於」引導，與「賓組」、「自組」卜辭都不同。

「今」有時附於干支之前，卻表將來時間。例如：

〔註9〕參看劉一曼、曹定雲：〈殷墟花園莊東地甲骨卜辭選釋與初步研究〉，《考古學報》，1999年第3期，第231～310頁。

〔註10〕陳劍：〈說花園莊東地甲骨卜辭的「丁」——附：釋「速」〉，《故宮博物院院刊》，2004年第4期，第59頁。

（9）丁卜，今庚其乍豐盡，丁禽，若？／丁卜，今庚其乍豐盡，丁

禽，若？（《花東》501）

「庚」距離前辭的「丁」至少有兩日之遙。「今」表將來時間的用法與「午組」卜辭略同。

花東卜辭中有四個清晰的表時概念：日出、昃、蕃（暮）、夕，既用以表現在時間，也用以表將來時間。例：

（10）癸巳卜，翼（翌）日甲歲且甲牡一？／叙邕一于日出？／甲

午卜，歲且乙牝一，于日出改？用。甲午卜，歲且乙牝一，

于日出改？（《花東》426）

辭中的「日出」，甲骨文首見，當指次日日出時分，至於其所指時段，可能相當於廩辛、康丁、武乙、文丁期卜辭的「旦」。

（11）辛酉昃歲匕庚黑牝。子祝。／辛酉昃歲匕庚黑牝。子祝。

（《花東》123）

（12）癸卯卜，翼（翌）日辛于昃用？／庚戌卜，子重彈乎見丁眔

大，亦燕用昃？（《花東》475）

「昃」也見於武丁及廩辛、康丁期，可由介詞「于」或「用」引導。例11的「昃」表現在時間，例12則表將來時間。

（13）己卜，蕃改卯三牛匕庚？／己卜，蕃改卯三牛匕庚？（《花東》

286）

（14）甲戌卜，蕃改且乙歲？用。（《花東》314）

（15）蕃酚宜一牢伐一人？用。（《花東》340）

「蕃」字有多個異體，或象日沒於草木之形，或增益隹，象日暮鳥投草木之形：圖、圖、圖、圖、圖、圖（孫海波：1965：24～25頁），即「莫（暮）」之本字。學界已成共識。武丁期只作圖（《合》8185正、10729），或省林作圖（《合》10227、15588正）。花東卜辭只見圖、圖二形〔註11〕。這或許可作為斷代之參考標準。「莫（暮）」所表時間早於「夕」或「每（晦）」可在卜辭中得到證實：「蕃往夕入……菁雨／王其省盂田，蕃往每（晦）入，不雨？」（《屯南》2383）

〔註11〕花東卜辭見圖。辭云：「辛未歲匕庚先圖牛改乃改小牢？用。」（《花東》265），釋者以為亦「莫」。細審文例，似乎不當釋作「莫」。

（16）戊戌夕卜，翼（翌）日〔己〕子〔叀〕豕菁屰？（《花東》378）

（17）甲辰夕歲且乙黑牝一？子祝翼（翌）日吾。（《花東》350）

（18）己酉夕〔卜〕，翼（翌）日劦匕庚黑牡？甲辰夕歲……？（《花
　　　東》150）

（19）乙亥夕卜，丁不雨／乙亥夕卜，其雨？子占曰：今夕雪，其
　　　于丙雨，其多日。用。（《花東》400）

由例 19 得知，「夕」既表現在時間，也表將來時間。

（三）將來時間

倘若聯繫前辭所署干支考察，花東卜辭時間修飾語的「翌（日）」、「來」可
能是同義詞，都表次日的意義，與舊出卜辭不同。當然也有可能「翌」為近指，
指次口；而「來」為遠指，指下一旬相同天干之日，如同「午組」卜辭那樣。
儘管目前還沒有更多證據證明何者更符合事實，然而筆者傾向於「翌」為近指
「來」為遠指。一般說來，精確的表述為「翌日（來）干支」，但花東卜辭表將
來時間修飾語卻往往作「翌（日）干」、「來干」，甚至作「翌」。例：

（20）乙酉卜，子于翼（翌）日丙求陟南丘豕，菁？（《花東》14）

（21）戊卜，于翼（翌）己往休于丁？（《花東》53）

（22）辛丑卜，于翼（翌）逐□？（《花東》108）

（23）甲辰卜，于來乙又于且乙窜？用。／己酉卜，翼（翌）庚子子乎
　　　多臣燕見丁？用。不率。（《花東》34）

（24）戊卜，于翼（翌）己往休于丁？（《花東》53）

「翌（日）」或「來」可省略，有時僅署干支也可表次日。例：

（25）戊寅卜，翌己巳其見玉于皿？永。（步雲案：根據下一卜辭前
　　　辭所署干支，「己巳」可能當作「己卯」）／己卯卜，庚辰吾三
　　　匕庚改牢，夋（後）改牝一？（《花東》427）

（26）乙未卜，在□，丙〔不雨〕？（《花東》10）

（27）甲寅卜，乙卯子其學商？丁永用子尻。（《花東》150）

然而，有時即便用一「日」字，也可表次日。例：

（28）甲夕卜，日雨？／甲夕卜，日不雨？／子曰：其雨。用。
　　　（《花東》271）

此辭在甲日夜間所卜，則「日」為次日無疑。

　　儘管在命辭中僅使用「干支」就可以表次日概念，然而，「干支」卻往往表將來時間。這表明了花東卜辭時間修飾語尚處於有待精確的階段，與「自組」、「子組」和「午組」卜辭相同。例：

　　　（29）乙卯卜，其卸（御）疾，于癸巳晉毗，又岂？（《花東》76）

　　　（30）甲辰，丑祭且甲？友。尪一。（《花東》267）

（四）現在—將來時間

　　「自今至于」等武丁常見的表現在—將來時間詞語不見於花東卜辭，而花東卜辭表現在—將來時間的詞語頗具自身特點。例：

　　　（31）癸巳卜，自今三旬又至南，弗罝三旬？／二旬又三日至。／
　　　　　　亡其至南？／出，自三勺（旬）乃至。（《花東》290）

　　據例31可知，「今」甚至「自今」可以省略，而其所表意義不變。例：

　　　（32）其采五勺（旬）？／三勺（旬）？／其采五勺（旬）？（《花東》266）

　　　（33）五旬。（《花東》112）

　　　（34）癸卜，不采勺（旬）日雨？（《花東》183）

　　　（35）癸未卜，今月六日，王生月又至南？子占曰：其又至，壽月
　　　　　　鬲（亂）。（《花東》159）

　　所謂「三旬、五旬」，自然就是「自今三旬、五旬」的意思。關於「生月」，筆者認為是「閏而再閏之月」〔註12〕，得此一例，可證予說不謬。此辭「今月」、「生月」、「壽月」並見，「生月」指「閏而再閏之月」，而附於「今月」之後。

　　表現在—將來一段時間的「月」、「旬」之前的「自今」可以省略，而「（數）日」之前也不例外。例：

　　　（36）壬卜，三日雨至？壬卜，五日雨至？（《花東》256）

　　　（37）丙卜，五日子目既疾？／丙卜，三日子目〔既疾〕？（《花東》446）

　　　（38）庚卜，凶五六日至？（《花東》208）

　　所謂「三日、五日」，自然就是「自今三日、五日」的意思。

〔註12〕譚步雲：〈殷墟卜辭「生（某）月」即閏而再閏之月說〉，《中山大學研究生學刊》，2014年第4期，第6〜14頁。

　　以上大致勾勒出《合》第七冊以及《花東》所著錄的甲骨文時間修飾語的表現形態和存在方式。毫無疑問，這部分甲骨文的時間修飾語，無論在表現形態（參看本文附錄的「甲骨文時間修飾語用詞一覽表」）還是存在方式上，都與武丁、祖庚祖甲、廩辛康丁、武乙文丁、帝乙帝辛等五期卜辭有異。不詳加分析貿然定之為某期，都難免有顧此失彼之虞。

　　筆者認為，語法是「世系」、「稱謂」、「貞人」、「坑位」四項之外最重要的甲骨文斷代標準〔註13〕。因此，以下將運用語法（主要是時間修飾語的表現形態和存在方式）分析的手段，並結合其他斷代標準，對「𠂤組」、「子組」、「午組」以及花東所出卜辭作一全面分析，希望得出一個較為接近真實的結論。

　　從「甲骨文時間修飾語用詞一覽表」中看到，武丁時期所使用的表時間的詞語，大致也存在於《合》第七冊的甲骨文中。尤其值得注意的是，武丁期特有的時間修飾語也出現在《合》第七冊的甲骨文中，例如：表現在時間的「今旬」、「生某月」、「大采」；表現在─將來時間的「自今干支至于干支」、「自今數日至于干支」、「自今數日」。當然，「𠂤組」、「子組」和「午組」的時間修飾語用例並非都接近武丁期。例如：「𠂤組」卜辭在命辭中使用的干支，有時可表現在時間。又如：「子組」和「午組」卜辭中的「今干支」、「來干支」或「干支」常省變作「今干」、「來干」或「干」。武丁時期的卜辭是沒有這些時間修飾語類型的。

　　在時間修飾語的表現形態上，「𠂤組」卜辭最接近武丁期卜辭；在存在方式上，「子組」卜辭最接近武丁期卜辭。

　　「𠂤組」卜辭時間修飾語的存在方式表現為「文無定法」。給人一種印象，這種刻寫下來的「書面語」還沒成熟，總覺得它多少有點兒口語的味道。像命辭裏的時間修飾語常常後置，與武丁時期卜辭的占辭部分相似。此外，某些時間修飾語所表意義仍不清晰。例如「翌」。「𠂤組」卜辭中，「干支卜，翌干支」類型凡四例，其中一例「翌干支」不特指前辭所署干支的次日。用百分比表示，即占總數的 25%。由文例看，「𠂤組」卜辭中有署兆側刻辭「二告」者，例如《合》21290。結合「字形」、「書體風格」看，「𠂤組」卜辭帶有古樸、渾厚的色彩，線條粗獷，形體具備原始圖畫的特點，尤以貞人「扶」所作者為甚（請

〔註13〕譚步雲：〈《甲骨文斷代研究例》述評〉，《中山大學研究生學刊》，1987 年第 3 期，第 28～35 頁。

參看本文所附「《合》第七冊甲骨文常見字字形對照表」）。種種跡象表明，「自組」卜辭不得晚於武丁期。再檢視「自組」卜辭所具的稱謂，似乎有理由定之為小辛、小乙之世。例：

> 《合》19798：庚戌卜，扶：夕业般庚，伐卯牛……

武丁稱盤庚理應敬之曰「父庚」。又例：

> 《合》20015：己未卜，王：业兄戊羌？

此辭為王所親貞，「兄戊」殆小辛、小乙之兄，未及位而終。

「自組」中有供職兩朝的貞人，例：

> 《合》19838：辛酉卜，又且乙廿牢？ / 癸未卜，扶：酓卩（御）
>
> 父甲？

「父甲」當是武丁稱陽甲。可見「扶」是兩朝元老。

我個人的意見是，「自組」中大部分是武丁早期的作品，小部分是小辛、小乙的作品（貞人扶所卜者）〔註14〕。

「子組」卜辭時間修飾語的表現形態約近於武丁期，但諸如「干支」省為「干」的情況，為武丁期罕見。「子組」卜辭時間修飾語的存在方式較穩定，其位置通常在命辭句首。結合辭例看，「子組」卜辭不署兆側刻辭，與武丁期卜辭大異。結合「字形」、「書體風格」看，「子組」卜辭字形呈現出中晚期特徵：筆道纖細紊弱，略有澀滯之感。「子組」卜辭沒有多少可資參證的稱謂，因此頗難確定其時代。三鑒齋師曾指出：「子組貞人與武丁時貞人永有共版關係，如《前編》5‧26‧1，刻兩辭，一為『丙辰卜，永貞：乎省田？』一為『□□〔卜〕，我貞：凡？』即其證。」〔註15〕故此，可把這一組的卜辭確定為武丁晚期。只是根據時間修飾語的表現形態、辭例、字形及書體風格，真可以把它確定為第二期晚期。

「午組」卜辭時間修飾語的表現形態略近於武丁期，但存在方式卻與「自組」卜辭相似。「翌」也未完全具有特指「次日」的意義。「午組」卜辭雖然也

〔註14〕考古工作者根據坑位、稱謂、人物、字體、鑽鑿等情況，認為「『自組卜辭』的時代似屬武丁晚期」。參看蕭楠：〈安陽小屯南地發現的「自組卜甲」——兼論「自組卜辭」的時代及其相關問題〉，載氏著：《甲骨學論文集》，北京：中華書局，2010年7月第1版，第38頁；原載《考古》，1976年第4期。步雲案：結合花東卜辭也是「业」、「又」並用的情況考察，筆者以為是說容有可商。

〔註15〕參看陳煒湛：《甲骨文簡論》，上海：上海古籍出版社，1987年5月第1版，第97～98頁。

無兆語，但其字形、書體風格則最接近武丁期卜辭。如果從稱謂考慮，似應定
之為武丁期，例：

　　《合》22074：癸巳卜，屮歲于且戊牢三？／甲午卜，兒：卯（御）

　于匕至匕辛？／甲午卜，兒：卯（御）于下乙至父戊，牛？（步雲案：

　第二辭匕後殆漏刻一字）

　　如前述，「父戊」是小乙、小辛的兄長，所以武丁敬稱曰「父戊」；而「且
（祖）戊」，恐怕就是武丁對「大戊」的稱謂。

　　綜上所述，我認為：「自組」卜辭最早，「午組」次之，「子組」最晚。

　　至於花東卜辭，結合「屮」（「屮」字祖庚期亦偶見，例如《合》22823、
22824、22825 等）等字字形分析，花東卜辭的年代當與「自組」同時或接近，
絕不可能晚於武丁期。最堅實的證據是，花東卜辭時間修飾語「翌（日）干支」、
「來干支」的用法接近於「自組」卜辭。進一步結合世系、貞人、稱謂等斷代
標準考慮，例如考察花東卜辭祭祀過的先公先王，即可以瞭解其世系為：上甲
→大乙→大甲→小甲→祖乙→祖辛→祖甲→祖丁→羌甲，那麼，可以肯定其為
王室後裔。又如貞人。花東卜辭中的「子」、「兒」、「永」等也見於舊出殷墟卜
辭，均為武丁期貞人。即便不是同一人，花東卜辭也不可能晚於武丁期。再如
稱謂，花東卜辭所見父丙、且（祖）丙、且（祖）戊等稱謂，略異於舊出殷墟
卜辭。筆者以為，父丙可能是羌甲、盤庚、小辛、小乙的兄弟，且（祖）戊是
「子」對「大戊」的稱謂，同於「午組」卜辭（《合》22074）。換言之，花東
卜辭的占卜者「子」與武丁為堂兄弟〔註16〕。再從占卜程序看。花東卜辭多有
「占辭」，與武丁期同。以「某占曰」為特徵的占辭，舊出卜辭只見於武丁期
和帝乙帝辛期。花東卜辭既然不可能晚至帝乙帝辛，那只能接近於武丁期。又
從人物看。花東卜辭有「婦好」，也許即武丁期的「婦好」。但是，花東卜辭的
「婦好」的「婦」作𡛟等形，前所未見，殆王婦的專字。這或可視作花東卜辭

〔註16〕關於花東卜辭的「子」，論說甚夥，竊以為花東卜辭整理者所作判斷最接近事實。
　　　　整理者認為「子」與武丁不同父，甚至不同祖。參看曹定雲、劉一曼：〈再論殷墟
　　　　花東 H3 卜辭中占卜主體「子」〉，載《考古學研究》（六），北京：科學出版社，2006
　　　　年 12 月第 1 版，第 300～307 頁。又曹定雲：〈三論殷墟花東 H3 卜辭中占卜主體
　　　　「子」〉，《殷都學刊》，2009 年第 1 期，第 7～14 頁。步雲案：花東卜辭有「羌死、
　　　　不死」（《花東》215、《花東》241）之問，又有「學羌」（《花東》473）之問，疑此
　　　　「羌」就是羌甲（陽甲）。其時父丙及盤庚、小辛、小乙均有機會繼任，殆父丙未
　　　　及而終，遂成就盤庚為王。

早於賓組卜辭的證據。

　　概言之，筆者以為發掘者的斷代是正確的：這批卜辭當早於武丁「賓組」卜辭。

五、歷貞卜辭斷代之討論

　　除了《合》第七冊所載以及花東所出卜辭的斷代存在爭議外，學界對歷貞卜辭的斷代也有不同意見，或以為當武丁祖庚期，或以為武乙文丁期〔註17〕。這裡，筆者擬以時間修飾語為斷代標準，並結合其他斷代標準，對三鑒齋夫子所摹歷貞卜辭二十二紙進行考察，從而釐定歷貞卜辭之時代。

　　（1）丙午貞：酚升歲于中丁三牢，祖丁三牢？歷……（《甲》556）

　　此稱「中丁、祖丁」，不足以判斷稱者其誰。但「酚」為晚期字形，則歷貞卜辭不當在武丁之世。

　　（2）己亥，歷貞：三族，王其令追召方，及于昏（？）？（《京津》4387）

　　召方，不見於武丁期。而與武丁關係密切的「舌方」、「土方」等也不見於歷貞卜辭。

　　（3）己亥貞：來乙其酚五牢？（《屯南》974，同版見貞人「歷」）

　　此例「來干支」作「來干」，切合第三第四期干支省作「干」之例〔註18〕。當然，「干支」的這種用法也略同於「午組」、花東卜辭。不過，例1和此例的「酚」字作、等形，與賓組作（《乙》6664）午組作（《合》22228）花東作（《花東》149）明顯有別。若進一步結合其他斷代標準考慮，定之為武乙文丁期可能較符合事實。

　　（4）又（有）咼（禍）？癸巳貞：歷，勹（旬）亡咼（禍）？又（有）咼（禍）？□卯卜，歷，〔勹（旬）〕亡咼（禍）？（《存》上2202）

　　（5）癸未，〔歷〕貞：勹（旬）亡咼（禍）？癸巳，歷貞：勹（旬）

〔註17〕參看陳煒湛：〈「歷組卜辭」的討論與甲骨文斷代研究〉，載文化部文物局古文獻研究室編《出土文獻研究》，北京：文物出版社，1985年6月第一版，第1～21頁。

〔註18〕譚步雲：〈祖庚祖甲至帝乙帝辛期甲骨文時間修飾語研究〉，《紀念世界文化遺產殷墟科學發掘80週年考古與文化遺產論壇會議論文》，社科院考古所，中國安陽2008年10月29～31日，第386～395頁。

亡咼（禍）？又（有）咼（禍）？癸丑，歷貞：勹（旬）亡

咼（禍）？又（有）咼（禍）？癸亥，歷〔貞〕：勹（旬）亡

〔咼（禍）〕？（《屯南》457）

（6）又（有）咼（禍）？癸丑，歷貞：勹（旬）？三卜，亡咼（禍）？

又（有）咼（禍）？癸亥，歷貞，勹（旬）？三卜，亡咼（禍）？

（《懷特》1621）

（7）癸未，歷貞：勹（旬）亡咼（禍）？又（有）咼（禍）？癸

巳，歷貞：勹（旬）〔亡咼（禍）〕？（《寧滬》1‧446）

（8）癸未，〔歷〕貞：勹（旬）亡咼（禍）？又（有）咼（禍）？

（《庫》1678）

（9）又（有）〔咼（禍）〕？癸未，歷：勹（旬）亡咼（禍）？癸

巳貞：歷，又（有）咼（禍）？又（有）咼（禍）？癸卯貞：

歷，勹（旬）亡咼（禍）？（《金》396）

「屮（有）」字在祖庚期以後消失，例4、5、6、7、8、9中命辭不使用「屮
（有）」而使用「又（有）」，便可斷定這都是祖甲以後的卜辭。試比較：

（10）戊午卜，古貞：般其屮（有）咼（禍）？戊午卜，古貞：般

亡咼（禍）？（《存》下442）

（11）己巳卜，王貞：其又（有）咼（禍）？（《京津》3163）

例10是典型的賓組卜辭，使用「屮（有）」而不使用「又（有）」。例11「王」
作「𡉣」，典型的祖甲卜辭，使用「又（有）」而不使用「屮（有）」。歷貞卜辭
「又（有）」字用法同於例11而異於例10，儘管歷貞卜辭王字仿古作「𡴁」，卻
也不宜置於武丁期內。

雖然完整且具備清晰斷代信息的歷貞卜辭僅九例，但也足以推斷其時代不
得早於祖庚祖甲期，而以此為準繩，與「歷」相關的甲骨也應確定為武乙文丁
時物。

結　論

通過對《合》所著錄的甲骨文的時間修飾語的綜合分析，五個時期的甲骨
文（包括《合》第七冊所著錄者）時間修飾語的表現形態相同的少，不同的多；
它們的存在方式前後期之間也大相徑庭。毫無疑問，甲骨文的時間修飾語帶上

了時代的烙印，這烙印，無形中為甲骨文的斷代研究提供了有利的證據。本文正是利用甲骨文時間修飾語的時代標識，綜合運用其他斷代方法，對《合》第七冊所著錄的甲骨文進行時代的判斷的。從而得出了「自組」、「子組」、「午組」應分屬不同時期的結論。同樣地，花東所出及所謂的「歷組」卜辭的斷代也可以通過時間修飾語的考察以推斷其時代。

當然，用斷代方式系統地研究甲骨文法，本文只算是開了個頭。僅利用時間修飾語一點去斷代，也許還有所不足。故此，有意從事這方面工作的同道面臨的將是甲骨文斷代語法研究的挑戰。

本文徵引書目及簡稱表

1. 中國社會科學院考古研究所編輯：《甲骨文編》，中華書局，1965 年 9 月第 1 版。本文甲骨文著錄簡稱除特別注明者外悉參是書「引書簡稱表」。
2. 許進雄撰：《懷特氏等收藏甲骨文集》，加拿大多倫多皇家安大略博物館，1979 年。本文簡稱《懷特》。
3. 郭沫若主編、胡厚宣總編輯：《甲骨文合集》，中華書局，1979～1982 年 10 月第一版。本文簡稱《合》。
4. 社會科學院考古研究所編著：《小屯南地甲骨》，中華書局，1980 年 10 月第一版。本文簡稱《屯南》。
5. 社會科學院考古研究所編著：《殷墟花園莊東地甲骨》，雲南人民出版社，2003 年 12 月第一版。本文簡稱《花東》。

附錄一　甲骨文時間修飾語用詞一覽表

時間、用詞		1	2	3	4	5	1 期附	花東
過去時間	昔	√	×	×	×	×	×	√
	昔干支	√	×	×	×	√	×	×
	干支	√	√	×	×	×	√	×
現在時間	今	√	√	√	×	×	√	√
	今者	√	×	×	×	×	√	×
	今歲	√	×	×	×	√	√	×
	今春（秋）	√	×	√	×	×	√	×
	今（某）月	√	×	×	×	×	√	×
	今旬	√	×	×	×	×	√	×

	今（日）干支	√	×	√	√	×	√	×
	今日	√	√	√	√	√	√	√
	今夕	√	√	√	√	√	√	√
	今（王）某祀	×	×	×	×	√	×	×
	茲（某）月	×	√	√	×	×	×	×
	茲夕	√	×	√	×	√	×	×
	之日	√	√	×	×	×	√	×
	之夕	√	√	×	×	×	√	×
	大采	√	×	×	×	×	√	×
	小采	×	×	×	×	×	√	×
	旦	×	×	√	√	×	×	×
	日出	×	×	×	×	×	×	√
	旽	×	×	√	×	×	×	×
	枑	×	×	√	×	×	×	×
	莫（𦰩）	√	√	√	√	√	√	√
	夕	√	√	√	√	×	×	√
	郭兮	×	×	√	×	×	×	×
	晨	√	×	√	×	√	×	√
	中日	×	×	√	×	×	×	×
	大食	×	×	√	×	×	×	×
	即日	×	×	√	×	×	×	×
	屯日	×	√	√	√	×	×	×
	湄日	×	×	√	×	×	×	×
	既日	×	√	×	×	×	×	×
將來時間	將	√	×	√	√	×	×	×
	翌（日）干支	√	√	√	√	√	√	√
	翌日	√	√	√	√	√	√	√
	翌夕	×	×	×	×	×	×	×
	來者	×	√	×	×	×	×	×
	來歲	√	×	×	√	×	×	×
	來（春）秋	√	×		×	×	×	
	來（日）干支	√	√	√	√	×	√	√

	來日	×	×	√	×	×	×	×
	旬	√	√	√	√	√	√	×
	某月	√	×	×	×	×	√	×
	生（某）月	√	√	√	√	√	√	√
	至日	×	×	√	×	×	×	×
	祖先日名	×	×	√	√	×	×	√
	乡日	×	×	√	√	√	×	×
	木（林）日（夕）	×	×	×	√	×	×	×
	劧日	×	×	√	√	√	×	×
	干支	√	×	√	√	√	√	√
現在 ～將 來時 間	自今至于干支	√	×	×	×	×	×	×
	自今干支至于干支	√	×	×	×	×	√×	×
	自今干至于來干	×	×	√	×	×	×	×
	自今數日至于干支	√	×	×	×	×	×	×
	自今數日至干支	×	×	×	×	×	√×	×
	自今數日	√	×	×	×	×	√×	×
	自數日	×	√	×	×	×	×	√
	自今旬	√	×	×	×	×	×	√
	今日至于翌干支	×	√	√	×	×	×	×
	今日至于干支	×	√	√	×	×	×	×
	今日至干支	×	×	×	√	×	×	×
	今來（歲）干支	√	×	×	×	×	×	×
	今來干支	√	×	√	√	×	×	×
	至于干支	√	×	×	×	×	×	×
	至干	×	×	×	√	×	×	×

注釋：

1. 表中的「√」代表情況存在，「×」代表不存在。

2. 表中「現在—將來時間」一欄，「自今干支至於干支」、「自今數日至干支」和「自今數日」的用語只見於「䠓組」；「自今數日」的用語只見於「子組」。

附錄二 《合》第七冊甲骨文常見字字形表（與武丁期賓組、花東卜辭對照）

組別＼常用字	自 組			子 組					午組	花東	賓組
	扶	自	屮	子	狄	㸐	余	我	允	子、友	方
子											
未											
戌											
巳											
貞											
王											
屮											
尞											
于											
叀											

注釋：「子組」卜辭「屮」作「又」，與祖甲以後卜辭同。花東卜辭儘管有「屮」，但也有「又」，與「自組」卜辭同。

原載《古文字論壇》第二輯，上海：中西書局，2016 年 11 月第 1 版，第 91～112 頁。

殷墟卜辭「生（某）月」
即閏而再閏之月說

　　在切入正題之前，有必要簡單闡述一下古中國曆法的閏月原始及置閏體例。

　　閏月的概念，傳世文獻最早見於《尚書‧堯典》：「帝曰：『諮！汝羲暨和期三百有六旬有六日，以閏月定四時成歲。』」不過，一般認為《堯典》之類乃後世所作。那麼，《春秋‧公羊傳‧文六》大概是最早的記述了：「閏月不告月，猶朝於廟不告，月者何？不告朔也。」此外稍後的典籍如《周禮‧春官宗伯下》、《禮記‧玉藻》等也見「閏月」二字。換言之，尚無文獻證據證明商、周二代已在使用「閏月」的概念。

　　所謂置閏，置閏月也。典籍裏有所謂「三歲一閏，六歲二閏，九歲三閏，十一歲四閏，十四歲五閏，十七歲六閏，十九歲七閏」（漢‧班固《漢書‧律歷志第一下》卷二十一下）的說法。而通過晉‧杜預所撰《春秋釋例》，我們得以知道，這個閏月是可以置於任何一個月份之後的。如果杜預的說法可信，那麼，春秋時代的置閏，可以在任何一個月份之後。事實上，在典籍中，我們無法找到從正月到十二月都可以置閏的例證〔註1〕。因此，杜氏所說可能只是

―――――――――――

〔註1〕筆者利用今天開發的電子典籍庫檢索，即便是漢以後，也不見每一個月份後都有置閏的例證。

漢以後的情況。不過，這沒關係，也許我們可以在更早的文獻裏找到證據。

　　商人已有閏月的概念已是一不爭的事實，甲骨文中十三月甚至十四月的記述，都證明了這一點。換言之，在十二月之外別立十三月（或十四月），是商曆年終置閏的明證。事實上，商人另有年中置閏一法。方述鑫說：「殷代在武丁、祖庚、祖甲時年終和年中置閏兩法並用；祖庚、祖甲以後就只有年中置閏一法，不再有年終置閏法。殷代的年終置閏常閏足一月，名曰十三月，亦可以一年再閏，而名曰十四月；而年中置閏，可於某月閏一旬或兩旬，也可以再閏，即於不同的月份連閏一旬或兩旬。」〔註2〕儘管方先生沒有指出這連閏一旬或兩旬到底稱為什麼，但是卜辭所反映的事實證明了方先生的推論是正確的。這真的是很有啟發意義的創獲！

　　甲骨文「十四月」的存在，似乎可以證明一年閏而再閏。不過，迄今為止「十四月」只見二例〔註3〕，辭云：「辛巳卜，貞：雀受又？十三月。辛巳卜，弗受？卜，缶？冬十月三。缶？十三月。」（《合》21897）「戊午卜，咼貞：王窆大戊戠亡田？在十三月。」（《合》22847）「三」有可能為「三」（或「二」）之誤刻，尤其是《合》21897，整版諸辭均云十三月。若閏月都是閏足一月的話，一年中多出58～60天，恐怕是難以想像的。再說，誠如陳夢家所說：「武丁卜辭多有『十三月』的記載，祖庚、祖甲以後就不見了。」〔註4〕《合》22847是祖庚、祖甲期卜辭，顯然不當有「十三月」之稱。至於《合》21897，也不能確定為武丁期卜辭，那所謂的「十三月」十分可疑〔註5〕。

〔註2〕　參看方述鑫：〈殷代閏法小考〉，《考古與文物叢刊》第二號，1983年11月。又參劉學順：〈有關商代曆法中的兩個問題——商代曆法一年再閏補正〉，《殷都學刊》，1992年3期。此說始自莫非斯，參氏著：〈春秋殷周閏法考〉，載《燕京學報》，1936年第二十期。又見島邦男（濮茅左、顧偉良譯）：《殷墟卜辭研究》，上海：上海古籍出版社，2006年8月第1版，第999～1004頁。後來楊昇南亦表述了相關的意見，參氏著：〈武丁時行「年中置閏」的證據〉，載《殷都學刊》，1986年第4期。常玉芝也有詳盡的描述，參看氏著：《殷商曆法研究》，長春：吉林文史出版社，1998年9月第1版，第307～318頁。對此，學界並非無不同意見。例如金祥恒，參氏著：〈甲骨卜辭月末閏旬辨〉，載沈剛伯先生八秩榮慶論文集編輯委員會編《沈剛伯先生八秩榮慶論文集》，臺北：聯經出版事業公司，1976年12月初版。

〔註3〕　步雲按：《甲骨文編》收《前》8.11.3、《明》1563二例，即此，與《殷墟甲骨刻辭類纂》（北京：中華書局，1989年1月第1版，第435頁）所錄同。

〔註4〕　參氏著：《殷虛卜辭綜述》，北京：中華書局，1988年1月第1版，第220頁。

〔註5〕　殷金文亦見「在十月三」（〈小子𫘦簋銘〉，《集成》04138），筆者疑心「三」乃「彡（肜）」字之誤。因此，商曆是否設置「十四月」為閏月存在疑問。金祥恒有〈甲骨文無十四月辨〉（原載《中國文字》第二十冊，1966年6月；又載宋鎮豪、段志

　　儘管十四月之有無導致商代曆法是否存在閏而再閏的論斷成為一個疑問，但甲骨文中仍然透露出閏而再閏的信息。

　　常玉芝曾舉《合》11545（閏三月）、13361（閏四月）、16706（閏七、八或九月）、26569（閏十月）、26643（閏六月）等甲骨文為例，證明武丁期間存在年中置閏的現象〔註6〕。然而，這些明顯有著閏月跡象的甲骨卻無閏月的標識。

　　林宏明曾在蔡哲茂綴合的基礎上綴合了一片甲骨，也可以證明商曆存在著年中置閏之現象〔註7〕。辭云：「癸未卜，兄貞：勹（旬）亡旤（禍）？二。癸巳卜，兄貞：勹（旬）亡旤（禍）？三月。二。癸酉卜，兄貞：勹（旬）亡旤（禍）？癸酉卜，兄貞：勹（旬）亡旤（禍）？二。癸未卜，出貞：勹（旬）亡旤（禍）？三月。二。癸巳卜，出貞：勹（旬）亡旤（禍）？三月。二。癸卯卜，貞：勹（旬）亡旤（禍）？三月。二。」（《綴合集》185）

　　殷墟甲骨文「生（某）月」這麼一個時間表述，可以表將來時態。武丁期卜辭作「生某月」，漸次演變為「生月」〔註8〕。據卜辭可知，「生某月」與「某月」的意義有所不同。陳夢家云：「卜辭『生月』之生作 ⊻，向來誤釋為之，讀作之月，以為是本月、是月。下列各辭可以證明『生月』是下月。」「今來云云近乎『最近的將來』。以此例之，則『今生一月』即即來之下月……」〔註9〕侯鏡昶也說：「則『生』應是一時間詞，它一般用來修飾時間詞；……根據分析，知道『生』和『來』的功能基本是相同的。……而『生』和『來』都是表將來

洪主編《甲骨文獻集成》第三十二冊，成都：四川大學出版社，2001 年 4 月第 1 版，第 312～315 頁）一文，可參。不過，周金文也有「十又三月」（〈鄧公簋銘〉，《集成》03958）用例，那「十四月」之有無仍存在討論的空間。

〔註6〕 參看氏著：《殷商曆法研究》，長春：吉林文史出版社，1998 年 9 月第 1 版，第 307 ～318 頁。

〔註7〕 參看氏著：〈從《契合集》185 組與卜辭反映的「置閏」問題（摘要）〉，收入《中國文字學會第七屆學術年會會議論文集》，長春：吉林大學，2013 年 9 月 20～23 日，第 12～14 頁。林氏雖然藉此而論證殷曆存在年中置閏現象，卻仍然認為迄今沒有證據可以證明武丁時期亦行年中置閏曆法。

〔註8〕 參看譚步雲：〈武丁期甲骨文時間修飾語研究〉，《2004 年安陽殷商文明國際學術研討會論文集》，北京：社會科學文獻出版社，2004 年 9 月第 1 版，第 108～117 頁。又〈祖庚祖甲至帝乙帝辛期甲骨文時間修飾語研究〉，《紀念世界文化遺產殷墟科學發掘 80 週年考古與文化遺產論壇會議論文集》，社科院考古所，中國安陽 2008 年 10 月 29～31 日，第 386～395 頁。

〔註9〕 參氏著：《殷虛卜辭綜述》，北京：中華書局，1988 年 1 月第 1 版，第 117、119 頁。

的時間詞……」〔註10〕甲骨文「今生（某）月」「來生（某）月」並見，可知「生」和「來」的用法及意義不盡相同。正如李孝定所批評的：「陳氏訓『生』為『來』，後世文獻無用此義者，其說亦未足以厭人意也。」〔註11〕或以為「生月即本月，並非來月」〔註12〕。這也只是猜測而已，並無堅實的證據支持。

筆者二十多年前就認為，「生（某）月」可能是商人閏月的概念〔註13〕。不過，它卻不是一般意義上的閏月，而是閏而再閏之月，也就是如方氏所說的只閏一二旬的閏月。甲骨文中有「生十三月」（《合》2653）辭例，即可證明「生（某）月」就是閏而再閏之月。辭云：「癸酉卜，互貞：生十三月帝好來？ / 貞：生十三月帝好不其來？」即便把「生」解釋為「下」、「來」，它是閏而再閏之月卻是顯而易見的。

我們不妨進一步研究與「生（某）月」有著同版關係的月份及其干支情況，看看它是否就是閏而再閏之月。

例一：「丁丑卜，宎貞：𡊄往？六月。 / 丙辰卜，宎貞：于生八月彭？」
（《合》4070 正）

丁丑日所在的六月，假設以甲子為月首。那麼，七月月首為甲午，八月月首為甲子。則丙辰所在的生八月月首亦為甲午。

例二：「壬戌卜，殼貞：乎多犬网麇於農？八月。 / 壬戌卜，殼貞：取大乎网麇於農？ / 辛未卜，爭貞：生八月帝令多雨？ / 貞：生八月帝不其令多雨？ / 丁酉雨，至于甲寅，勹（旬）有八日。〔九〕月。」
（《合》10976 正）

〔註10〕參看侯鏡昶：〈論甲骨刻辭語法研究的方向——評《殷虛甲骨刻辭的語法研究》〉，《中華文史論叢》增刊——語言文字研究專輯，上海：上海古籍出版社，1982 年 2 月。

〔註11〕參氏著：《甲骨文字集釋》，臺北：中央研究院歷史語言研究所，1991 年 3 月景印五版，第 2102 頁。

〔註12〕參看趙誠：《古代文字音韻論文集》，北京：中華書局，1991 年 11 月第 1 版，第 330～331 頁。

〔註13〕筆者早在 1988 年即述及這一問題了，本文即在此基礎上修訂而成。參看譚步雲：《甲骨文時間狀語的斷代研究——兼論〈甲骨文合集〉第七冊的甲骨文的時代》，中山大學碩士論文，1988 年 6 月自印本。又參看譚步雲：〈祖庚祖甲至帝乙帝辛期甲骨文時間修飾語研究〉，《紀念世界文化遺產殷墟科學發掘 80 週年考古與文化遺產論壇會議論文集》，中國安陽，2008 年 10 月 29～31 日，第 386～395 頁。劉新民亦以為「生（某）月」即閏月。參看氏著〈甲骨卜辭中的「生某月」暨相關問題研究〉，復旦大學出土文獻與古文字研究中心網站（http://www.gwz.fudan.edu.cn），2009 年 12 月 24 日首發。可證吾道不孤。

壬戌日所在的八月，假設月首為甲午，則辛未日所在的生八月月首為甲子，而丁酉日所在的九月月首為甲午。

例三：「癸卯〔卜〕，尤貞：今生月〔酚〕亦亡？／辛巳？三月。」（《合》15240）

癸卯日所在的生月，假設月首為甲午。則辛巳日所在的三月月首為甲子。可見此生月為生二月，月首亦為甲午。

例四：「乙未卜，王入今月？三。乙未卜，王于生月入？三。」（《合》20038）

二辭前辭占卜之日同為「乙未」，而命辭一在今月，一在生月。若非同一日所卜，則乙未所在的生月為六十日之後，可見此生月為今月之閏月。

例五：「己亥……戾……徹王伐歸，若？／壬子卜，啟日翼（翌）癸丑？／丁酉卜，今生十月王叀徆亡囧（禍）？弗受又？／庚子卜，伐歸受又？弱伐歸？八月。／壬子卜，貞：步自亡囧（禍）？出囧（禍）？」（《合》33069，即《屯南》4516）〔註14〕

庚子所在的八月，若以甲午為月首。至己亥所在的十月恰滿兩月。則丁酉所在的生十月月首復為甲午。恰為一月有奇，是為大月。此版刻辭序次有別於常見者，而其時代似應為武丁世。

例六：「甲午貞：生月乙巳桼？辛丑卜：乙巳桼，易日？」（《合補》10559）

甲午日和辛丑日在同一旬（甲午旬）內，同樣貞問生月乙巳日桼事，而乙巳日已在下一旬——甲辰旬中。顯然，甲辰旬所在的「生月」正是甲午、辛丑所在月份的閏月，否則沒必要明言「生月乙巳」。可能地，甲辰旬只閏一旬，即緊接甲午旬的甲辰旬的置閏。

例七：癸酉貞：其……／甲戌貞：弱其告？／貞：乙亥酚？／丁丑貞：甲申……／于生月酚？／乙亥貞：其桼生？（《屯南》1089）

癸酉所在月月首為甲子，甲戌為癸酉後一日，乙亥為甲戌後一日，丁丑又後二日，而所問之甲申為是月最後一旬。則生月當即此月後之置閏。值得注意的是，從刻寫行款分析，「生月」後的「乙亥」、「丁丑」殆「生月」內之干支。

〔註14〕胡厚宣主編：《甲骨文合集釋文》（北京：中國社會科學出版社，1999 年 8 月第 1 版）所確定的卜辭序次有所不同。

　　最有意思的是花園莊東地所出的一片卜辭：癸未卜，今月六日於生月至南？子占曰：其又至壽月叒（鬲）？（《花東》159）在「今月」的六日之後，就進入「生月」了。似乎昭示「生月」附著於某月之內，為某月之置閏時段。

　　據以上文例，可知所謂「生（某）月」的干支並不順次下延，而是前一月干支的再度重複，以便緊接閏月的下一月的干支可以順次下延。這充分證明了「生（某）月」實際上就是閏而再閏之月。然而，《合》4070 正、《合》10976 正卻是個例外，似乎表明「生（某）月」偶而也閏足一月，即滿三旬之數。這種情況可能發生在年終不再置閏的情況之下。例如常氏所舉《合》11545 閏三月之例，即「生二月」。

　　以上推測，基於殷曆每月月首通常是甲日而月終為癸日的事實〔註15〕，請看證據：

　　　　癸丑王卜貞：勹（旬）亡畎？王固曰：吉。在五月〔甲寅彡〕……

　　／癸亥王卜貞：勹（旬）亡畎？王固曰：吉。在五月甲子彡……／癸

　　酉王卜貞：勹（旬）亡畎？在六月甲戌彡小甲。王固曰：吉。／癸未

　　王卜貞：勹（旬）亡畎？王固曰：吉。在〔六〕月〔甲申彡〕……／

　　癸巳王卜貞：勹（旬）亡畎？王固曰：吉。在六月甲午彡炎甲。／癸

　　卯王卜貞：勹（旬）亡畎？王固曰：吉。在七月甲辰彡羌甲。（《合》

　　35589）

　　五月以甲辰為月首，六月以甲戌為月首，七月復以甲辰為月首。五、六、七月均積三旬為一月。據此可知，若一月之內超過三旬之數，就是閏月。這也是學者們早已得出的認知。

　　倘若我們同意殷曆置甲日於月首是常態，那麼，以下文例也許能進一步理清關於閏而再閏之月的思路：

〔註15〕陳夢家認為殷曆初一並不都是甲日，有著堅實的證據。不過，何以殷曆月首或甲日或非，陳先生卻無法作出合理的解釋。參看氏著：《殷虛卜辭綜述》，北京：中華書局，1988 年 1 月第 1 版，第 219～220 頁。

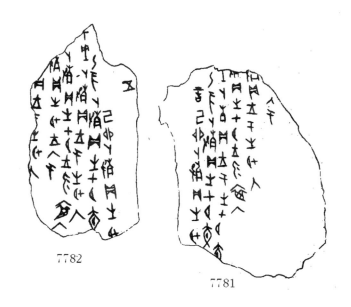

這兩片骨頭沒準兒為一骨所折，起碼，是套卜甲骨的其中兩枚。

從干支所記載的時間可以判斷兩骨分別是從左到右或自右而左依次鐫刻的：第四次占卜殆甲戌日，第五次占卜殆次日乙亥，第六次占卜是隔了四天的己卯。因此，可以斷定前面三辭都是上一旬（甲子旬）占卜的。換言之，這兩片甲骨文至少是在兩旬之內占卜並刻錄的。

假設此「生七月」自甲子旬始，到甲申旬就已經滿三旬之數了。我們發現：在「生七月」裏所卜的各辭，時間上相隔不一，最短的一天（《合》7781、7782，甲戌至乙亥），最長也就四天（《合》7780 正，戊寅至辛巳、辛巳至甲申）。那麼，即便加上殘泐諸辭，這「生七月」恐怕也只有兩旬之數！《合》7780 正可證：

　　□□〔卜〕，殻貞：生七月王入于……／〔戊〕寅卜，殻貞：生

七月王入于商？／辛巳卜，殻貞：王于生七月入……／甲申卜，殻

貞：王于八月入于商？

戊寅、辛巳日所在的甲戌之旬尚在生七月中，而到了甲申日，就已經進入八月了。可見，這個「生七月」恰恰重複使用了「七月」甲子、甲戌兩旬的干支。

筆者注意到，《屯》2630 為甲子、甲（甲誤作戊）戌兩旬干支表，有別於常見的一月（例如《合集》38017）或兩月（例如《合集》38012）干支表，很可能，這份干支表是閏而再閏的「生（某）月」月曆。也許就是《屯南》345 和《屯南》2772 的「生月」月曆。《屯南》345 所記「丁卯」正是甲子旬中的第四日。《屯南》2772 見庚辰、辛巳干支，乃卜甲戌旬事。

透過以上實例的分析，「生（某）月」即閏而再閏之月的結論大概可以成立了。

在殷代，似乎任何一個月皆可成為閏而再閏之月，茲臚列全部文例片號如次：

生一月，見於《合》6673、6949 正、12501、13417、14127 正、14128 正、20797、《合補》6925。

生二月，見於《合》4325、10964 正、10964 反、11560、11561 反、《懷特》1506、《合補》6657。

生三月，見於《合》249 正。

生四月，見於《合》20348、《英》362。

生五月，見於《合》10613 正。

生七月，見於《合》811 反、1666、5161、5162、5163、5164、5165、7776、7777、7778、7779、7780 正、7781、7782、7783、7784、7790、7791、11592、《懷特》902。

生八月，見於《合》4070 正、7792、10976 正、11596 正、《英》629。

生十月，見於《合》4678 正、12628、20512、33069、《屯南》4516、《合補》6664 反。

生十一月，見於《合》21081、《英》834。

生十二月，見於《合》11630。

生十三月，見於《合》2653。

不見「生六月」、「生九月」用例。其原因比較容易理解：閏而再閏的週期較之普通置閏的週期更長，受君主的在位年數所限，不允許閏而再閏的情況大量出現！以武丁期卜辭為例。史稱武丁在位五十九年，其卜辭也還缺了「生四月」、「生十一月」。也就是說，武丁時期，閏而再閏充其量只有過九次。

卜辭中「生（某）月」簡略作「生月」，武丁期間就開始了，一直沿用到帝乙帝辛時期。茲臚列全部文例片號如次：

《合》8648 正、10559、15240、20038、20074、20270、21885、29731、29732、29995、32856 正、33038、33825、33916、34120、34376、34489、34534、38165、38166、《屯南》345、599、866、1072、1089、1314、2772、2914、《英》2450、《花東》159。

可以發現，「生月」絕大多數出現在武丁期之後的卜辭上，恐怕這也是「十三月」月名在祖庚祖甲期之後的卜辭上消失的原因。有「生月」一詞，即可知「生（某）月」亦「閏月」之謂。例如常氏所舉《合》26643 閏六月之例，月名當作「生月」。正合祖庚祖甲後再無年終置閏之例。

「生（某）月」也有大小之分〔註16〕。證據如下：

　　貞：王小生七月〔入〕于商？（《合》7790）
　　貞：王小生七月入于商？（《合》7791）

所謂「小生（某）月」，可能指只閏一旬的閏月，以別於閏二旬者。我們注意到，「小生七月」和「生七月」並見於武丁期卜辭，而且所卜事類相同：都是問王是否入於商。可能地，這個「生七月」實際上是個小閏月，而並非兩次不同年份的閏而再閏。

為什麼殷人稱「閏月」為「生（某）月」？恐怕還得略花筆墨以作解釋。

古代的名物概念往往隨時、地變遷而異，也許，上古稱「生」，後世稱「閏」罷了。所謂「生」者，殆指產生、生出〔註17〕。從字形上考察，的確像許慎所說：「生，進也。象艸木生出土上。」（《說文解字》卷六生部）而通過文獻用例考察，「生」也有「產生」的意義。《楚帛書·甲篇》云：「日月允生。」《禮記·禮運》云：「地秉陰竅於山川，播五行於四時，和而後月生也。是以三五而盈，三五而闕。」《孔子家語》云：「天秉陽，垂日星。地秉陰，載於山川，播五行於四時，和四氣而後月生。」月亮自朔而晦，周而復生。可見殷人把閏月稱為「生（某）月」實際上取意於此。後世禮崩樂壞，未能一以貫之實在是情理之中。

這裡且提供一個旁證。

〔註16〕殷曆有大小月之分，董作賓有說，參看氏著〈大龜四版考釋〉、〈卜辭中所見之殷曆〉，《安陽發掘報告》第 3 期，1931 年。陳夢家亦有說，可稱定讞。參看氏著：《殷虛卜辭綜述》，北京：中華書局，1988 年 1 月第 1 版，第 219～220 頁。但常玉芝卻認為：「卜辭證明殷曆月已有大小月之分，大月有三十日的，也有三十一日以上的；小月有二十九日的，也有少於二十九日的，甚至有二十五日的……」參看氏著：《殷商曆法研究》，長春：吉林文史出版社，1998 年 9 月第 1 版，第 267～299 頁。此處暫且採董說。

〔註17〕蔡哲茂亦主生長之義。參看氏著：〈卜辭生字再探〉，《中央研究院歷史語言研究所集刊》六十四本四分，1993 年。又見復旦大學出土文獻與古文字研究中心網站（http://www.gwz.fudan.edu.cn/SrcShow.asp?Src_ID=1041），2009 年 12 月 28 日首發。

上文已經提及，「閏月」的概念見於先秦典籍，然而，在戰國出土文獻中，或作：「元年閏再十二月丙午……」（《商周》17668、17669）「閏再（某月）」，顯然是「閏（月）」的另一種表述，為我們以前所未見。據此例，可知歲末置閏之法仍為戰國時期某些地域所採用，只是不再稱為「十三月」了。

而在漢初的出土文獻中，「閏月」卻被稱為「後（某）月」。例如銀雀山漢簡《（武帝）元光元年曆譜》（B.C.134）：「十月大，十一月小，十二月大，正月大，二月小，〔三月大，〕四月小，五月大，六月小，七月大，八月小，九月大，後九月小。」（《銀雀山二號墓漢簡》02）〔註18〕不過，稍後即發生變化。尹灣漢簡《（成帝）元延元年曆譜》（B.C.12）可證：「正月大，閏月小，二月大，三月小，四月大，五月小，六月大，七月小，八月大，九月小，十一月大，十二月小。」（木牘10正）〔註19〕徑作「閏月」，而非作「後正月」，且一在歲末置閏，一在歲首置閏。可見舊說有所未逮〔註20〕。

從閏月在戰國、西漢時期也存在同實異名的現象，或許可以理解一代有一代之名實。殷人稱「生（某）月」猶齊人稱「閏再（某月）」漢人稱「後（某）月」，都不過是閏月的異名。

結　語

古中國曆法是陰陽合曆，每月日數，視乎月亮繞地球一圈的時間：29天12小時44分22.8秒。積十二月為一年。《尚書·堯典》「朞三百有六旬有六日，以閏月定四時成歲。」的說法明顯不切合殷曆。

據《合》35589，十日一旬，積三旬為一整月，積十二月為一整年，朞三百六十日，每年與一個太陽年（365天又5小時48分46秒）相差5天多，這是殷人制定曆法時不得不置閏的原因。卜辭中有「十三月」之名，證明了殷曆行

〔註18〕吳九龍：《銀雀山漢簡釋文》，北京：文物出版社，1985年12月第一版，第233頁。步雲按：「後九月」亦見於傳世典籍。例如漢·班固：《漢書·高帝紀第一下》：「後九月徙諸侯子關中治長樂宮。」（卷一）

〔註19〕連雲港市博物館等：《尹灣漢墓簡牘》，北京：中華書局，1997年9月第1版，第127頁。

〔註20〕或云：「漢初在九月之後置閏，稱為『後九月』，這是因為當時沿襲秦制，以十月為歲首，以九月為年終的緣故。」參看王力主編：《古代漢語》，北京：中華書局，1963年10月第1版，第793頁。或云：「漢文帝至武帝元光間行用同一曆法。」參看張培瑜等著：《中國古代曆法》，北京：中國科學技術出版社，2008年3月第1版，第244頁。步雲案：據兩個出土文獻曆譜置閏的不同，恐怕二說均容有可商。

年終置閏法。假如六年閏一月，每年仍差五個多小時，三十年後，約差一日之數，三百年後約差十日。不過，盤庚遷殷後不過 273 年〔註21〕，殷曆似乎不大可能採六年一閏之法。而據《合》11546 以及「大今某月」、「小某月」的月名，證明殷曆也有大小月之分，那麼，殷曆一年之日數可能只有三百五十四日，與一個太陽年相差 11 天還多。即便三年一閏，每年也還差了 1 天多，這就有閏而再閏的必要了：約八到九年在閏月的基礎上增加一旬，若干年後則增至二旬，以補閏月之不足。「生（某）月」即閏而再閏之月名。「生十三月」一稱即其明證。「生（某）月」以重複使用所閏之月的干支為顯著特徵。有時，「生（某）月」也可閏足一月。這就是它漸次被省稱為「生月」的原因。「生月」同樣是閏而再閏之月名，儘管有時候它只是閏月之異稱。可能地，「三歲一閏，六歲二閏，九歲三閏，十一歲四閏，十四歲五閏，十七歲六閏，十九歲七閏」的置閏法在殷代並不通行。

金文中載「十又三月」，儘管數量極少，儘管不能排除偶然誤作，卻也證明了閏而再閏曆法的存在，似乎是甲骨文「生十三月」的別稱。

如果「生（某）月」即閏而再閏之月的說法能夠成立，那麼，署有「生（某）月」的甲骨文大致可作為標準片：它們都是同一位君主在閏而再閏的同一年中所卜。

附錄一　卜辭「生某月」、「生月」辭例一覽

《合》249 正：「貞：生三月雨？／生三月雨？」811 反：「貞：于生七月勿屮酚五伐？」1666：「戊寅卜，爭貞：王于生七月入於〔商〕？」2653：「癸酉卜，互貞：生十三月帝好來？／貞：生十三月帝好不其來？」4325：「生二月囗不〔其〕弍？」4678 正：「辛酉卜，互貞：生十月旬不其〔至〕？」5161：「貞：王于生七月入？／貞：王于生七月入？／〔貞〕：王于〔生〕七月入？二告。」5162：「貞：王于生七月入？」5163：「貞：王于生七月入？」5164：「貞：生七月王入？」5165：「乙亥卜，爭貞：生七月王勿卒入戠？／壬辰卜，爭貞：王于八月入？」5845：「不，箙〔貞〕：今生三月……」6673：「庚寅卜，今生一月方其亦有告？」6719：「丙寅卜，生十月雨？」6732：「……屮（生）

〔註21〕《竹書紀年》云：「自盤庚徙殷，至紂之滅，七百七十三年更不徙都。」（明天一閣刊本，第 3 頁）前賢云：首「七」字殆「二」之誤。

九月方不其至？」6949 正：「貞：今十二月我步？／貞：于生一月步？」7776：
「辛未卜，爭貞：王于生七月入於商？」7777：「辛未卜，爭貞：王于生七月
入于商？」7778：「辛未卜，爭貞：王于生七月入於商？」7779：「□子卜，殼
貞：生七月王入于……」7780 正：「□□〔卜〕，殼貞：生七月王入于……」
「〔戊〕寅卜，殼貞：生七月王入于商？／辛巳卜，殼貞：王于生七月入……
／甲申卜，殼貞：王于八月入於商？」7781：「……入于……／□□〔卜〕，殼
貞：王于生七月入？／□□〔卜〕，殼貞：生七月王勿卒入？／〔甲戌卜〕，殼
貞：王于生七月橐（？）？／乙亥卜，殼貞：生七月橐（？）？二告。／己卯
卜，殼貞：生七月……？」7782：「……貞：王于生七月入？」「□□〔卜〕，
殼貞：生七月王入于……／□□卜，殼貞：生七月王勿衣（《釋文》作卒）入？
／甲戌卜，殼貞：王于生七月入於……？／乙亥卜，殼貞：生七月……？／己
卯卜，殼貞：生七月……？」7783：「貞：王〔于〕生七月〔入〕于商？」7784：
「……王于生七月入於商？」7790：「貞：王小生七月〔入〕于商？」7791：
「貞：王小生七月入于商？」7792：「王〔于生〕八月入〔于〕商？」7793：
「貞：王于生八月入於商？」10613 正：「貞：生五月陟至介畾？二告。」10964
正：「辛亥卜，內貞：今一月船兒化其屮至？／貞：船兒化其于生二月屮至？」
10964 反：「王占曰：今月（步雲按：或作夕）其屮至，隹冊其于生二月卟？」
11560：「癸未卜，王……生二月。」11561 反：「貞：生二月……」11562 正：
「貞：今生二月〔來〕射？」11592：「貞：王生七月于……」11596 正：「貞：
生八月不其……」11630：「□子〔卜〕，……生十二月……」12501：「貞：生
一月不其多〔雨〕？」12628：「丙午卜，韋貞：生十月雨，其隹霝？／丙午卜，
韋貞：生十月不其隹霝雨？」13417：「乙丑〔卜〕，……生一月……其雨？」
13740：「貞：今生□月至■卟于丁？」13947 正：「……帚好不于生四月冥？二
告。」14127 正：「貞：帝其及今十三月令雷？／……帝其于生一月令雷？」
14128 正：「癸未卜，爭貞：生一月帝其弘令電？／貞：生一月帝不其弘令電？」
20348：「弗及今三月屮史（事）？一。乙亥卜，生四月妹屮史？一。乙亥卜，
屮史（事）？二。」20512：「丁酉卜，生十月王橐徆？」20797：「戊午〔卜〕，
貞：子……子不……一月。生一月不？」21081：「戊子〔卜〕，王貞：生十一
月帝雨？二旬屮六日……」33069（《屯南》4516）：「丁酉卜，今生十月王橐徆
受又？」《英》362 正：「貞：生四月船不其至？」629：「□□卜，生八月方……

小告。」834：「貞：于生十一月令䔖」1011 正：「貞：生十二月不其雨？」《懷特》S902：「戊寅卜，爭貞：王……生七月……商？」S1506：「申卜，……生二月……正……」B1628b：「……卯卜，生十月……受又（佑）？」《合補》6925：「丁亥令邑生一月」6657：「……申卜生二月正」6664 反：「……卯卜生十月……受又（佑）」

　　《合》8648 正：「癸酉卜，亙貞：生月多雨？二告。」20074：「令周侯今生月亡囚。」20270：「于生月。」20470：「丙午卜，其生月（案：或作夕）雨？癸丑允雨。」29731：「于生月比？吉？」29732：「戊子卜：于生月……」29995：「茲月至生月（案：月或作夕）又大雨？」32856 正：「癸巳貞：王令麥生月（案：月或作夕）……」33038：「辛巳卜，叀生月伐人方？八月。」33825：「癸未卜，貞：生月又雨？」33916：「……生月雨？」34376：「辛卯貞：于生月（案：月或作夕）䔖？」34489：「癸巳卜：生月（案：月或作夕）雨？」34534：「癸卯貞：于生月（案：月或作夕）酚？」38165：「于生月（案：月或作夕）又大雨？」38166：「于生月（案：月或作夕）又大雨？」《屯南》345：「于暮出䖵受年？／及茲月（案：月或作夕）出䖵受年？／于生月（案：月或作夕）出䖵受年？」599：「辛亥貞：生月令䔖步？／……卜，生月䔖？」866：「癸巳貞：王令麥生月……」1072：「于生月餗？」1089：「于生月酚？」1314：「……生月又大……」2772：「生月雨？」2914：「辛卯貞：王于生月……」《合補》10559：「甲午貞：生月乙巳䔖？辛丑卜：乙巳䔖，易日？」《英》2450：「丙申貞：方其又史于生月？」《花東》159：「癸未卜，今月六日于生月至南？子占曰：其又至壽月叕（㝬）？」

附錄二　本文引書簡稱表

1. 《懷特》——《懷特氏等收藏甲骨文集》，許進雄撰，加拿大多倫多皇家安大略博物館，1979 年。

2. 《合》——《甲骨文合集》，郭沫若主編，胡厚宣總編輯，北京：中華書局，1979～1982 年 10 月第一版。

3. 《屯南》——《小屯南地甲骨》，社會科學院考古研究所編著，北京：中華書局，1980 年 10 月～1983 年 10 月第一版。

4. 《英》——《英國所藏甲骨集》，李學勤、齊文心、艾蘭編撰，北京：中華書局，1985 年 9 月第一版。

5. 《合補》——《甲骨文合集補編》，中國社會科學院歷史所（彭邦炯、謝濟、馬

季凡）編，北京：語文出版社，1999 年 7 月第一版。

6. 《釋文》——《甲骨文合集釋文》，胡厚宣主編，北京：中國社會科學出版社，
1999 年 8 月第一版。

7. 《花東》——《殷墟花園莊東地甲骨》，中國社會科學院考古研究所編著，昆明：
雲南人民出版社，2003 年 12 月第一版。

8. 《集成》——《殷周金文集成》（修訂增補本），中國社會科學院考古研究所編，
北京：中華書局，2007 年 4 月第 1 版。

9. 《商周》——《商周青銅器銘文暨圖像集成》，吳鎮烽編著，上海：上海古籍出
版社，2012 年 9 月第 1 版。

原載《中山大學研究生學刊》第 35 卷第 4 期，2014 年 12 月，第 6～14 頁。

釋甲骨文「付」、「雔」二字

一、釋「付」

　　𠂤，《甲骨文編》作未識字收入附錄上三八（孫海波：1965：711 頁）。《甲骨文字典》未收（徐中舒：1988）。《甲骨文字詁林》收錄馮良珍說：「當為抱之初文，引申之則有包裹義……」按語則謂：𠂤 與 𠂤 有別，字不識，卜辭用為人名及地名（于省吾：1996：111 頁）。言下之意，馮說不確。

　　𠂤 見於《前》7·43·1、《前》2·5·4、《前》8·4·2、《甲》3735、《明》2354、《鐵》268·1、《後》下 35·1、《戩》37·6、《庫》463，凡九例。

　　《甲骨文編》收《甲》3735、《後》下 35·1 及《戩》37·6 三文於及字條下（孫海波：1965：119、120 頁）。《甲骨文字集釋》從之，待考篇則另收《前》7·43·1 一文作未識字（李孝定：1991：4709 頁）。《殷墟卜辭綜類》則均作「及」字異體觀（島邦男：1967：14 頁）。

　　甲骨文字，有的構字偏旁相同，部位稍異，則字有別。如：𠙻（各）和𠙷（出）；𣏃（伐）和𢧵（戍）；𠈌（北）和𠈌（从）；𦣻（望）和𠙙（見），等等。有的構字偏旁相同，部位稍異，字卻無別。如：昔，或作𣊟，或作𣊟；森，或作𣛧，或作𣓀；韋，或作𣌧，或作𣌧。文字考釋之難，於此可見。

　　孫海波、李孝定兩先生將部分 𠂤 字闕疑待考，雖不徹底，卻審慎而有見地。確實，倘若釋之為「及」，文義便覺牴牾。

　　竊以為此形從人從又，可隸定作「仅」，即《說文》「付」字。《說文》云：「付，與也。从寸持物對人。」（卷八人部）考察其字形，⟨字形⟩正像以手對人之形（手持物頗難表示，「又」上如加點劃，容易與支、支等字混同）。徐鉉在付字條下注道：「寸，手也。」（許慎：1963：164頁）也就是說，寸、又作為偏旁，大致混用無別。後出的《六書故》付字一作「仅」，顯然接受了徐鉉的論斷。

　　證諸古文字，可知徐說可信。

　　寺，或作⟨字形⟩（〈沇伯寺殷銘〉，《集成》04007）⟨字形⟩（〈吳王光鑒銘〉，《集成》10298），或作⟨字形⟩（秦碣）⟨字形⟩（〈厲羌鐘銘〉，《集成》00157）。待，或作⟨字形⟩（〈旟鼎銘〉，《集成》02704），或作⟨字形⟩（侯馬盟書）。專，甲骨文作⟨字形⟩（《戩》36.15），金文作⟨字形⟩（〈番生殷蓋銘〉，《集成》04326）、⟨字形⟩（〈毛公鼎銘〉，《集成》02841）。博，金文作⟨字形⟩（〈師袁殷銘〉，《集成》04313）、⟨字形⟩（〈致殷銘〉，《集成》04322）。對，金文作⟨字形⟩（〈微作父乙尊銘〉，《集成》05975）、⟨字形⟩（〈史牆盤銘〉，《集成》10175）。得，金文作⟨字形⟩（〈舀鼎銘〉，《集成》02838）、⟨字形⟩（〈余購逐兒鐘銘〉，《集成》00184）。

　　這些帶有「寸」字偏旁的字，「寸」大都作「又」。

　　而爰，甲骨文作⟨字形⟩（《乙》4699），金文作⟨字形⟩（〈虢季子白盤銘〉，《集成》10173）、⟨字形⟩（〈散盤銘〉，《集成》10176），春秋戰國文字作⟨字形⟩（侯馬盟書）、⟨字形⟩（古璽文）。叡，金文作⟨字形⟩（〈頌殷銘〉，《集成》04332），春秋戰國文字作⟨字形⟩（侯馬盟書）。

　　這些帶有「又」字偏旁的字，「又」亦可作「寸」。

　　更多例證請參看《古文字類編》（高明：1980）或《漢語古文字字形表》（徐中舒：1980、2010）相關字形。

　　因此，銅器銘文中⟨字形⟩（商代鼎銘，《集成》01016）、⟨字形⟩（〈散盤銘〉，《集成》10176）、⟨字形⟩（〈鼾攸從鼎銘〉，《集成》02818）等形體被視為「付」也就容易理解了。

　　顯然，這個構形便是源出甲骨文的⟨字形⟩字。

　　倘若⟨字形⟩可釋為「付」，那麼，不妨進一步看看它的甲骨文用例是否文義暢順。考其用法，大體有三：

　　（一）用如人名。例：

　　　　甲申卜，爭貞：尹氏付子？／貞：尹弗氏付子？（《前》7.43.1）

（二）用如地名。例：

　　　　□□卜，即貞：□于付？四月。（《戩》37.6）

（三）通作「祔」，祭名。

《周禮・春官宗伯・大祝》載：「言甸人讀禱，付練祥，掌國事。」鄭玄注曰：「付當為祔。祭於先王以祔，後死者掌國事辨護之。」（阮元：1998：811 頁）《說文》云：「祔，後死者合食於先祖。」（卷一示部）甲骨文付字僅是一般祭名，鄭說、許解當後起。例：

　　　　□申卜，宁貞：□在谷□付年？（《前》2.5.4）

「付年」例同「秦年」。例：

　　　　貞：王其啟付？（《後》下 35.1）

據第一、第二義項，我們就可以斷定 𝄢 不得釋為「及」，因為在甲骨文中找不到 𝄢（及）用如人名或地名的例子。而後世的《元和姓纂》也不見有及姓，卻有付姓，並云：「鄭人史付之後。」

綜上所述，把 𝄢 釋為「付」不僅切合其構形上的意義，而且也切合其甲骨文用例的意義。

二、釋「雖」

𝄢，《甲骨文編》作未識字收入附錄上四五（孫海波：1965：726 頁）。《甲骨文字典》則謂：「鳥名」，「所象形不明」；收入卷四隹部附錄（徐中舒：1988：403 頁）。嚴一萍謂「鵜」之本字，當「鵝」之誤[註1]。《甲骨文字詁林》按語云「其說可從」（于省吾：1996：1722～1723 頁）。蔡運章別釋為「鵜」[註2]。張桂光疑為「孔雀之屬，✳即示雀屏」[註3]。

事實上，字當即《說文》「雖」字[註4]。

〔註 1〕參氏著：〈釋 𝄢〉，《中國文字》新十期，臺北：藝文印書館，1985 年 9 月，第 121 ～122 頁。

〔註 2〕參氏著：《甲骨金文與古史研究・釋✳鵜》，鄭州：中州古籍出版社，1993 年 12 月第 1 版。

〔註 3〕參氏著：〈古文字考釋十四則〉，載《胡厚宣先生紀念文集》，北京：科學出版社，1998 年 11 月第一版，第 214 頁。亦載氏著：《古文字論集》，北京：中華書局，2004 年 10 月第 1 版，第 126 頁。

〔註 4〕湯餘惠亦以為當釋為「雖」。參氏著：〈釋 𝄢、✳〉，載《華夏考古》，1995 年 4 期。《甲骨文字詁林》竟未收蔡說湯說，不知何故。拙作因論證有所不同，故略加修訂，

字從隹從✳甚明。甲骨文有✳字（《佚》389、《存》下273），殷金文也見類似之文：✳（〈小集母乙觶銘〉，《集成》06450）。此觶出於安陽大司空村，則甲骨金文的這兩種形體殆為一字。✳當即巫（巫）字。小篆作巫，猶存古意。《說文》云：「巫，艸木華葉。巫，象形。」（卷六巫部）✳、✳正像樹木的花葉下垂之形。後來，巫字與垂字合二為一，《說文》本身就昭示了這一秘密。《說文》卷十馬部收有騹，篆文作騹，籀文作騹。可見巫、垂古本一字，而「邊陲」之「垂」則孳乳為「陲」。釋✳為「垂」，還有另一間接證據。西周金文有垂（〈史垂角銘〉，《集成》09063）字，諸家或如三版《金文編》釋逑（嚴一萍先生之釋「𧹙」或亦受此啟發），或如四版《金文編》釋遟[註5]。按字所從作「來」作「𡬀」似有可商。來字𡬀字金文恒見，相較之下即知有異。詳參《金文編》卷五來字條，卷十𡬀字條（容庚等：1985）。而細心比較從垂的各字形，例如：垂、垂（印文垂字），陲（〈鄂君啟車節銘〉陲字，《集成》12110），陲（望山簡文陲字）[註6]。則垂或可隸定作「遟」。「遟」，《說文》所無，殆失之。陶文有遟（高明：1991：237頁），即「遟」，可證。《說文》卷二錄有邎字，許氏認為從辵𩢲聲，然卷十之「𩢲」，分明作「騹」。雖說古文字偏旁位置無定，但小篆的偏旁位置卻是相對穩定的。因此，卷二的邎字似是從馬遟聲。甲骨文另有從隹從遟之繁構者，作遟，證明金文遟字有所本。金文遟字，除了史遟諸器作人名外，均可讀如「隨」。「垂」、「隨」上古音同屬歌部字，且聲母都是舌尖音，通轉應不成問題。〈何尊銘〉（《集成》06014）云：「昔在爾考公氏克遟文王。」意謂昔日你的祖上能夠追隨文王。又〈單伯昊生鐘銘〉（《集成》00082）：「丕顯皇祖烈考遟匹先王。」意謂偉大而顯赫的先祖以及功勞甚高的先父追隨並輔弼過先王。文句暢然無礙。知✳為垂，那我們對鑴有垂字的卜辭和金文就有了進一步的瞭解。《存》下273：「貞：乎垂永共牛？」此為人名。《佚》389：「癸未卜，貞：翌戊子王往逐垂？」垂借為雔。金文垂字多見，均用為氏名[註7]。至於遟，或可隸定為雔，即《說文》雔字。《說文》云：「雔，

聊存予一孔之見，幸方家有以教我。

〔註5〕 此字張政烺先生首釋，謂：從辵，𡬀聲，假為「弼」。參看氏著：〈何尊銘文解釋補遺〉，《文物》，1976年1期。今學者多從之，新版《金文編》亦改作。蔡氏釋「𧹙」殆亦受此影響。

〔註6〕 或作「陵」。例如湯餘惠主編：《戰國文字編》，福州：福建人民出版社，2001年12月第1版。

〔註7〕 筆者目及凡七器：〈✳虢簋銘〉（《集成》00804）、〈✳婦觶銘〉（《集成》06147）、〈✳

雎也。」（卷四隹部）《玉篇》云：「鴡（同雎），鳶屬。」（卷二十四鳥部）則⿰垂隹大概是鷹隼一類的猛禽。在甲骨文時代，它是人們的狩獵對象之一。《存》中 166 記錄了一次逐⿰垂隹行動，共捕獲八隻⿰垂隹。可見武丁之輩也是「彎弓射大雕」的驍勇之主了。至於，則可隸定為⿺辶⿰垂隹〔註 8〕，⿺辶⿰垂隹當讀如⿺辶⿰馬垂。《說文》云：「⿺辶⿰馬垂，不行也。從辵⿰馬垂聲。讀若住。」（卷二辵部）《存》上 1916：「辛未，貞：王其⿺辶⿰垂隹於北？／辛未，貞：王其⿺辶⿰垂隹於北？」則卜辭貞問王是否在北地逗留。⿺辶⿰垂隹字的這個用例進一步證明了⿺辶⿰馬垂應是從馬⿺辶垂聲，其本字為⿺辶⿰垂隹。

本文主要徵引書目及簡稱（以本文所採版本刊行時間先後為序）

1. 東漢・許慎：《說文解字》（大徐本），中華書局，1963 年 12 月第 1 版。簡稱《說文》。
2. 中國社會科學院考古研究所編輯（孫海波）：《甲骨文編》，北京：中華書局，1965 年 9 月第 1 版。本文甲骨文著錄簡稱除特別注明者外悉參是書「引書簡稱表」。
3. 島邦男：《殷墟卜辭綜類》，東京大安，1967 年 11 月第 1 版。
4. 郭沫若主編、胡厚宣總編輯：《甲骨文合集》，北京：中華書局，1979 年 10 月～1982 年 10 月第 1 版。簡稱《合集》。
5. 中國社會科學院考古研究所：《小屯南地甲骨》（上冊），北京：中華書局，1980 年 10 月第 1 版。簡稱《屯南》。
6. 徐中舒主編：《漢語古文字字形表》，成都：四川人民出版社，1980 年 8 月第 1 版；又北京：中華書局，2010 年 10 月第 1 版。
7. 高明：《古文字類編》，北京：中華書局，1980 年 11 月第 1 版。
8. 南朝梁・顧野王：《玉篇》（宋本），北京：中國書店，1983 年 9 月第 1 版。
9. 容庚編著、張振林、馬國權摹補：《金文編》，北京：中華書局，1985 年 7 月第 1 版。
10. 徐中舒：《甲骨文字典》，成都：四川辭書出版社，1988 年 11 月第 1 版。
11. 姚孝遂、肖丁：《殷墟甲骨刻辭類纂》，北京：中華書局，1989 年 1 月第 1 版。
12. 高明：《古陶文字徵》，北京：中華書局，1991 年 2 月第 1 版。
13. 李孝定：《甲骨文字集釋》，臺北：中央研究院歷史語言研究所，1991 年 3 月影印五版。
14. 于省吾：《甲骨文字詁林》，北京：中華書局，1996 年 5 月第 1 版。
15. 《十三經注疏》（阮元本），杭州：浙江古籍出版社，1998 年 6 月第 1 版。

觚銘〉（《集成》06927）、〈✱小集母乙觶銘〉（《集成》06450）、〈✱且乙器蓋銘〉（載《文物》，1990 年 11 期王峰文）、〈✱鼎銘〉（載《考古與文物》，1991 年 1 期王光永文）、〈✱作父癸觶銘〉（《集成》06426）。

〔註 8〕張桂光以為「逐」異體。參看氏著：〈古文字考釋十四則〉，載《胡厚宣先生紀念文集》，北京：科學出版社，1998 年 11 月第 1 版，第 214 頁。亦載氏著：《古文字論集》，北京：中華書局，2004 年 10 月第 1 版，第 126 頁。或可備一說。

16. 中國社會科學院考古研究所：《殷周金文集成》（修訂增補本），北京：中華書局，2007 年 4 月第 1 版。本文簡稱《集成》。

　　【附記】是作嘗提交廣東省中國語言學會 1992～1993 年度學術年會（中國惠州・1991 年）討論，承蒙陳師煒湛、張桂光及唐鈺明三位教授不吝賜教，俾拙作得以修訂。此以謹誌謝忱！原有三題，今刪去〈釋哉牛〉一則。

　　　　　　　　　原廣東省中國語言學會 1992～1993 年度學術年會論文。

花東甲骨刻辭貞卜人物考

自從董作賓先生作《大龜四版考釋》並建立起以貞人集團為中心的斷代學說以來，對貞人的研究日漸成為甲骨學者重要的研究課題，而以饒宗頤先生的《殷代貞卜人物通考》最為系統而全面。時至今日，饒著仍是甲骨學者的案頭必備之一。筆者不才，亦願躋武前賢，對迄今為止未有系統研究的花東卜辭所見貞人作一董理工作[註1]。

花東甲骨出一坑（H3）之中，對其貞人集團進行研究，將有助於進一步瞭解商代貞人集團的內部構成以及占卜制度，也有助於甲骨文的分期斷代。

一、子（𣎴）

舊出小屯卜辭亦有名「子」之貞人，為獨立子組貞人（可能處於武丁后期）。一般認為二者並非一人[註2]。如同以往所出卜辭，花東卜辭的「子」通常也是占問的主體。涉及貞人「子」的卜辭凡 39 版，大約有以下幾類文例。

〔註 1〕 筆者只見挖掘整理者及魏慈德略有提及。參看中國社會科學院考古研究所：《殷墟花園莊東地甲骨·前言》第一分冊，昆明：雲南人民出版社，2003 年 8 月第一版，第 25～26 頁；又參魏慈德：《殷墟花園莊東地甲骨卜辭研究》，臺北：臺灣古籍出版有限公司，2006 年 2 月第一版，第 93～94 頁。

〔註 2〕 參看劉一曼、曹定雲：〈殷墟花園莊東地甲骨卜辭選釋與初步研究〉，《考古學報》，1999 年第 3 期；又參劉一曼、曹定雲：〈再論殷墟花東 H3 卜辭中占卜主體「子」〉，《考古學研究》（六），北京：科學出版社，2006 年 12 月第一版；又參曹定雲：〈三論殷墟花東 H3 卜辭中占卜主體「子」〉，《殷都學刊》，2009 年第 1 期。

（一）僅署貞人名於貞字之前者。

舊見殷墟卜辭有整版甲骨僅署「某貞」二字者。例如《合集續》535，止刻「殼貞王」三字，「王」字遠離「殼貞」二字。甚至有整版僅署貞人姓字者，例如《丙》23，整龜之上止有一「我」字，當「子組」之貞人「我」。花東甲骨也見這類辭例，例如《花東》485，整版止有一「子」字，不過，僅刻「子貞」二字更常見。例如：

（1）子貞：（《花東》12）

相似辭例尚見《花東》111、125、129、145、131、143、164、216、224、232、306、317、326、339、414、418、499、514 等。頗疑此類甲骨為某貞人所掌有的備用品。因此，某些甲骨止一辭刻寫「某貞」，其餘諸辭不署貞人名，可視為貞人名之省略。例如：

（2）三牢／三牢／五牢／子貞：／三牢（《花東》70）

（3）子貞：／甲寅歲且（祖）甲白豕？／甲寅歲且（祖）甲白豕
　　　戠酓，自西祭？／甲寅甲入酓？用。／癸丑宜鹿才（在）入？
　　　（《花東》170）

（4）戊申卜，子〔鼏〕：／丁亥卜，子鼏其往，亡巛？／甲寅卜，
　　　子鼏：／子貞：（餘略）（《花東》247）

（5）子貞：／丙卜，貞：其……／甲卜，子令……（餘略）（《花
　　　東》268）

（6）子貞：／貞：馬不死？／其死？（《花東》431）

（7）豐亡至咼（禍）？／子貞：／貞：妻亡至蓳（艱）？（餘略）
　　　（《花東》505）

（8）癸酉卜，且（祖）甲？永、子。（《花東》449）

以上諸例，署「子貞」二字者均為獨立段落，其後並無命辭，同版其餘諸辭則不署貞人名而止有命辭，聯繫其他甲骨的貞卜體例，同版諸辭的貞卜工作也應是由「子」完成的。例4例8則可能是「子」與「子鼏」、「永」共貞之物。

（二）貞人兼卜、占二事者。

如同舊出卜辭，「子」有時身兼幾職，既卜又貞且占，例如：

（1）乙未卜，子：宿才（在）𣥲，冬（終）夕……自？子固曰：不
　　　隹……／乙未卜，才（在）𣥲丙……子固曰：不其雨。𣥲。
　　　（《花東》10）

（2）蕾阹鹿？子固曰：其蕾。（《花東》14）

（3）癸亥夕卜，日延雨？子固曰：其延雨。用。（《花東》227）

（4）辛未卜，禽（擒）？子固曰：其禽（擒）。用。三毘。（《花東》
　　　234）

（5）甲寅卜，乙卯子其學商？丁、永。子固曰：其有壽蟆（艱）。
　　　用。子尻。／丙辰卜，歲匕己豕一？告子尻。／丙辰卜，歲
　　　匕己豕一？告尻。／丙辰卜，于匕（妣）己卲（御）？子尻。
　　　用。（《花東》336）

（6）庚戌卜，子于辛亥狄？子固曰：俎卜。子尻。用。（《花東》380）

（7）甲寅卜，乙卯子其學商？丁、永。用。／甲寅卜，乙卯子其
　　　學商？丁、永。子固曰：又祟。用。子尻。（《花東》487）

（8）庚子，歲匕（妣）庚才（在）狄牢？子卜曰：未子无。（《花
　　　東》267）

（9）丁卯卜，雨不至于夕？／丁卯卜，雨其至於夕？／子固曰：其
　　　至，亡翌戊。用。／己巳卜，雨不延？／己巳卜，雨其延巳？
　　　子固曰：其延冬日。用。／己巳卜，才（在）狄，庚不雨？子
　　　固曰：其雨，亡司夕雨。用。／己巳卜，才（在）狄，其雨？
　　　子固曰：今夕其雨，若。己雨，其于翌庚，亡丁司。用。（《花
　　　東》103）

（10）丙申卜，……翼（翌）？子固曰：其窀卲（御）。／丙申卜？子
　　　固曰：亦叀茲卲（御），亡窀。（《花東》173）

（11）癸酉卜，子其禽（擒）？子固曰：其禽（擒）。用。三毘六舄。
　　　（《花東》395）

（12）乙亥卜，其雨？子固曰：固曰：今夕雪。其于丙雨。其多日。
　　　／丁卜，雨不延于庚？／丁卜，雨不延于庚？子固曰：□。用。
　　　（《花東》400）

上引《花東》10 及《花東》267，可證「子」既卜又貞且占。舊出卜辭，除了「王」既可貞又可占外，亦偶見貞人兼有占者。例如：「戊子卜，屮〔貞：〕亦屮聖？屮固曰：聖。」（《合》20153）又如：「丙寅卜，屮：王告取兒？屮固曰：若，往。」（《合》20534）再如：「戊戌卜，扶占：妍（嘉）！」（《合》21069，即《續》5.7.4）

（三）未參與貞卜占者。

有時，「子」並不參與貞卜，而只對命辭內容下判斷並作出取捨。因此，這類卜辭的貞卜工作可能是由專職人員完成的。而「子」，可能只是視兆者。例如：

(1) 辛丑卜，翼（翌）日壬子其以周于狀？子曰：不其……（《花東》108）

(2) 己卯卜，貞：龜不死？子曰：其死。（《花東》157，二辭）

(3) 甲夕卜，日不雨？／甲夕卜，日雨？子曰：其雨。用。（《花東》271）

(4) 乙酉卜，入Ａ（肉？）？子曰：俤卜。（《花東》490）

二、丁（囗）

此「丁」疑即舊出殷墟卜辭之「兄丁」〔註3〕。董作賓先生云：「疑兄丁為小乙之子，母己所出，故武丁於祀父乙母己時並祀及之。」〔註4〕「兄丁」除了董先生所舉武丁期《後》上 7.5 外，尚見《懷特》B0910，辭云：「貞：不佳兄丁它？／貞：佳兄丁它？」若推論可信，則進一步證實花東甲骨是早至小乙之物。貞人「丁」所貞卜辭不多，明確者僅見以下四例：

(1) 乙卜，入𝄞？丁貞：又入？／庚卜，丁各？永。（《花東》446）

(2) 甲寅卜，乙卯子其學商？丁、永。用。子尻。／甲寅卜，丁、永：于子學商？用。（《花東》150）

〔註3〕關於「丁」的身份，學界論說紛紜：或以為即武丁，或以為讀如「帝」，或以為通作「辟」。參看曹定雲：〈殷墟花東 H3 卜辭中的「王」是小乙——從卜辭中的人名「丁」談起〉，《古文字研究》第二十六輯，北京：中華書局，2006 年 10 月第一版，第 8～18 頁；又參張永山：〈也談花東卜辭中的「丁」〉，《古文字研究》第二十六輯，北京：中華書局，2006 年 10 月第一版，第 19～23 頁。

〔註4〕參看氏著：〈甲骨文斷代研究例〉，《慶祝蔡元培先生六十五歲論文集》（上冊），北平：國立中央研究院歷史語言研究所，1933 年，第 109 頁。

（3）辛酉卜，丁：其先有伐，乃出歡？／辛酉卜，丁：先有伐，

乃歡？（（《花東》154）

（4）甲辰卜，丁：各夭（妖）于我……于大甲？（《花東》169）

例 2 或署名於命辭之前，或署名於命辭之後，是卜辭常見的文例之一。
例 3、4「丁」後省略「貞」，也是常見辭例（詳下文）。《花東》72 整版只見
四「丁」字，估計也是「丁」所掌有而待貞卜的甲骨。別有不能確知為「丁」
所貞卜者，例如：

（5）辛未卜，丁弗其从白戈伐卲？／辛未卜，白戈再册，隹丁自正

卲？／癸酉卜，貞：子利爵且乙辛亡莫？／貞：子妻爵且乙庚

亡莫？（《花東》449）

（6）壬卜，才（在）麓丁曰：余其啟子臣。允。（《花東》410）

（7）辛亥卜，丁曰：余不其往，母壺。／辛亥卜，子曰：余□壺。

丁令子曰：往眔帚（婦）好于曼麥！子壺。（《花東》475）

（8）辛卜，婦曰：子丁曰：子其又疾。允其又。（《花東》331）

例 5 切合舊日所出卜辭「某曰」例〔註5〕。例 7 可證「丁」地位之高，貞卜
之後並非命辭，卻是「丁」對「子」發布命令。例 8 疑「子丁」即「丁」。

三、㱃（⼘）

舊出小屯卜辭有貞人「㱃」，為武丁期賓組貞人，與宁、爭等有同版關係
〔註6〕。花東甲骨所見貞人「㱃」親臨貞問者不多，僅見二例：

（1）㱃貞：／貞㱃：不死？（《花東》78）

（2）㱃貞：（《花東》464，二辭）

四、友（州）

舊出卜辭有名為「友」者。例如：「……勿燾？友曰：若。」（《合》26846）
但不能確定為貞人。花東甲骨中涉及貞人「友」的卜辭見下：

（1）友貞：子冥？／友貞：子冥？（《花東》2）

（2）友貞：子冥？（《花東》152）

〔註5〕參看饒宗頤：《殷代貞卜人物通考》，香港：香港大學出版社，1959 年，第 50 頁。

〔註6〕參看饒宗頤：《殷代貞卜人物通考》，香港：香港大學出版社，1959 年，第 1220 頁。

（3）乙亥卜，子宮？友。羧又復弗死？（《花東》21）

例1、2為「友」所親貞者，有此二辭，即可確定「友」是貞人。例3則屬「記名於辭末例」〔註7〕。舊出卜辭「記名於辭末例」並不鮮見，例如：「貞：隹韓司（后）它帚好？殼。」（《乙》7143反）又如：「貞：王阝豕父乙？宁。／貞：勿阝豕父乙？宁。」（《乙》3068，即《合》974正）再如：「丙午……今日其雨？大采雨自北，延……戌，少雨。扶。」（《乙》16）

除了上引三例，「友」所參與的貞卜活動還見於以下甲骨刻辭：

（4）壴匕（妣）己友龍？（二辭）（《花東》39）

（5）甲辰，歲覓友且（祖）甲龍，叀子祝用？（《花東》179）

（6）乙巳，又（？）祭且（祖）乙友靯？／庚戌，又（？）祭匕
　　　庚友白豕？／甲辰，又（？）祭且（祖）甲友靯？（二辭）
　　　（《花東》267）

（7）丙寅卜，才（在）𡔴，占（由）友用，隹（唯）其又吉？（《花
　　　東》300）

（8）壬子卜，其改截友若用？（《花東》316）

（9）甲辰歲覓且（祖）甲又友用？／甲辰歲且（祖）甲覓友龍？
　　　／甲辰歲且（祖）甲覓友龍？（《花東》338）

（10）乙丑卜，我人？子炅召（劦）友。／延又凡占（由）友其艱（艱）？
　　　（《花東》455）

上引諸例中，例6、7、9、10所記錄的貞卜活動「友」可能也負責貞卜，尤其是例10，恐怕是「友」與「子炅」的共貞之辭；而例3、4、5、8所記錄的貞卜活動，「友」可能負責獻牲，所以貞問是否奉祭「友」的白豕、龍及靯。

五、永（𣱵𣱵）

𣱵、𣱵，挖掘整理者原釋作「永」。但是，𣱵、𣱵與舊見「永」略異。於是，或改釋為「衍（侃）」〔註8〕。竊以為釋𣱵為「衍（侃）」頗缺乏理據。舊出小屯卜辭亦見貞人「永」，為武丁期貞人。其卜辭形式或有同於花東者。例

〔註7〕更多的類似辭例參看饒宗頤：《殷代貞卜人物通考》，香港：香港大學出版社，1959年，第57～58頁。

〔註8〕參看陳劍：〈說花園莊東地甲骨卜辭的「丁」──附：釋「速」〉，《故宮博物院院刊》，2004年第4期，第53頁。

如：「乙未卜，永：其雨？」（《乙》3398）這種署名格式也見於其他貞人所貞的卜辭，例如：「癸未卜，扶貞：⿰弗疾？⿱疾，咼（骨）凡？」（《合》21050，即《前編》8.6.1）「貞」字未省。然而以下例子：「庚午卜，扶：日翼（翌）……雨？允多〔雨〕。」（《乙》17）「庚午卜，扶：日雨？」（《乙》386）二例貞人後的「貞」字或省略。又如：「癸巳卜，互貞：自今五日雨？貞：自今五日不雨？辛丑卜，互：其雨？辛丑卜，互：不雨？」（《乙》5388）貞人「互」後的貞字或省。因此，饒宗頤先生歸納說：「此甲（步雲案：指上引《乙》3398）同版上『卜永其雨』之辭凡數組，並省『貞』字。」〔註9〕《甲骨文編》收、、三形作「永」（孫海波：1965：450～451頁）。從字形上看，或可作「辰」（永、辰無別，可於《前》4.11.3、《前》5.7.5 二辭中得到證明，前者作，後者作，而均作貞人名。字亦作地名）。或可作「泳」。《合集續》521 見貞，凡二例，有兆側刻辭「二告」，則亦為武丁時貞人。《甲骨文字典》云：「從彳從人，人之旁有水點，會人潛行水中之意，為泳之原字。」「甲骨文正反每無別，故永、辰初為一字。」（徐中舒：2006：1235頁）因此，不排除也是「永」。或可作「術」，為「行」之繁構〔註10〕。那麼，可能並不是「永」。《甲骨文字集釋》只把作「永」（李孝定：1991：3411頁），可稱矜慎。就、的形體而言，近於、是毋庸置疑的，尤其是他作為貞人的角色，讓人聯想到古時中國職官的世襲制度或許在商代就存在。因此，花東所見的、實在應該作「永」。「永」參與的貞卜活動，見於以下刻辭：

（1）乙亥卜，永：／乙亥卜，永：／乙亥，永：（《花東》5）

（2）丙寅夕卜，永：不㰩于子？（《花東》9）

（3）甲辰夕歲且（祖）乙黑牡，叀子祝若？永。用。翼（翌）日召（劦）。（《花東》6）

（4）庚辰卜，三匕（妣）庚用牢，又牝匕（妣）庚？永。用。（《花東》226）

（5）戊寅卜，舟唬告卤旦弗㰩？永。（《花東》255）

（6）壬辰卜，子心不吉？永。／庚寅卜，子往于舞？永。若用。

〔註9〕參看氏著：《殷代貞卜人物通考》，香港：香港大學出版社，1959年，第46頁。

〔註10〕參看屈萬里：《殷虛文字甲編考釋》，臺北：中央研究院歷史語言研究所，1961年，第90頁。

（《花東》416）

（7）甲子卜，子其舞？永。不用。／甲子卜，子戠弜舞？用。(《花
　　　東》305）

（8）咸（二辭）／巳／敔／永。(《花東》346）

（9）癸酉卜，且甲？永、子。(《花東》449）

（10）丁卯卜，子其入學？若？永。用。(《花東》450）

（11）甲申，子其學羌？若？永。用。(《花東》473）

（12）不、永：／永：／永：／不：

　　上引例 1、2，「永」位於「卜」字之後而省略「貞」字，其例與舊出卜辭相
同；例 3、4、5、6、7、8、10、11 則署名於卜辭之末，亦同舊例，其貞人身份
可據以確定。例 9 則是永與子共貞之辭。例 12 一版之上僅此四字，疑「不」亦
貞人名，這是「永」與其共貞的遺物。

六、亞奠（𠄠𠀑）

　　名為「亞奠」者或略作「奠」，原釋為「奠」，在沒有更好的解釋之前，不妨
從之。舊出殷墟卜辭也見名為「奠」者，辭云：「奠來五。」(《丙》292）為甲橋
刻辭，記錄進貢占卜材料事。則「奠」可能也是與商王室有著血緣關係的貴族。
《屯南》800：「其奠乎……」可證。

　　「亞奠」所貞者只見一例：

（1）癸卯卜，亞奠貞：子固曰：㠯用。／癸卯卜，亞奠貞：子固曰：
　　　冬卜用。／甲辰歲匕（妣）庚家一？(《花東》61）

　　舊出卜辭或有「卜貞」連辭者，可證貞人在貞問的同時也可以掌「卜」事。
例如：「〔癸〕卯，王卜貞：旬亡𡆥（禍）？王占曰：吉。在六月。……敕。」
(《寧滬》3.278）如果「奠」就是「亞奠」的話，「亞奠」也身兼貞卜二職。例
如：

（2）壬戌，奠卜：(《花東》295）〔註11〕

　　「亞奠」似乎不是專事貞卜者，以下卜辭可證：

（3）丙卜，隹（唯）亞奠乍（作）子齒？(《花東》28）

〔註11〕原釋者云：奠即前述卜辭中的亞奠。參看中國社會科學院考古研究所編著：《殷墟花
　　　園莊東地甲骨》第六分冊，昆明：雲南人民出版社，2003 年 8 月第一版，第 1684 頁。

（4）叀亞酉□弜告？（《花東》260）

（5）戊卜，厌酉其乍（作）子齒？／戊卜，厌酉不乍（作）子齒？

（《花東》284）

據例3、例5文義，可知「亞酉」即「厌酉」，似乎是位有爵位的人物。

（6）貞酉：不死？（《花東》186）

疑此為「酉貞」倒文，或為「卜貞某卜例」辭式（詳下文）。

七、夫（大）

署有「夫」的卜辭，僅見一例：

（1）夫貞：（《花東》57）

通版止此二字，如同前述「子貞」者，當為貞人「夫」所擁有。

八、子炅（𢀒）

「子炅」的「炅」原篆作𢀒，或釋為「金」。似有可商。「子炅」所貞卜辭如次：

（1）子炅貞：（《花東》6）

（2）子炅貞：其又蓁（艱）？（《花東》122）

（3）庚子卜，子炅：／庚子卜，子〔炅〕：其又至莫？（《花東》416）

（4）戊申卜，子〔炅〕：／丁亥卜，子炅：其往，亡巛？／甲寅卜，

子炅：／子貞：（餘略）（《花東》247）

（5）庚卜，子炅：／其才（在）㭪？若？（《花東》235）

（6）己卜，子炅：／乙歲羊匕（妣）庚？／庚卜，子炅：十月丁出

獸？（《花東》337）

（7）丙辰卜，子炅：丁往于黍？（《花東》379）

（8）壬卜，子又祟？曰：見丁官。／壬卜，子又祟？曰：往乎𠂤。

／壬卜，子炅：（二辭）（《花東》384）

（9）用。／戊卜，子炅：／一牛。／用。／其乍（作）宮東？（《花

東》419）

（10）甲卜，乎多臣見翼（翌）于丁？用。／乙卜，子炅：（《花東》

453）

（11）乙丑卜，我人？子𡆥名（劜）友。／子𡆥南／延又凡屮（由）

　　　友其蟆（艱）？（《花東》455）

（12）甲卜，子𡆥：／庚卜，子𡆥：（《花東》469）

（13）甲子卜，子𡆥：（《花東》474）

（14）乙卯卜，其卸（御）大于癸子𣪠豕一又二邕用又疾？子𡆥。

　　　（《花東》478）

（15）壬寅卜，子𡆥：子其屮□于帝？若？用。（《花東》492）

以上諸辭，「子𡆥」後或省「貞」字，與上引卜辭辭例相同。《花東》15、140 整版有刮削痕跡，只剩下「子𡆥」、「用」、「才（在）入」、「乙卜」、「丁卜」等文字，可能也是「子𡆥」所貞卜者。

九、利（𣂤）

貞人「利」所作三見：

（1）利貞：（《花東》22）

（2）己巳，利：亡戈？（《花東》240）

（3）子延𠂤言？利。若？（二辭）／勿言？利。（二辭）（《花東》285）

舊出卜辭亦見名「利」者，例如《合》4205、《合》8300 等，或用為人名，或用為地名。花東甲骨別有名「子利」者，不知與「利」有何關係。

十、子阱（𦥑𨸏）

貞人「子阱」所作止一見：

（1）子阱貞：（《花東》33）

十一、劀（𦧏𠨧𠭯𠨪）

貞人「劀」所作如次：

（1）彈貞：劀貞：（《花東》174）

（2）辛酉宜劀牝眔𣪠豕？／辛酉宜劀牝眔𣪠豕晨改？（《花東》226）

（3）辛未卜，子往？劀、子。乍子更邕。／丁丑卜，其合彈眔劀。

　　　　／丁丑卜，弜合〔彈〕眔劋。（《花東》370）

　　（4）庚申夕卜，子其乎劋於？（《花東》437）

　　（5）甲戌卜，子乎劋�（嘉）帚（婦）好用在？（《花東》480）

　　（6）叀劋人乎先奏？／叀劋人乎〔先奏〕？（《花東》252）

　　饒宗頤先生說：「占卜人數，卜辭所見，有二人至三人共貞者。」〔註12〕例如：「己丑卜，彭、宄貞：其State且（祖）丁門，于劼（劦）衣邛乡？」（《甲》2769）又如：「癸亥卜，大、即：王其田，禽？」（《甲》1274）據《花東》174、《花東》370，由二人或以上的貞人合作貞卜一事的事實可以得到進一步的證明。

十二、彈（State、State）

　　舊出卜辭，「彈」亦有State、State二形（孫海波：1965：502頁），或作「弦」而分為二字（島邦男：1971：377頁）。從文義上看，此二形恐怕是一字之異體。據《粹》528：「癸亥卜，宄貞：翌丁卯酻彈牛百于方（祊）……」可知「彈」為武丁時代人物。

　　花東卜辭所見的「彈」親自參與貞卜活動有以下幾版甲骨：

　　（1）彈貞：劋貞：（《花東》174）

　　（2）庚戌，宜一牢？彈。／庚戌，宜一牢，才（在）入？彈。（二辭）（《花東》178）

　　（3）己酉，夕伐羌，才（在）入，庚戌宜一牢？彈。（《花東》376）

　　（4）辛未卜，子往。劋子乍子叀State？／丁丑卜，其合彈眔劋。／丁丑卜，弜合〔彈〕眔劋。（《花東》370）

　　（5）癸卯卜，才（在）糞，彈：以馬？子固曰：其以用。（《花東》498）

　　花東卜辭所見的「彈」恐怕也是個貴族，下列卜辭可證：

　　（6）辛亥卜，彈啟帚（婦）好幻三，State啟帚（婦）好幻二？用。往State。／辛亥卜，叀彈見于帚（婦）好？不用。（《花東》63）

〔註12〕參看氏著：《殷代貞卜人物通考》，香港：香港大學出版社，1959年，第26頁。陳夢家先生也有類似論述，參看氏著：《殷虛卜辭綜述》，北京：中華書局，1988年1月第一版，第175～176頁。

（7）歲二羊于庚，告彈來？（《花東》85）

（8）卜，弜乎彈燕寧？／弜乎彈燕？（《花東》255）

（9）壬辰卜，子乎射，彈取又車，若？／癸巳卜，子叀又取，彈
　　　从，乎大令車，若？／壬辰卜，子乎从射，彈吏若？（《花東》
　　　416）

（10）庚戌卜，子叀彈乎見丁眔大，亦燕用昃？（《花東》475）

「彈」與「子」、「婦好」素有過從，社會地位當不低。

十三、受（া）

貞人「受」所作止一見：

（1）受貞：／ৃ其坒？／ৃ不坒？／戊卜，其日用，ৃ不坒？（《花
　　　東》191）

曹定雲先生云：「『受』是武丁時就存在的諸侯國，傳世的『受』國銅器有
『亞受方鼎』（《商周彝器通考》307頁，附圖一二七）。在卜辭中，也保留著有
關『受』的記載：『……貞：受歸？』（《卜》93）『受不雉王眾？』（《佚》922）
『□受其追方，叀……』（《京》4391）」〔註13〕如所論可信，則諸侯國有任職於
京畿的占卜機構者。

十四、母（母）

貞人名「母」，頗讓人困惑：是名字還是親屬稱謂呢？「母」所貞的卜辭都
只有不署「干支卜」的前辭，而並無命辭，據《花東》349，也許這是「母」與
其他貞人共同主持貞卜的甲骨。例：

（1）陰貞：／爵凡：／三小子貞：／貞母：／貞延：（《花東》205）

（2）其丁又疾？／母貞：／陰貞：（二辭）／爵凡貞：／甲貞：／
　　　子貞：／子又鬼夢，亡咼（禍）？子夢丁，亡咼（禍）？（《花
　　　東》349）

（3）辛未卜，母：虗？（《花東》253）

據例2，可知例1的「貞母」為倒文。以此類推，同版的「貞延」也是倒

〔註13〕參看氏著：《殷墟婦好墓銘文研究》，昆明：雲南人民出版社，2007年4月第一版，
　　　　第30頁。

文。不過也有可能是饒宗頤先生所謂「卜貞某卜例」辭式的變例〔註14〕。例3的「埜」可能是「壺」的異體。

十五、陞（𠂤）

如同貞人「母」，貞人「陞」所貞的卜辭也都只有不署「干支卜」的前辭。
例：

（1）陞貞：／爵凡：／三小子貞：／貞母：／貞延：（《花東》205）

（2）其丁又疾？／母貞：／陞貞：（二辭）／爵凡貞：／𭅝貞：／子貞：／子又鬼夢，亡咼（禍）？子夢丁，亡咼（禍）？（《花東》349）

（3）陞貞：／配貞：／夕貞：／遇貞：／貞陞：／貞丙／貞：又示司（后）庚？／貞爵凡：（《花東》441）

例3，「陞」或在「貞」字之前，或在其後，可證貞人署名之隨意。

十六、爵凡（𤔔日）

如同貞人「母」，貞人「爵凡」所貞的卜辭大都只有不署「干支卜」的前辭。
例：

（1）陞貞：／爵凡：／三小子貞：／貞母：／貞延：（《花東》205）

（2）其丁又疾？／母貞：／陞貞：（二辭）／爵凡貞：／𭅝貞：／子貞：／子又鬼夢，亡咼（禍）？子夢丁，亡咼（禍）（《花東》349）

（3）陞貞：／配貞：／夕貞：／遇貞：／貞陞：／貞丙／貞：又示司（后）庚？／貞爵凡：（《花東》441）

（4）癸巳，爵：（《花東》93）

（5）爵（《花東》51）

例3的「爵凡」後置，或亦「卜貞某卜例」辭式的變例。例4的「爵」，以

〔註14〕參看氏著：《殷代貞卜人物通考》，香港：香港大學出版社，1959年，第48頁。

「亞酋」例之，當即「爵凡」。例 5 整版止一「爵」字，原篆作🐚，原釋作「𦥯」〔註15〕。殆非。

十七、三小子（三ⳇ𣥖）

名為「三小子」者僅一見：

（1）陷貞：／爵凡：／三小子貞：／貞母：／貞延：(《花東》205）

如前所述，舊出卜辭有貞人共貞現象，因疑「三小子」是相對於「母」而言的「延」、「陷」和「爵凡」的合稱。這裡姑且視「三小子」為一獨立貞人備考。

（2）癸酉卜，才（在）𠛱，丁弗宨且乙？三子固曰：弗其宨。用。
（《花東》480）

疑此辭「三子」即「三小子」。

十八、延（ⳇ𣥖）

ⳇ𣥖或隸定為「征」。貞人「延」所作僅一例：

（1）陷貞：／爵凡：／三小子貞：／貞母：／貞延：(《花東》205）

如前所述，「貞延」當作「延貞」，當然也可能是前辭文例的變體。

十九、大（大）

舊出殷墟卜辭有貞人名「大」者，在祖庚祖甲之朝。則花東所見之「大」可能為其父輩祖輩。花東甲骨名為「大」者所貞止見二例：

（1）癸丑卜，大：叙弜𠦪（御）子口疾于匕庚？（《花東》247）
（2）貞大：(《花東》307）

同樣地，《花東》307 的「貞大」也是「大貞」的倒文，當然也可能是前辭格式的變例。

二十、配（配）

貞人「配」所貞止見一例：

〔註15〕參看中國社會科學院考古研究所：《殷墟花園莊東地甲骨》第六分冊，昆明：雲南人民出版社，2003 年 8 月第一版，第 1581 頁。

（1）陷貞：／配貞：／夕貞：／迥貞：／貞陷：／貞丙／貞：又示
司（后）庚？／貞爵凡：（《花東》441）

二十一、迥（𢕌）

貞人「迥」所貞止一見：

（1）陷貞：／配貞：／夕貞：／迥貞：／貞陷：／貞丙／貞：又
示司（后）庚？／貞爵凡：（《花東》441）

「迥」原釋作「通」〔註16〕。可能是正確的。

二十二、丙

貞人「丙」所貞止一見：

（1）陷貞：／配貞：／夕貞：／貞迥：／貞陷：／貞丙／貞：又
示司（后）庚？／貞爵凡：（《花東》441）

以上二十二人，其名或署於貞字之前，或署於貞字之後命辭之前，或署於
命辭之後，都可確定為貞卜人物。以此律之，下列三人雖署名於命辭之後，亦
貞卜人物無疑。

二十三、子尻（𦣞𧾷）

「子尻」其人，亦見於舊出殷墟甲骨，例：「丙戌卜，互貞：子尻其业囗？」
（《乙》5451）花東卜辭所見之「子尻」可能是王室貴族而兼主貞卜之事者。
例：

（1）甲寅卜，乙卯子其學商？丁、永。用。子尻。／甲寅卜，丁、
永：于子學商？用。（《花東》150）

（2）庚申卜，歲匕（妣）庚牝？子尻。卸（御）往。（《花東》209）

（3）甲寅卜，乙卯子其學商？丁、永。子固曰：其有壽𦰩（艱）。
用。子尻。／丙辰卜，歲匕己豕一？告子尻。／丙辰卜，歲
匕己豕一？告尻。／丙辰卜，于匕（妣）己卸（御）？子尻。
用。（《花東》336）

〔註16〕參看中國社會科學院考古研究所：《殷墟花園莊東地甲骨》第六分冊，昆明：雲南
人民出版社，2003年8月第一版，第1729頁。

（4）庚戌卜，子于辛亥伏？子固曰：侟卜。子尻。用。（《花東》
　　（380）

（5）甲寅卜，乙卯子其學商？丁、永。用。／甲寅卜，乙卯子其
　　學商？丁、永。子固曰：又祟。用。子尻。（《花東》487）

　　如前所述，殷墟卜辭有二三人共貞一事的現象，上引例 1、3、5 當是「子
尻」與「丁」、「永」共貞之辭。

二十四、子祝（ＸＸ／ＸＸ）

　　子祝原篆作「ＸＸ」、「ＸＸ」二形。據《花東》17、29、291 等文例文意，
並據干支「子」之字形（略異，殆避諱之故），ＸＸ當為「Ｘ」之繁構。《村中村
南》64 亦見此字，作「ＸＸ」，辭云：「戊子……ＸＸ／二牛，又雨？／叀ＸＸ至，又
雨？／……至，又雨？」商金文亦見。明義士舊藏的一件爵，上銘 2 字：「ＸＸ
Ｘ」（《近出二》741）這個字恐怕就是《說文》中「子」的籀文「ＸＸ」。因此，
ＸＸ即ＸＸ。ＸＸ字亦見於舊出殷墟卜辭，《甲骨文編》收入附錄上一〇九，凡三
見（孫海波：1965：854 頁）。今天可據花東所見考定為「子」。

　　如同「子尻」，「子／ＸＸ祝」恐怕也是在其位者，貞卜只是他日常生活的一
部分。

　　若從使用頻率看，「子／ＸＸ祝」辭例很多，大致與「子」相當。

（一）署名為「ＸＸ」者凡 30 例：

（1）丁酉歲宜甲牝、ＸＸ一才（在）麗？子祝。（《花東》7）

（2）甲午歲且（祖）甲牝一？子祝才（在）ＸＸ。／乙未歲且（祖）
　　乙牝？子祝才（在）ＸＸ。／叀子祝歲且（祖）乙牝？用。／
　　弜子祝叀之用于且（祖）乙？用。／乙巳歲且（祖）乙牝？
　　子祝才（在）ＸＸ。／乙巳歲三且（祖）乙牝？子祝才（在）
　　ＸＸ。（《花東》13）

（3）甲辰歲且甲一牢？子祝。／巳歲且乙一牢？ＸＸ祝。（《花東》
　　17）

（4）乙亥夕歲且（祖）甲黑牝？子祝。／乙亥夕歲且乙黑牝一？
　　子祝。（《花東》67）

（5）辛酉昃歲匕（妣）庚黑牝？子祝。（二辭）（《花東》123）

（6）辛未歲且（祖）黑牝一祭龱？子祝曰：……／乙亥夕歲且乙
　　　黑牝一？子祝。（《花東》161）

（7）辛酉，昃歲匕（妣）庚黑牝？子祝。（《花東》175）

（8）乙巳，歲且（祖）乙三豕？子祝屮二□才（在）〔剢〕。（《花
　　　東》171）

（9）甲辰卜，歲燮友且（祖）甲麀？叀子祝用？（《花東》179）

（10）辛未卜，子弜祝用？／辛未卜，弜祝用？／戊寅卜，歲且
　　　（祖）甲牢且乙牢酉（酒），自西祭？子祝。（《花東》214）

（11）庚辰歲匕（妣）庚牠二豕一？子祝。（《花東》215）

（12）乙巳歲且（祖）乙牝？子祝才（在）□。（《花東》264）

（13）甲辰卜，又祭且（祖）甲，叀子祝？／戊申卜，叀子祝用？
　　　（二辭）（《花東》267）

（14）庚辰歲匕（妣）庚小牢？子祝才（在）麗。／甲申歲且（祖）
　　　甲小牢剢龱二？子祝才（在）麗。／乙酉歲且乙小牢牠剢三龱？
　　　嚮祝才（在）麗。（《花東》291）

（15）乙丑歲且（祖）乙黑牡一？子祝固：卸（御）彔才（在）剢。
　　　（二辭）（《花東》319）

（16）子歲且（祖）甲牝二？子祝才（在）剢。（《花東》330）

（17）甲辰夕歲且（祖）乙黑牡？子祝翼（翌）日劦（劦）。（《花東》
　　　350）

（18）乙亥歲且（祖）乙小靯？子祝才（在）麗。／甲申歲且（祖）
　　　甲小牢祭龱？子祝才（在）麗。（《花東》354）

（19）辛未歲且（祖）乙黑牡剢龱？子祝。（《花東》392）

（20）丙戌歲且（祖）丙羊歲且（祖）乙羊？才（在）曰子祝。（《花
　　　東》428）

（21）辛酉昃歲匕（妣）庚黑牝一？子祝。（《花東》437）

（22）庚午歲匕（妣）庚黑牡又六羊？子祝。（《花東》451）

（23）庚戌歲匕（妣）庚牝一？子祝才（在）麗。（《花東》452）

（24）癸卯歲且（祖）乙牝剢龱？才（在）麗祝。（《花東》463）

（25）乙亥歲且（祖）乙牡一又牝一？叀子祝用又屮。（《花東》481）

（26）甲辰夕歲且（祖）乙黑牡，叀子祝若？永。用。翼（翌）日
　　　召（劭）。（《花東》6）

（27）庚寅卜，叀子祝不旵（禍）？（《花東》29）

（28）甲午卜，叀子祝曰非？（《花東》372）

（29）乙亥，歲且乙黑牡一又羊？子祝。/乙亥，歲且乙黑牡一又
　　　羊〔　〕？子祝。（《花東》252）

（30）辛酉昃歲匕（妣）庚黑牝？子祝。（《花東》437）

　　　例 15「子祝固」云云，則子祝非普通貞人可無疑。例 10 一辭殆有錯簡闕
文：「辛未卜，子弜祝用？/辛未卜，弜祝用？/戊寅卜，歲且（祖）甲宰且
乙宰酉（酒），自西祭？子祝。」當讀為：「辛未卜，弜子祝用？/辛未卜，弜
〔子〕祝用？/戊寅卜，歲且（祖）甲宰且（祖）乙宰酉（酒），自西祭？子
祝。」試比較：「甲午歲且（祖）甲𥝢一？子祝才𠛱。/乙未歲且（祖）乙𥝢？
子祝才（在）𠛱。/叀子祝歲且（祖）乙𥝢？用。/弜子祝叀之用于且（祖）
乙？用。/乙巳歲且（祖）乙羊？子祝才（在）𠛱。/乙巳歲三且（祖）乙羊？
子祝才（在）𠛱。」（《花東》13）

　　　除了例 25～28 不能確定「子祝」親與貞卜外，其餘都為「子祝」所貞問無
疑：或署名於命辭之後，或並書卜地於後〔註17〕。

（二）署名為「　祝」者凡 6 例：

（1）甲辰歲且（祖）甲一牢？子祝。/巳歲且（祖）乙一牢？　
　　　祝。（《花東》17）

（2）庚寅卜，叀子祝不用？/庚寅，歲且（祖）□牝？　祝。/
　　　乙巳，歲且（祖）乙白麀一，又羊且乙？永。（《花東》29）

（3）丁亥，子其學□□？用。/癸巳歲匕癸一牢？　祝。（《花東》
　　　280）

（4）庚辰歲匕（妣）庚小宰？子祝才（在）麗。/甲申歲且（祖）
　　　甲小宰𥏀二？子祝才（在）麗。/乙酉歲且（祖）乙小宰羊
　　　𥏀三？　祝才（在）麗。（《花東》291）

〔註17〕參看氏著：《殷代貞卜人物通考》，香港：香港大學出版社，1959 年，第 55～56
　　　頁。

（5）□子〔卜，歲〕匕（妣）庚小宰？✦祝才（在）狀。（《花東》323）

（6）甲申，歲且甲䏎？✦祝。用。（《花東》220）

二十五、子臣（ � ）

貞人「子臣」文例止一見：

（1）甲戌貞，羌弗死？子臣。（《花東》215）

二十六、夕（ꓕ）

「夕」原疑為「肉」〔註18〕。從字形看，亦近「夕」。通觀全部卜辭，頗疑「丁」之誤刻。姑附於此：

（1）陷貞：／配貞：／夕貞：／貞遇：／貞陷：／貞丙／貞：又
示司（后）庚？／貞爵凡：（《花東》441）

附：

二十七、 𠂤

𠂤無釋。疑「子」之異體〔註19〕。𠂤所貞者只見下例：

（1）其丁又疾？／母貞：／陷貞：（二辭）／爵凡貞：／𠂤貞：／
子貞：／子又鬼夢，亡𡆥（禍）？子夢丁，亡𡆥（禍）（《花
東》349）

同版有「子」，則𠂤是否為「子」之異體不無疑問。

二十八、俅（ᴲ̄）

ᴲ̄，原隸定為「舣」。止二見：

（1）庚戌卜，子于辛亥狀？子固曰：俅卜。子尻用。（《花東》380）

（2）乙酉卜，入Ａ（肉？）？子曰：俅卜。（《花東》490）

「俅」很有可能只是卜人，即卜而不貞者，儘管「俅」也可能用為「卜」

〔註18〕參看中國社會科學院考古研究所：《殷墟花園莊東地甲骨》第六分冊，昆明：雲南人民出版社，2003 年 8 月第一版，第 1729 頁。

〔註19〕挖掘整理者釋「子」。參看中國社會科學院考古研究所：《殷墟花園莊東地甲骨》第六分冊，昆明：雲南人民出版社，2003 年 8 月第一版，第 1699 頁。

的修飾語。如前「亞酋」條所述，「貞」、「卜」關係密切，姑且附「俯」於此。

二十九、殷（𣪘）

貞人殷所貞，花東甲骨止見一例：

（1）甲戌卜，殷貞：曰眾勿？／貞：曰眾勿，弗其〔伐〕？（《村
　　　中村南》附二.3）

儘管同出花園莊東地，這版甲骨卻非發現於 H3 中，而是發現於 HDT2 中。因此，發掘整理者認為此名「殷」者即殷墟舊出賓組之貞人〔註20〕。正是有了此例，就可知道花東所出與舊出之殷墟卜辭恐怕都是王室之物，即便出土地、貞人有所不同也是如此。此外，這也間接證明了 H3 所出甲骨的時代不可能晚於武丁。

結　語

貞人的考定，不可不明卜辭的刻寫體例。饒宗頤先生已經為我們作了精到的歸納和總結，我們完全可以之為圭臬考察新出的甲骨卜辭。

花東甲骨卜辭的辭例大體同於以往所出殷墟甲骨，也有略異者，例如一併署貞人名與貞卜地名於命辭之後，就是新見之例。明乎此，卜辭的分章斷句始可保無誤。僅就貞人的署名而言，至少我們應注意以下三種情況：

一、貞人的名字，據花東卜辭可知，既可署於前辭，前辭的「貞」字如同此前所見卜辭一樣可以省略；也可如此前所見卜辭一樣署於命辭之後。這個現象證明了前辭格式其實是存在變例的。因此，某些卜辭的斷句應尤其小心，例如署有「永」等的卜辭前辭，「永」等宜獨立成句，其後應標示冒號。又如《花東》215，應標點為：「甲戌貞，羌弗死？子臣。」通常的語序應是：「甲戌，子臣貞：羌弗死？」再如：「甲辰夕歲且（祖）乙黑牡？子祝。翌日召（劦）。」（《花東》350）其實相當於：「甲辰，〔子祝：〕夕歲且（祖）乙黑牡？子祝翼（翌）日召（劦）。」只是因為「翌日召（劦）」的主語仍是「子祝」，所以前辭可以不署其名。這可以視之為承前省略。這種辭例，很可能屬補錄貞人名字性質，以說明該貞問是由誰主持的。當然也可能是占卜者的習慣使然。

〔註20〕參看中國社會科學院考古研究所：《殷墟小屯村中村南甲骨》，昆明：雲南人民出版
　　　社，2012 年 4 月第一版，第 747 頁。

二、貞人與其後的命辭在同一版中，「（某）貞」後的命辭如內容相同，「（某）貞」或止一見，餘皆可省略。《花東》191 即其典型例證。有時整版之上止署「某貞」二字，可知此版為某氏所掌有，俟後再視具體內容而作刻錄。

三、如同以往所出甲骨，花東卜辭可能有兩位甚至三、四位貞人共貞一事的現象。例如《花東》174 僅署「彈貞」、「㓞貞」四字而全版空白，分明留待日後貞卜之用。又如《花》349，「其丁又疾？」一事，可能是母、陮、爵凡等人共貞的。再如《花東》370：「辛未卜，子往。㓞子乍子叀㞢。／丁丑卜，其合彈眔㓞。／丁丑卜，弜合〔彈〕眔㓞。」當指占卜某事是否宜集合彈、㓞兩位貞人為之。因此，《花東》205 云「三小子貞」恐怕指同版共貞一事的三位貞人。這類卜辭的分章斷句應尤其小心。

因花東甲骨同出一坑，花東卜辭所見的二十六位貞人不妨視為同一集團。這麼龐大的貞人集團，為以往卜辭所不見，是研究貞人制度及其活動的重要資料。事實上，大部分的貞人都存在直接或間接的同版關係，只有「糸」、「利」、「子妖」、「受」、「子臣」等幾位例外。而從卜辭所記述的內容看，「丁」和「子祝」等與「子臣」也有所交集。那麼，把這二十多位貞人編為一組大概沒什麼問題。當然，分為兩組也是可以的（請參看本文所附同版貞人關係圖）。

倘若把目光投向以往所出甲骨，可以發現，花東某些個貞人可能與之前所見貞人有著某種聯繫，則貞卜的官職可能在家族中傳承。假設花東卜辭早於武丁期卜辭，則花東所見之子、永、糸、大等皆前朝貞人之在武丁朝任職者，或是其後嗣。

據此前所見甲骨刻辭及商代銅器銘文，可知京畿占卜機構的貞人有來自方國者。換言之，貞人為之服務的仍可能為「王」，則花東所出甲骨是否為「非王卜辭」當存疑問，即便主持占卜者為「子」也不例外，畢竟他仍是王室的一員。然而，方國（例如周）所出則又當別論。

貞人的貞卜職能多樣。像「丁」、「子」，既是權傾一方的政治首領，又掌貞卜之術，卜、貞、占皆能。

貞人是否即書手，可以通過花東一字異形的情況加以判斷：在花東卜辭中，子作「」，巳作「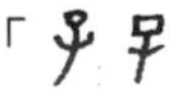」，王作「」，貞作「」，尞作「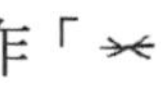」，于作「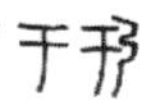」，有作「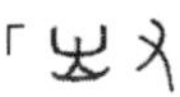」等。可惜的是，這項研究迄今尚無專論。尤冀方家有以教我。

【附記】數年前，陳偉武教授賜贈饒宗頤先生《殷代貞卜人物通考》兩大冊，適值饒公壽屆百齡，謹以此文為賀，並誌謝忱！

附：花東卜辭同版貞人關係圖

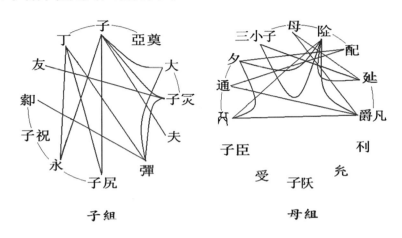

本文徵引文獻及簡稱表

1. 中國社會科學院考古研究所（孫海波）：《甲骨文編》，北京：中華書局，1965 年。本文甲骨文著錄簡稱悉參是書「引書簡稱表」。
2. 島邦男：《殷墟卜辭綜類》，東京：汲古書院，1971 年。
3. 郭沫若主編、胡厚宣總編輯：《甲骨文合集》，北京：中華書局，1979～1982 年。本文簡稱《合》。
4. 李孝定：《甲骨文字集釋》，臺北：中央研究院歷史語言研究所，1991 年。
5. 中國社會科學院歷史研究所（彭邦炯、謝濟、馬季凡）：《甲骨文合集補編》，北京：語文出版社，1999 年。本文簡稱《合集補》。
6. 中國社會科學院考古研究所：《殷墟花園莊東地甲骨》，昆明：雲南人民出版社，2003 年。本文簡稱《花東》。
7. 徐中舒：《甲骨文字典》，成都：四川辭書出版社，2006 年。
8. 中國社會科學院考古研究所：《殷墟小屯村中村南甲骨》，昆明：雲南人民出版社，2012 年。本文簡稱《村中村南》。

原載《華學》第十二輯，廣州：中山大學出版社，2017 年 8 月第 1 版，第 112～129 頁。

〈甲骨文斷代研究例〉述評

研究商史不能不仰仗甲骨，而治甲骨不能不明斷代。自董作賓就大龜四版的考釋，確立「貞人」之說，繼而創立斷代理論以來，治斯學者大都以此為利器。

筆者實在是不避淺陋，敢言「述評」。然而，近年來對董作賓先生的〈甲骨文斷代研究例〉（以下簡稱〈斷代〉）提出修正意見以期嚴密者有之〔註1〕，以為董先生的學說已不適應斷代要求者亦有之。考慮到《斷代》乃甲骨文研究的方法論之一，它的理論體系是否正確，是否健全，與今後的甲骨文斷代工作關係甚大。因此，對〈斷代〉重新加以檢討，顯然是必要的。

一

〈斷代〉成文於一九三二年，距一八九九年（即發現甲骨文的時間）有三十三年之久。其間經羅振玉、王國維等人的研究，甲骨文已大體可讀。這可以說是甲骨文斷代的基本條件。而劉鐵雲、羅振玉、王國維等對甲骨文大致時代的考訂，對甲骨文的斷代研究不能不說是有啟發意義的推測。尤其重要的是，自一九二八年始在殷墟展開的科學發掘。董先生一直在那裡工作，對甲骨的出土情況瞭如指掌。大龜四版的發現，遂使他萌發了斷代的想法。就在〈斷代〉

〔註1〕載《慶祝蔡元培先生六十五歲論文集》（上冊），北平：國立中央研究院歷史語言研究所，1933年1月。

發表的前兩年，他作了〈大龜四版考釋〉一文〔註2〕，初步擬定了斷代的八項標準。

從以上簡單的回顧中，我們可以清楚地瞭解《斷代》的產生決不是偶然的事件。應該說，它是三十年甲骨文研究的結晶。

那麼，〈斷代〉從發表到今天已經五十四年了，它是否經得起時間的考驗呢？

讓我們約略復述一下前輩學者及時下的評論吧。

郭沫若儘管不同意〈斷代〉中的個別觀點，但對董文卻推崇備至，自謂：「通讀數徧，既感紉其高誼，復驚佩其卓識。」「余讀此文之快味，固有在尋常欣賞以上也。」郭先生概括說：「董氏之貢獻，誠非淺鮮。」「頓若鑿破鴻蒙。」〔註3〕

王宇信先生：「由貞人的發現到斷代研究十項標準的建立，是董作賓對甲骨文研究的重大貢獻。雖然還有一部分所謂『文武丁』卜辭的時代以及如何把所有卜辭分在每一王下，還需要深入研究，但畢竟使羅振玉、王國維以來的將二百七十三年甲骨文作為渾沌的殷代史料，可以劃分為五個不同時期了。從此鑿破鴻蒙，有可能探索甲骨文所記載的史實、禮制、祭祀、文例發展變化，把對晚期商各朝的歷史研究建立在科學的基礎上。所以『斷代例』的發明，是甲骨文研究中的一件劃時代大事。」〔註4〕

吳浩坤、潘悠：「董作賓先生提出『貞人說』，提出五期分法和十項斷代標準，這在今天看來，雖然不無可商之處，但基本上還是適用的。」〔註5〕

陳師煒湛：「董氏之說雖非盡善盡美，但也堪稱基本正確。特別是他的貞人說，乃是對甲骨文研究的一大貢獻。」「經過近五十年的檢驗，證明董氏提供的方案雖不完備，卻是大體可用的。如果沒有董氏提供的這個方案，甲骨文斷代研究能否達到今天的水平，也很難預料。」〔註6〕

〔註2〕載《安陽發掘報告》第三期，1931 年 6 月。
〔註3〕氏著：《卜辭通纂・後記》，北京：科學出版社，1983 年 6 月第一版。
〔註4〕參看氏著：《建國以來甲骨文研究》第一章第五節，北京：中國社會科學出版社，1981 年 3 月第一版。
〔註5〕參看氏著：《中國甲骨學史》第七章第一節，上海：上海人民出版社，1985 年 12 月第一版。
〔註6〕參看氏著：〈「歷組卜辭」的討論與甲骨文斷代研究〉，《出土文獻研究》第一輯，北京：文物出版社，1985 年 6 月第一版。

我認為，這些都是中肯的評價。

首創新說，自然難以盡善盡美。如果我們本著求實、求是的精神，當然有希望制定出更為科學的體例。

誠如董先生自己所說：〈斷代〉「不是斷代研究成功後的一篇結論，這乃是斷代研究嘗試中的幾個例子。大體的輪廓是有了，一個研究甲骨文字的新方案，我已提供在這裡。希望治此學者，平心靜氣來批評這方案是否可用？是否完備？既然甲骨文字有斷代研究的需要，那我們先決問題是如何斷代？以何者為斷代的標準？標準有了，方法定了，我們就可以把所有出土的材料統統薈萃起來，然後用這標準，這方法，去整理研究他，以完成殷代的一部信史。」〔註7〕

二十二年後，董先生全面評估了〈斷代〉的十項標準，說：「這個方法，現在已經甲骨學者公同認為正確的，不再有『質疑』辯難的異議了。」〔註8〕

董先生的說法大致是不錯的。歎為觀止的《甲骨文合集》的編次正是五期分法。然而，董先生大概沒有料到：《甲骨學五十年》發表後的第三年，李學勤先生提出了「分類和斷代研究」的新說。其後，林澐先生又把這新理論推進一步〔註9〕。

李、林兩先生認為，甲骨斷代實質上包括兩個方面：甲骨分類以及確定每類甲骨的存在年代。他們認為，董作賓和陳夢家「所說的『斷代標準』，都是把甲骨分類和確定某類甲骨的年代範圍這兩件事混為一談的」。因此，林先生認為：「只有把零散的甲骨先進行分類，對每類甲骨中所見的全部稱謂加以總結，並統計各種稱謂的數量比例以明確其主次，由這種『稱謂系統』與商王世系進行對比，才能較可靠地確定每類甲骨的存在年代。」在這種思想指導下，林先生提出以下建議：「在對署卜人名的卜辭進行分類時，卜人及其同版關係，是正確分類的基本依據。」「至於對習慣上不署卜人名的一大批卜辭，堪稱分類第一標準的，只是字體而已。」「要想確定每類甲骨的具體年代，原始根據只有稱謂和地層二者。」針對董先生解釋「文武丁之謎」而提出「復古說」，

〔註7〕見氏著：〈甲骨文斷代研究例〉，《慶祝蔡元培先生六十五歲論文集》（上冊），北平：國立中央研究院歷史語言研究所，1933年1月，第424頁。
〔註8〕參看氏著：《甲骨學五十年》，臺北：藝文印書館，1955年7月初版，第141頁。
〔註9〕參看李學勤：〈評陳夢家《殷虛卜辭綜述》〉，《考古學報》，1957年第3期；林澐：〈小屯南地甲骨與殷墟甲骨斷代〉，《古文字研究》第九輯，北京：中華書局，1984年1月第一版。

李先生則認為不存在「復古」，只是甲骨的發展有兩個系統使然。

以上介紹的就是「分類和斷代說」的核心思想。

在重溫了董先生的〈斷代〉後，我是這樣理解的：〈斷代〉是一個完整的斷代理論體系，十項標準是建立在對具體的甲骨文斷代上的。董先生從沒說過十項標準有分類的功效。因此，根本不存在「把分類和斷代混為一談」。〈斷代〉實際上是標準片斷代法，如同郭沫若先生的金文標準器斷代一樣，以標準片作經緯衡定非標準片。在這樣的原則下，〈斷代〉所舉之例，尤其是世系、稱謂、貞人、坑位所舉之例，幾乎都是標準片。而後六項標準片的確定，則是由前四項的標準片推導出來的。十項標準，彼此聯繫，相輔相成。在具體斷代中，綜合運用十項標準判別甲骨，無往而不利，相反，僅據一、二項即斷定某甲骨屬某王，不免失之偏頗。

如果我們承認據世系、稱謂、貞人、坑位四項可以確定一部分標準片的話，那麼，由這部分標準片推導出「方國、人物、事類、文法、字形、書體」等六項的標準片則是順理成章的。董先生之所以用「復古說」解釋「文武丁之謎」，是因為他自己也不免受「字形」和「書體」兩項所羈絆。無獨有偶，今天有的學者正重蹈董先生的覆轍。就舉林澐先生的「字體分類說」為例，林先生一方面說「多數甲骨卜辭是不含稱謂的」，另一方面卻又認為「把零散的甲骨先進行分類。對每類甲骨中所見的全部稱謂加以總結，並統計各種稱謂的數量比例以明確其主次」，林先生所指「零散的甲骨」當然也包括有稱謂者，否則便無法對「全部稱謂加以總結」。為什麼不能像董先生那樣，對全部有稱謂的甲骨加以總結，確定標準片後再去統括「零散的甲骨」呢？把字體（林先生說的字體包括字形特徵、用字習慣和書體風格）作為「分類」的標準，其科學性令人生疑（這個問題本文下面還要繼續討論）。如果字體可以作為「分類」的標準，這「分類」的工作大可交由筆跡學專家去做，甲骨學家要做的就只是「斷代」而已。由字體去分類，由分類去斷代，其做法顯然是本末倒置。

本來，有些甲骨文的具體時代在目前尚難確定，「無稱謂可考」，「無人物可供參證」，也無法確切的地層或坑位可據。像陳夢家明智的做法就是：精確地劃分為九期，粗略的劃分為早、中、晚三期。甚至只能闕疑待問，以竢來日。可有的學者偏偏「知其不可而為之」，自然要引起爭論了。例如「𠂤組卜辭」時代的討論，隨著小屯南地甲骨的出土，問題也就解決了。假如董先生冷靜一些，

不被「字形」、「書體」等現象所迷惑，也就不會貿然作出「𠂤組卜辭」屬「武乙文丁」時期的結論了。但在〈斷代〉中，董先生就老老實實地說，「𠂤」等屬不能確定時期的貞人。

至於「一系說」與「二系說」（這「兩說」本是李學勤先生提出來的新概念）孰是孰非，筆者不敢妄加評論。倘若從「一個王世不僅有一種卜辭，一種卜辭也未必限於一個王世」出發，那麼，我們是否該把本來有前後期之分的甲骨重新置於同一個王世？如果允許這樣做，則時王對「祀典」、「曆法」的態度好像是隨心所欲的了。這難免在學術界引起混亂。還有一點值得商榷的。李先生指出：「兩系甲骨的不同是多方面的，我們覺得最基本的一點是一系兼用龜骨，另一系專用胛骨。」我們知道，龜甲大都是方國的貢物，當龜甲的來源減少，自然要以胛骨補充。商王幾乎每事必問，占卜材料的耗費是驚人的。胛骨易尋而龜甲難得，故有個時期龜骨並用，有個時期多用胛骨。並不能以此為「兩系」卜法的不同。新石器晚期遺址偶有發現卜骨，卻未聞有卜甲，與龜甲的來路未通不無關係。

中國古代社會是以血緣關係為中心的社會，政治、文化、經濟等方面的發展無不帶有血緣的烙印。就我個人而言，較易接受殷墟甲骨文是一個整體的觀點。「字形」、「書體」當然存在師承關係的異同，但在內容上表現出來的差異，恐怕就不是因貞人發展為「兩個系統」所造成的。

總之，〈斷代〉作為一個完整的甲骨文斷代的理論體系，經過多年的實踐檢驗，證明它「大體適用」。儘管有些問題還沒有徹底解決，那也是客觀條件沒具備的結果。我們不能因為〈斷代〉在某些棘手的問題上暫時失去效用就全盤否定它而匆匆忙忙另立新論。當然，「新論」如果有更大的優越性，我們必定鼓掌歡迎。

二

以下，我想就十項標準逐一加以剖析，以期證實十項標準是否陳舊，是否已不適應甲骨文斷代的要求。

（一）世 系

自從王國維作了〈殷卜辭所見先公先王考〉〔註10〕，證明了《史記》所載

〔註10〕載氏著：《觀堂集林》，北京：中華書局，1959 年 6 月第一版，第 409～437 頁。

之殷世系大體可信，並據甲骨文修正了《殷本紀》，某些舛誤，此後，並無什麼人懷疑過重新釐定了的殷世系的可靠性。「世系」之所以能夠作為斷代的標準之一，不僅僅因為它為甲骨文的斷代提供了準確的譜牒，還因為它的確可以起到具體的斷代作用。舉例說，如果有那麼一片甲骨，刻寫著「自上甲十示有三」，我們就大致可判定它是康丁時代的。顯然，「世系」一條，無疑當是標準之一。諸家未見異議，從略。

（二）稱　謂

恐怕至今沒有人懷疑董先生此話吧：「以主祭之王本身關係定稱謂，秩然有序，絲毫不紊。由各種稱謂，定此卜辭應在某王時代，這是斷代研究的絕好標準。」

林澐先生也承認：「稱謂」是判別每類甲骨的具體年代的標準之一。

如此，這條標準也算通過了。

（三）貞　人

「貞人」何以可作斷代的標準？董先生解釋說：「貞人說的成立，為斷代研究的主要動機，由許多貞人定每一卜辭的時代，更由所祀先祖等的稱謂，而定此許多貞人是屬某帝王的時代，這樣，我們就可以指出某貞人是某王的史官。如果我們把同在一版上的貞人聯絡起來，他們就可以成為一個團體；不過這並不是包括所有的貞人，因為在這些殘龜斷骨之中，見到他們互相聯絡的機會，實在太少了，所以有許多貞人，還不能用此方法去定他們的時代。」〔註11〕

這裡，董先生把以「貞人」斷代的利弊陳述得很清楚。在《甲骨學五十年》中，董先生特別強調「世系」、「稱謂」、「貞人」三位一體的斷代作用。然而，現今有的學者利用這條標準時，並不那麼審慎。

他們或誤祭名、動詞為貞人。例如所謂的「午組」。據方述鑫先生的研究，「午組」根本無貞人〔註12〕。倘若如此，則圍繞著「午組」時代展開的討論實際上等於零。

或把毫無關係的卜辭拼湊在某一「貞人」的旗號下。例如所謂的「歷組」。

〔註11〕氏著：〈甲骨文斷代研究例〉，《慶祝蔡元培先生六十五歲論文集》（上冊），北平：國立中央研究院歷史語言研究所，1933年1月，第344頁。

〔註12〕參氏著：〈論「非王卜辭」〉，《古文字研究》第十八輯，北京：中華書局，1992年8月第一版，第120～201頁。

正如煒湛師指出的那樣：「目前所謂的『歷組卜辭』，卻只有一個貞人歷，與其他貞人毫無同版關係。一人如何稱『組』？依據字形風格這一並不可靠的標準把一些與『歷』未必有關亦未必同時的沒有貞人的卜辭強拉到『歷』的旗幟下，充當『歷組卜辭』，這種做法的科學性就很值得懷疑。」〔註13〕

或把貞人作他解。例如：陳夢家先生稱之為「子組」的卜辭〔註14〕。貝塚茂樹稱之為「多子族卜辭」〔註15〕，李學勤先生稱之為「子卜辭」〔註16〕。貝塚、李二氏認為此組屬「非王卜辭」。雖然，這些甲骨文時代的確定在學術界基本取得一致的意見，但是，它們也曾被歸諸「帝乙時代」。可見對「貞人」的理解有誤，也會令人迷惑。「非王卜辭」說倘若能成立，則「子組」貞人也需改換門庭，另覓新主了。李瑾、方述鑫二先生對「非王卜辭」頗多辯難〔註17〕。孰是孰非，看來還得繼續討論。

或僅據字體，打破組別，在組與組之間另立新組。如前所述，有的學者把毫無同版關係的貞人拼湊起來，於是就有了新的組。例如「自歷間組」、「自賓間組」等等。「頗有玄之又玄，機深莫測之感」（煒湛師語）。本來，像陳夢家先生那樣，把無同版關係、但可能同屬一王的貞人列入某組的附屬，也是可以的。如果無同版關係的貞人也可稱為「組」，那麼，「組」的概念恐怕要重新作出解釋了。況且，無所不「組」，則無所謂「組」了。

凡此種種，都表明了對「貞人」這項斷代標準的地位和作用有重新認識的必要。

（四）坑　位

董先生對「坑位」一項標準相當重視。在〈大龜四版考釋〉中，就曾把「坑位」列為八項標準之一。二十多年後，董先生在其《甲骨學五十年》中，再度

〔註13〕參看氏著：〈「歷組卜辭」的討論與甲骨文斷代研究〉，《出土文獻研究》第一輯，北京：文物出版社，1985 年 6 月。

〔註14〕參看氏著：《殷虛卜辭綜述》，北京：科學出版社，1956 年 7 月第一版，第 161 頁。

〔註15〕參看氏著：〈論殷代金文中所見圖像文字冀（龏）〉，《東方學報》第九冊，1938 年。

〔註16〕參看氏著：〈帝乙時代的非王卜辭〉，《考古學報》，1958 年 1 期。

〔註17〕參看李瑾：〈卜辭前辭語序省變形式統計——兼評「非王卜辭」說〉，《重慶師範學院學報》（哲社版）1982 年 1 期；〈卜辭「王婦」名稱所反映殷代構詞法分析——再評「非王卜辭」說〉，《重慶師範學院學報》（哲社版）1983 年 1、2 期；〈論「非王卜辭」與中國古代社會之差異——三評「非王卜辭」說〉，《華中師範學院學報》（哲社版）。方述鑫：〈論「非王卜辭」〉，《古文字研究》第十八輯，北京：中華書局，1992 年 8 月第一版，第 120～201 頁。

重申「坑位」在斷代中的重要性，並把它作為斷代的直接標準。

作為親臨發掘工地的考古工作者，在「坑位」斷代上當然最有發言權。郭沫若先生云：「坑位一項，尤非身親發掘者不能為。」〔註18〕因此，我們不能動輒懷疑「坑位」斷代的準確性。固然，科學發掘的甲骨才能應用這標準。

最近，劉一曼、郭振祿、溫明榮合作的〈考古發掘與卜辭斷代〉一文對此有頗精彩的論述〔註19〕。他們認為：「坑位」應包括「地層」、「共存器物」（董先生曾將此作為標準之一）和「坑位」三個因素，而不僅僅指挖掘的地點。這三項「對於卜辭的斷代應是重要的標準之一」。

（五）方　國

董先生在《甲骨學五十年》中對「方國」一項作了如下補述：「方國本來不能算作標準，因為在殷代諸侯國大都是世襲的，名稱也是始終一致的，我們說在某一王的時期有此國，以後或以前就沒有了它，我當時列為標準，只是因為殷王室在一個時期和某一方國的交涉特別之多而已。」〔註20〕

「方國」以下六項，董先生均作為間接標準。如前所述，若無堅定的直接標準作為基礎，間接標準無論如何不能充當斷代的絕對依據。

（六）人　物

董先生說：「殷墟卜辭所包涵的時期，如果能詳密的分劃，不但方國的關係每代不同，就是各時期的人物如史官、諸侯、臣僚，也都有所隸屬。這同分期研究是互為因果的，能分時期，則各代的人物，自然成一個團體；反之，由人物的相互關係，也可以證明他們的時代。『方國』同『人物』兩項，本是全部卜辭整理就緒之後才可以專門研究的問題，這裡一面把人物作為斷定時期的標準，一面也就是專類分期研究的一種嘗試，所以材料的不完全，方法的不周密，也在所不計了。」〔註21〕

這裡我們可以體會到董先生草訂這標準的倉卒；另一方面，我們現在完全可能循董先生指引的方向，作一番徹底的整理工作。

〔註18〕參看氏著：《卜辭通纂·後記》，北京：科學出版社，1983 年 6 月版。
〔註19〕載《考古》，1986 年 6 期。
〔註20〕參氏著：《甲骨學五十年》，臺北：藝文印書館，1955 年 7 月初版，第 122 頁。
〔註21〕見氏著：〈甲骨文斷代研究例〉，《慶祝蔡元培先生六十五歲論文集》（上冊），北平：
　　　　國立中央研究院歷史語言研究所，1933 年 1 月，第 373 頁。

近年討論斷代，曾涉及人物的異代同名問題。這就確實需要我們把甲骨文所見人物集中起來研究，根據標準片去分析人物出現的頻率、同版關係等情況，「人物」一項才可以發揮更大的斷代作用。

（七）事　類

董先生分之為田遊、祭祀、征伐、卜旬等項。實際上只討論了「田遊」一項。

鑒於大部分事類有其一貫性，而只是在不同時期有不同的表現形式罷了。例如：文例、用字習慣、書體等。因此，「事類」一項不妨取消，而把「事類」的不同形式歸在別的項目下研究。

（八）文　法

「文法」一項，本來應是「世系」、「稱謂」、「貞人」、「坑位」之外最重要的標準。

根據語言學界多年的研究，漢語言，語法是最穩定的因素，語音次之，詞彙、文字居末。語法上些微的變化，即可視作時代的標識。如果我們根據標準片，總結出各個時期甲骨文的語法規律，多少可以幫助我們解決斷代的問題。李瑾先生正是利用語法這個銳利武器直指「非王卜辭」之非的。

實際上，我們完全可以擴展到語法之外，從語言學的角度分析甲骨文各個因素在不同時期的表現形態。例如：對詞彙（包括人物、方國、用詞習慣）、語法、文字（包括字形演變、書體風格）等在標準片上的表現形態加以歸納，再推而廣之，何愁甲骨文斷代之不可為。

遺憾的是，從語言學角度來研究甲骨文，尚屬薄弱環節。文字方面的研究，成績有目共睹，但語法、詞彙、語音的研究，雖不能說是空白（趙誠先生、管燮初先生、煒湛師都做過有益的嘗試）〔註22〕，但至少可以說是尚待開發的區域。

（九）字　形

近年來討論斷代問題，學者們都非常注意運用「字形」標準。

〔註22〕趙誠：〈甲骨文虛詞探索〉，《古文字研究》第十五輯，北京：中華書局，1986 年 6 月第一版；管燮初：《殷墟甲骨刻辭的語法研究》，北京：中國科學院，1953 年 10 月第一版；陳煒湛：〈卜辭文法三題〉，《古文字研究》第四輯，北京：中華書局，1980 年 12 月。

據我個人的臆測，董先生把「字形」置於第九項，乃認為它是間接標準之較間接者。

事實上也是如此，後世的偽刻作品，可以亂真。徒弟秉承師藝，未必不能青出於藍。故此，字體整飭嚴謹，不必是早期物；筆道纖細紊弱，不必是晚期所出。同一書手，興趣來時，增減筆劃，改動結構，甚至胡亂塗鴉也是有的。文字在時代上演變的痕跡，有順方向，也有反方向，甚至有交叉進行的現象。陳師煒湛所指出的「月」、「夕」二字早晚期的變化，就很有代表性〔註 23〕。又如所謂的「歷組卜辭」，「王」、「其」等字具有早期特徵，而「未」、「酉」等字又具有後期特徵。只看字形，必定「公說公有理，婆說婆有理」，爭個沒完。我們之所以可以一眼定乾坤，是因為有若干標準片給我們當「模特兒」。董先生所指「字形」標準，也正是由標準片歸納出來的結果。不以標準片衡定出字形規律，卻以「不免有所訛誤，又有繁簡迭變，古今異體」（煒湛師語）的字形去分類，進而分期，其做法真叫人大費躊躇。

（十）書　體

董先生說：「在同一時代，每個人寫字都有他自己個別的作風，考驗字跡，核對『筆蹤』，固然是一種專門的學問，但在一起稍為熟悉的朋友，往往一見字跡，就可以知道是某人寫的。這道理是古今無二的。」〔註 24〕

如同「字形」一項，一眼而知書體時代的不同，長期摩挲者即可做到，但也是因為有了標準片的緣故。如無標準片，雖見書體有異，卻無法知其時代。

此外，尚有一個問題值得探討的。貞人不一定是書手（當然，也有身兼二職者）。某一書手，可以同時為幾位貞人刻寫，也可以僅是某貞人的「私人秘書」。書手不同，書藝自然有別。因此，書體不同未必代表著不同的時代，反之，書體相同也未必為同一時代所作。

結　語

綜上所述，《斷代》仍然是治甲骨學者的經典著作，其指導思想尚有現實意義。《斷代》，究其根柢，不外是歷史學、考古學、語言學綜合研究的產物：

〔註 23〕參看陳煒湛：〈甲骨文辨析·卜辭月夕辨〉，《中山大學學報》（哲社版）1980 年 1期。
〔註 24〕見氏著：《甲骨學五十年》，臺北：藝文印書館，1955 年 7 月初版，第 122 頁。

「世系」、「稱謂」兩項，是與典籍相參照得出的；「坑位」，大概只有考古工作者可運用。應該說，他們是甲骨文斷代方面當然的主力軍。「文法」、「字體」、「書體」、「人物（含貞人）」、「方國」實際上都是語言學的研究領域。

是否可以把斷代標準重新釐定為：1. 世系；2. 稱謂；3. 貞人；4. 坑位（含「層位」、「同出器物」）；5. 鑽鑿形態；6. 語法；7. 詞彙（含專有名詞：人名即人物、地名、國名等）；8. 文字（包括字形特徵、書體風格）。

「貞人」單獨列為一項，是因為在有世系可據、有稱謂可確定的、署有貞人名的甲骨，可單獨作為標準片。「鑽鑿形態」本非董先生的發明。加拿大的許進雄先生首發其端，繼之有于秀卿、賈雙喜、徐自強等人的研究，遂逐漸為學術界所矚目〔註25〕。此項標準，前途正無可限量。

任何方法都處在不斷完善的過程中，甲骨斷代也不例外。寫到這裡，我想起了愛因斯坦創立的「相對論」學說，它不是摒棄、排斥牛頓創立的經典物理學，而是為了完善物理學理論，去解釋傳統物理學所無法解釋的物理現象。我想，這應該對每一個研究甲骨文斷代法的學者都有啟發意義的吧！

原載《中山大學研究生學刊》，1987 年 3 期，第 28～35 頁。

〔註25〕參看許進雄：《甲骨上鑽鑿形態的研究》，臺北：藝文印書館，1979 年 3 月初版。于秀卿、賈雙喜、徐自強：〈甲骨的鑽鑿形態與分期斷代研究〉，《古文字研究》第六輯，北京：中華書局，1981 年 11 月第一版。步雲按：許氏早在 1970 年就開始研究甲骨的鑽鑿形態與斷代的關係，著述有〈鑽鑿對卜辭斷代的重要性〉，《中國文字》卷九第三十七冊；〈從長鑿的配置試分第三與第四期的卜骨〉，《中國文字》卷十第四十八冊。

讀王宇信先生《周原出土商人廟祭甲骨芻議》等文後的思考

　　1988 年，王宇信先生接連發表了〈周原出土商人廟祭甲骨芻議〉、〈周原出土廟祭甲骨商王考〉、〈試論周原出土的商人廟祭甲骨〉、〈周原出土廟祭甲骨「晉周方伯」辨析〉等文章[註1]。極為詳盡地申論了在周原出土的數片甲骨（編號 H11：1、H11：82、H11：84、H11：112）應屬商人物的觀點。多年過去了，雖然仍有學者持不同意見[註2]，卻未見有辯難之作，似乎王先生的觀點「亦通」。

　　在拜讀王先生的大作的過程中，筆者不意竟讀出了困惑，由此萌發了幾點思考。王先生是我極為欽佩的前輩學者，就個人感情而言，我絕不願意質疑他的學術觀點。作此小文的目的在於陳述一些不成熟的想法，以此就教於王先生。王先生如能為後生小子理惑釋疑，則如我輩者獲益匪淺，幸甚至哉！

思考一

　　考古辨史，自然少不了「推測」一法。然大凡推測最拗不過「情理」二字。

[註1] 分別刊於《史學月刊》，1988 年 1 期、《考古與文物》，1988 年 2 期、《中國史研究》，1988 年 1 期、《文物》，1988 年 6 期。步雲案：其中〈周原出土廟祭甲骨商王考〉早在 1986 年 9 月中國古文字學年會上就發表了。

[註2] 例如田昌五：〈周原出土甲骨中反映的商周關係〉，刊《文物》，1989 年 10 期；又如孫斌來、孫凌安：〈西周開國於周文王〉，刊《松遼學刊》，1992 年 2 期。

也就是說，「大膽假設」的前提條件須合乎邏輯。

周原為何出土「商人物」，王先生解釋說，這些卜辭都是占卜後移至周原的。把周原遺存視作「商人物」，這恐怕是唯一可作的推測了。不過，卻欠缺「情理」。

縱觀目前所能見到的殷墟甲骨文，我們無法肯定曾有周籍貞人在商都供職，王先生同樣無法肯定。那麼，周籍貞人為商王治理「廟祭」甲骨並將之攜回周都的假說就不能成立。

退一步說，即使我們確信商都中有方國的貞人，但是，他們在履行職責的時候，仍遵循商人的占卜程序：甲骨整治、鑽鑿、刻辭等等。雖然一朝有一朝的禮制，但整體上看依然是「殷式」的。換言之，就算是來自方國的貞人，在占卜方面也不能有違殷制。殷墟甲骨文給我們提供的信息充分證明了這一點。相反，倘若在殷墟中發現有別於殷制的甲骨，倒是可以將之視為擄來的勝利品！H11：1 等數枚周原甲骨，無論是鑽鑿形態〔註3〕，還是字體文例（詳下說），都與殷墟甲骨相去甚遠。其實王先生也同意，H11：1 等數枚周原甲骨呈現出濃厚的「周式」風格。兩者諸般不同，這不足以使我們感到意外，因為它們本來就可能是兩家之物；使我們感到意外的是，如果說殷都中有周籍貞人供職的話，殷墟甲骨文卻沒有同於周原甲骨的，無論是鑽鑿形態還是字體文例。說得直接點，那（幾？）位在商都供職的周貞人僅為商王服務了四次（？）！暫且不說商王是否允許外籍貞人自行其是，洋洋十餘萬片甲骨中只見（而且只見於百里之外的周都）四枚周籍貞人治理的遺物，就此而言也覺得不合情理。

另外，作為周籍貞人卻幹出不利於周族的事，在周人取得滅殷的勝利後，竟有顏面回歸故土，並把自我的「犯罪記錄」公之於王，顯然有悖情理。須知「刑必加於有罪」，犯下了「叛國罪」的周籍貞人為什麼甘冒身首異處之險呢？王先生的文章沒有談及這個問題。則如我般愚昧者不能不詫異萬分。

況且，那些有損周人光輝形象的「撲周」類甲骨卻又沒有同時移往周原，這恐怕也不在情理之中。

〔註3〕請參閱徐錫臺：〈周原出土甲骨的字型與孔型〉一文，見《考古與文物》，1980 年 2 期。

思考二

一個時代有一個時代的文字書體風格,甚至同一時期不同的書手也展現出不同的文字書體風格。這個觀點,為文字學界所普遍接受。學者們將它作為斷代的標準之一,以衡定古器物的具體時代。

相信王先生也同意,H11:1 等數片甲骨上的字體與同期的殷墟甲骨上的字體迥異,卻與後出的周金文約略相同。試舉幾個常用字說明之。

時代 例字	周原甲骨	殷墟甲骨	周金文
貞	H11:1 H11:13	《甲》3355	𣪘鼎
正	H11:1 H11:189	《甲》3355	太師虘簋
酉	H11:112 H11:128	《甲》3355	天君鼎 乙亥鼎

周原甲骨一欄,除了列舉的 H11:1 等數片最具爭議性的甲骨字例外,還列舉同出的周原甲骨字例,為的是展示它們之間的共同性。殷墟甲骨一欄所援引的《甲》3355,為貞人黃所治,典型的帝乙帝辛期卜辭。在金文中,「貞」通常被借用為「鼎」,但這並不影響我們進行字形的比較。

從上列圖表中,我們看到殷周文字存在著差異,正好證明了周原甲骨的字體在繼承中發展了,並為日後的周金文奠定了文字的字形基礎。反觀同時期的殷墟甲骨文,文字形體的發展變化卻不如周原甲骨文顯著。幸好有了周原甲骨文,某些字,如「貞」字的來龍去脈才一清二楚。毋庸諱言,周原甲骨上的文字正是先周文字的代表。

倘若 H11:1 等數片甲骨真是「商人物」的話,則商王(帝乙帝辛常親自主持占卜)是否認識這些異體字倒在其次,首要的問題便是商王能否容忍這類異體字的存在,尤其是在「祭祀」這樣重大的儀式上。秦始皇企圖統一文字的史實恰恰證明了帝王們對「書同文」的重視程度。

思考三

王先生認為周貞人在刻辭行款方面仍遵循商制,「廟祭甲骨」「同於殷墟卜辭自左而右行的行款走向」(至今仍未讀到王先生《周原甲骨刻辭行款的初步分析》一文,憾甚)。在王先生的論述中,這是所謂的「廟祭甲骨」與殷墟甲骨文唯一的一個共同點。事實上,殷墟甲骨文也有自右而左行的行款例證。例如著名的鹿頭骨記事刻辭《甲》3941,《佚》518 記事刻辭亦復如是。而與 H11:1 等同出的周原甲骨也有自右而左行的。例如:H31:、H31:2 等。甲骨文刻辭行款的隨意性於此可見,光憑這一點還難以斷定 H11:1 等數片甲骨猶從「殷制」,更不能據此而定之為「商人物」。

周原甲骨與殷墟甲骨在辭例上呈現出的不同點倒是可以證明周原甲骨並不循殷制。即以帝乙帝辛時甲骨為例,前辭通作「干支,(某)卜,(在某),(某)貞」,而以 H11:1 為例,前辭則作「干支,彝文武帝乙宗,貞」。

如果說,周籍人士是商中央王朝貞人,「占卜時仍遵循殷制」(王先生語),則辭例的不同,又該作何解釋?

思考四

王先生基於周人與殷人有不共戴天之仇,故而論定周人不可能在周原為商王立廟,並祭祀商人先王,而且周文王也不可能進入殷都的商王宗廟參與對商先王的祭祀並占卜。那麼,所謂的「廟祭甲骨」,即便出自周原,也只能是「商人物」。

這是問題的關鍵。

其實,先前已有學者對此作過令人首肯的論述。

張光直認為:「衣(殷)人的祖先,為周人祭祀求佑的對象,是周王在祭儀上臣屬商王的具體表現。」〔註4〕這不失為一種合理的解釋。

孫斌來、孫凌安則別有解釋:「彝」即「夷平」之「夷」,「彝(夷)文武帝乙宗」與「彝(夷)文武丁必(秘)」即毀滅殷先王文丁、帝乙的宗廟或神主〔註5〕。那麼,H11:1 和 H11:112 上的內容只是周人們的詛咒,與「廟祭」

〔註4〕張光直:〈殷周關係的再檢討〉,載《中國青銅時代》一書,北京:生活讀書新知三聯書店,1982 年 9 月第一版。

〔註5〕見孫斌來、孫凌安:〈西周開國於周文王〉,刊《松遼學刊》,1992 年 2 期。又見孫

全然無涉。

這可備一說。不過，此說卻不適用於 H11：84：「貞：晉周方伯盤凶正，不佐于受有佑？」一辭。

愚以為，史料顯示，商周「本是同根生」。據《史記・五帝本紀》云：「自黃帝至舜禹，皆同姓，而異其國號，以章明德。」《帝王紀》云：「帝嚳有四妃，卜其子，皆有天下，元妃有邰氏，女曰姜嫄，生后稷，次妃有戎氏，女曰簡狄，生卨。」（《世本》亦有載，文字稍異）當然，史學界通常把這看作神話傳說，當不得真的。不過，這類「傳說」不也暗示了商周本來存在的良好關係嗎？而倘若顧頡剛、高亨等先生的研究可信，商周則有過姻親關係〔註6〕。那麼，商人（周文王之妃）偕同自己的夫婿自祭先祖又有何不可？商王與自己的姻親同祭先祖又有何妨？

令人驚奇的是，王先生一方面堅持商周交惡說，另一方面卻又反覆論證周籍貞人服務商王說。豈非矛盾？

思考五

晉，王宇信先生從于省吾先生說，謂讀如「伐」，「晉周方伯」當指帝乙二年商王朝反擊周文王入侵事。

愚以為，晉，當據孫海波《甲骨文編》訂之為晉（卷五曰部），即《說文》晉字（卷五曰部）。口、曰，古文字通。例如：告、曾、曹等字，或從口，或從曰，無別（請參考高明《古文字類編》口部曰部字條）。則晉釋為晉至確。《說文》云：「晉，告也，從曰從冊，冊亦聲。」（卷五曰部）準此，H11：84即言：（商）王翌侑大甲，（然後）告訴周方伯盤凶正之事。H11：82 例同此。冊，從容庚先生釋「典」（或釋冊），「典晉周方伯」即「典誥周方伯」，謂書面告知。晉、告二字在周原甲骨中用法甚分明：上告下言晉（略等於後世的誥），下告上言告。例如 H11：83 云：「楚子來告。」H11：96 云：「川（？）告於天。凶亡咎？」H11：83、H11：84 兩片甲骨顯然是周文王入商朝覲後回周都卜的，為的是就商王所誥以貞吉凶。

斌來：〈對兩篇周原甲骨的釋讀〉，刊《考古與文物》，1986 年 2 期。

〔註6〕顧頡剛：〈《周易》卦爻辭中的故事〉，《燕京學報》6 期，1929 年 12 月，後收入《顧頡剛選集》一書，天津：天津人民出版社，1988 年 5 月第 1 版。又高亨：《周易古經今注》，北京：中華書局，1957 年 8 月第 1 版。

至於「䇂牛」之類的辭例中的「䇂」，因「䇂」從曰從冊，冊亦聲，自然可通作「刪」，讀如砍伐了。那是「䇂」的假借義。但在 H11：84、H11：82 中用如本字卻是毋庸置疑的。

思考六

既然我們同意 H11：1 等四片甲骨的時代早至周文、武之世，即帝乙帝辛時期，但察其語法文例，卻又與同期的殷墟甲骨相牴牾。

舉例說，「不佐於受有佑」、「囟有正」這類文例不見於殷墟甲骨文，而正是同出於周原的甲骨的恒語。譬如：「囟成」（H31：5），「囟亡監」（H31：3），「亡佐於受有佑。」（H11：82）。同出的周原甲骨文更有一些只見於稍後的周金文的辭例。例如：「既（生）魄」（H11：13）、「既死（魄）」（H11：55），即金文中恒見的月相用語「既生霸」、「既死霸」。此外，周原甲骨上的卦爻，也是殷墟甲骨所未見者。

兩地甲骨使用不同的詞語，不僅僅反映出彼此語言（方言）上的差異，還體現了相互之間的占卜文化存在某些距離。比方說，「月相」概念的使用，說明了周人在占卜時間的選擇上較商人嚴謹。如果進一步結合卦爻、鑽鑿形態等占卜手段考察周原甲骨文，就會發現兩地占卜文化上的差異更為顯著。

如果我們撇開兩地甲骨文之間的差異不論，而支持王先生的觀點，那麼，在商王朝的統治地位尚未動搖的時候，商王竟漠視異邦文化入侵王畿，也就是說，竟讓方國貞人使用自己的方言和占卜方式去作打擊這個方國前的貞問，就讓人頗費躊躇了。

由上述數端，我們可以十分有把握地說，周原甲骨和殷墟甲骨的差別判若雲泥。肯定這些差異的存在，「商人物」說便難以成立。鄙意以為，徐中舒等先生論定周原甲骨為「周人之物」，確不可易。

【附記】拙稿的撰寫，承蒙王輝先生賜示寶貴意見，此謹致謝忱。

原載《考古與文物》1996 年 3 期，第 87～90 頁。又載宋鎮豪、段志洪主編《甲骨文獻集成》33 冊，成都：四川大學出版社，2001 年 6 月第 1 版，第 626～627 頁。

甲骨學若干術語的英譯探討

　　甲骨學是一門年輕的學科，它是隨著甲骨文的發現、研究而產生的，迄今也不過一百年左右的歷史。由於甲骨文發現之初，學者間就其中的術語並無統一的意見，所以一個概念往往有兩個或以上的表述。而由於外國的學者幾乎在同一時間內接觸並向國外推介甲骨文，有關甲骨學術語的翻譯自然也就言人人殊。個中的是非曲直實在有待時賢通人一一辨明。筆者不才，曾經就漢語文字學的若干術語的英譯進行過探討，提出了術語的翻譯原則（譚步雲：1999：60～65 頁）。茲再舉若干甲骨學術語的英譯詞形進行討論，以期為繁榮甲骨學的研究、為向世界推介甲骨學聊盡綿力。

一、甲骨學

　　指「以甲骨文為研究對象的專門學科」（王宇信、楊昇南：1999：15 頁）。英語通常作 oracle-bone studies（Roswell S. Briton: 1936; Hung-hsiang Chou: 1976: p1），或作 the study of oracle bones（George W. Bounacoff: 1933）。從二十世紀三十年代一直沿用至今，大多數的中國學者也都認同這個譯名。雖然 Hung-siang Chou 曾說："The term 'oracle bone' is a loose term used by Western scholars to the animal bones-mainly ox shoulder blades（scapulae）-and tortoise shells-usually the lower halves（plastrons）-on which the earliest written Chinese language was recorded."（Hung-siang Chou: 1976: p1）但是，嚴格上說，「甲骨文」應當譯作

inscriptions on tortoise-shell or bone（譚步雲：1999：61頁），那麼相應地，「甲骨學」當以譯作 the science of inscriptions on tortoise-shell or bone 為是。為什麼用 science 而不用 study 呢？還是先讓我們看看詞典的解釋吧。關於作名詞的 study, *The Oxford English Dictionary* 中與「專門學科」有關係的義項是 5.d. A department of study; the cultivation of a particular branch of learning or science.（XVI：p980）而 science，則有以下一些義項：

1. a. The state or fact of knowing; knowledge or cognizance of something specified or implied; also, with wider reference, knowledge（more or less extensive）as a personal attribute.

2. a. Knowledge acquired by study; acquaintance with or mastery of any department of learning.

3. a. A particular branch of knowledge or study; a recognized department of learning.（XIV：pp648~649）

其中，義項 3.a. 略同於 study 的義項 5.d.。不過，綜合其他義項分析，似乎還是用 science 較好一些。倘若再看看 *Webster's Ninth New Collegiate Dictionary* 相關的解釋，相信更為清楚：

¹study

5：a：a branch or department of learn：SUBJECT.

science

2：a：a department of systematized knowledge as an object of study… c：one of the natural science…

3：a：knowledge covering general truth or the operation of general laws esp. as obtained and tested through scientific method. B：such knowledge concerned with the physical world and its phenomena：NATURAL SCIENCE.

二、兆（兆璺、兆紋）。附：兆側、兆序、刻兆

甲骨學上指出於占卜的目的在龜甲、獸骨上燒灼，龜甲或獸骨的表面所形成的裂紋。英譯或作 crack（William Charles White：1945：p77），或作 oracular line（臺灣故宮博物院甲骨文展品的英文簡介），或作 omen（Hsü Chin-hsiung：

1977：XXXIII），或作 omen crack，或作 groove omenous，等等。很不統一。

鄙意以為使用 omen 表達「兆（兆璺、兆紋）」這個概念最好。且看 *The Oxford English Dictionary* 的解釋：

omen

a. Any phenomenon or circumstance supposed to portend good or evil; a token significant of the nature of a future event; a prophetic sign, prognostic, augury.

b. Without *an* and *pl.* ：Indication of good or evil to come; foreboding; prognostication.（X：p785）

而 crack，筆者已經論述過，它相當於「灼兆」（譚步雲：1999：62 頁），所以不宜再用它表達「兆（兆璺、兆紋）」的概念。

至於 oracular line，實在是很令人費解的譯名；而 omen crack 則有點兒重複，groove omenous 也是如此。

與此相應，兆側或作 beside the crack；兆序或作 crack sequence（李學勤等：1999：7 頁）；刻兆，或作 inscribed crack。都不妨統一作 beside the omen、omen order 和 inscribed omen（刻過的兆璺）或 to inscribe omen（刻兆）。

三、兆側刻辭（兆語、兆辭）

甲骨學術語。一般說來，兆側刻辭（兆語）是指刻寫在兆璺旁邊的記錄貞卜次數的數字、或「一到三個字的短語」（陳煒湛：1987：43 頁）。也有學者只把「灼龜命卜視兆象定吉凶的簡單斷語」視為兆辭，而把記錄貞卜次數的數字另外定義為「序數（或卜數、或兆序）」（王宇信、楊昇南：1999：239～240 頁）。儘管在術語的含義上略有歧見，但這些短語和數字都是刻寫在兆璺旁邊卻不存在異議。所以，兆側刻辭（兆語、兆辭）在英語中通常被譯為 a cryptic message（Lionel Charles Hopkins：1947）或 the comments beside the omen，就略有不逮了。

愚以為，message 或 comment 都不甚恰當，「刻辭」還是作 inscription 為好（譚步雲：1999：61 頁），則「兆側刻辭（兆語、兆辭）」可作 inscription beside the omen。

四、卜辭界劃（界線）

甲骨學上指用來分隔一段卜辭和另一段卜辭的一種線狀符號：條狀骨頭上的通常為橫線（陳煒湛：1987：51 頁），肩胛骨上的通常為縱線，龜甲上則橫線、縱線雜用（譚步雲：1996：99～100 頁）。英語通作 dividing line（William Charles White：1945：p26），或作 a separate line between oracular inscriptions。後者清晰倒是挺清晰，只是過於冗長。筆者曾指出，這是段落號的雛形，所以不妨譯作 paragraph（譚步雲：1996：99～100 頁）。如果要特指「甲骨文的段落號」，那麼可以作 paragraph of inscriptions on tortoise-shell or bone。如果特指「卜辭的段落號」，則可以作 paragraph of divinatory（或 divinable）inscription。「卜辭」的英譯，當作 divinatory（或 divinable）inscription（譚步雲：1999：62 頁）。

五、（獸類的）肩胛骨

甲骨學上指占卜用的獸類的肩胛骨。各種動物的肩胛骨都有：如（各種的）鹿、馬、豬、羊、牛、象等，主要是牛（王宇信、楊昇南：1999：234～235 頁）。通作 scapula（William Charles White：1945：p24; Hung-hsiang Chou：1976：p1；李學勤等：1999：6 頁），或作（ox）shoulder blade（Hung-hsiang Chou：1976：p1），或作 shoulder blades（of cattle），或作（ox）shoulder blade。名目繁多。

雖然以上英語譯名均無不可，甚至還可用 omoplate，但卻以 scapula 最為精確，尤其是在不知道屬什麼動物的肩胛骨的情況下，使用 scapula 便可避免許多誤會。試看 *The Oxford English Dictionary* 的解釋：

scapula

1. *A nat*. a. The shoulder-blade, blade-bone, or omoplate（in man and other animals）.（XIV：p583）

事實上，可能使用 omoplate 更好。因為用來記錄甲骨文的肩胛骨畢竟已經年深日久，用 omoplate 這麼一個古詞來翻譯它或許更傳神；而且它只有一個義項，使用它絕對不會產生誤解。

六、龜腹甲。附：龜背甲

甲骨學上指用於占卜的各類烏龜腹部的外殼（王宇信、楊昇南：1999：230頁）。英語通作 plastron（William Charles White：1945：p24; Li Chi：1957：p24;

Hung-hsiang Chou：1976：p1; 李學勤等：1999：6 頁），或作 under half of the tortoise shell（William Charles White：1945：p24），或作 lower half（of tortoise-shell）（Hung-hsiang Chou：1976：p1），或作 under-shell of tortoise，或作 underside of tortoise-shell。

以上譯名，都是可以接受的。但似乎使用 plastron 更規範些。請參考 *The Oxford English Dictionary* 的解釋：

plastron

3. *Zool.*（After Cuvier）The ventral part of the shell of a tortoise or turtle.（XI：p992）

與此相對應，（龜）背甲應作 carapace 或 shield。*The Oxford English Dictionary* 分別解釋道：

carapace

The upper body-shell of tortoises, and of crustaceans.　Extended to the hard case investing the body in some other animals, as certain Infusoria.（II：p878）

Shield

5. Applied to certain parts of animal bodies.〔shield of a boar, a tortoise, etc.〕（XV：p253）

《英漢大詞典》徑直釋為「【動】背甲、頭胸甲、龜甲板」（陸谷孫：1991：3164 頁）。似乎也可以使用。可是，就筆者目及，卻鮮有使用者。

作 upper shell of the tortoise（William Charles White：1945：p24），雖無不可，但總不如上述兩詞清晰。當然，為追求行文的變化，則又當別論。

結　語

一個學科進步、發展和成熟的標誌，首先應體現為術語的精確、規範和嚴謹。甲骨學也不應例外。然而，目前甲骨學所使用的部分術語的混亂，以致於其英譯形式的混亂，已經到了非整理不可的地步了。因此，筆者就「甲骨學」、「兆（兆璺、兆紋）」、「兆側刻辭（兆語、兆辭）」、「卜辭界劃（界線）」、「（獸類的）肩胛骨」、「龜腹甲」等六個甲骨學術語的英譯形式提出個人的意見，儘管不一定正確，但用心是清楚的：就是希望學界能正視這方面的問題，從而使

甲骨學的術語更為精確、規範和嚴謹。

參考文獻（按出版時間先後為次）

1. George W. Bounacoff, *New Contributions to the study of Oracle bones, T'oung Pao* Vol. XXXII, No.5, 1933.

2. Roswell S. Briton, *Russian Contribution to Oracle-bone Studies, Journal of the North China Branch of the Royal Asiatic Society,* LXVII, 1936..

3. William Charles White, *Bone Culture,* The University of Toronto Press, 1945.

4. Lionel Charles Hopkins, *A Cryptic Message and a New Solution, The Journal of the Royal Asiatic Society of Great Britain and Ireland East,* Part3 & 4, 1947.

5. Li Chi（李濟），*The Beginnings of Chinese Civilization,* University of Washington Press, 1957.

6. Hung-hsiang Chou（周鴻翔），*Oracle Bone Collections in the United States,* University of California Press, 1976.

7. Hsü Chin-hsiung（許進雄），*The Menzies Collection of Shang Dynasty Oracle Bones,* the Royal Ontario Museum, Toronto, Canada, 1977.

8. 陳煒湛：《甲骨文簡論》，上海：上海古籍出版社，1987 年 5 月第一版。

9. *The Oxford English Dictionary,* Clarendon Press.Oxford, 1989.

10. 陸谷孫主編：《英漢大詞典》，上海：上海譯文出版社，1991 年 9 月第一版。

11. *Webster's Ninth New Collegiate Dictionary*，梅里亞姆-韋伯斯特出版公司出版，世界圖書出版公司北京公司重印，1995 年 2 月第二次印刷。

12. 譚步雲：〈出土文獻所見古漢語標點符號探討〉，《中山大學學報》（社會科學版）1996 年 3 期 99～104 頁。又中國人民大學書報資料中心（複印報刊資料）《語言文字學》1996 年 10 期 56～61 頁。

13. 譚步雲：〈漢語文字學若干術語的英譯探討〉，《中山大學學報》（社會科學版）1999 年 4 期 60～65 頁。

14. 李學勤、齊文心、艾蘭：《瑞典斯德哥爾摩遠東古物博物館藏甲骨文字》，北京：中華書局，1999 年 6 月第一版。

15. 王宇信、楊昇南：《甲骨學一百年》，北京：社會科學文獻出版社，1999 年 9 月第一版。

原載《術語標準化與信息技術》，2005 年第 3 期，第 29～31 頁。

回眸與展望：殷墟甲骨文和商代銅器銘文比較研究

　　在甲骨文發現以前，學者們已經對商代的銅器銘文有一定的認識了。早至宋代，有意識地輯錄前朝文物的士人，就開始對銅器銘文進行斷代了；儘管他們的斷代工作缺乏理論的指導，但他們還是確定了不少器銘的大致時代。譬如商代金文，竟有許多是說對了的。以薛尚功的《歷代鐘鼎彝器款識法帖》為例：書中收商器 209 銘，現在確知：除了所謂的「商鐘」等器誤識外，堪稱正確者約占總數的 85%以上。然而，商代銅器銘文長期以來卻得不到充分的利用。一方面固然因為商代的銅器銘文通常較簡約，難以把握其內容；另一方面則是因為沒有可資參照的商代文字——傳世的或有所本的同時期文字，釋字、通讀尚且困難，遑論其他！殷墟甲骨文的重見天日，無疑給商代金文的研究注入了新的活力。這就是殷墟甲骨文和商代銅器銘文的比較研究。煒湛師指出：今後甲骨文研究的重點之一應是：「把甲骨文與同時期的金文及其他古文字相聯繫，作比較的研究。」〔註1〕那麼，總結殷墟甲骨文和商代銅器銘文比較研究的歷史，展望其研究的前景，就是這項工作必不可少的前期準備。

〔註1〕陳煒湛：〈甲骨文研究的過去、現狀及今後的展望〉，《甲骨文簡論》，上海古籍出版社，1987 年 5 月，第 230 頁。

一、回　眸

對商代銅器銘文，早期的學者能做的大概只有把它們與《說文》所載籀文、古文以及小篆進行形體的比較。這就是《說文古籀補》、《說文古籀補補》、《說文古籀三補》諸書之由來。

殷墟甲骨文的發現、並被初步確定為商代的遺物之初，學者們就開始重新審察並利用前朝發現的商代銅器銘文了。孫詒讓之作《名原》（1905）、羅振玉之作《殷商貞卜文字考》（1910）、《殷墟書契考釋》（1914），於考釋甲骨文字方面多多少少引證了包括商代銅器銘文在內的古文字形體。1917 年 7 月，距離殷墟甲骨文重見天日不過十八年的時間，王國維先生發表了一篇著名的論文：〈殷周制度論〉，其中考證商代繼統法的文字，不但使用了傳世典籍、殷墟甲骨文等材料，而且援引了商代銅器銘文——商三句兵——作為例證。後來，王先生又寫了一篇〈商三句兵跋〉，專門討論這幾件戈所載內容。及後，商承祚先生的《甲骨及鐘鼎文字研究》（1930）、《說文中之古文考》（1934）、吳三立的《甲骨銅器文字研究》（未見）、孫海波的《甲金文中之逸文》（1936）等著述更是有意識地把甲骨文和商代銅器銘文加以比較研究。

這段時期學者們所作的殷墟甲骨文和商代銅器銘文的比較研究，可以說，除了王國維先生的文章之外，多是局限於字形形體之內。大概因為殷墟甲骨文發現之初，主要的任務是考釋文字。然而，由於有甲骨文作為參照物，商代銅器的辨別更為精審。可以說，殷墟甲骨文的發現促進了商代銅器的分期斷代。羅振玉的《殷文存》（1917）和王辰的《續殷文存》（1935）便是這個時代的產物。二書收有銘器 2,332 件，雖說稍有疏漏，仍然可以看成是殷墟甲骨文與商代銅器銘文比較研究的重要成果。尤其值得一提的是，商代銅器（尤其是帶銘的銅器）的鑒別已經上升到理論的高度。羅振玉在《殷文存·序》中指出：「考殷人以日為名，通乎上下，此篇集錄即以此為埻的。其中象形文字或上及於夏代器；日名之制，亦沿用於周初，要之不離殷文者近是。」（1917）標準是有了，但較為粗疏。後來，馬衡在他的〈中國之銅器時代〉（1927）一文中，提出甄別商代銅器的兩個標準：1. 同時文字可以互證也。……傳世之銅器，有異於周代之文而同於甲骨之文者，……今舉其相同之點如下：（甲）商人之記年月日，必先書日，次書月，再次書年；而書月必曰「在某月」，書年必曰「維王幾祀」。（乙）商人祀其祖妣，必用其祖若妣之名之日，其妣皆曰奭，其

祭名或曰遘。（丙）商人祭祀之名有曰劦日，曰肜日者。（丁）甲骨文恒見征人方之事，……2. 出土之地足以證明也。1936 年，高本漢（B. Karlgren）補充了一點意見：凡銘中有「亞形」、「析子孫」、「舉形」標識者均可視為殷器。羅、馬、高三先生所釐定的標準，具有劃時代的意義，馬衡所提出的同時文字互證的意見尤其重要。容庚先生在《殷周青銅器通論》（1958）中所歸納的鑒別商器的三項標準，就是建立在羅、馬、高的理論基礎之上的。後來，郭寶鈞先生更建立了利用器類組合、器形、花紋以鑒定商器的標準（1981）。自此，商代銅器的斷代理論漸臻完善。

反過來，商代銅器銘文考訂的精確，也促進了殷墟甲骨文和商史的研究。例如：《殷文存》錄〈丁巳尊銘〉（即小臣艅犀尊，《集成》05990）云：「惟王來征人方，惟王十祀有五。」那此器至少透露出兩個信息：1.《左傳》、《呂氏春秋》等傳世典籍所記載的「紂伐東夷」是可信的史實，它發生在帝辛 15 年；2. 結合典籍中帝辛征人方的記載，證明丁巳尊為帝辛時物無疑，同時也可以確定「征人方」類甲骨文的具體時代。又如：筆者曾對〈王橢〉（《集成》09821）等器作過考證，認為此器是武乙時物，從而為鐫有「燅」字的一組甲骨的時代提供了可資參照的標準器〔註 2〕。

羅振玉作《殷文存》時，收有銘器 755 件；王辰作《續殷文存》，收有銘器 1587 件。八十年代以來，嚴一萍撰《金文總集》、社科院考古所撰《殷周金文集成》相繼問世。兩書所收更富，商代有銘銅器估計超過四千件。數量如此龐大的文字數據，其研究價值一點也不遜於甲骨文。雖說商代銅器銘文大多字數較少，一至數字不等，但也不乏長達三四十字的「鴻篇」。例如，〈小子𦵷卣銘〉（《集成》05417）器、蓋共計 47 字，〈四祀𠨞其卣銘〉（《集成》05413）長 42 字，〈二祀𠨞其卣銘〉（《集成》05412）長 39 字。字數較少的商代銅器銘文自有其價值，它們多是被學者們稱為「圖形符號」、「族氏符號」、「族徽」的文字，其淵源可以上溯到原始社會的圖騰制度。於家族的起源、宗法、各氏族（或民族）之間的關係等方面的研究，具有不可低估的意義。如果有意識地把「族徽」相同的銅器集中起來研究，當有助於考察氏族內部的構成以及其宗法制

〔註 2〕請參閱譚步雲：〈釋燅──兼論犬耕〉，《農史研究》第七輯，農業出版社，1988 年 6 月。又〈王作父丁方橢考釋──兼說鐘銘「燅」字〉，《中山大學研究生學刊》，1996 年 2 期。又〈中國上古犬耕的再考證〉，《中國農史》17 卷 2 期，1998 年 6 月。

度。許多年前，徐中舒先生已經這麼做了。這裡另舉一個例子：筆者曾把一組「盉」氏家族的商代銅器集中起來考察，結果發現了一個前所未見的親屬稱謂：「主」，而這個「主」是用來指代「曾祖」的〔註3〕！這也許還是一個有待認可的探索，但筆者只是想藉此再度提請學界重視這方面的研究。字數較多的商代銅器銘文則具有多方面的研究價值：1. 祭祀。商代銅器銘文涉及的祭祀內容相當豐富，如祭祀的對象：祖先神、天帝等；如祭名：肜、衣、華、劦、旅、裸等。2. 賞賜冊封。可以據以考察諸侯朝見、賞賜、官稱等制度。3. 征伐。可以據之考察方國諸侯與中央王國的關係。4. 族譜。譬如，傳世器中有三柄很著名的商代銅戈，分別命名為：「大且（祖）日己戈」、「且日己戈」和「大兄日乙戈」。三柄戈的戈銘都很像一份氏族家譜。王國維先生曾據之寫過一篇〈商三句兵跋〉（1959），考證戈銘中的「大祖、大父、大兄」是祖、父、兄行輩中的年長者；而「大父」就是典籍所稱的「世父」。可以說，王先生的研究仍只是初步的考察。後來，徐中舒先生不止一次使用過這個材料，以論證殷商的氏族組織制度（1998）。這個例子足以說明，如果我們要深入探討商代的宗法制度，這類器物就是最好的原始材料。

自從王國維先生注意到商代銅器銘文的內容於徵禮、證史不無裨益後，學者們也開始深入探討商代銅器銘文的內容了。這無疑促進了商代銅器銘文的研究。董作賓在作〈甲骨文斷代研究例〉（1935）的時候，專門闢一節討論銅器中「征人方」的記載，列舉了王且尸方甗、小臣諡殷、丁巳尊、般作父己甗諸器銘文，與甲骨文「征人方」卜辭以及鹿頭骨記事刻辭進行比較：從事類到字體，乃至文獻記載。可以說，這是殷墟甲骨文與商代銅器銘文分類比較研究的成功範例。後來，丁山先生作《甲骨文所見氏族及其制度》（1956），更是廣泛徵引商代銅器銘文以與殷墟甲骨文進行比較研究。

真正把殷墟甲骨文與商代銅器銘文進行字形上的比較研究的是高明先生〔註4〕。高先生在〈「圖形文字」即漢字古體說〉一文中（1993），利用商代銅器與甲骨文互證考商代族名就取得令人矚目的成績。他認為銅器銘文使用繁體，

〔註3〕譚步雲：〈盉氏諸器▼字考釋——兼說「曾祖」原委〉，《容庚先生百年誕辰紀念文集》，廣東人民出版社，1998年4月，第438～443頁。

〔註4〕事實上，此前林巳奈夫撰〈殷周時代の圖像記號〉（載《東方學報》第39冊，1968），亦進行過甲骨文與金文中圖像文字的比較研究。

甲骨文使用簡體，從而在六百餘例商代銅器所謂的圖形文字（或所謂「族徽」符號）中找到與甲骨文相合者二百餘例。這二百多字大都是專名，對考察商代的氏族、方國、家族、地域等方面實在是不可多得的重要材料。

二、展　望

綜上所述，殷墟甲骨文和商代銅器銘文的比較研究可以是多方面的、多角度的。考古、歷史、文字、器物等不同學科通過二者的比較研究，都有新的突破，成果斐然。其中，又以歷史的研究最為突出。儘管如此，殷墟甲骨文和銅器銘文的比較研究仍有尚待開發的空間，仍有尚待深化的領域。以下略舉數端以說明之。

（一）商代銅器銘文的著錄

目前，要進行殷墟甲骨文和商代銅器銘文全面而系統的比較研究，時機還不是很成熟，基本的條件也不是太充分。

相比之下，殷墟甲骨文的著錄較為集中。這不在話下。商代銅器銘文的著錄當然也很集中、很齊全。不過著錄的方式卻未必有利於殷墟甲骨文和商代銅器銘文的比較研究。

銅器銘文的著錄方式大體可分為兩種：一是先分類後分時代，例如《三代吉金文存》等；一是先分時代後分類，例如《歷代鐘鼎彝器款識》等。目前收錄商代銅器銘文最全的著作應是嚴一萍《金文總集》（1983）以及中國社科院考古所《殷周金文集成》（1984）。二書的編撰都採先分類後分時代的方式。對於檢索商代銅器銘文甚為不便。《殷文存》、《續殷文存》所收不全、取捨也未必精當，但於使用卻方便。如果要進行殷墟甲骨文和商代金文的比較研究，編撰一部商代金文大全就很有必要了。較理想的做法是，該書應包括器名（包括同一器的異名）、字數、出處（包括出土地、各種版本的著錄）、大致時代的釐定、釋文等項目。進而編撰類似《殷墟卜辭綜類》或《殷墟刻辭類纂》那樣的商代銅器銘文索引。這是兩者全面地、系統地比較研究的首要條件。

（二）商代銅器銘文的斷代

殷墟甲骨文的出土，使商代銅器的斷代研究有了長足的進步。然而，除了部分可確認為某王器外（例如上舉的帝辛時征人方諸器等），大部分的商代銅

器的時代依然混沌一片，其科學研究的價值便大打折扣。倘若能像郭沫若作《兩周金文辭大系》或陳夢家作《西周銅器斷代》那樣，確定若干標準器，進而把所有商代銅器斷代，相信將大大促進商代銅器銘文的研究，而且，反過來也有利於殷墟甲骨文的斷代研究，有利於晚商斷代史的研究。現在學術界一般認為，商代銅器必定有早於殷墟甲骨者。倘若我們能找出早於武丁時期的銅器銘文，早商歷史的研究無疑找到了一個突破口。胡平生先生對部分所謂的「記名銘文」作過初步的斷代研究（1983），可以說是一個可喜的開端。

這只是一個設想，實際操作當困難得多。不過，既然殷墟甲骨文可以斷代，相信商代銅器銘文的斷代也是可以辦得到的。

（三）商代歷史、禮制的研究

實話說，歷經一百年的甲骨文研究，重構商代歷史、禮制不必再發出「文獻不足」的喟歎。目下林林總總的商史、先秦史著作就是明證。然而，我們也不必諱言：商代歷史、殷禮還有許多亟待解決的問題，還有許多尚待深入探討的問題。譬如說，盤庚、小辛諸王概況、晚商諸王的在位時間、商代社會的性質、商代王位繼承法、商王國的構成，等等。像上文所述，倘若能充分利用商代銅器銘文（請注意：這些是禮器上的文字！在探討殷禮方面，當強於卜辭），與殷墟甲骨文作比較研究（當然最好結合商代陶文、商代石刻文等作綜合的比較），相信許多問題的解決指日可待。

（四）文學研究

殷墟甲骨文面世以來，學者們已經注意到了它在文學方面的價值，例如唐蘭（1936）、曾璧中（未見）、姚孝遂（1963）、蕭艾（1985）、饒宗頤（1992）等先生都提醒我們不要忽視了甲骨文所具有的文學性。事實上，也有一些文學研究工作者在編著文學史時不失分寸地涉及到甲骨文，例如詹安泰（1957）、譚丕模（1958）、游國恩（1963）等先生主編的文學史就有甲骨文的內容。甚至有學者認為：甲骨文當中有「韻文」（孟祥魯：1992）。如果此說可信，無疑是商代文學研究的福音！然而，商代銅器銘文的文學價值卻似乎倍遭白眼。甚至有文學史著作在列舉甲骨文、商代銅器銘文的文字材料時，斷然否定其文學性〔註5〕。某些文學史著作在談及甲骨文的同時，倒是沒有忽略周代的銅器銘

〔註5〕楊公驥：《中國文學》，吉林人民出版社，1980年5月，第122～130頁。

文，但商代銅器銘文卻給忘卻了。這裡面當然有許多客觀原因，卻給我們留下了深深的遺憾。否定殷墟甲骨文的文學價值，無非因為它們大部分是卜辭。倘若商代文學的研究不侷限於殷墟甲骨文，而把研究的空間拓展到商代銅器銘文，那麼，商代文學研究的前景一片光明。毫無疑問，就文學的研究而言，進行殷墟甲骨文和商代銅器銘文的比較研究是一片尚待開發的處女地。

我們都有這種感覺：甲骨文淺白，銅器銘文古奧；甲骨文質樸，銅器銘文典雅。如果說殷墟甲骨文的文體接近於口語，那麼，商代銅器銘文的文體則接近於書面語。很可能，殷墟甲骨文是當時的語言的實錄，而銅器銘文則是有意識的創作。兩者的比較研究實在是文學史上一件非常有意義的工作。不但可以讓世人瞭解甲骨文、銅器銘文是不是文學作品，進而瞭解它們到底有多少文學價值，而且可以填補文學史上商代文學的空白。

（五）語言研究

商代語言的研究，無疑以文字的研究最為深入；其次是詞彙；然後是語法；語音的研究相對滯後。不過，這些研究基本上是圍繞著殷墟甲骨文而展開的，除了文字的研究以外，並不涉及商代銅器銘文。顯然是一個疏漏。

上文提到：殷墟甲骨文是「白話文」，殷商銅器銘文則是「文言文」。前者隨意；後者規範。如果我們進行二者的比較研究，沒準兒能發現很有價值的語言現象，沒準兒能解決許多商代語言方面的難題。

現在進行二者的比較研究，有著相當便利的條件：甲骨文的語法、詞彙、語音等研究，我們不敢說已經非常透徹，但至少已有不少的論著。在此基礎上進行商代銅器銘文的語言研究，事半功倍。

甲骨文字的考釋依然是個繁重的任務。事實證明，甲骨文字的釋出是個綜合考察的過程，尤其離不開與同時期的文字的比較。因此，殷墟甲骨文和商代銅器銘文形體（包括形構分析、繁簡變化、造字規律等）上的比較研究將有著非同尋常的意義。

結　語

無論學者們有意識地進行殷墟甲骨文和商代銅器銘文的比較研究，還是在研究商代文明的過程中僅僅同時利用了這兩種資料，所取得的成果都是不言而喻的。尤其以歷史探索、文字考釋兩個方面的研究成果最為卓著。但是，應該

承認，目前距離全面地、系統地展開殷墟甲骨文和商代銅器銘文的比較研究還有相當遙遠的一段路程。因此，先行就殷墟甲骨文和商代銅器銘文的某些方面進行研究，顯然是很有必要的。

應當鄭重聲明的是：這只是一份非常粗疏的總結，不免有掛一漏萬之虞；所作的展望也十分簡約，不值一哂。期望方家有以教我。

主要參考文獻

1. 孫詒讓：《名原》，1905 年刊本；又上海千頃堂書局翻印本。

2. 羅振玉：《殷商貞卜文字考》，1910 年玉簡齋石印本；《殷墟書契考釋》，1914 年石印本。

3. 王國維：〈殷周制度論〉，《觀堂集林》卷十；〈商三句兵跋〉，《觀堂集林》卷十八，中華書局，1959 年 6 月。

4. 商承祚：《甲骨及鐘鼎文字研究》，北京大學石印本，1937 年；《說文中之古文考》，上海古籍出版社，1983 年 3 月第一版。

5. 孫海波：《甲金文中之逸文》，1936 年。

6. 羅振玉：《殷文存》，1917 年石印集古遺文本。

7. 王辰：《續殷文存》，考古學社，1935 年石印本。

8. 馬衡：〈中國之銅器時代〉，1927 年 3 月 27 日日本東京帝國大學演講詞，載日本《民族》3 卷 5 號、《考古學論》第 1 冊（1928 年）。又載《國學門月刊》1 卷 6 號（1927 年 9 月）。後收入《凡將齋金石叢稿》，中華書局，1977 年 10 月版。

9. 容庚、張維持：《殷周青銅器通論》，文物出版社，1984 年 10 月新一版。

10. 董作賓：〈甲骨文斷代研究例〉，《慶祝蔡元培先生六十五歲論文集》上冊（中研院史語所集刊外編），1935 年。

11. 丁山：《甲骨文所見氏族及其制度》，科學出版社，1956 年 9 月。

12. 高明：〈「圖形文字」即漢字古體說〉，《第二屆國際中國古文字學研討會論文集》9～28 頁，香港中文大學，1993 年 10 月。

13. 唐蘭：〈卜辭時代的文學和卜辭文學〉，《清華學報》11 卷 3 期，1936 年 7 月。

14. 曾壁中：〈殷商文學史論〉，《廈大週刊》14 卷 3 期，1935 年 6 月。

15. 姚孝遂：〈論甲骨刻辭文學〉，《吉林大學社會科學學報》1963 年第 2 期。

16. 蕭艾：〈卜辭文學再探〉，《全國商史學術討論會論文集》（《殷都學刊增刊》）1985 年 2 月。

17. 饒宗頤：〈如何進一步精讀甲骨刻辭和認識「卜辭文學」〉，《甲骨學與信息科技學術研討會論文集》，臺灣成功大學，1992 年 4 月 18 日。

18. 徐中舒：《徐中舒歷史論文選輯・四川彭縣蒙陽鎮出土的殷代二觶》／《徐中舒歷史論文選輯・論殷代社會的氏族組織》，中華書局，1998 年 9 月。

19. 游國恩、王起、蕭滌非、季鎮懷、費振剛：《中國文學史》，人民文學出版社，1963 年 7 月。

20. 詹安泰、容庚、吳重翰：《中國文學史（先秦兩漢部分）》，高等教育出版社，1957年 8 月。

21. 譚丕模：《中國文學史綱要》，人民文學出版社，1958 年 5 月。

22. 郭寶鈞：《商周青銅器群綜合研究》，文物出版社，1981 年。

23. 胡平生：〈對部分殷商「記名銘文」銅器時代的考察〉，《考古與文物叢刊》（古文字論集），1983 年 2 月。

24. 周世榮：〈淺談古文字與商周圖形定名〉，《考古與文物叢刊》（古文字論集），1983 年 2 月。

25. 孟祥魯：〈甲骨刻辭有韻文：兼釋尹家城陶方鼎銘〉，《文史哲》1992 年 2 期。

26. 張光遠：〈商代金文為正體字甲骨文為簡體字說〉，《中國書法》2009 年 9 期。

【附記】這是陳煒湛教授主持的中山大學 211 工程資助項目「殷墟甲骨文與商代銅器銘文比較研究」的一部分，曾在紀念甲骨文發現 100 週年國際學術研討會（河南安陽‧1999 年 8 月）上宣讀。後載《紀念殷墟甲骨文發現一百週年國際學術研討會論文集》32～35 頁，社會科學文獻出版社，2003 年 3 月。